Nora Roberts est le plus grand auteur de littérature féminine contemporaine. Ses romans ont reçu de nombreuses récompenses et sont régulièrement classés parmi les meilleures ventes du *New York Times*. Des personnages forts, des intrigues originales, une plume vive et légère… Nora Roberts explore à merveille le champ des passions humaines et ravit le cœur de plus de quatre cents millions de lectrices à travers le monde. Du thriller psychologique à la romance, en passant par le roman fantastique, ses livres renouvellent chaque fois des histoires où, toujours, se mêlent suspense et émotions.

Sables mouvants

Du même auteur aux Éditions J'ai lu

Lieutenant Eve Dallas (n° 4428)
Crimes pour l'exemple (n° 4454)
Au bénéfice du crime (n° 4481)
Crimes en cascade (n° 4711)
Cérémonie du crime (n° 4756)
Au cœur du crime (n° 4918)
Les bijoux du crime (n° 5981)
Conspiration du crime (n° 6027)
Candidat au crime (n° 6855)
Témoin du crime (n° 7323)
La loi du crime (n° 7334)
Au nom du crime (n° 7393)
Fascination du crime (n° 7575)
Réunion du crime (n° 7606)
Pureté du crime (n° 7797)
Portrait du crime (n° 7953)
Imitation du crime (n° 8024)
Division du crime (n° 8128)
Visions du crime (n° 8172)
Sauvée du crime (n° 8259)
Aux sources du crime (n° 8441)
Souvenir du crime (n° 8471)
Naissance du crime (n° 8583)
Candeur du crime (n° 8685)
L'art du crime (n° 8871)
Scandale du crime (n° 9037)
L'autel du crime (n° 9183)
Promesses du crime (n° 9370)
Filiation du crime (n° 9496)
Fantaisie du crime (n° 9703)
Addiction au crime (n° 9853)
Perfidie du crime (n° 10096)
Crimes de New York à Dallas (n° 10271)
Célébrité du crime (n° 10489)
Démence du crime (n° 10687)
Préméditation du crime (n° 10838)
Insolence du crime (n° 11041)

Les trois sœurs
Maggie la rebelle (n° 4102)
Douce Brianna (n° 4147)
Shannon apprivoisée (n° 4371)

Trois rêves
Orgueilleuse Margo (n° 4560)
Kate l'indomptable (n° 4584)
La blessure de Laura (n° 4585)

Les frères Quinn
Dans l'océan de tes yeux (n° 5106)
Sables mouvants (n° 5215)
À l'abri des tempêtes (n° 5306)
Les rivages de l'amour (n° 6444)

Magie irlandaise
Les joyaux du soleil (n° 6144)
Les larmes de la lune (n° 6232)
Le cœur de la mer (n° 6357)

L'Île des Trois Sœurs
Nell (n° 6533)
Ripley (n° 6654)
Mia (n° 6727)

L'hôtel des souvenirs
Un parfum de chèvrefeuille (n° 10958)
Comme par magie (n° 11051)

L'hôtel des souvenirs
La quête de Malory (n° 7535)
La quête de Dana (n° 7617)
La quête de Zoé (n° 7855)

Le secret des fleurs
Le dahlia bleu (n° 8388)
La rose noire (n° 8389)
Le lys pourpre (n° 8390)

Le cercle blanc
La croix de Morrigan (n° 8905)
La danse des dieux (n° 8980)
La vallée du silence (n° 9014)

Le cycle des sept
Le serment (n° 9211)
Le rituel (n° 9270)
La Pierre Païenne (n° 9317)

Quatre saisons de fiançailles
Rêves en blanc (n° 10095)
Rêves en bleu (n° 10173)
Rêves en rose (n° 10211)
Rêves dorés (n° 10296)

En grand format

L'hôtel des souvenirs
Un parfum de chèvrefeuille
Comme par magie
Sous le charme

Les héritiers de Sorcha
À l'aube du grand amour

Intégrales
Les frères Quinn
Les trois sœurs
Le cycle des sept
Magie irlandaise
Affaires de cœurs
Quatre saisons de fiançailles

NORA ROBERTS

Les frères Quinn - 2

Sables mouvants

Traduit de l'anglais (États-Unis)
par Véronique Fourneaux

J'ai lu

Titre original
RISING TIDES

Jove Books are published by The Berkley Publishing Group,
a member of Penguin Putnam Group Inc., New York

Prologue

Ethan, à peine sorti de son rêve, ouvrit les yeux et sauta du lit. L'aube était encore loin, mais il avait pour habitude de se lever bien avant l'aurore. Cette calme et simple routine, ajoutée à la perspective du dur labeur qui l'attendait, lui convenait parfaitement.

S'il était une chose qu'il n'avait jamais oubliée, c'était bien la gratitude. On lui avait littéralement offert la possibilité de faire un tel choix, de vivre une telle vie. Et même si les gens qui lui avaient fait ce présent inestimable étaient morts, la maison résonnait toujours pour lui du son de leurs voix. Certains matins, alors qu'il prenait son petit déjeuner dans la cuisine, il n'eût pas été autrement surpris de voir apparaître sa mère, bâillant à fendre l'âme, les yeux encore lourds de sommeil et la tignasse en bataille.

Certes, elle les avait quittés presque sept ans plus tôt, mais cette vision matinale – et si familière – lui procurait toujours un immense réconfort.

En revanche, évoquer l'homme qui était devenu son père lui était infiniment plus douloureux. La disparition de Raymond Quinn, à peine trois mois auparavant, était encore bien trop fraîche, bien trop perturbante. D'autant plus qu'il était mort dans des circonstances aussi bizarres qu'inexpliquées. Un accident de voiture, en pleine journée, sur une route parfaitement sèche, en ce mois de mars annonciateur du printemps. Son père n'avait pu – n'avait pas voulu ? – garder le contrôle de sa voiture lancée à pleine vitesse à la sortie d'un virage. Selon l'enquête, Ray était en pleine forme lorsqu'il avait percuté ce poteau télégraphique.

Si aucun problème physique n'était à incriminer, il n'en restait pas moins que Ray était, à ce moment-là, en butte à de sérieuses difficultés affectives. Et cet aspect de la question rongeait Ethan.

C'était précisément ce qui le préoccupait ce matin-là alors qu'il se préparait pour sa journée. Le rapide coup de peigne qu'il donna à ses cheveux, encore humides de la douche, ne parvint pas à discipliner les épaisses vagues de sa chevelure brune éclaircie par le soleil. Puis il se rasa soigneusement. Le miroir embué lui renvoyait l'image d'un visage anguleux et tanné, aux yeux bleus aussi tranquilles que sérieux. Ethan choisissait rarement de dévoiler les secrets dissimulés derrière cette apparence calme.

Une fine cicatrice – infligée par son frère aîné et patiemment soignée par sa mère – courait le long du côté gauche de sa mâchoire. Tout en la suivant distraitement du pouce, Ethan se reprit à penser au métier de sa mère.

Stella Quinn était médecin. Et parmi ses trois fils, il y en avait toujours un qui avait besoin de sa trousse d'urgence.

Ray et Stella les avaient recueillis tous trois. Trois adolescents à moitié sauvages, trois adolescents meurtris. Trois étrangers. Et aux trois, ils avaient offert une famille.

Et puis, à peine quelques mois plus tôt, Ray en avait recueilli un quatrième.

Seth DeLauter faisait partie de la famille, à présent. C'était un fait établi pour Ethan, même s'il savait que d'autres le remettaient en question. Les langues allaient bon train dans la petite cité de St. Christopher, et certains prétendaient que Seth n'était pas, pour Ray Quinn, un énième chien perdu sans collier mais son fils illégitime. Un enfant conçu avec une autre femme – bien plus jeune que lui – du vivant de son épouse.

Si Ethan pouvait, bien évidemment, ignorer cette rumeur, en revanche, il lui était impossible d'ignorer que, du haut de ses dix ans, Seth vous regardait avec le même regard que celui de Ray Quinn.

Et certaines des ombres perceptibles dans ces yeux d'enfant, Ethan les avait également reconnues. L'écorché vif reconnaît toujours son semblable. Il savait que l'existence de Seth, avant que Ray ne l'en tirât, avait été un véritable cauchemar. Un cauchemar similaire à celui qu'il avait lui-même vécu.

Le gosse était en sécurité, à présent, songea-t-il en enfilant un pantalon trop large en coton et une vieille chemise de travail délavée. Il était un membre de la tribu Quinn, même si toutes les formalités légales n'étaient pas encore achevées. C'était Phillip qui s'en occupait. Ethan était persuadé que son frère si pointilleux saurait régler ce point avec son avocat. Et il savait également que Cameron, l'aîné des frères, avait réussi à établir une relation – si précaire fût-elle – avec Seth.

Cela n'avait pas été chose facile, songea Ethan en ébauchant un demi-sourire. Parfois, il avait eu l'impression d'assister au combat de deux chats sauvages, toutes griffes dehors. Mais maintenant que Cam avait épousé sa ravissante assistante sociale, cela faciliterait peut-être les choses.

Une vie bien rangée. Voilà à quoi aspirait Ethan.

Pour y arriver, cependant, ses frères et lui avaient encore un rude combat à livrer. Contre la compagnie d'assurances, tout d'abord, qui refusait de verser la prime, prétextant qu'il s'agissait d'un suicide. L'estomac soudain noué, Ethan dut faire un gros effort pour se détendre. Son père n'eût jamais attenté à ses jours. Non seulement le Grand Quinn avait toujours fait face à ses problèmes, mais il avait appris à ses fils à faire de même.

Il n'en restait pas moins que le nuage pesant sur la famille refusait de se dissiper. Lui revinrent en mémoire la soudaine apparition de la mère de Seth à St. Christopher et la plainte pour harcèlement sexuel qu'elle avait déposée contre Ray, au collège où il avait enseigné la littérature anglaise. La plainte n'avait pas fait long feu, certes (trop de mensonges, trop de lacunes remettaient en question la véracité de son histoire), mais il n'en restait pas moins que son père en avait été sérieusement secoué et que, peu après le départ de Gloria DeLauter, Ray avait également quitté St. Christopher.

Et qu'il y était revenu avec l'enfant.

Et puis il y avait cette lettre, trouvée dans la voiture après l'accident de Ray. Une lettre émanant de Gloria, et le menaçant carrément de chantage.

Et puis, enfin, il y avait le fait que Ray lui avait donné de l'argent. Beaucoup d'argent.

À présent, cette harpie avait de nouveau disparu, mais s'il s'en réjouissait, Ethan savait que le problème ne serait réglé qu'une fois tous les doutes levés.

Et à cela, il ne pouvait rien. Il sortit de sa chambre et heurta du poing la porte opposée à la sienne. Seth grogna, marmonna quelque chose d'une voix ensommeillée avant de pousser un juron. Imperturbable, Ethan poursuivit sa route et descendit l'escalier. Il savait d'avance que l'enfant allait encore se plaindre d'avoir à se lever si tôt. Mais avec Cam et Anna en voyage de noces en Italie et Phillip à Baltimore jusqu'au week-end, c'était à lui, Ethan, de s'assurer que le garçon se levait à l'heure, avant de le déposer chez le camarade de classe avec lequel il se rendrait ensuite à l'école.

En pleine saison du crabe, la journée d'un pêcheur commençait bien avant le lever du soleil et Seth se trouvait provisoirement logé à la même enseigne.

Il trouva son chemin sans peine dans la maison obscure et silencieuse que partageaient à présent les trois frères. Ç'avait été le prix à payer pour obtenir la garde définitive de Seth, chacun ayant dû s'engager à prendre sa part de responsabilité dans l'éducation de l'enfant.

Si Ethan n'y rechignait pas, il regrettait néanmoins sa jolie petite maison, l'intimité et la liberté de mouvement auxquelles il avait dû renoncer.

Dans la cuisine, il actionna l'interrupteur. La veille, c'est Seth qui était de corvée de vaisselle et de rangement, et les séquelles en étaient nettement visibles. Ignorant la table encombrée et poisseuse, Ethan se dirigea tout droit vers la cuisinière.

Sim, son chien, s'étira lentement, la queue tambourinant le sol. Ethan mit le café en route avant de lui grattouiller négligemment la tête.

Son rêve lui revenait, à présent. Son père et lui, sur le bateau, vérifiaient les pièges à crabes. Ils étaient seuls. Le soleil était éblouissant, la mer calme et sereine. Il sentait encore les odeurs de l'eau, du poisson et de la sueur, qu'il avait humées comme si elles étaient réelles, et réentendait la voix de son père, qui couvrait le bruit du moteur et des mouettes :

— Je savais que vous prendriez soin de Seth, tous les trois.

— Avais-tu besoin de mourir pour le vérifier ?

Un certain ressentiment avait affleuré dans le ton d'Ethan, une sorte de colère rentrée. Colère qu'il ne se serait jamais autorisé à exprimer lorsqu'il maîtrisait son inconscient.

— Ce n'était pas non plus cela que j'avais en tête, lui avait répondu Ray, impassible, tout en triant les crabes dans la nasse qu'Ethan venait de remonter, tu peux me croire. Dis-moi, tu as pas mal de clams et de praires là-dedans, avait-il repris.

Ethan avait contemplé distraitement le casier métallique rempli de crabes et automatiquement noté leur taille et leur nombre. Mais la prise importait peu à ce moment-là.

— Tu veux que je te fasse confiance, mais tu ne m'expliques rien.

Ray avait détourné le regard et fait basculer sur sa nuque la casquette rouge vif qui couvrait son abondante chevelure argentée. Le vent lui avait ébouriffé les cheveux et s'était insinué sous son tee-shirt à l'effigie de John Steinbeck où l'écrivain américain faisait triste mine en brandissant une pancarte clamant qu'il devait travailler pour vivre.

Ray Quinn, au contraire, rayonnait de santé et d'énergie. Sur ses joues rubicondes, les rides profondes semblaient vouloir glorifier cette vigueur joyeuse de sexagénaire heureux de vivre.

— C'est à toi de trouver ton propre chemin, tes propres réponses.

Ray avait souri à Ethan, et son fils avait pu voir ses rides se creuser encore plus autour de ses yeux d'un bleu étincelant.

— Ce n'est qu'ainsi que tu comprendras vraiment. Je suis fier de toi, tu sais.

Ethan avait senti sa gorge lui brûler, son cœur se serrer. Machinalement, il avait réappâté le casier, puis regardé les flotteurs orange dansant sur l'eau.

— À quel propos ?

— Rien de précis, Ethan. Je suis fier de ce que tu es.

— J'aurais dû venir te voir plus souvent. Je ne cesse de me le reprocher.

— Foutaises ! avait rétorqué Ray, colère et impatience mêlées. Je n'ai jamais été impotent, que je sache ! Je vais me mettre en rogne, si tu continues.

Pendant que j'y suis, sache que je n'ai pas du tout aimé les reproches que tu as adressés à Cam pour être allé vivre en Europe – ou à Phillip pour avoir déménagé à Baltimore. Les oisillons bien portants finissent toujours par quitter le nid. Ta mère et moi avons élevé de robustes oiseaux.

Avant même qu'Ethan ait pu lui répondre, Ray avait levé la main. Geste si typique du professeur las, ne souffrant pas la moindre interruption, qu'Ethan n'avait pu que sourire.

— Ils te manquaient. C'est pour cela que tu étais en colère contre eux. Eh bien, tu les as récupérés, à présent, n'est-ce pas ?

— On dirait bien.

— Et tu y as gagné une charmante belle-sœur, le début d'une entreprise de construction navale et ceci... avait poursuivi Ray en désignant de la main la mer, les flotteurs, les roseaux luisants de la berge et une aigrette solitaire immobile au milieu des joncs, semblable à une statue de marbre. De plus, tu possèdes en toi quelque chose dont Seth a grand besoin : la patience. Peut-être en as-tu trop, dans certains domaines.

— Comment suis-je supposé prendre cela ?

Ray avait soupiré.

— Il y a une chose que tu ne possèdes pas, Ethan, et dont tu as besoin. Tu as perdu du temps à tourner autour du pot, t'inventant mille excuses pour justifier ta passivité à son égard. Si tu ne bouges pas, et vite, tu vas la perdre à nouveau.

— Quoi donc ? s'était enquis Ethan, tout en haussant les épaules et en manœuvrant le bateau. J'ai tout ce dont j'ai besoin, tout ce que je veux.

— Ne te demande pas quoi, mais qui.

Ray avait clappé de la langue et brièvement étreint l'épaule de son fils.

— Réveille-toi, Ethan.

Et il s'était effectivement réveillé, avec l'impression étrange que cette grande main familière pesait toujours sur son épaule.

Mais, songeait-il, le nez dans sa première tasse de café de la journée, il n'avait toujours aucune réponse.

1

— On a pris de belles pièces, cap'taine, cria Jim Bodine, lançant les plus gros crabes dans le bassin aménagé à cet effet de ses grosses mains couturées de cicatrices, en dépit des gants de protection, pas toujours efficaces.

Ethan changea de cap et prit la direction du casier suivant, la main droite fermement serrée sur la barre que, comme la plupart des marins, il préférait au gouvernail.

La baie de Chesapeake était généreuse pour qui savait mériter sa manne en déjouant ses caprices.

Ethan la connaissait peut-être mieux que lui-même. Ses humeurs changeantes n'avaient plus de secret pour lui. Long de trois cent vingt kilomètres du nord au sud, l'estuaire passait de six kilomètres de large à hauteur d'Annapolis à quarante-huit à l'embouchure du Potomac. St. Christopher, douillettement installé à l'extrémité sud-est du Maryland, était largement tributaire de ses humeurs.

C'était un monde à part, bordé de marécages sillonnés de rivières, elles-mêmes parsemées d'îlots couverts de caoutchoucs et de chênes, un monde de criques creusées par les marées, de hauts-fonds inattendus sur lesquels poussaient le céleri sauvage et l'herbe folle.

Les saisons y étaient nettement marquées, les tempêtes brusques. Mais surtout, Ethan n'aurait su se passer du bruit et de l'odeur si particuliers de l'eau.

Concentré, il attrapa sa gaffe et, d'un mouvement aussi précis qu'un pas de danse, décrocha un casier.

Quelques secondes plus tard, la nasse émergea, dégoulinante d'eau et de vieux restes d'appâts, pleine à ras bord de crabes.

Il aperçut les pinces rouge vif des femelles adultes et les yeux furibonds des tourteaux.

— Jolie prise ! s'exclama Jim en hissant le casier à bord.

La mer, agitée, annonçait une tempête prochaine. Les mains occupées, Ethan devait compter sur les muscles de ses jambes pour conserver son équilibre, surveillant du coin de l'œil les nuages qui s'agglutinaient à l'ouest.

Selon ses estimations, ils auraient juste le temps d'aller examiner les casiers du centre de la baie. Jim était à court d'argent, et lui-même avait besoin de tout ce qu'il pouvait gagner pour soutenir la toute jeune entreprise de construction navale que ses frères et lui venaient de monter.

Oui, ils auraient juste le temps, songea-t-il de nouveau, tandis que Jim réappâtait le casier avec des morceaux de poisson décongelé et le lançait pardessus bord. Ethan dirigea le bateau vers la balise flottante suivante.

Sim, son retriever, se tenait debout à la proue, langue pendante. À l'instar de son maître, il n'était heureux que sur l'eau.

Les deux hommes œuvraient presque toujours en silence, ne communiquant qu'au moyen d'interjections, de haussements d'épaules ou d'occasionnels jurons. Tant que la pêche était bonne, tout allait bien. Hélas ! certaines années se révélaient calamiteuses, les crabes constituant la seule source de revenus de bien des marins de la baie.

C'est pourquoi Ethan était bien décidé à réussir dans la construction navale.

Le premier bateau Quinn était presque achevé. Une petite merveille, selon Ethan. Cameron avait déniché un deuxième client – quelque riche connaissance rencontrée au cours de ses années de compétition – et, d'ici peu, ils entreprendraient la construction d'un deuxième navire. Son frère saurait faire rentrer l'argent. Ethan n'en doutait pas une seconde.

Ils réussiraient, songea-t-il, malgré les doutes et les récriminations incessantes de Phillip.

Il leva les yeux vers le soleil, évalua l'heure et la lente progression des nuages vers l'est.

— On va rentrer, Jim.

Cela ne faisait que huit heures qu'ils étaient en mer. Courte journée. Mais Jim n'y trouva rien à redire. Il savait que la tempête imminente n'était pas la seule raison pour laquelle Ethan voulait rentrer.

— L'galopin doit être rentré d'l'école, à c't'heure, lança-t-il.

— Oui.

Même si Seth était suffisamment grand pour rester seul à la maison l'après-midi, Ethan se méfiait de son caractère turbulent.

Au retour de Cam, d'ici deux semaines, ils se partageraient sa garde. En attendant, l'enfant était sous la responsabilité pleine et entière d'Ethan.

Les eaux de la baie, à présent d'un gris d'acier, s'agitaient de plus en plus, mais ni les hommes ni le chien ne paraissaient s'inquiéter outre mesure du tangage du bateau, ballotté de vague en creux.

Les quais de St. Christopher grouillaient de touristes que les premiers beaux jours de juin incitaient à quitter les banlieues de Washington ou de Baltimore pour la pittoresque petite ville, avec ses rues étroites, ses maisons à bardeaux et ses échoppes minuscules. Ils adoraient voir les marins trier agilement les crabes, se délectaient de tartes, spécialités auxquelles le crustacé servait de base, et enrichissaient les magasins de souvenirs et les auberges de St. Christopher – au nombre de quatre. Ils étaient une véritable aubaine pour la petite cité, et Ethan était persuadé que le jour viendrait où ces mêmes touristes se mettraient au bateau et feraient prospérer l'entreprise familiale naissante.

Le vent forcissait encore au moment où il accosta. Jim sauta sur le quai pour serrer les amarres. Avec ses jambes courtes et son corps ramassé, il faisait immanquablement songer à une grenouille affublée de bottes en caoutchouc et d'une casquette graisseuse.

Au signal de son maître, Sim, resté à bord, s'assit tandis que les deux hommes déchargeaient leur pêche. Le vent faisait danser la taude vert fané du petit navire. Ethan vit Pete Monroe se diriger vers eux, un vieux chapeau informe enfoncé sur sa chevelure gris acier, sa silhouette trapue vêtue d'un pantalon flottant kaki et d'une chemise rouge.

— Bonne pêche, aujourd'hui, Ethan !

Le jeune homme sourit. Le bonhomme avait beau être du genre grippe-sou et mener le restaurant Monroe d'une poigne de fer, il l'aimait bien. De toute façon, il savait bien que plus les entreprises étaient florissantes, plus leurs patrons se plaignaient.

Ethan repoussa sa casquette.

— Pas mauvaise.

— Tu rentres de bonne heure, aujourd'hui.

— On va avoir un grain.

Monroe acquiesça. Ses propres pêcheurs de crabes, reconnaissables à leurs taudes rayées, se préparaient également à rentrer. La pluie inciterait les touristes à chercher un abri, il le savait, et à en profiter pour s'offrir une tasse de café ou déguster une glace. Ce qui faisait bien son affaire, puisqu'il possédait la moitié du Bayside Café.

— À vue de nez, tu en rapportes bien deux tonnes et demie.

Le sourire d'Ethan s'élargit. À le voir ainsi, on aurait presque pu dire qu'il avait un petit air de pirate. S'il l'avait su, Ethan en eût peut-être été surpris – mais guère vexé.

— Je dirais qu'on se rapproche plutôt des trois tonnes.

Il connaissait avec exactitude les cours du marché mais savait que, comme d'habitude, des tractations laborieuses se préparaient pour vendre sa cargaison. Il sortit son cigare, l'alluma et se mit au travail.

Les premières gouttes de pluie, énormes, commencèrent à tomber alors qu'il rentrait chez lui, satisfait du prix qu'il avait tiré de sa pêche. Si l'été continuait à ce rythme, peut-être envisagerait-il de poser cent casiers de plus l'an prochain et engagerait-il une équipe saisonnière.

L'ostréiculture n'était plus ce qu'elle avait été dans la baie depuis que des parasites avaient décimé les huîtres. L'hiver n'en devenait que plus redoutable. Quelques bonnes saisons de crabe seraient les bienvenues pour faire démarrer la nouvelle entreprise des Quinn – et pour rembourser les frais de justice. Ses mâchoires se crispèrent à l'évocation de ce dernier point tandis que son bateau chevauchait la houle en direction de la maison.

Ils n'auraient jamais dû avoir besoin de ce fichu avocat, de ce bavard costumé, pour laver le nom de leur père. De toute façon, cela n'arrêterait en rien les commérages. Ceux-ci ne disparaîtraient que lorsque les mauvaises langues auraient trouvé un sujet plus croustillant que la vie et la mort de Ray Quinn.

Et l'enfant, ajouta-t-il, le regard braqué sur la surface de l'eau, troublée par le crépitement incessant de la pluie. Certains prenaient plaisir à clabauder sur ce garçon qui les dévisageait de ses yeux bleu foncé – les yeux mêmes de Ray.

Ethan ne se souciait guère de ce qu'on pouvait penser de lui. Mais il ne supportait pas que l'on salisse la mémoire de ce père qu'il avait tant aimé. C'était cette rage qui le faisait travailler si dur – et aussi le désir ardent de garder Seth au sein de la famille Quinn.

Un coup de tonnerre soudain déchira le ciel, auquel répondit le grondement furieux de la mer déchaînée. Les lourds nuages noirs déversaient à présent de véritables cataractes. Ethan n'en prit pas moins son temps pour accoster au ponton familial. Un peu d'eau en plus ne le tuerait pas.

Visiblement d'accord avec lui, Sim bondit du pont et nagea jusqu'à la rive tandis que son maître amarrait le bateau. Son panier de déjeuner à la main, dans le *flic-flac* de ses bottes, Ethan remonta vers la maison.

Il se déchaussa sous le porche – vieil automatisme inculqué par sa mère, lassée de voir le sol souillé de boue – mais ne se soucia pas du chien, dégoulinant d'eau, qui le suivit à l'intérieur.

Du moins jusqu'à ce qu'il aperçût le carrelage impeccablement ciré et les plans de travail rutilants.

Merde, songea-t-il en voyant les traces de pattes tandis que Sim se précipitait dans la maison en aboyant joyeusement. Puis il entendit un cri perçant, d'autres aboiements, et, enfin, un éclat de rire.

— Tu es absolument trempé ! lança une voix féminine grave, douce et amusée.

Une voix également très ferme qui éveilla en Ethan un brin de culpabilité.

— Allez ouste, dehors, Simon ! Va donc sécher sous la véranda.

Il y eut un autre cri perçant, un gloussement de bébé et le rire d'un jeune garçon. Bon, tout le gang est là, songea Ethan en passant la main sur ses cheveux trempés. Lorsqu'il entendit un bruit de pas venant dans sa direction, il fila tout droit vers le placard à balais et se saisit d'une serpillière, sa nonchalance oubliée.

— Oh ! Ethan !

Grace Monroe, les mains plantées sur ses hanches minces, le regardait d'un air sévère.

— Je n'ai pas fait attention, marmonna-t-il en remplissant un seau dans l'évier. Je ne savais pas que tu venais aujourd'hui.

— Ah bon ? Donc, si je comprends bien, tu as pour habitude de laisser les chiens mouillés cavaler partout dans la maison et salir impunément le sol quand je ne viens pas ?

Il leva une épaule.

— Quand je suis parti, ce matin, le carrelage était répugnant. Donc, j'ai pensé qu'un peu d'eau ne se verrait pas...

Il se détendit quelque peu. On eût dit que la seule présence de Grace suffisait à le détendre, ces derniers temps.

— Mais si j'avais su que tu allais m'arracher les yeux, j'aurais laissé Sim sous le porche, compléta-t-il.

Il souriait lorsqu'il lui fit enfin face. Elle poussa un énorme soupir.

— Allez, va, donne-moi ça. Je m'en occupe.

— Pas question. C'est mon chien, c'est à moi de nettoyer. Dis-moi, il me semble avoir entendu Audrey.

Grace se laissa aller contre le chambranle, épuisée, comme souvent. Ce jour-là, elle avait déjà travaillé huit heures, elle aussi. Il lui en restait encore quatre à accomplir ce soir, comme serveuse au Snidley's Pub.

Certaines nuits, lorsqu'elle s'écroulait dans son lit, elle aurait juré entendre ses pieds crier de douleur.

— Seth me la garde. J'ai dû permuter mes jours à cause de Mme Lynley. Elle m'a demandé si cela ne me dérangerait pas d'aller faire le ménage chez elle demain au lieu d'aujourd'hui, parce que sa belle-mère a appelé de Washington et s'est invitée à dîner demain soir. Selon Mme Lynley, la reine mère regarde chaque grain de poussière comme un péché contre Dieu et les hommes. J'ai pensé que cela ne te dérangerait pas que je vienne aujourd'hui.

— Tu viens quand tu peux, Grace, et nous t'en sommes reconnaissants.

Tout en passant la serpillière, il la regardait à travers ses cils. Il l'avait toujours trouvée jolie. Grace lui évoquait un alezan – dorée et toute en jambes. Il adorait la manière dont ses cheveux – coupés court, à la garçonne – semblaient lui couvrir la tête comme un casque brillant. Elle était aussi mince qu'un top model, mais il savait que cette silhouette longue et gracieuse n'avait rien à voir avec une quelconque mode. Pour autant qu'il s'en souvenait, elle avait été une enfant maigrichonne et dégingandée. Elle devait avoir, quoi ? sept ans, huit ans ? lorsqu'il était arrivé à St. Christopher, chez les Quinn. À présent, elle en avait environ vingt-deux, et le mot « maigrichonne » n'était plus approprié pour la décrire.

On aurait dit une délicate branche de saule, souple et déliée, songea-t-il avant de s'empourprer.

Elle lui sourit. Ses yeux verts – des yeux de sirène – s'illuminèrent tandis que de petites fossettes creusaient ses joues. Elle n'eût su dire pourquoi, mais la vue d'un splendide spécimen de la gent masculine en train de manier la serpillière la mettait en joie.

— As-tu passé une bonne journée, Ethan ?

— Pas mauvaise.

Il nettoyait le carrelage avec la méticulosité qu'il mettait dans tout ce qu'il faisait.

— J'ai vendu un bon paquet de crabes à ton père.

À cette seule mention, le sourire de Grace s'effaça. Un écart s'était creusé entre eux depuis qu'elle était tombée enceinte d'Audrey et qu'elle avait épousé Jack Casey, que M. Monroe surnommait « ce bon à rien de singe graisseux ».

Il s'était malheureusement avéré que l'auteur de ses jours avait vu juste, en ce qui concernait Jack. Celui-ci s'était volatilisé moins d'un mois avant la naissance d'Audrey, emportant par la même occasion ses économies, sa voiture et la plus grande partie de sa confiance en soi.

Mais la jeune femme avait son amour-propre, et elle continuerait à faire face toute seule à ses responsabilités – dût-elle se tuer à la tâche.

Elle entendit de nouveau le rire d'Audrey, et oublia ses idées noires. Ce petit ange aux cheveux bouclés et aux yeux vifs la réconciliait avec la vie.

— Je vais vous préparer à dîner avant de partir.

Ethan se détourna et la regarda encore une fois. Son léger hâle mettait en valeur son visage mince au menton têtu. Le premier regard révélait une blonde longiligne au corps ravissant, au visage serein.

Quand on y regardait de plus près, on pouvait cependant distinguer certaines ombres dans les immenses yeux verts, de la lassitude dans les plis de cette bouche si douce.

— Tu n'es pas obligée de le faire, Grace. Tu devrais rentrer chez toi et te reposer un peu. Tu travailles chez Snidley's ce soir, non ?

— J'ai le temps. Sans compter que j'ai promis à Seth des hamburgers. Il n'y en a pas pour longtemps.

Le regard prolongé d'Ethan la troublait. Elle connaissait depuis longtemps l'effet que cet homme produisait sur elle et avait fini par s'en accommoder. Ce n'était jamais qu'un autre des petits problèmes de l'existence.

— Bon, mais dans ce cas, tu restes manger avec nous.

— Avec plaisir.

Soudain plus à l'aise, elle lui prit la serpillière et le seau des mains pour les ranger.

— Audrey adore venir quand tu es là avec Seth. Pourquoi n'irais-tu pas passer un petit moment avec eux ?

Je dois terminer une lessive avant de préparer le repas.

— Je vais t'aider.

— Pas question.

Sur ce point, elle était formelle : les Quinn la payaient pour un travail. Elle se devait de l'accomplir en entier.

— Va donc au salon – et profites-en pour demander à Seth comment s'est passé son contrôle de maths, aujourd'hui.

— Allons, dis-moi.

— Il a encore eu un A.

Sur ce, elle chassa Ethan. Seth avait vraiment une tête bien faite, songea-t-elle en pénétrant dans la buanderie, juste à côté de la cuisine. Si seulement elle-même n'avait pas tant rêvassé à l'école, sans doute n'aurait-elle pas fait tant d'erreurs.

Et elle aurait appris un métier. Un vrai métier, pas servir à boire, faire le ménage ou trier des crabes. Elle aurait eu une carrière à laquelle se raccrocher lorsqu'elle s'était retrouvée seule et enceinte, tous ses espoirs de partir à New York pour devenir danseuse brisés à jamais.

Bah ! cela n'avait jamais été qu'un rêve imbécile, se morigéna-t-elle en déchargeant la machine pour y enfourner la lessive suivante. De vaines illusions, aurait dit sa mère. Il n'en restait pas moins que les deux seuls objets de désir de son enfance et de son adolescence avaient été la danse et Ethan Quinn.

Elle n'avait jamais eu ni l'un ni l'autre.

Elle poussa un léger soupir, frottant sa joue contre le drap tiède et doux qu'elle venait de sortir. Le drap d'Ethan, celui qu'elle avait enlevé de son lit cet après-midi. Elle avait alors senti son odeur dessus et, peut-être, oh ! juste une minute, s'était-elle laissée aller à rêver. Rêver de ce qui aurait pu être s'il l'avait aimée, si elle avait dormi avec lui entre ces draps, dans cette maison.

Mais les rêves n'ont jamais payé le loyer ni suffi à pourvoir aux besoins d'un enfant.

Grace se mit à plier les draps avec énergie, avant de les aligner en piles bien nettes sur le dessus de la machine trépidante. Il n'y avait rien d'infamant à gagner sa vie en faisant des ménages ou en étant serveuse. Elle excellait dans ces deux domaines. Elle était utile, et on avait besoin d'elle. Cela suffisait.

Elle n'avait certainement été ni utile ni nécessaire à l'homme qu'elle avait eu si brièvement pour mari. S'ils s'étaient aimés, réellement aimés, les choses auraient peut-être été différentes, en tout cas pour elle, qui avait désespérément besoin de se sentir aimée et désirée. Jack avait-il eu quelque attachement pour elle ? Grace l'ignorait.

Elle supposait qu'il ne s'était agi que d'une attirance physique et qu'il avait cru se conduire honorablement en échangeant avec elle devant le maire des promesses de fidélité qu'il s'était empressé de trahir.

Il ne l'avait jamais maltraitée. Il ne s'était jamais saoulé ni ne l'avait battue. Il n'avait pas non plus conté fleurette à d'autres femmes – du moins, à aucune de sa connaissance. Mais tandis qu'Audrey se développait en elle, que son ventre s'arrondissait, elle avait vu la panique grandir dans son regard.

Puis un jour il était simplement parti. Sans dire un mot, et avait répondu favorablement au juge lorsque Grace avait demandé le divorce.

Finalement, bien malgré lui, Jack lui avait fait un cadeau royal en l'obligeant à grandir, à prendre ses responsabilités.

Elle posa le linge plié dans un panier qu'elle porta dans le salon.

Elle y retrouva sa princesse aux cheveux d'or, les joues roses d'excitation et de plaisir, qui gazouillait, confortablement installée sur les genoux d'Ethan.

Une princesse ? Non. Audrey Monroe ressemblait plutôt à un ange de Botticelli, rose et doré, aux immenses yeux verts et aux joues creusées de fossettes. Elle riait, découvrant ses minuscules quenottes. Incapable de décrypter son babil, Ethan n'en acquiesçait pas moins gravement à chacun de ses propos.

— Et qu'a fait Balourd ? lui demanda-t-il, persuadé qu'elle lui racontait une des frasques du chien de Seth.

— L'a léché ma figure, s'esclaffa-t-elle en pleurant de rire. Tout partout.

Puis, les deux menottes sur les joues d'Ethan, elle se livra à son jeu préféré.

— Ouille ! gloussa-t-elle. T'as de la barbe !

Il l'imita et, passant un doigt sur la petite joue veloutée, le retira brusquement.

— Aïe, toi aussi !

— Non ! C'est toi.

— Pas vrai.

Il attira à lui l'enfant ravie et planta de sonores baisers sur ses joues.

— C'est toi !

Hurlant de rire à présent, elle gigota pour se dégager et plongea vers le jeune garçon étendu par terre.

— Seth a de la barbe, déclara-t-elle tout en lui couvrant le visage de baisers mouillés.

— Ouh là ! Audrey, laisse-moi respirer !

Histoire de la distraire, il ramassa l'une de ses petites voitures et la fit rouler sur son bras.

— Tu es un circuit de formule 1.

Les yeux de la fillette se mirent à briller et, saisissant la voiture, elle partit à l'assaut de Seth.

Ethan sourit.

— Tu l'auras cherché ! fit-il remarquer à son frère.

Debout sur le seuil, Grace se contentait de regarder la scène. L'homme, dans l'immense fauteuil à oreilles, souriant aux deux enfants, désormais tête contre tête

– une petite tête délicate appuyée contre une tête hirsute, aux cheveux nettement plus foncés.

Un flot d'affection la submergea. Le petit enfant perdu avait enfin trouvé son vrai foyer, celui de cet homme, enfant perdu lui aussi à une époque, qui s'était glissé dans ses rêves des années auparavant et n'en était jamais sorti.

La pluie tambourinait sur le toit, le vent mugissait. Les chiens dormaient sous la véranda et ici, dans le salon, régnait une sensation de paix et de bien-être.

Grace aurait volontiers posé son panier de linge pour aller se pelotonner sur les genoux d'Ethan, prendre sa part de cette douceur.

Au lieu de quoi elle battit en retraite, retourna dans la cuisine aux néons violents, posa le panier sur la table et entreprit de sortir du frigo ce dont elle avait besoin pour préparer le repas.

Lorsque Ethan vint, quelques minutes plus tard, se chercher une bière, elle avait déjà mis la viande et les frites à cuire et préparait une salade.

— Ça sent bon.

Mal à l'aise, il resta immobile un instant. Personne n'avait jamais cuisiné pour lui – du moins, pas depuis des années, et surtout pas une femme. Si son père était chez lui dans une cuisine, sa mère, en revanche... Selon leur plaisanterie favorite, les jours où elle cuisinait, ils ne parvenaient à survivre que grâce à ses talents de médecin.

— Ce sera prêt dans une demi-heure environ. J'espère que cela ne vous dérangera pas de dîner de bonne heure. En rentrant à la maison, je dois donner son bain à Audrey et me changer pour aller travailler.

— Je ne vois jamais d'inconvénient à manger, quelle que soit l'heure, surtout quand ce n'est pas moi qui fais la cuisine. En fait, ça m'arrange. J'aimerais aller passer une heure ou deux au chantier, ce soir.

— Oh !

Elle se retourna en soufflant sur sa frange.

— Tu aurais dû me le dire. J'aurais accéléré le mouvement.

— C'est parfait, répondit-il en buvant une lampée de bière. Tu veux un verre ?

— Non, merci. J'avais l'intention d'utiliser la sauce de salade qu'a préparée Phillip. Elle a bien meilleure allure que celle qu'on achète dans le commerce.

La pluie, quelque peu calmée, ne crépitait plus aussi fort. Le soleil faisait de timides apparitions entre les nuages. Le nez à la fenêtre, Grace espérait, comme toujours, voir un arc-en-ciel.

— Les fleurs d'Anna ont l'air de bien pousser, commenta-t-elle. La pluie va leur faire du bien.

— En tout cas, elle m'évitera de sortir le tuyau d'arrosage. Notre délicieuse Anna m'arracherait les yeux si je les laissais mourir pendant son absence.

— Et elle aurait raison. Elle s'est vraiment donné un mal de chien pour les planter avant le mariage.

Tout en discutant, Grace s'affairait. Elle égoutta les frites et en remit d'autres dans la friteuse.

— Quel beau mariage ! reprit-elle.

— Oui. On a eu de la chance, avec le temps.

— Oh ! il n'aurait pas pu pleuvoir un jour pareil. Dieu ne l'aurait jamais permis.

Elle revoyait cette journée avec une acuité stupéfiante. Le vert de la pelouse, les eaux miroitantes de la mer. Les parterres de fleurs d'Anna resplendissants de couleurs bordant le chemin qu'elle avait suivi pour rejoindre son promis.

La robe blanche tourbillonnante, le fin voile accentuant l'éclat des yeux noirs rayonnants de bonheur. Les chaises, prises d'assaut par les amis et la famille. Les grands-parents d'Anna en pleurs. Et Cam – ce casse-cou rustaud de Cameron Quinn – regardant sa fiancée avec l'air extasié de l'élu à qui on vient d'ouvrir la porte du paradis.

Une noce simple, romantique. Parfaite, songea Grace.

— Je n'ai jamais vu plus belle femme, reprit-elle dans un soupir teinté d'un soupçon d'envie. Elle est si brune, si exotique.

— La femme rêvée pour Cam.

— Ils ressemblaient à deux stars de cinéma, à la fois élégants et radieux, poursuivit-elle. Je me souviens, quand Phillip et toi avez joué cette valse pour leur première danse, je n'avais jamais rien vu d'aussi émouvant.

Elle soupira derechef en tournant la salade.

— Et voilà qu'à présent ils sont à Rome. J'ai du mal à l'imaginer.

— Ils ont appelé hier matin, avant que je parte. Ils font un excellent voyage.

Elle se mit à rire, et Ethan eut l'impression que le son cristallin lui caressait la peau.

— Une lune de miel à Rome ? On pourrait difficilement trouver mieux.

Elle entreprit d'égoutter la nouvelle fournée de frites et poussa un juron étouffé lorsque quelques gouttes d'huile bouillante s'écrasèrent sur sa main. Alors qu'elle la portait à sa bouche, Ethan bondit et s'en empara.

— Tu t'es brûlée ?

La peau rosissait déjà. Il saisit la main longue et fine et la plongea dans l'évier.

— Fais couler de l'eau froide dessus.

— Ce n'est rien, juste une petite brûlure sans gravité. Ça m'arrive tout le temps.

— Tu devrais faire plus attention.

Sourcils froncés, il maintint fermement sa main sous le robinet.

— Tu as mal ?

— Non.

Et c'était exact. Elle ne sentait rien, excepté le contact de la main d'Ethan sur la sienne et son cœur qui battait la chamade. Sachant qu'elle risquait à tout moment de se rendre ridicule, elle tenta de se dégager.

— Ce n'est rien. Ne t'en fais pas.

— Il faut te mettre de la pommade.

Il leva un bras vers le placard en relevant la tête et croisa son regard. Il se figea. L'eau coulait toujours sur leurs deux mains jointes.

Il essayait toujours de ne pas se trouver aussi près d'elle – au point d'apercevoir les petits points dorés pailletant ses yeux. Il craignait trop de perdre le contrôle de lui-même, d'oublier que cette superbe jeune femme n'était autre que Grace, la fillette qu'il avait vue grandir, la mère d'Audrey, la voisine qui le considérait comme un ami fidèle.

— Tu devrais faire plus attention à toi.

Les mots eurent du mal à franchir sa gorge sèche. Elle sentait le citron.

— Je vais bien, assura-t-elle, alors qu'elle avait l'impression de défaillir, ne sachant si ce qu'elle ressentait était plaisir ou désespoir, aussi désarmée face à la tendre attention qu'il lui prodiguait que sa fillette de deux ans.

— Les frites vont brûler, Ethan.

— Hein ? Oh, oui !

Profondément mortifié d'avoir pensé, ne serait-ce qu'une seconde, que sa bouche était certainement aussi douce qu'elle en avait l'air, il se rejeta en arrière et entreprit de chercher la pommade. Il n'aimait pas se sentir dominé par ses émotions.

— Mets-en un peu, dit-il en posant le tube sur le plan de travail avant de reculer. Je vais... dire aux enfants de se laver les mains.

Il cueillit le panier de linge au passage et s'en fut.

Posément, Grace ferma le robinet avant de couper le feu sous les frites. Elle étendit un peu de pommade sur sa main, rangea le tube puis, appuyée contre l'évier, regarda par la fenêtre.

Elle ne trouva pas d'arc-en-ciel.

2

Aucun jour n'égalait le samedi. Sauf, bien sûr, le dernier samedi d'école avant les vacances d'été.

Samedi, cela signifiait pour Seth une journée entière aux côtés d'Ethan et de Jim sur le bateau. Une journée d'un travail acharné, confronté aux éléments. Une vraie journée d'homme, aux yeux du garçon. Ce jour-là, protégé du soleil par sa casquette et les super-lunettes de soleil qu'il s'était offertes au centre commercial, Seth lança sa gaffe vers la balise suivante, ses jeunes muscles bandés sous le tee-shirt X-Files. Pas de doute, la vraie vie était là.

Il regarda Jim soulever la nasse et en déverrouiller le couvercle. Le pêcheur secoua les appâts accrochés au fond du panier, attirant une nuée de mouettes plongeant frénétiquement sur cette manne inespérée, puis, assurant sa prise sur le casier, il déversa les crabes dans le baquet prévu sur le pont à cet effet.

Tout cela semblait à Seth d'une facilité déconcertante, et il se sentait parfaitement de taille à affronter ce tas de crabes stupides. Ces sortes d'énormes insectes mutants, avec leurs pinces qu'ils agitaient sans cesse, ne l'impressionnaient pas.

Mais on l'avait confiné dans des tâches subalternes comme réappâter les nasses avec des morceaux de poisson répugnants, les refermer, vérifier que rien ne s'était accroché dessous, contrôler que toutes les balises étaient bien en place avant de rejeter le casier par-dessus bord.

Puis il devait manier la gaffe jusqu'à la bouée suivante.

Il savait reconnaître les mâles des femelles, à présent. Jim disait toujours que ces dernières se mettaient du vernis à ongles, parce qu'elles avaient les pinces rouges. C'était dingue, la manière dont les dessins qu'ils avaient sur le ventre ressemblaient à des organes sexuels. N'importe qui pouvait reconnaître les mecs crabes à ce long « T », juste là, qui faisait vraiment penser à un pénis.

Jim lui avait montré deux crabes en train de s'accoupler – il les appelait des doublets – et ça, c'était vraiment incroyable. Le type crabe escaladait la fille, l'arrimait sous lui et ils nageaient ainsi en rond pendant des siècles.

Ils devaient aimer ça.

Ethan lui avait d'abord dit que les crabes étaient mariés, puis avait haussé un sourcil devant son hennissement sarcastique. Seth, intrigué, était allé consulter un ouvrage sur les crabes à la bibliothèque de l'école. Maintenant, il pensait plus ou moins comprendre ce qu'avait voulu dire Ethan. Le type protégeait la fille en la gardant sous lui parce qu'elle ne pouvait s'accoupler qu'à l'occasion de sa dernière mue, quand la mollesse de sa carapace la rendait particulièrement vulnérable. Même quand ils avaient terminé, il continuait à la trimballer comme ça jusqu'à ce que sa carapace soit redevenue dure. Et comme elle ne s'accouplerait qu'une fois, c'était comme si elle s'était mariée.

Il se souvint du mariage de Cam et de miss Spinelli – Anna, corrigea-t-il aussitôt. Fallait qu'il l'appelle Anna, maintenant. Y avait tout un tas de bonnes femmes qui avaient pleuré, les mecs, eux, rigolaient et se lançaient des vannes. N'empêche qu'ils avaient tous fait un de ces fromages de cette histoire : des fleurs partout, de la musique et des tonnes de bouffe. Seth n'arrivait pas à comprendre pourquoi. Pour lui, se marier, ça voulait juste dire qu'on pouvait coucher ensemble quand on voulait sans que personne vienne vous embêter.

Mais bon, finalement, ça avait été plutôt cool. Il n'avait encore jamais assisté à un truc pareil. Et même si Cam l'avait traîné par les cheveux au centre commercial pour l'obliger à essayer des centaines de fringues pas possibles, finalement, ça s'était bien passé.

Peut-être s'inquiétait-il un peu, parfois, de la manière dont l'arrivée d'Anna allait changer les choses, alors qu'il commençait tout juste à s'habituer à sa nouvelle vie. Dorénavant, il y aurait une femme à la maison. Il aimait bien Anna. Assistante sociale ou pas, elle avait joué franc jeu avec lui. Seulement voilà, elle n'en restait pas moins une femelle.

Comme sa mère.

Stop ! Il devait penser à autre chose, sinon sa journée serait foutue : tous ces types, la drogue, les petits appartements crasseux, y avait carrément de quoi flipper.

Il n'avait pas connu suffisamment de jours heureux au cours de ses dix années d'existence pour risquer d'en bousiller un.

— Oh ! tu fais la sieste, là, Seth ?

La voix douce d'Ethan le ramena à l'instant présent. Il cilla, vit le soleil reflété par l'eau et les flotteurs orange qui dansaient dessus.

— Non, je réfléchissais, marmonna-t-il avant de gaffer vers une nouvelle balise.

— Moi, je réfléchis pas trop, commenta Jim en s'occupant de la nasse.

Son visage tanné se fendit d'un sourire.

— Ça fait monter la température du cerveau, ajouta-t-il.

— Merde, lança Seth, penché sur le baquet. Celle-là commence à muer.

Jim grommela quelque chose et saisit un crabe dont la carapace se fendait sur la longueur.

— Eh bien, elle fera un excellent sandwich, demain…

Il adressa un clin d'œil à Seth avant de jeter le crabe dans le baquet.

— Peut-être le mien.

Balourd, encore assez jeune pour mériter le surnom, vint renifler, provoquant une violente émeute chez les crustacés. Le chiot recula en couinant devant les sinistres claquements de pinces.

— C'est bien un clébard ! s'esclaffa Jim. Il a pas à craindre une méningite, çuilà.

Même quand ils avaient déchargé leur pêche sur les quais, nettoyé les bacs et déposé Jim, leur journée était loin d'être terminée. Ethan s'écarta du poste de commande.

— Bon, maintenant, direction le chantier. Tu veux piloter jusque-là ?

Malgré les lunettes de soleil qui dissimulaient les yeux de Seth, Ethan savait parfaitement que ceux-ci brillaient. Un large sourire étirait ses lèvres, et il s'amusa de voir l'enfant hausser négligemment les épaules comme un marin endurci.

— Bien sûr. Sans problème.

Les paumes moites, Seth empoigna la barre.

Ethan resta à côté de lui, les mains dans les poches mais l'œil vigilant. Le trafic était dense dans la baie. Les beaux après-midi de week-end y attiraient immanquablement les plaisanciers. Mais ils n'avaient pas une grande distance à parcourir et il fallait bien que le gamin apprenne. Un habitant de St. Christopher se devait de savoir piloter un bateau de pêche.

— Un peu plus à tribord, dit-il à Seth. Tu vois ce skiff, là ? Ce marin d'eau de vaisselle va te passer droit sous le nez si tu ne changes pas de cap.

Seth plissa les yeux, étudia le bateau, puis ses occupants.

— C'est parce qu'il zieute la fille en bikini au lieu de regarder où il va, ronchonna-t-il.

— En tout cas, elle a belle allure.

— Je ne vois vraiment pas pourquoi on fait tout un plat à propos des nichons.

Ethan eut l'élégance de ne pas éclater de rire. Il se contenta d'opiner sobrement.

— Je pense que c'est parce que nous n'en avons pas.

— Oui, eh bien moi, sûr que j'en voudrais pas !

— Attends d'avoir deux ans de plus et tu verras, marmonna Ethan, profitant du bruit du moteur.

Cette seule pensée le fit tressaillir. Bon sang, qu'allaient-ils faire lorsque le gamin atteindrait la puberté ? Quelqu'un devrait bien lui parler de... de ça, quoi. Il savait Seth déjà trop averti sur le sujet, mais dans le mauvais sens. Il ne connaissait de la sexualité que l'aspect sombre et répugnant. Le même aspect que lui, Ethan, n'avait que trop tôt connu.

L'un d'entre eux devrait expliquer au gamin qu'il n'en allait pas toujours ainsi. Et sans trop tarder.

Il souhaita de toutes ses forces ne pas être celui-là.

Il aperçut le chantier naval, le vieux bâtiment de brique, le solide ponton que ses frères et lui avaient construit, et une bouffée d'orgueil l'envahit. Peut-être ne payait-il pas de mine, avec ses vitres sales, ses briques ébréchées et son toit fait de bric et de broc, mais ils étaient en train d'en sortir un bateau, et il en était fier.

— Coupe les gaz. Accoste lentement.

Distrait, Ethan posa une main sur celle de Seth, aux commandes. Le garçon tressaillit, puis se détendit. Il avait toujours un problème avec les contacts inattendus, nota Ethan. Mais cela s'arrangeait.

— C'est bien. Un peu plus près du quai.

Lorsque le bateau heurta doucement les pilotis, Ethan sauta sur l'appontement pour nouer les amarres.

— Joli travail.

À son signal, un Sim tremblant d'impatience bondit sur le quai. Aboyant frénétiquement, Balourd, planté sur le plat-bord, hésita un instant puis l'imita.

— Passe-moi la glacière, Seth.

Le garçon la souleva, grognant un peu.

— Peut-être que je pourrais piloter, de temps en temps, quand on va aux crabes.

— Peut-être.

Ethan attendit que l'enfant ait mis pied à terre avant de se diriger vers les portes du bâtiment.

Déjà grandes ouvertes, elles laissaient échapper la voix de Ray Charles. Ethan posa la glacière à l'entrée et s'arrêta, les mains sur les hanches.

La coque était achevée. Cam s'était donné un mal de chien pour qu'ils y parviennent avant son départ en voyage de noces. Ils l'avaient habillée de planches aux bords biseautés afin de maintenir son arrondi.

Puis ils avaient terminé la courbure à la vapeur, lentement, méticuleusement, planche par planche. C'était une sacrée coque, se dit Ethan. Jamais elle ne connaîtrait la moindre fissure.

C'était lui qui avait dessiné les plans, retouchés ensuite par Cam. Il avait choisi de doter le bateau d'une coque en arc, plus coûteuse que les autres mais d'une stabilité bien supérieure et permettant d'atteindre des vitesses étonnantes, ce que souhaitait leur client.

Il avait dessiné la proue dans le même esprit, une proue de yacht, longiligne et inclinée. Une fois fini, le bateau aurait une ligne de flottaison plus courte que sa surface à l'air.

Outre ses performances techniques, le bateau présenterait des lignes pures, d'une élégance parfaite.

Les aînés avaient confié à Seth la tâche harassante mais indispensable de recouvrir l'intérieur de la coque d'un mélange égal d'huile de lin et d'essence de térébenthine. Le garçon les avait grandement aidés.

De l'endroit où il se trouvait, Ethan avait une vue d'ensemble de la coque. Il avait prévu d'y installer des cabines confortables, avec une bonne hauteur de plafond. Leur client adorait emmener en croisière amis et famille.

Et il avait insisté pour avoir du teck, même si Ethan lui avait assuré que le pin ou le cèdre serait du plus bel effet pour l'habillage de la coque. Cet homme ne manquait pas d'argent pour son dada, songea Ethan – ni pour son standing. Cependant, il devait bien admettre que le résultat était magnifique.

Son frère Phillip travaillait au pont. Torse nu dans la moiteur suffocante de l'après-midi, les cheveux protégés par une casquette noire unie portée à l'envers, il fixait les planches, dans une cacophonie de visseuse électrique et de jazz.

— Comment ça se passe ? hurla Ethan par-dessus le vacarme.

Phillip redressa la tête, le visage en eau. Il fronça les sourcils. Bon sang, il était publicitaire, pas charpentier !

— Il fait plus chaud qu'en enfer, là-dessus. Quand je pense qu'on est seulement en juin… Il va falloir s'équiper en ventilateurs. Aurais-tu quelque chose de frais, ou au moins d'humide, dans cette glacière ? Je suis à court de boisson depuis au moins une heure.

— Ouvre le robinet des toilettes et tu auras de quoi boire, répondit Ethan paisiblement, tout en se penchant pour sortir une canette.

— Dieu seul sait ce qui sort de là ! rétorqua Phillip en attrapant la canette que venait de lui lancer son frère. Au moins, là-dessus, ils te disent quelle cochonnerie tu ingurgites.

— Désolé, on a fini l'Evian. Tu connais Jim. Il n'a jamais assez de son eau préférée.

— Va te faire voir, rétorqua Phillip, sans animosité aucune.

Il avala d'un trait la moitié du Pepsi glacé, puis plissa le front lorsque Ethan monta inspecter son travail.

— Joli travail.

— Merci, patron. J'aurai une augmentation ?

— Bien sûr. Le double de ce que tu touches en ce moment. Eh ! Seth, le roi du calcul, combien font tintin fois tintin ?

— Double tintin, répondit Seth en souriant.

Ses doigts rêvaient d'essayer la visseuse électrique. Mais bien sûr, personne ne le laisserait s'en approcher, pas plus que des autres outils électriques.

— Génial ! Je vais enfin pouvoir m'offrir cette croisière à Tahiti.

— Pourquoi ne prendrais-tu pas plutôt une douche ? À moins que tu ne voies une objection à te laver avec l'eau du robinet. Je peux prendre le relais, ici.

Suggestion tentante. Phillip était crasseux, couvert de sueur et il mourait de chaud. Il aurait allégrement assassiné pour un verre bien frais de pouilly-fuissé. Mais il savait qu'Ethan était debout depuis bien avant l'aube et avait déjà accompli ce que tout le monde appelait une journée bien remplie.

— Je peux encore tenir deux bonnes heures au moins.

Exactement la réponse à laquelle s'attendait Ethan. Phillip avait peut-être tendance à se plaindre, mais il n'était pas du genre à vous laisser tomber.

— Super ! s'écria-t-il. Je pense que quand le vissage sera fini, on pourra déclarer la journée terminée.

— Est-ce que je peux…

— Non, répondirent en chœur Ethan et Phillip.

— Et pourquoi ? insista Seth. Je ne suis pas complètement crétin. Je ne vais blesser personne avec une imbécile de vis ni rien du tout.

— C'est notre joujou à nous, répliqua Phillip en lui souriant. Et puis d'abord, on est plus grands que toi. Tiens, ajouta-t-il en sortant un billet de cinq dollars de son portefeuille, va donc chez Crawford me chercher une bouteille d'eau. Si tu y vas sans ronchonner, tu pourras même t'offrir une glace.

Seth marmonna juste quelque chose d'inintelligible entre ses dents, en appelant son chien. Un truc concernant les enfants réduits en esclavage.

— Dès qu'on aura un peu plus de temps, on devrait lui apprendre à se servir des outils, commenta Ethan après son départ. Il est excessivement habile de ses mains.

— Entièrement d'accord, mais je voulais qu'il fiche le camp un moment. Je n'ai rien pu te dire hier soir. Le détective a pisté Gloria DeLauter jusqu'à Nagshead.

— Elle est donc descendue vers le sud, répondit Ethan en levant les yeux vers son frère. Il l'a agrafée ?

— Non. Elle se déplace sans arrêt, et elle paye tout en liquide. Elle est visiblement pleine aux as.

La bouche de Phillip se contracta.

— Elle a un maximum à dépenser depuis que papa lui a filé le paquet pour Seth.

— On dirait bien qu'elle n'a pas l'intention de revenir dans le coin.

— Pour moi, Seth ne l'intéresse pas plus qu'un chaton mort n'intéresse un chat de gouttière.

Sa propre mère était pareille, se souvint Phillip. Il n'avait jamais rencontré Gloria DeLauter, mais il la connaissait. Et il la méprisait.

— Si on ne la retrouve pas, ajouta Phillip en faisant rouler la canette fraîche sur son front, on ne saura jamais ce qu'il en est à propos de papa et de Seth.

Ethan acquiesça. Il savait que pour son frère, cela constituait une véritable mission, et qu'il avait très probablement raison. Mais il ne cessait de se demander ce qu'ils feraient, une fois que la lumière serait enfin faite.

Après quatorze heures de travail, Ethan n'aspirait plus qu'à prendre une douche interminable et à boire une bière bien fraîche. Il fit les deux simultanément. Ils réchauffèrent des plats préparés et il mangea sa part seul sur la véranda à l'arrière de la maison, dans la lumière douce du crépuscule. À l'intérieur, Seth et Phillip discutaient de la première cassette qu'ils visionneraient. Schwarzenegger contre Kevin Costner.

Ethan avait déjà parié sur Arnold.

Selon un accord tacite, Phillip s'occupait de Seth le samedi soir. Ce qui laissait à Ethan l'embarras du choix. Allait-il les rejoindre, monter dans sa chambre, un bon livre entre les mains, ou sortir ?

Avant la mort soudaine de leur père et le brutal changement de vie qui en avait découlé, il vivait tranquille, seul dans sa petite maison. Mais, même s'il la regrettait, il tâchait de ne pas en vouloir à ses jeunes locataires. Non seulement ils n'y étaient pour rien, mais en plus ils adoraient y habiter. Il revit le salon, si lumineux, la petite véranda protégée par les arbres, et l'eau clapotant contre l'appontement.

Cam marié, il aurait pu s'y réfugier de nouveau si l'appoint d'un loyer ne leur avait pas été si nécessaire. Et surtout s'il n'avait pas donné sa parole à ses frères qu'il vivrait avec eux jusqu'à l'adoption définitive de Seth.

Confortablement installé dans le fauteuil à bascule, il entendit l'appel des oiseaux de nuit. Et dut s'assoupir, puisqu'il rêva.

— Tu as toujours été le plus solitaire des trois, lui disait Ray.

Assis sous le porche, son père regardait la baie. La brise nocturne ébouriffait doucement sa chevelure argentée.

— Tu as toujours aimé t'isoler, afin de méditer et de résoudre tes problèmes.

— C'est vrai. Même si je savais pouvoir demander votre aide, à maman et à toi, je tenais à essayer de m'en sortir tout seul.

— Et maintenant ?

— Je ne sais pas trop si j'y arrive. En tout cas, Seth s'adapte à nous. Les premiers temps, je m'attendais sans arrêt qu'il fugue. Ta mort l'a peut-être plus affecté que nous, si c'est possible, dans la mesure où il croyait ne plus avoir à s'en faire après t'avoir retrouvé.

— Il a eu une vie épouvantable, avant de venir ici. Cependant, elle n'a pas été aussi horrible que la tienne, et tu t'en es bien sorti.

— De justesse.

Ethan prit son temps pour allumer son cigare.

— Ça me revient encore, parfois. La peur, la honte. Les sueurs froides. Seth est un peu plus jeune que je ne l'étais alors. Je crois qu'il arrivera à oublier. À condition que sa mère ne revienne pas traîner dans les parages.

— Il devra peut-être la revoir, mais il ne sera pas seul. C'est toute la différence. Vous le soutiendrez comme vous l'avez toujours fait entre vous, répondit Ray en souriant. Mais, Ethan, tu m'inquiètes, tout seul, ici, un samedi soir.

— J'ai eu une rude journée.

— À ton âge, j'avais aussi de rudes nuits. Nom de nom, tu n'as que trente ans. Rester à lézarder sous sa véranda un samedi soir, c'est bon pour les vieux. Allez, hop, va faire un tour. Nous savons tous deux où tu as envie d'aller.

Le crépitement soudain d'une arme automatique fit tressaillir Ethan. Il cilla, étonné. Puis il se rappela. La télévision.

Ce fut alors qu'il aperçut le cigare entre ses doigts. Ahuri, il le fixa un instant. L'avait-il sorti et allumé en dormant ? Ridicule. Absurde. Il avait certainement dû le faire avant de s'assoupir.

Tout de même, pourquoi s'était-il endormi ? Il n'était pas si fatigué que cela ; il se sentait même étrangement alerte.

Il fit quelques pas sous le porche, et faillit se laisser tenter par une soirée télé agrémentée de quelques canettes.

Non. Pas de ça. Il allait sortir, et voir où ses pas le guideraient.

Grace avait mal aux pieds. Ces fichus escarpins, partie intégrante de son uniforme de serveuse, étaient une véritable calamité. En semaine, elle pouvait de temps à autre les enlever, et même parfois s'asseoir quelques minutes. Mais le samedi soir, avec le pub bourré à craquer, elle n'arrêtait pas.

Elle déposa son plateau sur le bar, en ôta les verres vides et les cendriers pleins tout en passant sa commande.

— Deux vins blancs, deux cocktails maison, un gin tonic et un Perrier rondelle.

Elle dut élever la voix pour couvrir le vacarme causé par les « musiciens ». La musique était toujours insupportable ; Snidley était trop pingre pour embaucher de vrais professionnels.

Apparemment, cela ne gênait personne, à en juger par l'affluence sur la piste de danse.

Grace, plateau en main, se fraya un passage entre les tables. Pourvu que ces touristes lui laissent de bons pourboires...

Il restait dix minutes avant sa pause. Autant dire mille ans.

— Salut, Grace.

— Bonsoir, Curtis. Bonsoir, Bobbie. Comment ça va ?

Ils avaient usé leurs fonds de culottes sur les bancs de la même classe. Un siècle auparavant. À présent, tous deux travaillaient pour son père.

— Comme d'habitude ?

— Ouais, deux bières.

Comme d'habitude également, Curtis lui donna une claque sur le derrière. Elle avait appris à ne pas s'en formaliser. C'était un geste totalement inoffensif de sa part, presque une marque d'affection. Ce qui n'était pas le cas de certains clients.

— Comment va ton bout de chou ?

Grace sourit. Curtis demandait toujours des nouvelles d'Audrey ; c'était également pour cela qu'elle tolérait son geste.

— Elle devient plus jolie de jour en jour.

Du coin de l'œil, elle vit un des clients tendre vers elle une main baladeuse.

— Je vais chercher vos bocks.

Son plateau rempli, elle quittait le comptoir quand elle faillit rentrer dans Ethan. Étonnée, elle le regarda. S'il venait parfois en semaine, il évitait soigneusement la cohue du samedi.

Vêtu d'un jean usé mais propre, d'une chemise blanche et de vieilles bottes éraflées, il avait l'apparence de tous les autres clients. Pourtant, il ne ressemblait à personne.

Était-ce dû à sa manière de se mouvoir entre les tables avec une grâce mâtinée de puissance ?

À moins que ce ne fussent son visage, taillé à la serpe et pas vraiment beau, ou ses yeux, toujours si clairs et pensifs, trop graves, parfois.

Elle servit les boissons, empocha l'argent et prit d'autres commandes. Ethan l'attendait au bout du comptoir.

Elle en oublia jusqu'à sa pause.

— Trois cocktails, une bouteille de Johnnie Walker et un gin tonic, ordonna-t-elle, absente, en se passant machinalement la main dans les cheveux. Bonsoir, Ethan.

— C'est plein, ce soir.

— Comme tous les samedis d'été. Tu veux une table ?

— Non, c'est parfait comme ça.

Le barman était occupé à préparer une autre commande, ce qui lui laissa le temps de souffler.

— Steve est débordé. Dès qu'il peut, il vient par ici, lui déclara Grace.

— J'ai tout mon temps.

D'habitude, Ethan tentait de ne pas penser à ce à quoi elle ressemblait dans sa minijupe, ses jambes interminables gainées de bas résille noirs et chaussées d'escarpins. Mais pas ce soir.

En cet instant précis, il n'aurait eu aucun mal à expliquer à Seth le trouble que pouvaient provoquer des seins. Ceux de Grace, hauts et menus, étaient légèrement dévoilés par son bustier.

Il eut soudain terriblement, désespérément besoin d'une bière.

— Tu vas avoir le temps de t'asseoir deux minutes ?

Elle ne répondit pas immédiatement. L'attention avec laquelle Ethan l'avait détaillée lui avait ôté tout moyen.

— Je... Euh... oui, c'est bientôt l'heure de ma pause, finit-elle par répondre, les mains moites. Ça me fera du bien de sortir un peu, d'échapper à ce boucan.

Elle roula des yeux en direction de l'orchestre. Ethan sourit.

— Tu crois qu'on peut faire pire ?

— Oh, oui ! Ceux-là, c'est le haut du panier.

Presque détendue, elle saisit son plateau et repartit en direction de la salle.

Il la regarda, tout en prenant une gorgée de la bière que venait de lui servir Steve. Il observa le jeu de ses jambes, son déhanchement incroyablement sexy, rehaussé par le gros nœud de satin sur ses reins. La manière dont elle pliait les genoux et équilibrait son plateau tout en servant et desservant.

Il plissa les yeux lorsque Curtis lui tapota amicalement le derrière.

Il les plissa davantage lorsqu'un étranger arborant un tee-shirt Jim Morrison délavé lui saisit la main et l'attira à lui. Il vit Grace lui décocher un rapide sourire et secouer la tête. Il quittait déjà le comptoir lorsque l'homme la lâcha.

Quand elle revint au bar, Ethan lui attrapa la main.

— Et ta pause ? Allez, tu la prends maintenant.

— Hein ? Je...

Ahurie, elle se vit entraînée à travers la salle.

— Ethan, je dois...

— ... prendre une pause, termina-t-il à sa place tout en ouvrant grande la porte.

Dehors, une brise légère soufflait dans la nuit claire. La porte se referma sur le vacarme, le transformant en rumeur assourdie. L'odeur de fumée, de sueur et de bière n'était plus qu'un souvenir.

— Je pense que tu ne devrais pas travailler ici.

Elle le dévisagea, ahurie. Quelle étrange constatation, quel ton soucieux... Ahurissant, vraiment.

— Je te demande pardon ?

— Tu m'as très bien entendu.

Il fourra ses mains dans ses poches. Libres, elles auraient été trop tentées d'échapper à son contrôle.

— Ce n'est pas bien.

— Ce n'est pas bien ? répéta-t-elle machinalement.

— Bon sang ! tu es mère de famille ! Que fais-tu là, dans ce costume, à servir des ivrognes et à te faire tripoter ? Ce type avait pratiquement le nez sous ta jupe.

— Mais non.

Amusée autant qu'exaspérée, elle secoua la tête.

— Pour l'amour du ciel, Ethan, il se comportait en client ordinaire. Cela ne tire pas à conséquence.

— Curtis t'a mis la main aux fesses.

L'amusement céda franchement la place à la contrariété.

— Je sais parfaitement où il a mis sa main, et si cela m'avait inquiétée je l'aurais remis à sa place.

Ethan inspira profondément. À tort ou à raison, il avait mis la question sur le tapis, et il entendait bien la régler à son idée. Il repartit à l'attaque :

— Tu ne devrais pas travailler à moitié nue dans un bar où tu passes ton temps à enlever les mains de tes fesses. Ta place est à la maison, avec ta fille.

À présent, Grace était carrément furieuse. Ses yeux lancèrent des éclairs quand elle répliqua.

— Ah bon ? C'est ton opinion ? Eh bien, merci beaucoup de m'en avoir fait part. Au fait, un détail en passant : si je ne travaillais pas, je n'aurais pas de maison, justement. *Et je ne suis pas à moitié nue.*

— Tu as déjà un travail, s'entêta-t-il. Tu fais des ménages.

— Exact. Je fais des ménages, je sers dans un pub et, accessoirement, je trie les crabes. C'est fou ce que j'ai comme talents divers et variés. Je paye également un loyer, une assurance, des frais médicaux, le gaz, l'électricité et une baby-sitter. J'achète de la nourriture, des vêtements, j'en passe et des meilleures. Bref, je gagne ma vie et celle de ma fille, et je n'ai pas l'intention de supporter tes jugements.

— Je voulais juste dire...

— J'ai entendu.

Son cœur battait à se rompre, tout son corps était douloureux. Ce n'était cependant rien à côté des paroles qu'il venait de prononcer.

— Je sers des cocktails pendant que les clients reluquent mes jambes. Et après ? Qui sait, peut-être me donneront-ils de plus gros pourboires s'ils les trouvent à leur goût ? Et plus gros pourboires, ça veut dire plus beau cadeau pour ma fille. Alors, ils peuvent bien les regarder tant qu'ils veulent. Et je t'assure que si j'avais un corps plus rembourré, je gagnerais encore plus d'argent.

Si son visage était rouge de colère, ses yeux trahissaient son épuisement.

— Tu te brades, Grace, répondit posément Ethan.

— Je sais exactement ce que je vaux, Ethan, rétorqua-t-elle, menton en avant. Au *cent* près. Maintenant, tu voudras bien m'excuser, mais ma pause est terminée.

Sur ce, elle pivota et s'engouffra dans la pièce enfumée.

3

— Veux Zeannot Lapin.

— Oui, mon bébé, on prend Jeannot Lapin.

Seigneur, quelle expédition ! Elles n'allaient qu'au bac à sable, derrière la maison, mais Audrey tenait systématiquement à y emmener tous ses animaux en peluche.

Grace avait résolu une fois pour toutes le problème : elle avait acheté un immense panier à provisions. Le lapin rejoignit un ours, deux chiens, un poisson et un vieux chat élimé. Les yeux brûlants de fatigue, elle sourit lorsque sa fille tenta de soulever le panier.

— Je vais le porter, ma chérie.

— Non, moi.

C'était la phrase préférée d'Audrey. Sa fille tenait absolument à tout faire elle-même, quelle que fût la difficulté. Je me demande de qui elle tient ça, songea Grace avant d'éclater de rire.

Elle maintint la porte ouverte (Et flûte, j'ai encore oublié de graisser les gonds !) tandis qu'Audrey traînait péniblement le panier derrière elle.

Même si elle ne comptait pas rester longtemps dans cette maison, Grace y avait mis une note personnelle en repeignant la petite véranda et en y mettant des géraniums. C'était *sa maison*, du moins tant qu'elle n'aurait pas les moyens de s'offrir un crédit qui lui permettrait d'en acheter une.

Les pièces étaient minuscules, mais elle avait pallié cet inconvénient en les meublant au minimum, de meubles d'occasion qu'elle avait soigneusement repeints ou recouverts.

Ses meubles. C'était vital, pour Grace.

La plomberie pouvait bien dater de Mathusalem, le toit fuir après une bonne tempête et les fenêtres laisser passer les courants d'air, elle s'en fichait. L'essentiel, c'étaient les deux chambres. Elle tenait à ce que sa fille ait la sienne et l'avait elle-même retapissée, repeinte et agrémentée de rideaux colorés.

Avec une pointe de nostalgie, elle songea qu'elle devrait bientôt remplacer le lit à barreaux d'Audrey par un vrai lit d'enfant.

— Fais attention aux marches.

Les minuscules tennis les descendirent une à une avant de s'élancer en courant dans le jardin. Traînant toujours le panier, Audrey poussait des hurlements de joie.

Elle adorait le bac à sable. Grace se régalait toujours de la voir foncer sur ce bac rouge vif construit de ses mains. Elle savait qu'Audrey ne toucherait ni les pelles, ni les râteaux, ni les petites voitures qui l'y attendaient tant qu'elle n'aurait pas installé son public de peluches.

Un jour, se promit Grace, sa fille posséderait un vrai chien, une véritable salle de jeux où inviter ses amis les jours de pluie.

Elle s'accroupit tandis qu'Audrey disposait ses jouets sur le sable blanc.

— Tu t'amuses ici pendant que je tonds la pelouse. D'accord ?

— D'accord. Tu joues avec moi ?

— Dans un petit moment.

Elle effleura les boucles dorées. Jamais elle ne se rassasiait de ce miracle auquel elle avait donné le jour. Puis elle inspecta soigneusement les environs.

Le jardin était solidement clôturé et elle avait elle-même doté la porte d'un loquet de sécurité.

Aucun mouvement chez les voisins. En ce dimanche matin, ils devaient se prélasser au lit en rêvant de petits déjeuners pantagruéliques. L'aînée des filles Cutter, Julie, était sa baby-sitter préférée.

Tiens, Irène (la mère de Julie) avait fait du jardinage, la veille. Pas une mauvaise herbe ne subsistait dans les parterres ou le potager.

L'air coupable, Grace se tourna vers leur propre potager, envahi de mauvaises herbes. Encore une chose à faire, une fois la pelouse tondue. Mais pourquoi diable avait-elle voulu un jardin ? La réponse était simple ; pour savourer la joie de creuser la terre et de faire des plantations avec sa petite fille...

Mais la pelouse d'abord.

Elle débarrassa la vieille tondeuse de sa tout aussi vieille housse et, comme d'habitude, vérifia le niveau d'essence avant de regarder du côté du bac à sable. Tirant sur le démarreur, elle n'obtint qu'un couinement enroué.

— Allons bon, tu ne vas pas t'y mettre, toi aussi !

Combien de fois n'avait-elle pas réparé ou secoué la vieille guimbarde... Carrant ses épaules douloureuses, elle tira de nouveau sur la corde. Encore. Encore.

— Allons, ma vieille... du courage.

— Elle te fait des misères ?

Elle redressa brusquement la tête. Après leur dispute de la veille, Ethan était bien la dernière personne qu'elle s'attendait à voir. Elle n'en fut pas particulièrement ravie. Surtout lorsqu'elle songea à son accoutrement – un short et un tee-shirt avachis, aucun maquillage et la tignasse en bataille.

Mais bon, elle avait prévu de jardiner, pas de recevoir.

— Je me débrouillerai.

Elle fit une nouvelle tentative. La tondeuse émit un toussotement.

— Laisse-la reposer une minute. Tu es en train de la noyer.

La corde se rembobina avec un sifflement étouffé.

— Je sais comment démarrer ma propre tondeuse, quand même.

— J'en suis certain. Quand tu n'es pas à cran.

Il s'avança, mince et bien bâti dans son jean délavé et sa chemise roulée aux coudes.

Comme elle ne répondait pas à la sonnette, il était venu ici. Et il savait qu'il l'avait observée un peu plus longtemps qu'il n'aurait dû, fasciné par sa grâce.

Il avait passé une nuit blanche, sachant qu'il devait faire amende honorable, mais se demandant comment. C'est alors qu'il l'avait vue. Longs membres dorés par le soleil, chevelure éclatante, attaches fines et déliées.

— Je ne suis pas à cran, rétorqua-t-elle en malmenant la tondeuse.

Il plongea son regard dans le sien.

— Écoute, Grace...

— Ethaaan !

Audrey lui fonçait dessus en hurlant de joie, bras grands ouverts. Il l'attrapa au vol et la fit tournoyer.

— Coucou, ma puce.

— Jouer.

— Euh... je...

— Bisou.

Elle plissa tant ses lèvres qu'il ne put s'empêcher de rire. Et de l'embrasser. Elle retourna en courant vers son bac à sable.

— Écoute, Grace, je suis désolé si j'ai été maladroit, hier soir.

— *Si* ?

Il se balança sur ses pieds, visiblement mal à l'aise.

— Je voulais juste dire que...

Il fut interrompu par Audrey, de retour avec son chien en peluche.

— Bisou, ordonna-t-elle.

Il obéit, puis attendit qu'elle s'éloigne.

— Ce que je voulais dire...

— Je pense que tu as dit ce que tu voulais dire.

Il soupira intérieurement. Elle allait encore faire sa tête de bois.

— Je ne me suis pas très bien exprimé. Les mots et moi... Je déteste te voir travailler si dur, c'est tout.

Il s'interrompit, patient, pour donner un bisou à l'ours.

— Je me fais du souci pour toi, voilà tout.

Grace inclina la tête.

— Pourquoi ?

Quelle question ! Il se pencha pour embrasser le lapin qu'Audrey cognait contre sa jambe.

— Eh bien, je... parce que.

— Parce que je suis une femme ? Parce que je suis mère célibataire ? Parce que mon père considère que j'ai souillé son nom en me mariant contre son gré et en divorçant ?

— Non.

Il fit un pas vers elle tout en embrassant distraitement le chat.

— Parce que je te connais depuis plus de la moitié de ma vie et que tu en fais partie. Et parce que tu es peut-être trop têtue ou trop fière pour le voir, mais j'aimerais bien que les choses aillent un peu mieux pour toi.

Radoucie, elle s'apprêtait à le remercier de sa sollicitude quand il ajouta le mot de trop.

— Et puis, je n'aime pas voir des types te tripoter.

Elle se crispa aussitôt.

— Ils ne me tripotent pas, Ethan. Et si jamais ils le faisaient, je saurais les remettre à leur place.

— Ne monte pas sur tes grands chevaux.

Découragé, Ethan se gratta le menton. Décidément, polémiquer avec une femme n'était pas son fort.

— Bref, je suis venu te présenter mes excuses. Je pourrais peut-être...

— Bisou, réclama de nouveau Audrey, accrochée à sa jambe.

— Je voulais juste dire... reprit-il en la hissant machinalement dans ses bras.

— Non, fais un bisou à maman, insista l'enfant. Bisou maman.

Voyant sa mère s'approcher, elle se pendit à la chemise d'Ethan.

— Allons, Audrey, laisse Ethan tranquille.

Changeant de tactique, Audrey renversa la tête sur l'épaule de son ami et lui décocha un sourire ravageur tout en battant des cils.

— Bisou maman.

Si seulement Grace avait ri, Ethan eût réglé le problème d'un rapide baiser sur le front. Mais non. Rouge comme un coq, la respiration saccadée, les yeux obstinément baissés, elle se mordait nerveusement la lèvre inférieure.

Aussi décida-t-il d'user d'une autre stratégie.

Audrey dans les bras, il posa une main sur l'épaule de Grace.

— Ce sera plus facile comme ça, murmura-t-il en posant un instant ses lèvres sur les siennes.

Pas pour Grace, en tout cas ! Ce baiser, ce simple effleurement, contenait pour elle mille promesses irréalisables.

De son côté, Ethan se demandait pourquoi il avait attendu si longtemps pour l'embrasser ainsi, craignant aussitôt que cette question ne vînt gâcher la magie de l'instant.

Il entendit à peine les cris enthousiastes d'Audrey. Grace le regardait enfin, son visage tout près du sien. Si près qu'il n'aurait eu qu'à se pencher un tout petit peu pour goûter de nouveau ses lèvres. Et s'y attarder, cette fois-ci. Elle les entrouvrit légèrement, le souffle court.

— Non, moi, exigea alors sa fille en plantant un baiser sur leurs joues. Venir jouer.

Grace fit un bond en arrière. Le charme s'était envolé.

— Bientôt, ma chérie, répondit-elle en saisissant Audrey pour la reposer par terre. Va nous construire un beau château, s'il te plaît.

Elle s'éclaircit la gorge.

— Tu es vraiment un ange avec elle. Merci, Ethan.

Il replongea les mains dans ses poches.

— Elle est adorable.

— Et si nous oubliions la soirée d'hier ? Je sais que ta démarche partait d'un bon sentiment. Les choses ne sont pas toujours telles qu'on voudrait qu'elles soient, c'est tout.

Il la fixa de ses grands yeux tranquilles.

— Et comment voudrais-tu qu'elles soient ?

— Ce que je veux pour Audrey, c'est une maison, un foyer. Je pense que je n'en suis pas loin.

Il secoua la tête.

— Mais *toi*, Grace, quels sont tes souhaits pour *toi* ?

— J'ai ma fille. Pour l'instant, je ne vois rien d'autre. Ah ! si : tondre ma pelouse et désherber mon potager. Merci d'être venu me voir, conclut-elle en se penchant sur la tondeuse. Je passerai chez vous demain.

Il referma ses mains sur les siennes.

— Je vais m'occuper de la pelouse.

— Je peux le faire.

Sans parvenir à faire démarrer la tondeuse ? Il fut assez sensé pour tenir sa langue, cette fois.

— Je n'ai pas dit le contraire, j'ai dit que j'allais le faire, nuance.

Elle n'osa pas se retourner, craignant un nouveau face-à-face.

— Tu as tes propres obligations.

Il poussa un soupir.

— Grace, tu comptes passer la journée à discuter pour savoir qui va tondre cette satanée pelouse ? J'aurais déjà eu le temps de le faire deux fois. Va donc désherber tes haricots.

— Je comptais m'y mettre.

Quel stupide filet de voix ! Mais aussi, jamais ils n'avaient été aussi proches physiquement. Et la bouffée de désir que cette proximité provoquait en elle la déstabilisait totalement.

— Vas-y, souffla-t-il.

Si elle ne s'écartait pas très vite, il ne répondait plus de lui.

— D'accord.

Elle fit un pas de côté. Puis, se mordillant les lèvres, tenta de se reprendre.

— Ce doit être le carburateur. Tu veux des outils ?

Sans répondre, Ethan empoigna la corde et tira. Une fois. Deux fois. Le moteur démarra.

Frustrée mais déterminée à ne pas le montrer, Grace fila vers le potager.

Quand elle se pencha vers la première rangée de haricots, Ethan eut bien du mal à tondre droit. Grace n'avait visiblement pas la moindre idée des ravages que la vue de son corps pouvait provoquer chez un homme, si policé fût-il. Le sang en ébullition, il contempla rêveusement les longues jambes nues.

Elle avait beau être mère de famille – chose qu'il ne cessait de se répéter, histoire d'éviter les fantasmes trop torrides lorsqu'il naviguait –, elle était, pour autant qu'il le sût, aussi innocente, aussi parfaitement inconsciente qu'une enfant.

Quand avait-il commencé à nourrir ces fantasmes torrides à son sujet ?

Longtemps il était parvenu à les réprimer, se répétant que son passé si chargé lui interdisait de souiller tant de pureté. Il s'était contenté d'une relation amicale avec Grace, se croyant capable de la poursuivre indéfiniment. Mais, dernièrement, les fantasmes étaient revenus en force, de plus en plus incontrôlables.

Tous deux avaient des vies suffisamment compliquées comme cela, se morigéna-t-il. Allons, il allait tondre sa pelouse, et peut-être l'aider à désherber. Ensuite, s'il avait le temps, il les emmènerait manger une glace, Audrey et elle.

Il passerait le reste de la journée au chantier. Puis comme c'était son tour de cuisine, il devrait élaborer un menu pour le dîner.

Cela dit, Grace avait des jambes absolument fascinantes...

Elle savait qu'elle n'aurait pas dû accepter ce tour en ville, même bref, juste pour déguster une glace. Mais comment refuser ce plaisir à Audrey ?

Les quais étaient bondés. En cette saison, les échoppes de souvenirs restaient ouvertes sept jours sur sept. Des couples, des familles balançaient à bout de bras des sacs multicolores remplis de babioles.

Il faisait un temps splendide. Les navires sillonnaient la baie, toutes voiles dehors.

Grace inspira profondément. Poisson frit, barbe à papa, crème solaire à la noix de coco, tous ces parfums se mélangeaient, dominés par l'arôme puissant de la mer.

C'était ici qu'elle avait grandi, qu'elle avait regardé les bateaux avant de naviguer dessus. Ici qu'elle avait couru pieds nus sur le port, de magasin en magasin. Ici que sa mère lui avait appris à choisir les crabes, lui avait enseigné comment en tirer convenablement la chair avant que celle-ci soit mise en boîte et envoyée dans le monde entier.

Même si elle n'ignorait rien des contraintes du travail, Grace avait longtemps eu une existence relativement protégée. Sans rouler sur l'or, sa famille vivait bien. Son père n'était pas du genre à dorloter les femmes mais, à sa manière, il s'était montré gentil et aimant. Et, quoique déçu de ne pas avoir eu un garçon, jamais il ne le lui avait fait sentir.

Jusqu'à ce fameux jour où elle avait rencontré Jack.

— Il y a du monde, lança-t-elle. Plus que l'an dernier, j'ai l'impression.

— J'ai entendu dire que Bingham allait agrandir son restaurant et le redécorer. Il veut s'attirer une clientèle permanente, répondit Ethan.

— C'est déjà en bonne voie, avec son nouveau chef et l'article dans le *Washington Post*, remarqua Grace en changeant Audrey de hanche. L'Egret est le seul restaurant un peu classe du coin. L'améliorer pourrait être bénéfique à la ville.

Elle reposa Audrey et lui prit la main. Cela faisait trois bonnes années qu'elle n'avait pas pénétré dans cet établissement.

Ils arrivèrent chez Crawford, autre haut lieu de St. Christopher, réputé pour ses glaces et ses sandwiches aux fruits de mer. À cette heure, l'endroit était quasiment bondé. Grace s'interdit de tout gâcher en suggérant qu'ils feraient mieux de commander des sandwiches.

Ils furent accueillis par Liz Crawford, ex-condisciple d'Ethan à l'école. Ils étaient sortis ensemble un petit moment, et tous deux en gardaient un souvenir plein de tendresse.

Mariée à Crawford Junior, fils du patron, elle avait deux enfants, à présent.

Son époux, un grand homme maigre, les salua rapidement en passant sa commande.

— Qu'est-ce que je vous sers, les amours ? s'enquit Liz en emballant le sandwich qu'elle venait de terminer.

— Glace, répondit sans hésiter Audrey. Fraise.

— Eh bien, file donc voir maman Crawford et demande-lui ce que tu veux. J'y pense, Ethan, Seth était là tout à l'heure, avec Danny et Will. C'est pas possible l'allure à laquelle ces gamins peuvent pousser. Ils se sont gavés de sandwiches et de Coca. À ce que j'ai compris, ils bossent avec vous au chantier.

Légèrement coupable, Ethan se souvint que non seulement Phillip y travaillait, mais qu'en plus il devait s'occuper des trois garnements.

— Je vais bientôt les y rejoindre.

— Ethan, si tu n'as pas le temps... commença Grace.

— J'ai toujours le temps de déguster une glace avec deux jolies filles.

Sur ce, il souleva Audrey dans ses bras. Enfin à la bonne hauteur, elle colla son nez contre le comptoir vitré.

Liz finit de préparer sa commande et décocha un regard éloquent à son mari : Ethan Quinn et Grace Monroe. Eh bien ! Que dis-tu de ça ?

Ils emportèrent leurs glaces dehors et dénichèrent un banc en face de la baie. Munie d'une poignée de serviettes en papier, Grace installa sa fille sur ses genoux.

— Je me rappelle, quand tu es arrivé, tu voulais connaître le nom de tout le monde, murmura Grace.

Une goutte de la glace d'Audrey tomba sur sa jambe.

— Commence par les bords, chérie. Ça fond.

— Toi aussi, tu prenais toujours de la fraise.

— Mmm ?

— Si je me souviens bien, reprit Ethan, tu préférais la fraise, toi aussi. Et la pistache.

— Je crois, oui.

Elle se pencha pour essuyer d'autres gouttes, faisant glisser ses lunettes de soleil sur son nez.

— En ce temps-là, il suffisait d'avoir entre les mains une glace fraise-pistache pour que tout vous paraisse simple comme bonjour, reprit-elle, rêveuse.

— Certaines choses restent simples.

Il lui remonta ses lunettes – et crut déceler un éclat étrange dans ses yeux.

— D'autres ne le restent pas, conclut-il.

Il se concentra sur sa glace. Cela valait mieux. Largement mieux que de regarder Grace lécher lentement la sienne.

— Nous venions parfois le dimanche, se souvint-il. On s'entassait tous dans la voiture et on venait manger une glace ou un sandwich, ou simplement se balader. Maman et papa adoraient se prélasser sur une terrasse en buvant de la limonade.

— Ils me manquent toujours. À toi aussi, je le sais. Je me souviens de nos deux mères, ce fameux hiver où j'ai eu ma pneumonie. Il y en avait toujours une à mon chevet quand je me réveillais. Le Dr Quinn était une femme fabuleuse. Maman…

Elle s'interrompit brusquement.

— Quoi ?

— Je ne veux pas te rendre triste.

— Vas-y.

— Maman va fleurir la tombe de ta mère chaque année, au printemps. Je l'accompagne. Je ne m'étais jamais rendu compte que maman l'aimait autant.

— Je me demandais bien d'où venaient ces fleurs… Sympa de le savoir. Ce qu'on raconte… ce que disent certains sur mon père l'aurait fait hurler, en bonne Irlandaise qu'elle était. Et je peux te dire que si elle était toujours là, elle aurait scalpé pas mal de ces langues de vipère à l'heure qu'il est.

— C'était elle, et tu es toi, Ethan. Tu dois gérer la situation à ta manière.

— Mes parents diraient tous les deux que la priorité absolue est Seth.

— Vous vous débrouillez comme des chefs avec lui, tous les trois. Il me semble aller mieux de jour en jour. La première fois que je l'ai vu, on aurait dit qu'il portait tout le poids du monde sur ses épaules. Ton père a fait ce qu'il a pu, mais il avait déjà tant de soucis...

— Oui, répondit-il, le cœur serré. Je sais.

— Et voilà, je t'ai filé le blues !

Elle se tourna vers lui. Leurs genoux se frôlèrent.

— Quelles qu'aient été ses préoccupations, tu n'en étais pas responsable, Ethan. Tu étais un phare dans son existence. N'importe qui te le dira.

— Si seulement j'avais posé plus de questions...

— Tu n'aurais pas été toi.

Elle lui caressa tendrement la joue.

— Et puis, tu sais parfaitement qu'il t'aurait de lui-même tout raconté, une fois ses problèmes réglés.

— Hélas ! maintenant il est trop tard.

— Non. Il n'est jamais trop tard. Je ne crois pas que je pourrais vivre si je ne savais pas qu'il existe toujours une solution, même dans les cas les plus difficiles. Ne t'en fais pas, va.

Profondément ému, il posa une main sur la sienne.

— Papy ! hurla joyeusement Audrey.

Grace tressaillit, soudain frigorifiée. Sa main retomba. Les épaules contractées, elle regarda son père approcher.

— Mais c'est ma poupée d'amour ! Viens faire un bisou à papy, ma chérie.

L'enfant courut à lui. Peu soucieux d'éviter ses mains poisseuses, son grand-père se mit à rire en se léchant les lèvres.

— Miam, de la fraise ! Encore.

La fillette riait aux éclats. Il l'empoigna, la cala sur sa hanche et vint saluer sa fille et Ethan, tout sourire évanoui.

— Vous faites une petite balade dominicale ?

— Ethan nous a offert une glace, répondit Grace, la gorge sèche et les yeux brûlants.

— C'est gentil.

— Vous voilà tout rose, à présent, enchaîna Ethan, soucieux de dissiper la tension presque palpable entre père et fille.

— Tout se lave, répondit Pete. On ne te voit plus souvent dans le coin, Ethan, depuis que vous avez démarré votre entreprise, reprit-il.

— Je me suis accordé une petite pause avant d'y retourner. La coque de notre première commande est terminée, et le pont avance bien.

— Excellent, approuva Pete, avant de se tourner vers sa fille. Ta mère prépare le dîner. Elle aimerait sûrement voir sa petite-fille.

— Eh bien, je...

— Je l'emmène, l'interrompit-il. Nous te la ramènerons chez toi d'ici une heure ou deux.

Oh ! comme elle eût préféré qu'il lui donne une bonne claque, plutôt que d'employer ce ton si impersonnel ! Elle se contenta de hocher la tête.

— Je suis navré, Grace, lui glissa Ethan tandis que grand-père et petite-fille disparaissaient, l'une babillant et l'autre riant.

Il lui prit la main. Elle était gelée.

— Cela ne fait rien. Non, rien du tout, se défendit-elle. Il est gaga d'Audrey. C'est tout ce qui compte.

— Oui, mais ce n'est pas juste. Ton père est un homme bon, Grace, mais il s'est montré injuste envers toi.

— Je l'ai déçu, répondit-elle, se levant pour aller jeter les serviettes en papier dans la poubelle. C'est tout.

— Je crois surtout que vous êtes aussi fiers l'un que l'autre. Là est le problème.

— Peut-être. Mais je tiens à ma fierté. Je dois rentrer, Ethan. Il me reste un million de choses à faire. Autant mettre à profit ces deux heures de tranquillité.

Il n'insista pas, quelle que fût son envie de le faire. Il n'aimait pas non plus qu'on le questionne trop sur ses problèmes personnels.

— Je vais te ramener.

— Non, merci. Je préfère marcher. Tu sais que j'adore ça. Merci pour tout.

Elle réussit à lui sourire presque naturellement.

— À demain. Assure-toi que Seth aura mis son linge sale dans le panier.

Elle partit à grandes enjambées et ne ralentit le rythme que lorsqu'elle fut suffisamment loin. Elle pressa une main sur sa poitrine palpitante, s'ordonnant de se calmer.

De toute sa vie, elle n'avait jamais aimé que deux hommes. Et il semblait bien que ces deux hommes-là ne pouvaient l'aimer comme elle avait besoin qu'ils le fassent.

4

La musique ne dérangeait pas Ethan lorsqu'il travaillait. Dans ce domaine, ses goûts étaient des plus éclectiques, autre atavisme. Sa mère, pianiste éclairée, enchaînait volontiers Scott Joplin derrière Mozart. Son père, en revanche, exerçait ses talents musicaux au violon, et il appréciait cet instrument aux possibilités étendues, au registre infini.

Lorsqu'il avait besoin de se concentrer, Ethan ne mettait jamais de musique. De toute façon, au bout de dix minutes, il n'entendait plus rien. Et puis, il préférait le silence. Mais Seth ne concevait pas le chantier sans radio. Volume poussé à fond, bien entendu. Pour avoir la paix, Ethan ne protestait pas.

Il venait de terminer le calfatage du pont. Et Seth, il devait le reconnaître, lui avait été d'un grand secours au cours de ce long et dur labeur. Pourtant, Dieu seul savait à quel point le gamin pouvait rivaliser avec Phillip dans le domaine des récriminations.

Pour cela aussi, il fermait les écoutilles. Simple question de santé mentale.

Il espérait achever le nivellement de la plate-forme avant l'arrivée dudit Phillip, le week-end prochain.

Avec un peu de chance, la semaine suivante il pourrait s'atteler à la cabine et au cockpit.

Seth ponçait – et râlait, bien évidemment –, mais cela ne l'empêchait pas de faire du bon travail. Ethan se contentait de lui indiquer les endroits à polir et répondait avec une inlassable patience aux questions de l'enfant. Pourtant, il les débitait à la vitesse d'une mitrailleuse :

— Ça sert à quoi, ce truc-là ?

— C'est la cloison du cockpit.

— Pourquoi tu l'as déjà découpée ?

— Parce qu'on veut se débarrasser de toute la poussière avant d'attaquer le vernis et les joints d'étanchéité.

— Et ça ?

— Quoi, ça ?

Ethan leva la tête de son travail. Seth, sourcils froncés, contemplait un tas de bois prédécoupé.

— Là, tu as les pièces de finition de la cabine, la butée et le tableau de commande.

— Il y a beaucoup de morceaux, pour un seul stupide bateau.

— Et encore, tu n'as pas tout vu.

— Et pourquoi ce type-là, il achète pas un bateau tout fait ?

— Heureusement pour nous qu'il ne le fait pas.

Les ressources quasi infinies de ce client étaient bienvenues pour l'entreprise Quinn.

— Et puis, il a aimé l'autre navire que j'avais construit pour lui. De plus, il sera enchanté de se vanter auprès de ses richards d'amis qu'un bateau a été dessiné et assemblé à la main rien que pour lui.

Seth alla chercher une nouvelle feuille de papier de verre et se remit à l'œuvre. Ce travail ne lui déplaisait pas. Vraiment pas. Il adorait l'odeur du bois et du vernis, et aussi celle de l'huile de lin. Simplement, il ne pigeait pas.

— Ça va prendre une éternité pour tout assembler.

— Cela fait moins de trois mois que nous sommes dessus. Un tas de gens consacrent une année, voire plus, à construire un bateau à l'ancienne. En bois.

Seth ouvrit des yeux ronds comme des soucoupes.

— Une année ? Sacredieu !

— Du calme, moussaillon, nous n'allons pas y passer autant de temps. Une fois que Cam sera revenu et qu'il y bossera à plein temps, on va avancer beaucoup plus vite. Et quand l'école sera terminée, je compte bien que tu t'y consacreras entièrement. Je te laisserai rouspéter, ne t'inquiète pas.

— L'école est terminée.

— Mmm ?

— J'ai fini aujourd'hui.

À présent, Seth souriait de toutes ses dents.

— Je suis libre.

— Aujourd'hui ?

Ethan fronça les sourcils.

— Je croyais qu'il te restait encore deux jours au moins ?

— Nan.

Il avait dû perdre le fil quelque part. Seth n'était pas du genre à raconter en détail sa vie d'écolier.

— Tu as eu ton bulletin ?

— Oui. Je passe dans la classe supérieure.

— Fais voir.

Ethan posa ses outils et s'essuya les mains sur son jean. Seth remua les épaules et poursuivit son ponçage.

— Il est dans mon sac à dos, là-bas. Il n'y a pas de quoi fouetter un chat, je t'assure !

— Fais voir, je te dis.

Seth se lança alors dans ce qu'Ethan appelait son cinéma. Il roula des yeux, haussa les épaules et poussa un long soupir de martyr. Étrangement, il n'acheva pas par un juron. Puis il alla chercher dans son sac l'objet du délit.

Ethan se pencha pour attraper le papier. À voir l'attitude rebelle du gamin, il s'attendait au pire. Cette lecture allait sûrement se révéler aussi désagréable pour l'un que pour l'autre.

Il étudia attentivement le feuillet, repoussa sa casquette en arrière et se gratta le crâne.

— Que des A ?

Seth haussa de nouveau les épaules et fourra ses mains dans ses poches arrière.

— Oui. Et alors ?

— Je n'avais encore jamais vu un bulletin avec uniquement des A. Même Phillip avait quelques B, parfois même un C.

Seth se sentit soudain terriblement gêné. Il n'avait aucune envie de se faire traiter de « premier de la classe », ou autre « grosse tête ».

— Pas de quoi en faire un plat, répéta-t-il en levant une main pour récupérer son bulletin.

Ethan secoua la tête.

— Au contraire.

Alors, il aperçut la mine renfrognée de l'enfant et comprit. Pas toujours évident d'être supérieur à la moyenne.

— Tu as un cerveau qui fonctionne superbement bien. Tu devrais en être fier.

— Il est là, c'est tout. C'est pas comme savoir piloter un bateau et tout.

— Si tu te sers du cerveau que tu as, tu seras capable de faire à peu près tout.

Ethan replia soigneusement le document et le fourra dans sa poche. Mince alors, il allait le montrer, ce bulletin, tant il en était fier !

— Moi, je pense qu'on devrait aller s'offrir une pizza ou un truc dans le genre.

Ahuri, Seth plissa les yeux.

— Mais... et les sandwiches que tu avais préparés pour le dîner ?

— Pas assez bon pour ce soir. La première fois qu'un Quinn ne rapporte que des A sur son bulletin ? Ça mérite au minimum une pizza.

Seth baissa les yeux, mais Ethan avait eu le temps de les voir briller de plaisir.

— Oui. Sûr que ce serait chouette.

— Tu peux attendre encore une heure ?

— Sans problème.

Seth empoigna son papier de verre et se remit à poncer furieusement, aveuglément, le regard embué, le cœur dans la gorge. Comme chaque fois que l'un des frères le qualifiait de Quinn. Pourtant, il savait que son nom était encore DeLauter. N'était-il pas obligé de l'inscrire en haut à gauche de chaque stupide copie ? Entendre Ethan l'appeler Quinn venait de raviver cette petite lueur d'espoir allumée en lui par Ray des mois plus tôt.

Il allait rester. Il allait devenir l'un des leurs. Il ne retournerait jamais en enfer.

Et ça, ça donnait encore plus de valeur à sa convocation dans le bureau de Moorefield aujourd'hui, juste une demi-heure avant sa libération. Comme d'habitude, il en avait eu des sueurs froides. Mais le proviseur adjoint voulait juste lui exprimer sa fierté pour les progrès accomplis.

Seigneur, quelle humiliation sur le moment !

Bon, d'accord, il n'avait démoli le portrait de personne depuis deux mois. Et il avait rendu ses fichus devoirs du soir chaque fichu jour parce qu'il y avait tout le temps quelqu'un pour lui prendre la tête avec (dans le domaine, c'était Phillip qui méritait le pompon. Tout juste si ce type ne se transformait pas en flic, songea Seth). Et oui, il avait levé la main en classe de temps à autre, juste pour embêter le monde.

Mais que Moorefield le félicite ainsi, c'était si... C'était trop. Il aurait presque préféré qu'elle le convoque pour lui filer une autre dose d'heures de colle.

Mais si tout ce tas de stupides A rendait heureux un type comme Ethan, alors ça changeait tout.

Aux yeux de Seth, Ethan était parfaitement cool. Il avait les mains calleuses et pleines de cicatrices à force de travailler dehors toute la journée. À croire qu'on pourrait y planter ses ongles sans qu'il s'en aperçoive. Il possédait deux bateaux – qu'il avait construits lui-même, s'il vous plaît –, il était incollable sur la baie ou la navigation et, surtout, il n'en faisait pas tout un plat.

Quelques mois plus tôt, Seth avait vu un vieux film de Gary Cooper à la télé. Et même si c'était en noir et blanc, même si ce n'était pas violent, il avait trouvé qu'Ethan ressemblait à l'acteur. Il ne parlait pas beaucoup, alors on l'écoutait. Et il faisait ce qu'il avait à faire, sans s'énerver.

Ethan aurait affronté les sales types avec lesquels Gary Cooper s'était empoigné. Parce que c'était une juste cause. Après force réflexions, Seth avait décidé que c'était à ça qu'on reconnaissait un héros. C'était un type qui faisait toujours ce qui était juste.

S'il avait pu deviner les pensées de Seth, Ethan en eût été stupéfait, et mortellement embarrassé. Mais le garçon était expert en dissimulation. Sur ce point, ils étaient parfaitement assortis.

Ethan s'était sans doute dit que la Pizzeria du Village ne se trouvait qu'à un bloc de Snidley's, où Grace était de service le soir, mais il n'en laissa rien paraître.

Il aurait bien aimé aller directement chez Snidley, mais il ne pouvait emmener le gamin dans un bar, songea-t-il alors qu'ils pénétraient dans le restaurant bruyant et brillamment éclairé. Et puis, Seth n'aurait pas manqué de se plaindre haut et fort s'il lui avait demandé de l'attendre cinq minutes dans la voiture. Comme Grace se serait également plainte si elle avait senti sur elle le regard inquisiteur du garçon.

Allons, mieux valait se concentrer sur l'immédiat. Les mains dans ses poches revolver, Ethan étudia le menu épinglé au comptoir.

— Tu la veux à quoi, ta pizza ?

— En tout cas, pas aux champignons, c'est dégueu !

— On est en public, surveille ton langage, murmura Ethan.

— Poivrons et saucisse, alors, lâcha négligemment Seth. Enfin, si tu penses pouvoir le supporter.

— Si tu le peux, je le peux. Eh, Justin ! lança Ethan en souriant, une grande pizza poivrons-saucisse et deux grands Coca, s'il te plaît !

— C'est comme si c'était fait. À manger sur place ou à emporter ?

Ethan inspecta la salle du regard. Visiblement, ils n'étaient pas les seuls à fêter le dernier jour d'école.

— Sur place. Va nous réserver une table, Seth, là-bas au fond.

— Va t'asseoir aussi, intervint Justin, je vous servirai.

Son sac déjà à ses pieds, Seth battait la mesure sur la table au rythme de la musique.

— Je vais aller faire un flipper ou deux, lança-t-il à Ethan.

Lorsque celui-ci fit mine de sortir son portefeuille, il protesta :

— J'ai ce qu'il faut.

— Non, pas ce soir, décréta Ethan en sortant quelques billets. C'est ta fête. Va faire de la monnaie.

— Géant !

Ethan se glissa sur la banquette, perplexe. Comment les gens pouvaient-ils se plaire dans un endroit aussi bruyant ? Des gamins excités se disputaient le juke-box, un nouveau-né hurlait à pleins poumons et un groupe d'adolescentes braillaient à vous en faire saigner les oreilles.

Quelle façon de passer une aussi belle soirée d'été !

Ce fut alors qu'il aperçut Liz Crawford, Junior et leurs deux petites filles, à quelques tables de là. L'une des petites – Stacy, peut-être – parlait en gesticulant, provoquant l'hilarité des siens.

On eût dit un îlot paisible au milieu de flots déchaînés. Oui, songea-t-il, c'était cela, une famille. Un îlot de paix.

Une bouffée d'envie le submergea. Aussi surpris que mal à l'aise, il se tortilla sur son siège et fixa le mur. Une famille... Il n'était pas préparé à cette nostalgie qui l'envahissait soudain.

— Eh bien, Ethan, tu as l'air bien sérieux, ce soir.

Il revint brutalement au présent. L'œil aguicheur, Linda Brewster posait les consommations sur la table.

C'était vraiment un joli brin de fille, ainsi moulée dans un jean étroit et un body noir. Pour fêter son très récent divorce, elle s'était fait teindre en blond. Il remarqua son vernis à ongles corail.

Cela faisait un bon moment qu'elle le lorgnait. Pour être précise, depuis sa séparation d'avec ce lourdaud de Tom Brewster, un an plus tôt. Eh, une femme se doit de penser à son avenir ! Sans compter qu'Ethan Quinn devait assurer, dans un lit. Elle avait l'instinct, pour ce genre de choses. Ces grandes mains devaient être fichtrement efficaces. Et attentives. Elle en était certaine. Oh oui !

Elle aimait son allure, aussi. Juste ce qu'il fallait de rudesse et de force. Et ce sourire, si lent, si sexy...

Il était si posé... Mais Linda savait ce qu'on disait de l'eau dormante. Et elle crevait d'envie de voir jusqu'à quelle profondeur Ethan Quinn pouvait plonger.

Parfaitement conscient de l'examen auquel il était soumis, Ethan avait envie de disparaître. De fuir en courant. Les femmes comme Linda le paniquaient totalement.

— Bonsoir, Linda. Je ne savais pas que tu travaillais ici.

Sinon, il eût évité la pizzeria comme la peste !

— Je donne juste un coup de main à mon père.

En fait, elle était fauchée comme les blés, et son père – propriétaire de la pizzeria – avait refusé tout net de lui prêter de l'argent. Il l'avait donc mise au boulot.

— Cela fait un bout de temps que je ne t'ai pas vu dans le coin.

— J'y étais, pourtant.

Vivement qu'elle s'en aille ! Son parfum capiteux le rendait nerveux.

— Il paraît que tes frères et toi avez loué la vieille grange pour y construire des bateaux. Je voulais justement aller y jeter un coup d'œil.

— Oh tu sais, il n'y a pas grand-chose à voir.

Mais où donc se cachait Seth, au moment où il avait le plus besoin de lui ? Combien de temps dureraient ces fichues pièces ?

Un instant, il fut totalement pris de court, incapable d'oublier que cela faisait des mois qu'il n'avait pas touché une femme. Linda serait certainement une partenaire de tout premier ordre. Il sursauta lorsque Seth survint, se laissant tomber à ses côtés, rayonnant.

— J'ai gagné plusieurs parties gratuites, annonça-t-il. Eh ils sont partis cueillir les tomates, pour la pizza ? Je meurs de faim.

Le sang d'Ethan recommença à circuler librement. Il étouffa un soupir de soulagement.

— Ça ne va plus tarder.

Malgré son dépit, Linda décocha un immense sourire à l'enfant.

— Ce doit être le nouveau venu. Quel est ton prénom, trésor ? Je n'arrive pas à me le rappeler.

— Seth.

« Trésor » l'inspecta rapidement du regard. Une grue, décréta-t-il d'emblée. Il en avait suffisamment vu au cours de sa brève existence pour les reconnaître au premier coup d'œil.

— Et vous, vous êtes qui ?

— Linda. Je suis une vieille amie d'Ethan. Et la fille du propriétaire de ce restaurant.

— Super ! Alors vous pourriez peut-être leur dire de faire cuire notre pizza avant qu'on meure de vieillesse.

— Seth !

Son prénom, allié au regard calme d'Ethan, suffit à le faire taire.

— Ton père fait toujours les meilleures pizzas de la baie, reprit celui-ci en souriant. N'oublie pas de le lui dire.

— Sans faute. Et toi, appelle-moi un de ces jours, Ethan, répondit-elle en lui montrant sa main gauche. Je suis une femme libre, à présent.

Elle s'éloigna en roulant consciencieusement des hanches.

— Elle pue pire que la parfumerie du centre commercial, lança Seth en fronçant le nez.

Il l'avait détestée dès le premier regard. Elle lui rappelait sa mère.

— Tout ce qui l'intéresse, c'est ce que tu as dans le pantalon.

— Ta gueule, Seth.

— N'empêche que c'est vrai.

Le gamin laissa fort heureusement tomber le sujet lorsque Linda revint avec la pizza.

— Régalez-vous, leur dit-elle en se penchant un peu trop sur la table.

Seth attrapa une part et mordit immédiatement dedans, en dépit de la chaleur. Une explosion de saveurs lui fit oublier la brûlure.

— Grace fait la pizza elle-même, commenta-t-il, la bouche pleine. Et la sienne est encore meilleure que celle-ci.

Ethan grogna. Penser à Grace juste après avoir entretenu – bien involontairement – un léger fantasme à propos de Linda Brewster le mettait mal à l'aise.

— C'est vrai. On devrait lui demander de nous en faire une quand elle vient pour le ménage, continuait Seth. Elle vient demain, non ?

— Oui, répondit Ethan en se servant, tout appétit envolé. Je suppose.

— Peut-être qu'elle serait d'accord.

— Tu en manges une ce soir.

— Et alors ? rétorqua le gamin en entamant une deuxième part. On pourrait faire la comparaison. Grace devrait ouvrir un bistrot ou un truc de ce genre, comme ça elle aurait pas besoin de faire tous ces boulots. Elle travaille tout le temps. Elle veut s'acheter une maison.

— Ah bon ?

— Oui. Oh une petite, mais avec un jardin pour qu'Audrey puisse jouer et puis avoir un chien, enfin, tu vois.

— Elle te l'a dit ?

— Bien sûr. Je lui ai demandé pourquoi elle se crevait la paillasse à faire tous ces ménages et puis à bosser au pub, et elle m'a dit que c'était pour ça. Si elle gagne pas assez, elles seront toujours en location quand Audrey entrera au jardin d'enfants. Même une petite maison, ça doit coûter un bon paquet, non ?

— Oui.

Ethan se souvint de sa satisfaction, de sa fierté lorsqu'il avait réussi à acheter sa propre petite maison. De tout ce que cela avait signifié pour lui.

— Elle a raison de s'y prendre dès maintenant.

— Ouais ; elle dit que quand Audrey sera à l'école, elle devra commencer à mettre de l'argent de côté pour l'université.

Il attaqua sa troisième part.

— Je lui ai dit qu'Audrey était encore un bébé, qu'elle irait pas en fac avant un million d'années, tu t'en doutes, ajouta Seth, ravi d'informer Ethan qu'il avait de réelles conversations avec Grace. Elle a rigolé en me répondant qu'il y avait pas cinq minutes qu'Audrey avait fait sa première dent. Là, j'ai pas pigé.

— Elle voulait te faire comprendre que les enfants poussent plus vite qu'on ne croit.

Son appétit n'ayant pas l'air de revenir, Ethan referma la boîte de la pizza et sortit son portefeuille.

— Puisque tu n'as pas école demain, on peut retourner travailler une heure ou deux.

Ethan travailla largement plus de deux heures. Une fois qu'il était lancé, il semblait ne jamais vouloir s'arrêter. L'activité physique lui éclaircissait l'esprit, empêchant celui-ci de battre la campagne, le vidant de toutes ses questions angoissantes.

Seth s'était endormi depuis longtemps, roulé en boule sur une bâche, visiblement peu dérangé par le bruit.

Ethan éteignit la radio. L'eau clapotait contre l'appontement, une brise légère et parfumée venait du large. Il procédait lentement, calmement, essayant de visualiser ce que donnerait l'ensemble, une fois le bateau terminé.

Cam se chargerait de l'intérieur, décida-t-il. C'était le plus doué d'eux trois en ébénisterie. Phillip s'occuperait des gros travaux de charpente. Il était bien meilleur dans ce domaine qu'il ne voulait l'admettre.

S'ils parvenaient à soutenir ce rythme, ils pourraient gréer et essayer le voilier d'ici deux mois. Le calcul du prix serait alors du ressort de Phillip. Cet argent serait le bienvenu, tant pour régler les avocats que pour développer le chantier.

À propos d'argent, pourquoi Grace ne lui avait-elle jamais dit qu'elle voulait acheter une maison ?

Ethan fronça les sourcils, étonné qu'elle en ait parlé avec un gamin de dix ans plutôt qu'avec lui. Mais Seth l'avait sûrement interrogée, dut-il admettre, alors que lui s'était contenté de lui dire qu'elle travaillait trop. Grace devrait se réconcilier avec son père, songea-t-il une fois de plus. Si seulement ces deux-là pouvaient oublier trente secondes leur fichue fierté, ils s'entendraient comme larrons en foire. Certes, Jack Casey méritait la corde pour avoir osé abuser ainsi de sa jeunesse et de son innocence, mais on ne pouvait récrire le passé.

La rancune n'existait pas dans la famille Quinn. Il leur était arrivé de se battre – souvent, même, ses frères et lui –, mais une fois la bagarre terminée, on n'en parlait plus.

Jamais aucun d'eux n'eût tourné le dos à l'un ou à l'autre s'ils avaient eu besoin de lui.

Il consulta l'immense pendule accrochée au-dessus des portes. Encore une idée de Phillip. Selon lui, ils devaient savoir avec précision combien d'heures leur prenait la construction du voilier.

Presque une heure du matin. Grace terminait son service aux alentours de deux heures. Et s'il installait Seth dans la voiture et faisait un saut chez Snidley... histoire de voir comment ça se passait, c'est tout.

Ethan s'accroupit près de Seth, posa une main sur son épaule et le secoua gentiment.

Aussitôt, l'enfant se redressa, poings en avant.

Ethan prit le premier coup directement dans la mâchoire. Il lâcha un juron, dû au choc davantage qu'à la douleur. Il bloqua le bras de Seth.

— Hé, du calme !

— Enlève tes pattes de là.

Seth tremblait de rage, encore à moitié pris dans son cauchemar.

— Enlève tes sales pattes de là !

Il reconnut dans l'expression des yeux de Seth, mélange de terreur, de rage et de haine, le reflet des souffrances qu'il avait lui-même éprouvées des années auparavant et leva immédiatement ses deux mains.

— Tu as rêvé, dit-il calmement, d'une voix sans timbre, percevant la respiration sifflante de l'enfant. Tu t'étais endormi.

Seth le fixa, poings toujours serrés. Il ne se rappelait pas s'être endormi. Il se souvenait simplement qu'il s'était allongé, en écoutant Ethan travailler. Ensuite, il s'était retrouvé dans une de ces pièces obscures à l'odeur aigre, bien trop humaine. Les bruits qui lui parvenaient de la pièce contiguë étaient bien trop forts. Bien trop bestiaux.

Puis, l'un de ces hommes sans visage qui fréquentaient le lit de sa mère s'était glissé dans sa chambre et avait à nouveau abusé de lui.

À présent, Ethan le regardait avec attention, et la compréhension que Seth lut dans ses yeux mit le garçon si mal à l'aise qu'il baissa les paupières.

Ce fut ce qui décida Ethan. Cette reddition, ce plongeon dans la honte. Il était temps de s'en occuper.

— Tu n'as pas à avoir peur du passé… commença-t-il.

— J'ai peur de rien du tout, rétorqua Seth, ouvrant brusquement les yeux.

Une colère d'adulte les remplissait, mais sa voix tremblait, comme celle de l'enfant qu'il était.

— J'ai pas peur d'un stupide rêve.

— Tu n'as pas non plus à avoir honte d'un cauchemar.

Parce que c'était précisément ce qu'il éprouvait, Seth sauta sur ses pieds, ses poings à nouveau prêts.

— J'ai honte de rien du tout. Et puis d'abord, tu sais rien de mon rêve.

— Je sais absolument tout de ton rêve.

En parler lui répugnait, mais Seth tremblait comme une feuille, et Ethan ne connaissait que trop la solitude qu'il ressentait. Il fallait briser ce silence.

— Je sais ce que me faisait ce rêve ; je l'ai fait souvent, longtemps après que ç'a été terminé pour moi.

Ce qu'il ne dit pas, c'est qu'il lui arrivait encore de le faire. Mais il était inutile d'enfoncer un clou déjà si douloureux.

— Je sais à quel point ça peut rendre malade.

— Foutaises !

Les larmes menaçaient, ajoutant à l'humiliation de Seth.

— Tout va bien pour moi. J'en suis sorti, non ? Je l'ai quittée, non ? Et j'y retournerai jamais. Jamais. Sous aucun prétexte.

— Non, tu n'y retourneras pas.

Sous aucun prétexte.

— Je me fiche de ce que toi ou d'autres pensez de moi. Ne compte pas m'emberlificoter en prétendant que tu sais pour que je te raconte des trucs.

— Tu n'as pas besoin de me dire quoi que ce soit. Et je ne prétends rien du tout.

Il reprit sa casquette tombée à terre lors de leur brève altercation et la tritura distraitement avant de se la remettre sur le crâne. Ce geste anodin ne put dissiper sa tension. Ce fut cependant d'un ton neutre qu'il s'exprima :

— Ma mère était une putain – ma mère biologique, je veux dire. Et c'était une camée, qui avait une préférence pour l'héroïne.

Il ne quittait pas le garçon des yeux.

Il poursuivit :

— J'étais plus jeune que toi, la première fois qu'elle m'a vendu à un homme qui aimait les petits garçons.

Le souffle court, soudain, Seth recula d'un pas. *Non !* eut-il envie de hurler. Ethan Quinn était si fort, si solide, si… normal. Il ne pouvait le croire.

— Tu mens.

— En principe, on ment pour se vanter, ou pour se tirer d'un mauvais pas. Je n'ai aucune raison de ce genre pour te raconter des craques, surtout sur un sujet pareil.

Ethan ôta sa casquette. Une fois, deux fois, il se passa la main dans les cheveux.

— Elle m'a vendu pour pouvoir s'offrir sa came. La première fois, je me suis battu. Ça n'a rien empêché mais je me suis battu. La deuxième fois aussi, et les quelques suivantes. Et puis j'ai arrêté, parce que cela ne faisait qu'empirer les choses.

Le regard d'Ethan restait fixé sur les yeux de l'enfant. Ils restaient sombres, mais de la colère apparaissait. La poitrine oppressée, Seth respirait par saccades.

— Comment tu l'as supporté ?

— J'ai arrêté de me prendre la tête.

Ethan remua les épaules.

— J'ai cessé d'exister, si tu vois ce que je veux dire. Il n'y avait personne à qui je puisse demander de l'aide – ou alors je ne le savais pas. Elle n'arrêtait pas de déménager pour échapper aux services sociaux.

Les lèvres de Seth se desséchèrent d'un coup.

— On sait jamais où on va se réveiller le lendemain.

— Non, on ne le sait jamais.

Mais tous les endroits se ressemblaient.

— Mais tu es parti ? Tu t'en es sorti.

— Oui. Une nuit, après que son type en a eu terminé avec nous deux, il y a eu… quelques problèmes.

Les hurlements, le sang, les insultes. La douleur.

— Je ne me souviens pas exactement, mais les flics sont venus. Je devais être dans un sale état parce qu'ils m'ont emmené à l'hôpital. Ils ont compris très vite ce qui se passait, et je suis tombé dans les pattes du système. J'aurais très bien pu y rester, mais le médecin qui m'avait soigné s'appelait Stella Quinn.

— Ils t'ont emmené ?

— Oui.

Ethan se détendit quelque peu à la seule évocation de cet épisode.

— Ils n'ont pas seulement changé ma vie, ils me l'ont sauvée. Les cauchemars ont encore duré longtemps. Le genre de cauchemar dont tu te réveilles en sueur, oppressé, persuadé que tu es de retour en enfer, et dont tu as du mal à émerger totalement.

Seth refoula ses larmes. Mais il n'en avait plus honte, à présent.

— Je me suis toujours sauvé. Des fois, ils ont réussi à me tripoter mais je me suis toujours sauvé. Aucun d'eux n'a jamais...

— Heureusement pour toi.

— Je voulais les tuer. Et elle aussi. Je le voulais vraiment.

— Je sais.

— Je ne voulais pas en parler, à personne. Je crois que Ray savait, et puis aussi que Cam se doute de quelque chose. Je ne voulais pas que quelqu'un pense que je... qu'on me regarde et qu'on pense...

Il n'eut pas la force de poursuivre et leva la tête vers Ethan :

— Pourquoi tu me l'as dit ?

— Parce que tu dois savoir que d'avoir subi cela ne fait pas de toi un sous-homme.

Ethan se tut. Il savait que Seth devrait décider s'il acceptait ou non cette vérité.

Seth réfléchit. Il avait en face de lui un homme. Grand, fort, assuré, aux grandes mains calleuses et au regard tranquille. Il se sentit soudain plus léger.

— Je pense que je le sais.

Et il sourit. Oh juste un peu.

— Ta bouche saigne.

Tout en la frottant du dos de la main, Ethan comprit qu'ils venaient de franchir une étape.

— Tu as une droite redoutable, mon pote. Je ne l'ai absolument pas vue venir.

Il tendit une main, histoire de voir, et la passa dans la chevelure ébouriffée de Seth. Le sourire de l'enfant ne s'effaça pas.

— On range, lança Ethan, et on rentre à la maison.

5

La matinée s'annonçait chargée. À sept heures et quart, les yeux encore lourds de sommeil, Grace mit la première machine à tourner pendant que le café passait. Puis elle arrosa ses plantes en bâillant à fendre l'âme.

Légèrement rassérénée par la bonne odeur emplissant la cuisine, elle fit la vaisselle qu'avait laissée la baby-sitter la veille. Elle referma le sac de chips resté ouvert, le rangea et ramassa les miettes.

Julie Cutter n'était pas réputée – loin de là – pour sa propreté, mais elle adorait Audrey.

Grace eut à peine le temps d'avaler une demi-tasse de café qu'Audrey se réveillait. Sept heures et demie tapantes.

Aussi réglée que du papier à musique, songea Grace en partant vers la chambre de sa fille. Qu'il pleuve, qu'il vente ou qu'il neige, l'horloge interne d'Audrey sonnait toujours à sept heures et demie pile.

Et chaque matin, Grace abandonnait volontiers son café. En fait, elle attendait ce moment magique où elle trouvait Audrey debout dans son lit, les boucles en bataille et les joues encore roses de sommeil. Grace sourit en repensant à ce jour où elle avait découvert son bébé debout pour la première fois, flageolant sur ses jambes, radieuse, avec sur le visage une expression de surprise et de fierté mêlées.

À présent, elle dansait carrément en attendant sa mère.

— Mamaaaann !

— Bonjour, mon bébé.

Quelle chance elle avait ! Audrey était un vrai rayon de soleil.

Grace souleva sa fille et l'emmena dans la salle de bains, repeinte par ses soins en vert menthe. Elle devenait propre, songea-t-elle avec fierté en lui ôtant sa couche pour l'installer sur le pot. Malgré quelques accidents, cela venait, petit à petit. Elle lui brossa les cheveux puis l'emmena dans la cuisine et lui donna son habituelle banane et ses céréales avec le lait à part.

— Allez, ma puce, mange, on a une tonne de choses à faire aujourd'hui.

— Quoi faire ?

— Voyons voir... répondit sa mère en mordant dans une tranche de pain grillé. Il faut finir la lessive, et puis ensuite, on a promis à Mme West d'aller lui faire ses vitres.

Trois heures, minimum, estima-t-elle.

— Ensuite, on ira au marché.

Audrey battit des mains.

— Voir miss Lucy !

La caissière du supermarché avait toujours une sucette en réserve pour la petite fille.

— Après, on range les courses et on va chez les Quinn.

— Seth !

— Écoute, chérie, je ne sais pas s'il sera à la maison. Peut-être sera-t-il en train de travailler avec Ethan, ou chez un de ses copains de classe.

— Seth, répéta Audrey, obstinée, en faisant la moue.

— On verra bien.

— Ethan.

— Peut-être.
— Toutous.
— Balourd, certainement.
Plaquant un baiser sur la tête d'Audrey, elle s'offrit le luxe d'une deuxième tasse de café.

À huit heures et quart, munie de vieux journaux et d'une bouteille de produit à vitres, Grace était à pied d'œuvre, laissant Audrey jouer sur la pelouse avec ses animaux en caoutchouc dont elle reproduisait fidèlement les cris.

Grace venait juste de terminer l'extérieur, ravie d'être dans les temps, lorsque Mme West arriva avec un jus d'orange pour Audrey et deux verres de thé glacé. Malheureusement, la vieille dame était en veine de bavardage.

— Je ne sais comment vous remercier de faire tout cela pour moi, Grace.

— Cela me fait plaisir, madame.

— Je ne suis plus bonne à grand-chose, avec mon arthrite. Et j'aime avoir des vitres impeccables. Vous êtes une perle. Ma petite-fille, Layla, m'a bien proposé de le faire, mais je la connais. Cette gamine n'a aucune suite dans les idées. Elle a à peine commencé un travail qu'elle le laisse en plan. Je ne sais vraiment pas ce qu'elle va devenir…

Grace éclata de rire.

— Elle n'a que quinze ans. À cet âge, on ne pense qu'aux garçons, aux vêtements et à la musique.

— Oui, mais alors, dites-moi…

Mme West secoua si vigoureusement la tête que son double menton en tressauta.

— … pourquoi, à son âge, étais-je capable de trier un panier de crabes plus vite que mon ombre ? Je devais gagner ma vie, et tant que mon travail n'était pas terminé, je ne pensais à rien d'autre.

Elle cligna de l'œil.

— Les garçons passaient en deuxième.

Elle éclata de rire avant de regarder Audrey.

— Quelle enfant ravissante, Grace !

— Elle est toute ma vie.

— Et si douce ! Mon Dieu ! si seulement Luke, le cadet de mon Carly, pouvait lui ressembler ! C'est une véritable terreur. Tenez, pas plus tard que la semaine dernière, il a essayé de grimper aux rideaux !

— Audrey fait aussi des bêtises, vous savez.

— Non. Je ne peux pas le croire. Pas avec cette frimousse d'ange ! Un de ces jours, vous allez devoir chasser les garçons à coups de bâton, ma chère. Elle est absolument ravissante. Je l'ai même déjà vue main dans la main avec un petit soupirant.

Grace sursauta. Sa fille aurait-elle grandi autant sans qu'elle s'en aperçoive ?

Mme West éclata de rire.

— Si, si, je vous assure. Sur le quai, avec le petit Quinn.

— Oh, Seth !

Son soulagement lui sembla si ridicule qu'elle posa son chiffon pour boire une gorgée de thé glacé.

— Audrey a le béguin pour lui.

— Joli garçon, lui aussi. Mon Matt et lui sont dans la même classe. Il m'a raconté comment Seth a corrigé cette petite brute de Robert, il y a quelques semaines. Je ne devrais pas le dire, mais il était grand temps que quelqu'un le fasse ! Comment ça se passe, chez les Quinn ?

Ah, enfin la question clef !

— Très bien.

La vieille dame roula des yeux. Bon, il allait falloir appuyer un peu plus sur le piston.

— Cette fille que vient d'épouser Cam, c'est une vraie beauté. Elle va avoir du travail, pour le garder dans le droit chemin. Celui-là, il a toujours été sauvage.

— Je pense qu'Anna y arrivera.

— Ils sont partis à l'étranger pour leur lune de miel, n'est-ce pas ?

— Oui. À Rome. Seth m'a montré une carte postale qu'ils lui ont envoyée. C'est une ville magnifique.

— Cela me rappelle toujours ce film avec Audrey Hepburn et Gregory Peck – vous savez, celui où elle est une princesse. On ne fait plus d'aussi beaux films aujourd'hui.

— *Vacances romaines*.

Grace sourit. Elle avait un faible pour les films classiques. Et romantiques.

— C'est cela, oui.

Grace, songea Mme West, ressemblait un peu à Audrey Hepburn. Sauf pour la couleur de cheveux, évidemment, puisque Grace était blonde comme les blés. À part ça, elle avait les mêmes yeux immenses. Mais Dieu qu'elle était maigre !

— Je ne suis jamais allée à l'étranger, reprit la vieille dame. Ils reviennent bientôt ?

— D'ici deux jours, en principe.

— Mmm… Il ne fait aucun doute que cette maison a besoin d'une femme. Je ne parviens même pas à imaginer à quoi elle doit ressembler. Quatre hommes… Cela doit sentir la chaussette sale. Et je ne connais pas un homme sur terre qui soit capable de rabattre la lunette des toilettes après y être allé.

Grace rit en reprenant son nettoyage.

— Ils ne se débrouillent pas si mal que cela. Je n'ai pas trouvé la situation catastrophique quand j'ai commencé à faire le ménage chez eux.

— Quoi qu'il en soit, maintenant la femme de Cam va prendre la maison en main.

Les mains de Grace se crispèrent sur son chiffon. Son cœur manqua un battement.

— Je… elle travaille à plein temps au Princess Anne.

— Elle n'en prendra pas moins très certainement la relève, insista Mme West. Et je pense que ce sera une bonne chose pour l'enfant d'avoir une femme en permanence à la maison. Vraiment, je ne sais vraiment pas à quoi Ray pouvait bien penser quand... Oh il était très bon, ce n'est pas ça, mais avec la mort de Stella il a dû perdre les pédales. Un homme de son âge, vouloir adopter un gamin, comme ça... Ne croyez pas que je prête foi aux ragots qui courent, ce n'est pas mon genre. Nancy Claremont, par contre... Elle ne perd pas une occasion de médire.

Mme West se tut, espérant une réaction. Mais Grace ne broncha pas.

— Savez-vous si cet inspecteur de la compagnie d'assurances doit revenir ?

— Non, répondit paisiblement Grace. Je n'en ai aucune idée.

— Je ne vois d'ailleurs pas ce que l'assurance a à voir là-dedans. Même si Ray s'était suicidé – je ne dis pas qu'il l'a fait, attention –, ils ne pourront jamais le prouver. Ils n'y étaient pas, après tout !

— M. Quinn ne se serait jamais suicidé, murmura Grace.

— Bien sûr que non.

— Mais le garçon...

La sonnerie du téléphone vint interrompre cette passionnante conversation.

La jeune femme poursuivit son travail sans mot dire mais l'esprit en ébullition. Honteuse, elle se rendit compte que ce n'était pas à M. Quinn qu'elle songeait mais à ce qu'elle deviendrait au retour d'Anna.

Celle-ci voudrait-elle s'occuper elle-même de la maison ? Allait-elle perdre ce travail – autrement dit l'argent qui allait avec ? Pis encore, bien pis, allait-elle perdre cette occasion de voir Ethan, de partager parfois un repas avec lui ?

Elle s'était habituée à faire, si peu que ce fût, partie de son existence. Elle aimait plier ses vêtements, changer les draps de son lit. Elle s'autorisait même à croire qu'il pensait à elle de temps en temps, lorsqu'il trouvait ses petits mots ou quand il se glissait entre des draps tout propres, le soir.

Allait-elle perdre cela aussi ? Perdre le plaisir de le voir rentrer chez lui et prendre Audrey dans ses bras quand elle réclamait un baiser ? Perdre le plaisir de ses sourires si rares et si timides ?

Allait-elle devoir reléguer tout cela au rang de souvenirs ?

Elle ferma les yeux, luttant contre le désespoir. Puis les rouvrit quand Audrey tira sur son short.

— Maman ! Voir miss Lucy !

— Bientôt, chérie.

Elle souleva sa fille dans ses bras et la serra contre son cœur.

Il était presque une heure lorsque Grace, les courses enfin faites, put préparer le déjeuner d'Audrey. Seulement une demi-heure de retard. Cela n'avait rien de dramatique ! Il lui suffirait d'accélérer un peu le mouvement et d'éviter les distractions pour la rattraper. Plus de rêvasseries, se gendarma-t-elle en installant sa fille dans son siège de voiture. Plus de bêtises.

— Seth, Seth, Seth, chantonnait Audrey sur l'air des lampions en trépignant de joie.

— Peut-être.

Grace se glissa derrière le volant et actionna le démarreur. Rien.

— Oh non ! Noooon ! Tu ne vas pas t'y mettre ! Ce n'est vraiment pas le moment…

Affolée, elle appuya deux ou trois fois sur la pédale d'accélérateur avant de tourner encore une fois la clef.

Le ronronnement du moteur lui arracha un soupir de soulagement.

— Ah, j'aime mieux ça, marmonna-t-elle en sortant de son allée. En route, Audrey.

— Route ! Route !

Cinq minutes plus tard, à mi-chemin entre sa maison et celle des Quinn, la vieille Sedan se remit à tousser. Un nuage de vapeur s'échappa du capot.

— Merde !

— Merde ! répéta joyeusement Audrey.

Grace pressa ses paumes sur ses yeux. Le radiateur. Aucun doute, c'était le radiateur. Un mois plus tôt, c'était la courroie du ventilateur. Le précédent, les plaquettes de freins. Résignée, elle sortit du véhicule, le poussa sur le bas-côté, déverrouilla le capot et le souleva.

Un épais nuage de fumée l'enveloppa aussitôt. Elle recula en toussant à fendre l'âme.

Non, elle ne se laisserait pas décourager. Peut-être n'était-ce qu'une panne bénigne… une autre courroie. Et si ce n'était pas le cas, elle allait devoir sérieusement réfléchir. Dépenser encore un peu plus pour ce tas de boue ambulant, ou se ruiner et acheter une autre poubelle à roulettes ?

En attendant, elle était bel et bien coincée sur le bas-côté. Elle ouvrit donc la portière arrière et défit la ceinture d'Audrey.

— La voiture est encore malade, chérie.

— Lade ?

— Eh oui ! On va devoir la laisser là.

— Toute seule ?

Grace sourit.

— Pas longtemps, promis. Je vais appeler le docteur des voitures et il va venir la soigner.

— Il va la guérir ?

— Je l'espère. Maintenant, il va falloir marcher pour aller chez Seth.

— Oh, oui, oh, oui !

Ravie de ce changement de programme, Audrey se mit à gambader.

Cinq cents mètres plus loin, Grace la portait.

Heureusement, il faisait beau, songea-t-elle, bien décidée à voir le bon côté des choses.

Elle avait sérieusement mal aux bras lorsqu'elles arrivèrent en vue de la maison des Quinn.

— Est-ce que tu peux marcher un peu, ma puce ?

— Fatiguée, maman.

L'heure de la sieste était passée, songea la jeune femme en poursuivant sa route. Et la petite fille avait réellement besoin de ses deux heures de sommeil après le déjeuner. Audrey dodelinait déjà de la tête sur son épaule lorsqu'elle gravit le perron et se glissa dans la maison.

Une fois l'enfant installée sur le canapé, elle se précipita au premier étage, défit les lits et tria le linge sale. La machine chargée, elle prit le temps d'appeler le garagiste.

Puis elle regarnit les lits de draps propres et frais avant de s'attaquer à la salle de bains. Elle briqua, frotta, jusqu'à ce que les chromes et les carreaux étincellent.

Aujourd'hui était, en principe, sa dernière journée de ménage avant le retour de Cam et d'Anna. Mais elle avait déjà décidé, quelque part entre la panne de sa voiture et ici, qu'elle reviendrait donner un coup de chiffon le matin de leur retour.

Sa fierté exigeait ce dernier tour de piste. Une autre femme apprécierait certainement, en y arrivant, la propreté impeccable de la maison et ses quelques petites touches personnelles. Une femme comme Anna, à la carrière exigeante, verrait tout de suite que Grace leur était indispensable.

Sur cette réflexion, elle courut au rez-de-chaussée vérifier qu'Audrey dormait toujours et remettre une lessive à tourner.

Elle veillerait à mettre un bouquet de fleurs dans la chambre des nouveaux mariés et à garnir la salle de bains des plus jolies serviettes. Ah, et il faudrait penser à laisser un mot à Phillip pour lui demander d'acheter des fruits. Elle les disposerait harmonieusement dans le compotier de la cuisine.

Elle avait encore prévu de cirer les planchers, de laver et de repasser les rideaux.

Elle étendit le linge sans y prendre le même plaisir que d'habitude. Cependant, son travail l'apaisa et elle se mit à voir la situation sous un angle moins sinistre.

La fatigue lui tomba brutalement dessus. Elle vacilla. Si elle avait pris le temps de les compter, elle aurait réalisé qu'elle était sur ses jambes depuis sept heures et qu'elle n'en avait dormi que cinq la nuit précédente. Mais elle ne calcula que les heures qui lui restaient à faire pour terminer sa journée. Douze. Elle avait besoin de faire une pause.

Dix minutes, pas plus. Étendue sur l'herbe, à l'ombre du linge qui séchait. Un petit somme de dix minutes suffirait à recharger ses batteries. Ensuite, elle aurait encore le temps de briquer le carrelage de la cuisine avant le réveil d'Audrey.

Ethan rentra du port en voiture, bien décidé à s'accorder un déjeuner rapide avant d'aller travailler au chantier, même s'il n'était pas en avance. Jim et son fils avaient mis à profit sa visite chez le coiffeur pour faire une dernière tournée des casiers, et Seth passait la journée chez Danny et Will. Ethan projetait de terminer le cockpit, voire de s'attaquer au toit de la cabine. Plus vite il avancerait, plus vite Cam pourrait attaquer les finitions.

Il aperçut la voiture de Grace, sur le bas-côté, et secoua la tête, consterné, après avoir jeté un coup d'œil sous le capot. Cette cochonnerie ne tenait plus debout que par l'opération du Saint-Esprit. Elle ne devrait vraiment pas conduire un engin aussi douteux. Qu'aurait-il pu se passer si la panne s'était produite alors qu'elle rentrait du pub, en pleine nuit ?

Il examina plus attentivement le radiateur et jura entre ses dents. Complètement fichu. Ce n'était plus la peine d'investir le moindre *cent* supplémentaire dans cette épave.

Ethan se promit de lui dénicher une autre voiture d'occasion décente et de la remettre en état, peut-être avec l'aide de Cam, roi de la mécanique. Bon sang ! Rouler là-dedans avec un bébé !

D'une humeur de chien, il remonta dans sa camionnette et reprit le chemin de la maison.

Il allait claquer la porte lorsqu'il aperçut Audrey endormie sur le canapé. Toute colère envolée, il referma très doucement et s'approcha d'elle à pas de loup. Incapable de résister, il saisit délicatement la petite main refermée et admira les doigts minuscules. Les boucles emmêlées, échappées du ruban, lui donnaient l'air d'un ange.

Il tendit l'oreille. Aucun bruit à l'étage. Grace devait être à la cuisine. Là non plus, personne. Cependant, la machine à laver tournait et il aperçut du linge dans le jardin.

Il la vit à l'instant même où il mit le pied dehors. Étendue sur l'herbe, inerte. Saisi de panique, il courut jusqu'à elle. Était-elle malade ? Blessée ? Ce ne fut qu'à un mètre d'elle qu'il se rendit compte qu'elle dormait.

Pelotonnée sur l'herbe comme sa fille sur le canapé, un poing serré contre sa joue, elle dormait du sommeil du juste, le souffle paisible et régulier. Les genoux toujours tremblants, il se laissa tomber dans l'herbe auprès d'elle, histoire de laisser à son cœur le temps de reprendre un rythme normal.

Il écouta le linge claquer dans le vent, l'eau clapoter doucement contre l'appontement et les oiseaux gazouiller tout en se demandant ce qu'il allait faire.

Il soupira, se leva et la souleva dans ses bras.

Quand Grace s'étira et se blottit contre lui, son sang ne fit qu'un tour.

— Ethan, murmura-t-elle en collant son nez dans son cou.

Il n'eut alors plus qu'une envie : rouler dans l'herbe avec elle.

— Ethan, marmonna-t-elle encore, en glissant les doigts sur son épaule.

Il tressaillit, éperdu de désir mais aussi terriblement embarrassé.

— Ethan ! s'écria-t-elle enfin, relevant la tête pour le regarder de ses yeux embrumés de sommeil et écarquillés de surprise.

Puis sa bouche s'arrondit en un « Oh » fichtrement irrésistible et le rose lui monta aux joues.

— Qu'est-ce... qu'est-ce qui se passe ? bredouilla-t-elle, en proie à la même confusion qu'Ethan.

— Quand tu veux faire la sieste, mets-toi au moins à l'abri du soleil.

Sa voix était rauque.

— Je faisais juste...

— J'ai pris dix ans en te voyant étendue là. J'ai cru que tu étais tombée dans les pommes.

— Je me suis juste étendue une minute. Comme Audrey dormait... Audrey ! Où est-elle ?

— Ne t'inquiète pas. Elle dort toujours. Pourquoi ne t'es-tu pas allongée avec elle ?

— Je ne viens pas ici pour dormir.

— C'est pourtant ce que tu faisais.

— Je pensais ne dormir qu'une dizaine de minutes.

— Tu as besoin de plus de dix minutes de sommeil.

— Pas du tout. Aujourd'hui, c'était spécial. J'ai eu quelques problèmes qui m'ont fatigué le cerveau.

Il plongea son regard dans celui de Grace, amusé.

— Ton cerveau était fatigué ?

— Oui.

Elle ne lui dit pas qu'à présent, ledit cerveau n'était pas loin d'exploser…

— Il fallait que je le repose une minute, c'est tout. Pose-moi par terre, Ethan.

Il n'y était pas disposé. Du moins, pas encore.

— Je suis tombé sur ta voiture, à environ deux kilomètres d'ici.

— J'ai téléphoné à Dave. Il va venir voir dès qu'il aura une minute.

— Tu es venue à pied, en portant Audrey ?

— Non, mon chauffeur nous a amenées. Pose-moi par terre, Ethan.

Vite. Elle allait exploser !

— Eh bien tu vas pouvoir lui donner sa journée, à ton chauffeur. Je vous ramènerai quand Audrey se sera réveillée.

— Je peux rentrer à pied. Et puis, j'ai à peine commencé, ici. D'ailleurs, je dois y retourner.

— Il est hors de question que tu marches cinq kilomètres.

— Je demanderai à Julie de venir nous chercher. Tu as des tas de choses à faire, Ethan. Je suis… en retard sur mon programme, reprit-elle, désespérée à présent. Je n'y arriverai jamais si tu ne me reposes pas tout de suite par terre.

Il la considéra un instant.

— Tu ne pèses pas grand-chose.

Elle s'enflamma soudain.

— Si tu as l'intention de me dire que je suis trop maigre…

— Non, je ne dirais pas cela. Tu as une ossature très délicate, c'est tout.

Et une chair infiniment douce par-dessus. Il la remit sur ses pieds avant d'oublier qu'il s'était promis de veiller sur elle.

— Ne t'en fais pas pour la maison aujourd'hui.

— Oh, que si ! Je dois absolument faire mon travail.

Le regard d'Ethan la bouleversait. Elle se sentait perdue, partagée entre l'envie de se précipiter dans ses bras et celle de détaler comme un lapin. S'accrocher à son devoir était sa seule défense.

— J'aurai plus vite fini si tu ne restes pas dans mes jambes.

— J'y resterai tant que tu n'auras pas appelé Julie. Je tiens à savoir si elle peut venir vous chercher, répliqua-t-il en lui ôtant un brin d'herbe des cheveux.

— D'accord.

Elle se détourna. Une fois dans la maison, elle pianota sur le téléphone mural. Après tout, songea-t-elle en attendant la réponse, peut-être vaudrait-il mieux qu'Anna lui demande de ne plus venir, après son retour... Ces derniers temps, elle ne pouvait côtoyer Ethan dix minutes d'affilée sans devenir une boule de nerfs. Si cela continuait, elle craignait de ne plus se contrôler.

6

Cela ne dérangeait nullement Ethan de travailler la moitié de la nuit au chantier. Surtout lorsqu'il y était seul. Seth n'avait pas dû insister plus que cela pour obtenir la permission de rester camper dans le jardin de ses copains. Une longue soirée solitaire se profilait devant Ethan, ce qui ne lui était pas arrivé depuis longtemps, et il comptait bien saisir cette occasion pour travailler en paix, libéré des mille et une questions du gosse et de ses commentaires tout aussi nombreux.

Il avait beau aimer ce garçon, brutalement parachuté dans son existence, s'occuper de lui n'en demeurait pas moins épuisant.

Ce soir, Ethan décida de bannir les outils électriques. Avec la fatigue, un accident était vite arrivé.

Il prit du reste un plaisir infini à travailler dans le calme et le silence, ponçant les planches jusqu'à les rendre aussi douces que du velours.

Ils seraient prêts à sceller la coque avant la fin de la semaine si Cam s'y mettait dès son arrivée. Et si Seth ne rechignait pas à calfater, mastiquer et vernir durant les deux semaines à venir, ils seraient en bonne voie.

Il consulta sa montre. Il était grand temps d'arrêter.

À une heure et quart, Ethan se garait devant le pub. Il n'était pas question de laisser Grace rentrer à pied.

Il s'installa confortablement sur son siège, alluma le plafonnier et ouvrit un vieil exemplaire écorné des *Raisins de la colère*.

À l'intérieur, la fin du service approchait. Grace aurait été parfaitement heureuse si Dave ne lui avait annoncé un prix de réparation exorbitant, ajoutant qu'il doutait que son tas de ferraille tienne encore cinq mille kilomètres avant de rendre définitivement l'âme.

Bah ! elle s'en inquiéterait plus tard. Pour le moment, elle avait fort à faire avec un client particulièrement entreprenant et tenace, déjà persuadé que Grace ne demandait qu'à passer la nuit en sa compagnie.

Malgré le refus net qu'elle lui opposa, il insista tant et plus, qu'elle finit par ne plus lui répondre. De toute façon, il était trop ivre pour raisonner, et si elle lui avait dit ce qu'elle pensait, elle aurait perdu sa place immédiatement.

Son collègue Steve finit par intervenir.

— Il t'embête, Grace ?

Elle décocha un faible sourire à Steve. Il ne restait plus qu'eux deux.

— Encore un qui ne fait pas honneur à la gent masculine. Rien de grave, ne t'en fais pas.

— S'il est encore là à la fermeture, j'attendrai que tu sois bien en sécurité dans ta voiture avant de partir.

Elle se contenta de marmonner un vague remerciement, peu soucieuse de lui apprendre qu'elle était à pied, sinon il insisterait pour la raccompagner. Steve habitait à plus d'une demi-heure de route, dans la direction opposée à la sienne. Et sa femme était enceinte jusqu'aux yeux.

Grace encaissa les dernières notes, desservit les tables et vit avec soulagement l'enquiquineur se lever pour partir, ne laissant de surcroît qu'un pourboire minable. Mais Grace était trop fatiguée pour s'en formaliser.

Le pub ne tarda pas à se vider complètement. En semaine, ils ne voyaient guère que des étudiants venus boire une bière ou deux en refaisant le monde. Depuis sept heures, ce soir, ils n'avaient pas dû faire plus de vingt tables. Ses pourboires étaient à l'avenant.

Le silence était tel que la sonnerie du téléphone les fit sursauter tous les deux. Steve, qui avait décroché, blêmissait à vue d'œil.

— Oui, Molly. Tu... appelles le docteur, d'accord ? Ta valise est prête. Combien de temps entre les... Ô mon Dieu, mon Dieu ! J'arrive ! Ne bouge surtout pas. J'arrive.

Il laissa retomber le combiné.

— Mollie est en train de... Ma femme, précisa-t-il.

— Je la connais, l'interrompit Grace en riant.

Mais il avait l'air si terrifié qu'elle lui prit le visage entre les mains pour lui donner un gros baiser.

— Va vite. Mais sois prudent. Le bébé t'attendra.

— On va avoir un bébé, prononça-t-il lentement, comme pour bien sentir la valeur de chaque mot. Mollie et moi...

— C'est merveilleux, Steve. Dis-lui que j'irai la voir à la maternité. Mais bien sûr, si tu restes collé ici, elle devra y aller toute seule...

— Dieu du ciel ! J'y vais.

Il se précipita vers la porte, embarquant une chaise sur son passage.

— Les clefs ! Où sont les clefs ?

— Celles de la voiture, dans ta poche. Celles du bar, accrochées au mur. Je fermerai, papa.

Il lui décocha un immense sourire par-dessus son épaule.

— Waouh ! s'exclama-t-il avant de disparaître.

Grace ramassa la chaise et la retourna sur la table, se remémorant la nuit de la naissance d'Audrey.

Qu'elle avait eu peur ! Qu'elle avait été excitée ! Elle était allée toute seule à l'hôpital. Personne n'était resté à côté d'elle pendant le travail pour lui rappeler comment respirer. Personne ne lui avait tenu la main.

Dans un moment de faiblesse, lorsque la douleur et la sensation d'abandon avaient atteint leur point culminant, elle avait laissé l'infirmière appeler sa mère. Celle-ci était venue et avait assisté à la naissance d'Audrey. Mère et fille avaient ri et pleuré ensemble, retrouvant leur complicité d'antan.

Son père, lui, ne s'était pas montré. Sa mère avait eu beau lui inventer mille excuses, Grace avait parfaitement compris. Il n'était pas près de lui pardonner son mariage. Julie était venue avec ses parents, des amis, des voisins lui avaient rendu visite.

Ethan, M. Quinn...

Elle avait conservé précieusement les fleurs que lui avaient apportées ces derniers, mises à sécher entre chaque feuille du journal de naissance d'Audrey.

Souriant à ce souvenir, elle entendit la porte s'ouvrir et se retourna en gloussant.

— Steve, si tu ne démarres pas dans la seconde, je...

Elle s'interrompit soudain, plus ennuyée qu'effrayée. Ce n'était pas Steve.

— Le pub est fermé, annonça-t-elle fermement.

— Je sais, chérie. Tout comme je savais que tu trouverais un prétexte pour lambiner et m'attendre.

— Je ne vous attends absolument pas.

Par tous les diables, pourquoi n'avait-elle pas songé à verrouiller derrière Steve ?

— J'ai dit que nous étions fermés. Sortez.

— Ah ! tu veux la jouer comme ça. Super !

Il s'approcha, nonchalant, et se pencha sur le bar, roulant des mécaniques.

— Pourquoi ne nous servirais-tu pas un petit verre ? Comme ça, on pourrait discuter du montant de ton pourboire.

Les dernières bribes de patience de la jeune femme s'envolèrent d'un coup.

— Vous m'avez déjà donné un pourboire. Si vous n'êtes pas sorti dans les dix secondes, j'appelle la police.

— J'ai une bien meilleure solution.

Il l'empoigna, la plaqua dos au bar et se colla contre elle.

— Tu vois ? Tu as ce que tu voulais. Je l'ai bien vu, à ta manière de me regarder. Ça fait des heures que j'attendais de te faire plaisir.

Totalement immobilisée, elle paniqua en sentant une main remonter sous sa jupe.

Elle se préparait à mordre, hurler et cracher lorsque le fâcheux disparut brusquement, sans demander son reste. Stupéfaite, elle ne put que dévisager Ethan.

— Tu vas bien ?

Il avait posé la question sur un ton si paisible qu'elle réussit à hocher la tête. Mais les yeux de son ami étincelaient d'une telle rage qu'un frisson lui parcourut l'échine.

— Va m'attendre dans la camionnette.

— Je… il…

Alors seulement elle hurla. L'homme se précipitait sur Ethan comme un boulet de canon, tête baissée, poings en avant.

Ethan pivota sur lui-même, enchaîna un uppercut sur un coup droit et l'envoya à terre. Il le remit debout presque aussitôt et le ficha dehors avec force menaces. La fureur n'avait pas quitté son visage lorsqu'il regarda la jeune femme.

— Je t'avais dit d'aller m'attendre dans la voiture !

— Je dois… Il faut que je…

Elle pressa sa main contre sa poitrine. Rien à faire. Les mots ne sortaient pas.

— Il faut que je ferme tout. Snidley…

— Snidley peut aller se faire voir.

Comme elle ne faisait toujours pas mine de vouloir bouger, il lui prit la main et l'entraîna vers la porte.

— Il est gonflé de te laisser faire la fermeture toute seule.

À lui aussi, Ethan avait l'intention de dire sa façon de penser ! Et très bientôt, songea-t-il en grinçant des dents, tandis qu'il poussait Grace vers le parking.

— Mollie… elle a téléphoné. Le travail avait commencé. Je lui ai dit de partir.

— Ben voyons ! Stupide femelle !

Elle qui, trente secondes plus tôt, tremblait de tous ses membres se raidit soudain. Envolée, l'envie de lui bafouiller sa gratitude. Il l'avait sauvée, comme un preux chevalier des temps anciens. Mais le romantisme venait de s'arrêter.

— Je ne suis pas stupide.

— Oh, que si ! et plutôt deux fois qu'une.

Ethan démarra en trombe, dans un jaillissement de gravier. Grace se retrouva collée au dossier de son siège. Ethan se mettait rarement en rage, mais lorsque cela se produisait, on avait l'impression qu'un volcan entrait en éruption, et qu'il ne se calmerait que quand il aurait explosé un bon coup.

— S'il y a un crétin dans l'histoire, c'est ce type, rétorqua-t-elle. Je ne faisais que mon travail.

— Oui, et en faisant ton travail, tu as échappé de peu à un viol. Ce salopard avait la main sous ta jupe.

En se rappelant cette horrible sensation, Grace eut envie de vomir.

— J'en suis consciente. C'est la première fois. Ce genre de chose n'arrive jamais chez Snidley.

— Eh bien, ce genre de chose vient d'arriver chez Snidley !

— D'habitude, on n'a pas ce type de clientèle. C'était un représentant. Il était…

— Il était là.

Ethan tourna dans son allée, serra le frein à main et coupa le moteur.

— Et toi aussi. À nettoyer un fichu bar, toute seule, en plein milieu de cette fichue nuit. Et qu'est-ce que tu comptais faire, une fois le boulot terminé ? Te taper deux fichus kilomètres à pied ?

— J'aurais pu me faire ramener, à ceci près que…

— À ceci près que tu es trop fichtrement orgueilleuse pour le demander !

— Bon, eh bien merci beaucoup de m'avoir dit ce que tu pensais de mes lacunes. Et de m'avoir raccompagnée jusqu'à ma fichue maison.

Elle ouvrit la portière et sortit. Enfin, elle essaya. D'un geste, Ethan la ramena brutalement sur son siège.

— Où tu vas, comme ça ?

— Je rentre chez moi, histoire de coller mon fichu orgueil et ma fichue stupidité sous une fichue douche avant d'aller me vautrer dans mon fichu lit.

— Je n'ai pas terminé.

— *Moi*, j'ai terminé.

Elle se dégagea brusquement et sauta à l'extérieur. Elle aurait pu lui échapper sans ces maudits talons. Mais elle n'avait pas fait trois pas qu'il lui barrait la route.

— Je n'ai rien à ajouter, lui dit-elle, la voix coupante et le menton haut.

— Parfait. Comme ça tu vas pouvoir m'écouter. Si tu ne démissionnes pas du pub – ce que je te conseille fortement de faire –, tu vas devoir prendre quelques petites précautions élémentaires. En premier lieu, te procurer un moyen de transport fiable.

— Ne t'avise pas de me dire ce que j'ai à faire.

— La ferme !

La stupéfaction la laissa sans voix. Jamais elle n'avait vu Ethan dans un tel état. La fureur, dans son regard, n'avait pas diminué d'un iota. Son visage, dur comme de la pierre, en semblait dangereux.

— On va déjà te trouver une voiture décente, poursuivit-il sur le même ton. Et puis il est hors de question que tu fasses encore une fois la fermeture toute seule. À la fin de ton service, non seulement je veux que quelqu'un t'accompagne jusqu'à ta voiture, mais encore qu'il attende que tu sois partie, portières verrouillées.

— C'est complètement ridicule.

Il avança d'un pas. Il ne la toucha pas, ne leva pas la main, mais elle recula elle aussi d'un pas. Son cœur s'emballa.

— Ce qui est ridicule, c'est ta manie de penser que tu peux systématiquement te débrouiller toute seule. J'en ai assez.

— Tu... en as... assez ?

Mon Dieu, pourquoi avait-elle bafouillé aussi lamentablement ?

— Oui. Et cela va s'arrêter. Je ne peux pas t'empêcher de te tuer au travail comme tu le fais, mais je peux m'occuper du reste. Si tu ne réclames pas des mesures de sécurité au pub, je le ferai. Tu vas cesser de chercher les ennuis.

— De chercher *quoi* ? s'écria-t-elle, outragée. Je ne *cherchais* rien du tout ! J'ai dit « non » au moins trois cent mille fois à ce crétin !

— Tu apportes de l'eau à mon moulin.

— Tu ne sais même pas de quoi tu parles, souffla-t-elle, à bout. Je le manœuvrais parfaitement, et j'aurais continué, si...

— Ah oui ? Comment ?

Il vit rouge. Oh cette vision d'elle, acculée contre le bar, les yeux agrandis de peur... Son visage cireux, son regard quasi vitreux... S'il n'était pas entré à ce moment-là...

Et parce qu'il songea précisément à ce qui aurait pu se produire, il perdit ce qui lui restait de sang-froid.

— Comment, exactement ?

D'un geste brusque, il la plaqua fermement contre lui.

— Vas-y. Montre-moi.

Elle tenta de se dégager, le sang en ébullition.

— Arrête !

— Tu crois que ça aurait suffi !

En tout cas, lui, cela n'aurait pas suffi à l'arrêter. Son parfum citronné l'enivrait.

— Bon sang ! Il te serrait si fort !

Il sentait sous ses doigts la perfection de ce corps délié.

— Il savait que personne ne viendrait l'arrêter. Qu'il pouvait faire ce qu'il voulait, reprit-il.

Le cœur, le sang, la tête de Grace s'étaient emballés.

— Je ne… je l'aurais empêché de continuer.

— Empêche-moi.

Il le pensait vraiment. Une petite part de son esprit désirait vraiment qu'elle réagisse, qu'elle dise quelque chose pour le tenir en échec. Mais sa bouche avait déjà fondu sur la sienne, dure et avide. Elle se mit à trembler de tous ses membres.

Lorsqu'elle gémit, lorsque ses lèvres s'ouvrirent sous son baiser, il perdit définitivement la tête.

Il l'attira dans l'herbe, s'y roula avec elle, sur elle. Le solide verrou qu'il avait apposé sur ses désirs vola en éclats, libérant une avidité aussi primaire que son désir. Véritable loup affamé, il dévorait sa bouche.

Submergée elle aussi par des sentiments trop longtemps réprimés, elle s'arqua contre lui et revint brutalement à la vie. Frissonnant de délice, elle gémit sous son étreinte.

L'Ethan qu'elle avait connu n'existait plus, pas plus que celui dont elle avait tant rêvé. Courtoisie et prévenance n'avaient plus cours et elle ne s'en plaignait pas. Étourdie par la passion qu'il lui témoignait, elle se donna totalement à lui.

De ses jambes enroulées autour de sa taille elle l'attira encore et glissa les doigts dans ses cheveux. À le sentir si fort, si puissant, elle tressaillit de bonheur. Lui se délectait de sa bouche, de sa gorge, tandis que ses doigts se glissaient sous le fin bustier. Il avait tant besoin d'elle. De son corps. De son parfum. Désespérément besoin.

Ses mains dures et calleuses rencontrèrent de petits seins fermes et satinés qui palpitèrent sous ses paumes.

Elle gémit, éblouie. Un désir irrépressible la submergea.

Elle murmura son prénom.

Elle eût tout aussi bien pu hurler au viol. En percevant le son de sa voix, son souffle saccadé, les frissons qui parcouraient sa peau, il eut l'impression de recevoir un seau d'eau glacée en pleine figure.

Il roula loin d'elle et s'efforça de recouvrer le contrôle de soi en même temps que son souffle. Et que sa pudeur. Ils étaient dans son jardin, pour l'amour du ciel ! Et il avait été à deux doigts de faire pire que ce type, au pub, à deux doigts de tromper sa confiance. Son amitié. D'abuser de sa vulnérabilité.

Cette bête sauvage tapie au tréfonds de lui-même… c'était à cause d'elle, précisément, qu'il avait fait vœu de ne jamais toucher Grace. En la laissant se réveiller, ce soir, il avait trahi son serment. Et tout cassé.

— Je suis désolé.

Phrase minable, il le savait, mais les mots le fuyaient.

— Vraiment, Grace, je suis navré.

Les sens toujours exacerbés, elle avait envie de hurler, tant son désir était violent. Un désir merveilleux, mais aussi terrifiant par sa puissance. Elle se tourna vers lui et lui effleura la joue.

— Ethan…

— Je n'ai aucune excuse, l'interrompit-il en s'asseyant brusquement.

Il ne fallait pas qu'elle puisse le toucher. Le tenter.

— J'étais fou de rage. J'ai perdu la tête.

— Tu étais fou de rage...

Elle ne bougea pas. L'herbe, sous son dos, lui parut soudain trop froide et la lune, juste au-dessus d'elle, brillait soudain trop fort.

— Donc, tu as perdu la tête, répétait-elle faiblement.

— Oui. Mais ce n'était pas une raison pour te faire du mal.

— Tu ne m'as rien fait de tel.

Il pensait avoir retrouvé ses esprits à présent, et être capable de la regarder, de la toucher sans devenir fou. Elle en avait besoin. Et lui ne pourrait plus vivre si Grace avait peur de lui.

— Te faire du mal est bien la dernière chose que je veuille.

Infiniment doucement, un peu comme avec un malade, il lui rajusta ses vêtements. Elle ne broncha pas. Il s'enhardit alors à passer une main dans sa chevelure ébouriffée.

— Je souhaite ce qu'il y a de mieux pour toi.

Cette fois-ci, elle repoussa brutalement sa main.

— Arrête de me traiter comme une enfant alors qu'il n'y a pas cinq minutes tu me traitais comme une femme facile !

Non, cela n'a jamais été facile, songea-t-il amèrement. Jamais.

— J'avais tort.

— Nous avons tous les deux eu tort, rétorqua-t-elle en s'asseyant brusquement. Ce n'était pas à sens unique. Vraiment pas, Ethan, et tu le sais parfaitement. Si je n'ai pas essayé de t'arrêter, c'est parce que j'avais envie que tu continues.

Stupéfait, soudain nerveux, il la regarda.

— Mais bon sang, Grace, nous nous vautrions dans ton jardin !

— Ce n'est pas cela qui t'a arrêté.

Résignée, elle remonta les genoux, les essuya et enroula ses bras autour. Ce geste si innocent lui fit l'effet d'un direct à l'estomac.

— Tu aurais arrêté, de toute façon, où que nous ayons été, parce que tu te serais souvenu qu'il s'agissait de moi. Mais ne va pas me raconter que tu ne me désires pas en ce moment. Si tu veux que les choses redeviennent comme avant entre nous, tu devras avoir de sacrés arguments pour me démontrer le contraire !

— Tout redeviendra comme avant.

— Ce n'est pas une réponse, Ethan. Je suis désolée d'insister, mais je pense en mériter une.

Peut-être se montrait-elle trop dure, trop brutale, mais elle ne pouvait oublier le goût de ses lèvres, la chaleur de son corps.

— Si tu ne penses pas à moi de cette façon-là, si tu as juste perdu la tête en voulant me donner une leçon, il va falloir le dire clairement, et pas plus tard que maintenant.

— C'était la colère.

Elle acquiesça, le cœur lourd.

— Eh bien, ça a marché.

— Ce n'était pas juste pour autant. Vraiment, je me suis conduit comme ce violeur du pub.

— Lui, je ne voulais pas qu'il me touche.

Elle inspira longuement et retint son souffle, avant de le relâcher très lentement. Il ne répondit pas. Sans dire un mot, sans bouger d'un seul centimètre, il s'éloignait d'elle de la façon la plus douloureuse qui soit.

— Je te suis reconnaissante d'avoir été là ce soir, conclut-elle rapidement en se relevant.

Il l'imita et lui tendit la main. Déterminée à ne pas ajouter à leur embarras, elle l'accepta.

— J'avais peur, c'est vrai, et je ne sais pas si j'aurais réussi à m'en sortir toute seule. Tu es un véritable ami, Ethan, et je te remercie de ton aide.

Il jugea opportun de changer de sujet.

— Je suis allé demander à Dave de te trouver une bonne voiture d'occasion. Il en a une ou deux en vue.

Elle préféra en rire que continuer à se tourmenter.

— Tu ne perds pas de temps ! Très bien, j'irai le voir demain, répondit-elle en jetant un coup d'œil vers la maison. Tu veux entrer deux secondes, que je soigne tes articulations ?

— Elles vont très bien. Il avait une mâchoire en plume ! Allez, file te coucher.

Seule, songea-t-elle. À se tourner et se retourner. À espérer.

— Je passerai samedi matin pour que tout soit nickel quand Cam et Anna rentreront. Bonne nuit.

Il attendit qu'elle soit en sécurité à l'intérieur pour s'en aller. C'est du moins ce qu'il se dit. Mais il n'était pas dupe de sa lâcheté. Il avait besoin de cette distance physique pour répondre enfin à sa question.

— Grace ?

Arrivée sur le seuil, elle ferma fugitivement les yeux, contrariée de n'être pas déjà chez elle, tout au fond de son lit, pour s'autoriser une bonne crise de larmes. La première depuis des années.

— Oui ?

— Je pense à toi de cette façon-là.

Malgré la distance, il vit nettement ses yeux s'arrondir, son sourire disparaître.

— Je ne veux pas le faire. Je me dis que c'est mal. Mais je pense à toi comme ça.

» Rentre, maintenant, conclut-il gentiment après un long silence.

— Ethan…

— Va. Il est tard.

Elle réussit, Dieu sait comment, à ouvrir la porte, à entrer et à la refermer. Mais elle se précipita à la fenêtre pour le regarder partir.

Il est tard, c'est vrai, songea-t-elle alors en frissonnant. Mais peut-être pas trop tard.

7

— Merci pour ton aide, maman.

— Mon aide ! s'exclama Carol Monroe en terminant de lacer les tennis roses d'Audrey. Quelle aide ? Passer l'après-midi avec ce petit ange est un vrai régal. On va bien s'amuser, hein, ma puce ?

— Jouets ! s'écria une Audrey ravie d'avance. On prend mes jouets, mamie. Les poupées.

— Bien sûr qu'on les prend. Et il y aura peut-être une surprise pour toi...

Audrey écarquilla les yeux et laissa échapper un soupir ravi en se hâtant de descendre de sa chaise.

— Oh, maman ! Tu n'as pas encore acheté une autre poupée ? Tu la gâtes trop.

— Impossible, rétorqua Carol en se redressant. Tu sais bien que c'est mon privilège de grand-mère.

Elle mit à profit ces quelques minutes où Audrey ne les accaparait ni l'une ni l'autre, trop occupée à hurler sa joie en courant autour de la pièce, pour observer sa fille. Comme d'habitude, elle ne dormait pas assez. Des cernes bruns soulignaient son regard. Elle ne mangeait pas assez non plus. Et puis, elle devrait prendre le temps de s'occuper d'elle. Les jeunes filles de son âge se maquillaient, se coiffaient joliment, allaient danser le soir, au lieu de se tuer à la tâche, se dit-elle.

Mais elle se garda bien de reformuler tout haut cette antienne et essaya une autre tactique.

— Tu devrais arrêter ce travail de nuit, Grace. Il ne te convient pas.

— Je vais très bien.

— Travailler est nécessaire et méritoire, mais il ne faut pas oublier de se distraire un peu si on ne veut pas se dessécher.

— J'aime travailler au pub, maman. Ça me permet de rencontrer des tas de gens, de leur parler. Et puis, le salaire est intéressant.

— Si tu es à court...

— Non, ça va.

Grace serra les dents. Plutôt affronter les tourments de l'enfer que d'avouer à ses parents sa déroute budgétaire.

— Ce supplément d'argent est le bienvenu, et j'aime ce boulot. Je pense que je le fais bien.

— J'en suis sûre. D'ailleurs, je me disais que ce serait mieux pour toi si tu venais travailler avec nous pendant la journée.

— Maman, tu sais parfaitement que c'est impossible. Papa ne veut pas de moi.

— Il n'a jamais dit une chose pareille. Et puis, tu nous donnes bien un coup de main pour trier les crabes quand nous manquons de personnel, alors...

— Je vous donne un coup de main, spécifia Grace. Et j'en suis ravie. Mais nous savons toutes deux que je ne peux pas travailler au restaurant.

Quelle tête de mule ! C'était bien la fille de son père...

— Je sais que tu pourrais l'amadouer, si tu essayais.

— Je n'y tiens pas. Il ne m'a pas caché ce qu'il pensait de moi. Laisse tomber, maman, murmura-t-elle en voyant sa mère préparer un nouvel argument. Je ne veux pas me disputer avec toi et, surtout, je ne veux pas que tu te sentes obligée de prendre parti. Ce ne serait pas juste.

Carol leva les mains en signe de reddition. Elle les aimait autant l'une que l'autre, ses deux mules, mais qu'elle soit damnée si elle parvenait à les comprendre un jour !

— Personne ne peut vous parler, ni à l'un ni à l'autre, quand vous avez cette mine. Je me demande même pourquoi j'essaie.

Grace sourit.

— Moi aussi.

Elle s'approcha et déposa un baiser sur la joue de sa mère.

— Merci, maman.

Comme à l'accoutumée, Carol se sentit fondre. Elle passa une main dans ses cheveux courts, autrefois naturellement aussi blonds que ceux de sa fille.

Elle avait les joues roses et la peau étonnamment douce pour quelqu'un qui s'exposait autant au soleil. Mais il est vrai qu'elle prenait grand soin de son apparence.

Dans l'esprit de Carol Monroe, être née femme n'était pas simplement un fait du destin, mais un devoir. À presque quarante-cinq ans, elle mettait un point d'honneur à conserver une allure de jeune fille, se rappelant toujours l'époque où son mari la courtisait.

Cela était terminé depuis longtemps, mais elle l'appréciait toujours autant. C'était un bon mari. Responsable, fidèle et honnête en affaires. Son seul problème, Carol le savait, était d'avoir un cœur trop tendre, trop facile à briser. Et Grace l'avait sérieusement ébréché, ce cœur, en ne répondant pas à ses aspirations.

Ces pensées lui trottèrent dans la tête tandis qu'elle aidait Grace à rassembler les affaires d'Audrey. Les enfants avaient besoin de tant de choses, à présent, songea-t-elle. Elle ne s'encombrait pas de la sorte quand elle emmenait Grace jouer.

Mon Dieu ! Dire que ce bébé était mère à présent ! Et une bonne mère, pensa-t-elle en souriant. Meilleure qu'elle ne l'avait été. Elle écoutait sa fille, prenait le temps de lui parler alors qu'elle-même avait toujours imposé sa volonté à Grace, étouffant sans le vouloir cette enfant si docile sans chercher à savoir quels étaient ses désirs profonds.

À présent, la culpabilité ne la lâchait pas. La passion de Grace pour la danse n'était pas un secret, et Carol n'y avait pas prêté la moindre attention.

Lorsque, à dix-huit ans, sa fille était venue la voir, pour lui dire qu'elle avait réuni toutes ses économies durement gagnées dans ses jobs de vacances et lui demander son aide financière pour partir étudier la danse à New York, elle lui avait répondu : « Ne sois pas ridicule ! », obéissant à ses préjugés, selon lesquels la danse n'était pas une occupation sérieuse.

Ce n'est qu'au moment où son mari avait adopté la même attitude que Carol s'était rendu compte que l'entêtement de Grace n'était pas un caprice d'enfant. Sa fille avait trimé si dur, insisté si fort, qu'il ne pouvait s'agir de cela. Grace possédait de réelles ambitions.

Alors seulement Carol avait tenté d'infléchir son mari.

Il était resté aussi intraitable que sa fille, et celle-ci n'avait pu s'inscrire à son école de ballet de New York.

C'était peut-être à cause de cela que Grace s'était jetée dans les bras de ce baratineur de Jack Casey quand celui-ci avait débarqué à St. Christopher. Elle avait à peine dix-neuf ans, et cela avait scellé son sort et mis un terme à ses rêves…

Certes, il y avait Audrey, et celle-ci rattrapait bien des choses… Il n'en demeurait pas moins que le fossé que le mariage précipité de Grace et sa grossesse imprévue avaient creusé entre la fille et le père était toujours aussi profond. Mais on ne pouvait récrire l'Histoire, conclut Carol en bouclant la petite dans le siège-auto.

— Tu es certaine que cette nouvelle voiture que Dave t'a trouvée marche bien ?

— Il me l'a garanti.

— Si tu préfères attendre mieux, je te prêterais volontiers la mienne, tu sais.

— Celle-ci est parfaite. Je vais chercher la carte grise lundi.

Grace se glissa sur le siège passager tandis que sa mère prenait le volant.

— Vite, vite, vite, mamie ! Roule vite ! exigea aussitôt Audrey.

— Toi, tu as encore fait des excès de vitesse, commenta Grace.

— Je connais ces routes comme ma poche, et je n'ai encore jamais pris une contredanse...

— Parce que les policiers n'arrivent pas à te rattraper !

— Quand rentrent les nouveaux mariés ? s'enquit Carol pour changer de sujet.

— Ils devraient arriver ce soir, vers huit heures. Je veux juste donner un dernier coup de propre à la maison, et peut-être même préparer un petit quelque chose pour le dîner. Ils seront sans doute fatigués par le voyage.

— Je suis persuadée que la femme de Cam appréciera le geste. J'ai rarement vu plus belle mariée. Cette robe était une merveille !

— Selon Seth, elle a fait un saut à Washington pour l'acheter. Le voile venait de sa grand-mère.

— Moi aussi, j'ai mis le mien de côté. J'ai toujours pensé qu'il t'irait à ravir le jour de ton mar...

Elle s'interrompit net.

— Il aurait eu l'air un tantinet déplacé, dans cette mairie, la rassura gentiment sa fille.

Carol s'engagea dans l'allée des Quinn.

— Eh bien, tu le porteras la prochaine fois.

— Il n'y aura pas de prochaine fois. Le mariage ne me réussit pas.

Tandis que sa mère béait d'ahurissement, Grace sortit et embrassa Audrey.

— Promets-moi d'être sage. Et ne laisse pas mamie te donner trop de bonbons.

— Mamie a plein de chocolats.

— Tu crois que je ne le sais pas ? Au revoir, mon trésor. Au revoir, maman. Merci.

— Grace…

Bon sang ! N'avait-elle pas déjà trop parlé ?

— Oui ?

— Tu… euh… Passe un coup de fil quand tu auras terminé. Je viendrai te chercher.

— On verra. Ne laisse pas ce petit monstre te faire tourner en bourrique, recommanda Grace en escaladant le perron.

Selon ses calculs, les Quinn devaient tous se trouver au chantier à cette heure-ci. Grace se sentait de taille à regarder la vérité en face, mais elle préférait attendre un peu avant de revoir Ethan.

Comme toujours, l'activité lui fit du bien. Et penser au plaisir d'Anna à rentrer dans une maison impeccable, fleurie et sentant bon la cire décupla son énergie. Elle avait l'impression d'être plus indispensable que jamais.

Tandis qu'elle s'affairait dans la chambre du jeune couple, Grace se demanda si Anna, en citadine qu'elle était, apprécierait le charme rustique de sa nouvelle demeure. Sans doute s'empresserait-elle de remeubler les pièces en design, remisant au grenier tous les trésors accumulés par Ray Quinn pour leur substituer des sculptures sans âme.

Les dents serrées, Grace fit bouffer les rideaux.

Anna recouvrirait certainement de moquette les parquets magnifiques et ferait repeindre les murs de couleurs criardes. Saisie d'un ressentiment soudain, Grace se prit à songer à ce qu'elle ferait à sa place.

Ses réflexions cessèrent à l'instant où elle se vit dans la glace de la salle de bains, poings serrés, regard fixe et mine furibonde.

— Oh, Grace, que t'arrive-t-il ? souffla-t-elle en secouant la tête, consternée. D'une part, tu n'as pas voix au chapitre, d'autre part, qui te dit qu'Anna va vouloir tout changer ?

Cela ne suffit pas à la calmer.

Mais qu'avait-elle donc à se préoccuper ainsi d'une maison qui n'était pas la sienne ?

Était-ce le changement intervenu dans ses relations avec Ethan qui lui en faisait craindre d'autres et suscitait ainsi en elle une peur mêlée d'espoir ?

Plantée devant la glace, elle s'examina.

Elle ne lui était pas indifférente, il le lui avait dit. Mais que pensait-il d'elle ? Elle n'était ni une beauté, ni spécialement sexy, ni élégante, ni particulièrement brillante. Quant au badinage, elle en ignorait totalement le mode d'emploi. Jack lui avait dit qu'elle était équilibrée. Seulement, l'équilibre ne constituait pas, à ses yeux, un attrait suffisant.

Peut-être que si ses pommettes étaient plus hautes, ses fossettes plus profondes... Si ses cils étaient plus épais et plus longs... Peut-être que si ses cheveux étaient moins raides...

Elle se trouvait si ordinaire... Si seulement elle avait pu demander à Ethan ce qu'il en pensait...

Quand elle dansait, jamais de telles idées ne lui étaient venues. En ces moments bénis, elle se sentait belle, unique, l'incarnation même de son prénom. Rêveuse, elle exécuta un plié impeccable. Son corps parfaitement discipliné y prit tant de plaisir qu'elle s'autorisa un entrechat et enchaîna sur une lente pirouette.

— Ethan !

Rouge de confusion, elle s'immobilisa en l'apercevant dans le miroir, nonchalamment appuyé au chambranle.

— Désolé de t'avoir fait peur.

— Euh... bredouilla-t-elle en attrapant précipitamment son attirail de nettoyage. Je... finissais juste la salle de bains.

— Tu as toujours été une excellente danseuse.

Il s'était promis de revenir à leur vieille amitié et s'astreignait à feindre l'insouciance.

— C'est une habitude, chez toi, de faire des entrechats dans une salle de bains que tu viens de nettoyer ?

Malgré tous les efforts de Grace, ses joues s'empourprèrent.

— Je pensais avoir fini avant que vous n'arriviez tous. Le plancher a dû me prendre plus longtemps que prévu.

— Il est magnifique. Tu n'as pas entendu Balourd ? Il s'est offert une superbe glissade.

— Je rêvassais. Je me disais que...

Alors seulement ses idées s'éclaircirent et elle le regarda plus attentivement. Il était d'une saleté repoussante, couvert de sueur et de poussière.

— Tu pensais prendre une douche ici ? s'enquit-elle, tout à fait lucide à présent.

Ethan haussa un sourcil.

— J'y ai songé, effectivement.

— Pas question.

Elle avança d'un pas, le faisant reculer d'autant. Quel dommage de se sentir si sale devant pareille beauté ! Allons, il s'était promis de ne plus jamais la toucher.

— Pourquoi ?

— Parce que je n'aurai pas le temps de recommencer à la nettoyer après ton passage, pas plus que la salle de bains du bas. Il faut encore que je fasse la cuisine. J'ai prévu un poulet frit et une salade de pommes de terre, comme ça vous n'aurez rien à réchauffer quand Cam et Anna arriveront.

— Au cas où tu ne serais pas au courant, j'ai la réputation de laisser les salles de bains impeccables après m'en être servi.

— Jamais tu n'arriveras à la remettre dans cet état.

— C'est entendu. Le problème, c'est que les trois hommes de cette maison aimeraient bien se récurer à fond pour accueillir les nouveaux mariés.

— Au cas où tu ne serais pas au courant, il y a une belle étendue d'eau, là-dehors.

— Mais…

Elle ouvrit un placard et en sortit un savon de Marseille avant qu'il ne lui prenne l'envie de déranger l'une des jolies savonnettes artistiquement disposées dans une coupelle…

— Allez, zou, du balai ! Je viendrai vous apporter des serviettes et des vêtements propres.

— Mais…

Elle lui fourra le savon dans la main.

— Exécution, Ethan. Même chose pour les deux autres !

— Enfin, Grace, on n'attend pas la famille royale d'Angleterre, quand même ! Je proteste. Il est hors de question que je plonge à poil depuis l'appontement.

— Tu ne l'as jamais fait, peut-être ?

— Pas avec une femme dans les parages.

— Au cas où tu ne serais pas au courant, j'ai déjà vu un homme nu, dans ma vie. Et j'ai bien trop à faire pour vous prendre en photo, tes frères et toi. Ethan, je viens de passer le plus clair de ma journée à briquer cette maison. Vous n'allez pas fiche tout mon travail en l'air !

Il fourra le savon dans sa poche. Discuter ne servirait à rien.

— Je vais prendre des serviettes.

— Non. Tes mains sont trop sales. Je vous les apporterai.

Il redescendit en grommelant dans sa barbe. Phillip réagit à l'injonction par un haussement d'épaules, Seth par un hurlement de joie. Il sortit en courant, semant sur son passage chaussures, chaussettes et chemise.

— Il ne voudra probablement plus jamais se laver normalement, commenta Phillip en s'asseyant sur la jetée pour enlever ses chaussures.

Ethan resta obstinément debout, refusant tout déshabillage tant que Grace ne serait pas retournée à la maison après leur avoir apporté serviettes et vêtements propres.

— Qu'est-ce que tu fais ? demanda-t-il en voyant Phillip enlever son tee-shirt.

— Ça se voit, non ? Je me déshabille.

— Tu es fou ! Grace va arriver !

Phillip leva les yeux, et éclata de rire devant l'air sérieux de son frère.

— Réveille-toi, Ethan. Même la vue de mon torse viril ne va pas lui faire perdre les pédales !

Pour confirmer ses dires, il se tourna en souriant vers Grace, qui traversait justement la pelouse dans leur direction.

— Est-ce que je n'aurais pas entendu quelque chose à propos de poulet frit ?

— Je vais justement m'y mettre.

Arrivée sur l'appontement, Grace y déposa trois piles bien nettes et sourit en voyant Seth patauger avec les chiens. Ils devaient effrayer les poissons à deux kilomètres à la ronde.

— Pourquoi ne piquerais-tu pas une tête avec nous ? lui suggéra Phillip.

Par la suite, il jurerait avoir entendu craquer la mâchoire d'Ethan.

— Tu pourrais me frotter le dos, poursuivit-il, taquin.

Elle rit en ramassant les vêtements sales.

— Cela fait un bon moment que je ne me suis pas baignée en tenue d'Ève. Mais j'ai trop à faire pour prendre du bon temps. Allez ! Donnez-moi le reste de vos fringues, que je les lave avant de partir.

— C'est drôlement sympa.

Phillip porta une main à la boucle de sa ceinture. Et prit le coude d'Ethan en plein dans les côtes.

— Tu les laveras plus tard. Rentre, maintenant, dit celui-ci.

— C'est un timide, se moqua Phillip.

Grace rit de nouveau mais repartit aussitôt.

— Tu ne devrais pas la taquiner comme ça, marmonna Ethan.

— Ça fait des années que je le fais, rétorqua Phillip en se débarrassant de son pantalon.

— Ce n'est plus pareil, maintenant.

— Pourquoi ?

Phillip enlevait son caleçon lorsqu'il vit l'expression d'Ethan.

— Ah booooon !... Pourquoi ne l'as-tu pas dit ?

— Il n'y a rien à dire.

Ethan entreprit de se déshabiller.

— Moi, c'est sa voix qui m'a toujours emballé.

— Hein ?

— Cette voix de gorge, insista Phillip, ravi de réussir enfin à hérisser son frère. Cette sonorité basse, un peu râpeuse, je trouve ça incroyablement sexy.

Les dents serrées, Ethan délaça ses bottes de travail.

— Tu ne devrais peut-être pas y prêter trop d'attention.

— Je n'y peux rien si j'ai de bonnes oreilles. J'ai aussi de très bons yeux, ajouta-t-il, évaluant du regard la distance entre eux deux. Et pour autant que je le sache, il n'y a rien à jeter chez elle. Sa bouche en particulier. Pleine, bien dessinée... Elle doit être savoureuse.

Ethan inspira profondément en ôtant son jean.

— Essaierais-tu de m'énerver ?

— Je fais de mon mieux.

— Tu préfères plonger tête la première, ou pieds en premier ?

Ravi, Phillip lui décocha un sourire éclatant.

— J'allais justement te demander la même chose.

Tous deux attendirent une seconde avant de charger. Ils atterrirent ensemble dans l'eau accompagnés par les hurlements de joie de Seth.

Ô mon Dieu, pensa Grace, le nez collé au carreau. Mon Dieu ! Jamais encore elle n'avait vu plus beaux spécimens d'hommes. Et pourtant, elle s'était juré de ne jeter qu'un tout petit coup d'œil. Mais Ethan avait enlevé sa chemise, et...

Alors ! Pas de quoi en faire une histoire. Elle n'avait jamais prétendu être une sainte ! Et quel mal cela faisait-il, de regarder ?

Une telle beauté, tant extérieure qu'intérieure... Quel trésor ! Si jamais la situation de la veille se reproduisait, elle n'hésiterait pas, et se sentirait la plus heureuse des femmes ! Peut-être serait-ce le cas. Après tout, il n'était pas aussi indifférent qu'elle l'avait toujours cru.

Non, elle n'était pas indifférente, cette bouche qui avait écrasé la sienne. Elles n'avaient rien d'indifférent, ces mains qui avaient couru sur son corps...

Attention, terrain miné ! se tança-t-elle en s'écartant de la fenêtre. Elle n'allait réussir qu'à se mettre dans tous ses états si elle continuait. Et elle possédait le remède à tout cela : le travail. Le poulet attendait de passer à la poêle.

Les pommes de terre refroidissaient pour la salade lorsque Phillip rentra, redevenu un élégant jeune cadre dynamique.

— Mmmm... ça sent diablement bon, ici ! s'exclama-t-il.

— J'ai prévu large. Comme ça vous serez tranquilles pour le déjeuner de demain. Mets tes vêtements dans la buanderie. Je m'en occupe dans une minute.

— Je ne sais vraiment pas ce que nous ferions sans toi, Grace.

Elle se mordit la lèvre. Si seulement il pouvait exprimer l'opinion de toute la maisonnée !

— Ethan est toujours dans l'eau ?

— Non. Seth et lui fabriquent je ne sais quoi sur le bateau, répondit-il en sortant une bouteille de vin du réfrigérateur. Où est donc Audrey ?

— Elle passe l'après-midi avec ma mère. En fait, maman vient de téléphoner. Elle va la garder un peu plus longtemps que prévu. Un de ces jours, il va bien falloir que je la lui laisse toute une nuit.

Elle accepta le verre tendu. Si ses connaissances en matière de vin avoisinaient le néant absolu, elle n'en fronça pas moins les sourcils après l'avoir goûté.

— Rien à voir avec ce qu'on sert au pub !

— J'espère bien !

De la pisse d'âne, voilà ce que vendait Snidley.

— À propos, comment ça se passe, là-bas ?

— Très bien, répondit-elle en remuant consciencieusement le poulet.

Ethan avait-il mentionné l'incident ? Probablement pas, sinon Phillip eût insisté sur le sujet. Soulagée, elle se remit au travail tandis que le frère d'Ethan lui faisait la conversation.

Intelligent, brillant sans jamais paraître bêcheur, il avait toujours une foule d'anecdotes à raconter.

Ethan les trouva ainsi : Grace riant aux éclats en mettant la dernière main au dîner et Phillip assis à la table, un verre de vin à la main.

— Non, tu me racontes des bobards !

— Je te jure ! s'écria Phillip en souriant à son frère. Le client veut vraiment que ce soit l'oie qui parle. On est en train de rédiger son slogan : « Creek Jeans, pour vous sentir bien dans vos plumes ! »

— Plus bête, je ne connais pas.

— Le plus drôle, c'est que ça marche ! Bon, j'ai deux, trois coups de fil à passer.

Phillip se leva et fit délibérément le tour de la table pour embrasser Grace.

— Merci pour tout, ma chérie, susurra-t-il avant de s'en aller en sifflotant.

— Tu imagines ça, toi ? Gagner sa vie en faisant parler une oie ! s'esclaffa la jeune femme.

Elle mit le saladier dans le réfrigérateur et se retourna.

— Voilà. Tout est prêt. Les vêtements sont dans le sèche-linge. Pense à les sortir quand ils seront secs, sinon ils seront froissés. Je l'aurais bien fait, mais je suis un peu pressée.

— Je vais te raccompagner.

— Merci beaucoup. Je pourrai me servir de ma voiture à partir de lundi.

Elle inspecta une dernière fois la maison comme ils se dirigeaient vers la porte. Tout était impeccable.

— Comment iras-tu au travail ? lui demanda Ethan lorsqu'ils furent installés dans sa camionnette.

— Julie viendra me chercher, et Snidley en personne me ramènera.

Elle s'éclaircit la gorge.

— Il a été très contrarié par ce qui s'est passé l'autre nuit. Pas contre moi, bien sûr, mais il aurait bien arraché les yeux à Steve, si les circonstances… Au fait, ils ont eu un petit Jérémy.

— Je l'ai entendu dire, fut la seule réponse d'Ethan.

Nouvelle petite toux, nettement plus longue !

— À propos de ce qui s'est passé, Ethan, enfin je veux dire, après...

— Justement, je voulais t'en parler.

Il avait consciencieusement préparé son laïus, mot à mot.

— Je n'aurais jamais dû me mettre en colère contre toi. Tu étais paniquée et j'ai passé plus de temps à t'engueuler qu'à me soucier de ton état.

— Je le sais bien. Ce que je voulais dire, c'est que...

— Laisse-moi finir, reprit-il en s'engageant dans son allée. Je n'avais absolument pas à me comporter comme ça. Je m'étais juré de ne jamais te toucher.

— Mais j'étais ravie que tu me touches.

Ces mots et le ton paisible de Grace le firent tressaillir. Il n'en secoua pas moins la tête.

— Cela n'arrivera plus. J'ai mes raisons, Grace – excellentes, tu peux me croire. Ce serait trop long à expliquer pour que tu comprennes bien.

— Si tu ne me les donnes pas, c'est sûr que je ne comprendrai jamais !

Lui raconter son ténébreux passé, les pulsions qu'il avait encore tant de mal à réprimer, était bien la dernière chose qu'il eût envie de faire.

— Crois-moi, Grace, je ne peux t'en dire plus. Je te promets seulement que cela ne se reproduira pas.

— Je n'ai pas peur de toi.

Elle tendit la main pour lui caresser la joue, mais il l'intercepta et la maintint à distance.

— Tu n'auras jamais de raisons de me craindre. Tu m'es beaucoup trop chère, reprit-il en pressant sa main avant de la relâcher. Depuis toujours.

— Je ne suis pas une poupée ; je ne risque pas de me casser si tu me touches. Je veux que tu me touches.

Une bouche pleine, bien dessinée... avait dit Phillip... Hélas pour sa tranquillité d'esprit, Ethan en connaissait le goût, à présent !

— Je sais que tu *t'imagines* le vouloir. C'est justement pour ça que nous devons oublier tout cela.

— Je ne l'oublierai jamais, murmura-t-elle en le regardant.

— Ça ne se reproduira plus, insista-t-il en se penchant pour lui ouvrir la portière. Évite-moi pendant quelque temps. Évite-moi vraiment, Grace. J'ai suffisamment de soucis comme ça.

— Très bien. Si c'est ce que tu veux.

Elle ne supplierait pas.

— Ça l'est.

Il repartit aussitôt.

Et, pour la première fois depuis des années, il envisagea sérieusement de prendre une belle cuite.

8

Seth attendait. La nuit tombait, mais les chiens lui fournissaient une excellente excuse pour rester dehors. Enfin, plus que ça, puisqu'il avait la ferme intention de dresser Balourd à rapporter la vieille balle de tennis. Oh il la rapportait déjà mais, après, pour la lui faire lâcher, c'était la croix et la bannière.

Pour être honnête, Seth s'en fichait. Il avait suffisamment de balles en réserve pour les lancer tant que les chiens auraient envie de leur courir après. C'est-à-dire, pour autant qu'il le sût, environ jusqu'à l'an 3000.

Mais bon, pendant qu'il jouait avec les chiens, il pouvait guetter les bruits de moteur sans en avoir l'air.

Ils étaient en route, puisque Cam avait appelé de l'avion. Ça, c'était vraiment le truc le plus géant qu'il puisse imaginer. Il avait papoté avec Cam alors qu'il était encore au-dessus de l'Atlantique ! Vivement demain, qu'il le raconte à Will et à Danny !

Il avait même épluché l'atlas pour trouver l'Italie, et puis Rome. D'un doigt posé sur la carte, il avait fait plusieurs fois l'aller-retour entre la Ville éternelle et le minuscule petit point qui représentait St. Christopher, Maryland.

Un moment, il avait eu peur qu'ils ne reviennent jamais. Et si Cam avait téléphoné pour dire qu'ils restaient là-bas, qu'il reprenait ses courses ?

Parce qu'il le savait, Cam avait vécu partout dans le monde et avait couru en voiture, en bateau ou en moto. Ray lui avait tout raconté sur son fils aîné, et même, dans le grenier, il avait trouvé un album rempli de photos et de coupures de journaux relatives aux victoires de Cam – et à toutes les nanas qu'il avait tombées.

Il savait que Cam avait remporté ce superchampionnat avec son hydrofoil – si seulement on lui permettait de le piloter, une seule fois –, juste avant que Ray aille se planter contre ce fichu poteau télégraphique.

Phillip avait fini par retrouver sa trace à Monte-Carlo. Cette ville aussi, Seth l'avait localisée sur l'atlas. Ça ne paraissait guère plus grand que St. Christopher, mais là-bas il y avait un palais, des casinos méga chic, et même un prince.

Si Cam était rentré juste à temps pour voir Ray avant sa mort, Seth savait également qu'il n'avait pas prévu de rester très longtemps à St. Christopher. Pourtant, il n'était pas reparti. Un jour, ils s'étaient comme qui dirait battus, et puis Cam lui avait dit qu'il n'irait plus nulle part. Que, désormais, ils étaient liés l'un à l'autre et qu'il ne bougerait plus.

Bien sûr, c'était avant qu'il se marie et tout, avant qu'il retourne en Italie. Avant que Seth commence à s'inquiéter. Cam et Anna l'oublieraient-ils ? Oublieraient-ils la promesse qu'ils lui avaient faite ?

Mais non. Ils revenaient.

Et il ne voulait surtout pas qu'ils apprennent qu'il les attendait, ni qu'il était excité comme une puce à l'idée de leur retour. Et pourtant… Seth ne parvenait même pas à comprendre ce qui lui arrivait. Cela faisait à peine deux semaines qu'ils étaient partis, et Cam se révélait impossible à vivre la plupart du temps.

Sans compter que tout le monde lui serinerait de surveiller son langage quand Anna serait installée à la maison.

Il avait aussi un peu peur qu'elle ne chamboule tout dans leur organisation. Même si elle avait été son assistante sociale, elle pourrait bien ne pas apprécier d'avoir sans arrêt un môme dans les jambes. Et si elle décidait de le renvoyer ? Elle avait un sacré pouvoir, maintenant qu'elle faisait tout le temps la chose avec Cam.

Il fallait quand même reconnaître qu'elle avait toujours joué franc jeu, depuis l'instant où elle l'avait sorti de sa classe pour discuter avec lui.

Mais bon, travailler sur un cas social et vivre dans la même maison, c'est pas pareil.

Et si elle avait fait tout ça juste pour tourner autour de Cam ? Pour qu'il se marie avec elle ? Maintenant que c'était fait, elle n'était pas obligée d'être gentille avec lui. Elle pourrait même écrire sur son rapport qu'il serait mieux ailleurs.

Bon. Il allait surveiller tout ça de près. De très près. Si les choses tournaient mal, il pourrait toujours s'enfuir. Même si cette seule perspective le rendait franchement malade, à présent.

Il voulait vivre dans cette maison. Courir dans le jardin et jouer avec les chiens. S'extirper du lit à des heures pas chrétiennes pour prendre le petit déjeuner avec Ethan et partir pêcher le crabe. Travailler au chantier ou aller passer la journée chez Will et Danny.

Manger de la vraie nourriture quand il avait faim, dormir dans un lit qui ne sentait pas la sueur d'un autre.

Ray lui avait promis tout cela, et Seth, qui ne faisait pourtant confiance à personne, l'avait cru. Peut-être que Ray était son père, peut-être pas. En tout cas, Seth savait qu'il avait filé un bon paquet de blé à Gloria. Gloria... Jamais il ne pensait à elle comme à sa mère. C'était plus facile pour garder ses distances.

Maintenant, Ray était mort, mais il avait fait promettre à ses fils de garder Seth dans la maison du bord de l'eau. Selon lui, ils n'avaient pas dû être ravis par cette perspective. Cela dit, ils avaient promis. Et Seth avait découvert que chez les Quinn on tenait parole. Une promesse tenue… quelle merveilleuse nouveauté pour lui !

Il ne fallait surtout pas qu'ils se dédisent. S'ils se rétractaient maintenant, Seth savait qu'il en souffrirait plus qu'il n'avait jamais souffert.

C'est pour cela qu'il attendait dans le jardin. Lorsqu'il entendit le rugissement de la Corvette, une bouffée d'excitation mêlée d'appréhension lui noua l'estomac.

Les deux chiens se précipitèrent en frétillant vers la voiture blanche. Seth fourra ses mains, soudain moites, dans ses poches arrière et s'approcha nonchalamment, l'air de rien.

À l'instant où elle le vit, Anna lui décocha un immense sourire.

Bon, Cam en avait visiblement pris soin. Il étudia le visage qu'il avait si souvent dessiné en secret. Son œil d'artiste en herbe détailla les yeux en amande, la peau dorée, la bouche pleine et les pommettes hautes. Sa chevelure encadrait son visage d'une masse de boucles indisciplinées. Son alliance – or et diamants – scintilla fugitivement lorsqu'elle descendit de voiture.

Elle le prit de court en le serrant dans ses bras en riant.

— Quel magnifique comité d'accueil !

Stupéfait par sa soudaine envie de prolonger l'étreinte, Seth se dégagea.

— J'étais juste sorti jouer avec les chiens. Salut, Cam.

— Salut, marmouset.

Cam déplia sa longue carcasse pour sortir de la voiture surbaissée. Il avait le sourire plus facile qu'Ethan, plus prononcé que Phillip.

— Tu tombes à pic pour m'aider à décharger.

Seth leva les yeux vers la montagne de bagages arrimés sur le toit.

— Vous êtes jamais partis avec tout ce bazar.

— Il y a beaucoup de bazar italien.

— Je voulais tout ! s'écria Anna en riant. On a dû acheter une autre valise.

— Deux, corrigea Cam.

— Le fourre-tout ne compte pas !

— OK.

Cam ouvrit la malle et en extirpa un volumineux sac vert bouteille.

— Eh bien puisqu'il ne compte pas, porte-le donc !

— Tu mets déjà ta femme au turbin ? lui demanda en riant Phillip, qui arrivait avec Ethan. Ne bouge pas, Anna, je le prends.

Il l'embrassa avec un tel enthousiasme que Seth roula des yeux en direction de Cam.

— Lâche-la, Phil, ordonna Ethan à mi-voix. Je n'ai pas envie que Cam te tue avant même d'avoir mis un pied dans la maison. Bienvenue, vous deux !

Anna l'embrassa avec fougue.

— Quel bonheur de se retrouver chez soi !

Le fourre-tout s'avéra rempli de présents qu'Anna entreprit de distribuer sur-le-champ, accompagnant chaque cadeau d'une anecdote le concernant. Seth contempla en silence le magnifique maillot de football bleu et blanc qu'elle venait de lui offrir. Jamais encore quelqu'un n'était rentré de voyage en lui rapportant un cadeau. En fait, s'il y songeait, il pouvait compter les cadeaux qu'il avait reçus sur les doigts d'une seule main.

— Le foot est un sport national, en Europe, lui confia Anna. Il porte le même nom mais n'a pas grand-chose à voir avec notre football à nous.

Tout en parlant, elle extirpa du sac un énorme livre relié.

— Et tiens, j'ai pensé que ceci te plairait. Oh, bien sûr, il vaut mieux voir les tableaux de ses yeux, mais tu pourras te faire une idée. Tu verras, certaines toiles sont époustouflantes.

Ébloui, Seth feuilleta le livre de reproductions. Elle s'était souvenue qu'il aimait dessiner. Elle avait pensé à lui.

— C'est cool, se contenta-t-il de marmonner vaguement.

Il ne faisait plus aucune confiance à sa voix.

— Elle voulait acheter des chaussures pour tout le monde, commenta Cam. J'ai dû lui couper les vivres.

— Je me suis vengée en m'en offrant une demi-douzaine de paires.

— Ah bon ? Je croyais que tu t'étais contentée de quatre.

Elle sourit.

— Six. Les deux dernières, je les ai achetées en douce. Oh, Phillip, je suis tombée sur le fameux magasin Magli. J'en aurais pleuré.

— Tu veux dire Armani ?

— Ah, oui, c'est ça !

— Cette fois, c'est moi qui vais pleurer.

— Eh bien, vous sangloterez sur la mode plus tard, intervint Cam. Je meurs de faim.

— Grace est venue, annonça Seth pour ne pas penser au maillot qu'il aurait bien enfilé immédiatement s'il n'avait eu peur de passer pour un crétin. Elle a tout nettoyé – on a même été obligés de se laver dans la baie – et elle a fait cuire un poulet.

— Grace a préparé du poulet ?

— Oui. Et puis aussi une salade de pommes de terre.

— Aucun endroit ne vaudra jamais la maison, murmura Cam en partant vers la cuisine, suivi de près par Seth.

— J'en mangerais bien un morceau, moi aussi.

— À la queue, comme tout le monde, grommela Cam en sortant le plat et le saladier du réfrigérateur.

— On vous donne pas à manger, dans les avions ?

— Ça, c'est du passé. Maintenant, c'est maintenant, fit Cam en se remplissant une assiette.

Puis, appuyé au comptoir, il examina le gamin. Il avait bronzé et paraissait en bonne santé. Et si on lisait toujours quelque circonspection dans son regard, son visage avait perdu cette expression de gibier aux abois. Cam se demanda un instant si Seth serait aussi surpris qu'il l'avait lui-même été en découvrant à quel point il lui avait manqué.

— Alors, comment ça s'est passé, ici ?

— Normal. Comme l'école est finie, j'ai beaucoup aidé Ethan au chantier. Mais bon, il me donne un salaire d'esclave.

— Anna va vouloir voir ton bulletin.

— Que des A, grommela Seth, la bouche pleine.

Cam faillit en avaler de travers.

— Dans toutes les matières ?

— Oui. Et alors ?

— Elle va adorer. Tu veux marquer encore plus de points avec elle ?

Seth remua une épaule tout en plissant les yeux. Qu'allait-on lui demander de faire, pour plaire à la femme de la maison ?

— Enfile ton maillot de football. Elle a rendu chèvre la moitié des vendeurs de Rome pour trouver juste celui qu'elle voulait. Alors si tu le portes le soir où elle te l'offre, bingo !

— Ah oui ?

Soudain détendu, Seth se fendit d'un sourire.

— Alors, je crois que je vais me sacrifier !

— Il a vraiment aimé son maillot de foot, dit Anna en vidant une valise. Et le livre aussi. Heureusement qu'on a pensé au livre.

— En effet.

Selon Cam, défaire les valises pouvait largement attendre le lendemain. Ou l'année suivante. D'un autre côté, il n'était pas désagréable de paresser sur le lit en la regardant faire. En regardant sa femme, se corrigea-t-il avec un étrange petit frisson d'excitation, vaquer dans la chambre.

— Il n'est pas tombé raide quand je l'ai embrassé. C'est plutôt bon signe. Et j'ai l'impression qu'il communique plus facilement qu'il y a deux semaines avec Ethan et Phillip. Il était impatient de te revoir, tout en se sentant quelque peu menacé par moi. Mon arrivée a modifié l'équilibre qui commençait à s'établir entre vous. Alors, il attend et il guette pour voir comment les choses vont tourner. Mais c'est positif. Ça veut dire qu'il considère cette maison comme la sienne. Et que c'est moi l'intruse.

— Mam'selle Spinelli ?

Elle haussa un sourcil.

— Mme Quinn, mon pote.

— Tu ne pourrais pas attendre jusqu'à lundi pour ressortir ton mignon costume d'assistante sociale ?

— Impossible, rétorqua-t-elle en béant devant une de ses nouvelles paires de chaussures. L'assistante sociale est particulièrement ravie de l'évolution de ce cas. Et Mme Quinn, la toute nouvelle belle-sœur, entend bien gagner la confiance de Seth, voire son affection.

Elle remit les chaussures dans leur boîte, attendant l'occasion propice pour demander à Cam d'agrandir les placards.

— Je pense que je pourrai finir de déballer demain.

Il lui décocha un sourire très lent. Un sourire assassin.

— En effet.

— Mais je me sens un peu coupable. Grace nous a laissé cette pièce tellement impeccable...

— Pourquoi ne viendrais-tu pas plus près, que nous discutions de cette culpabilité ?

Anna le regarda en souriant, lança la boîte à chaussures par-dessus son épaule et lui sauta au cou.

— Vous avez bien avancé, constata Cam en examinant le bateau.

Il était à peine sept heures du matin, mais son horloge interne était toujours réglée sur le fuseau horaire romain. Et, puisqu'il s'était réveillé aux aurores, pourquoi diable laisser ses frères faire la grasse matinée ?

Donc, les quatre Quinn contemplaient leur travail, debout sous les néons de l'entrepôt. Parfaite réplique de ses frères, Seth se tenait lui aussi les mains fourrées dans ses poches arrière, les jambes légèrement écartées, le visage impassible.

Ce serait le premier bateau qu'ils auraient construit ensemble, songeait-il avec jubilation.

— J'ai pensé que tu pourrais attaquer la cabine, commença Ethan. Phillip estime le travail restant à quatre cents heures environ.

Cam renifla.

— Je peux le faire en moins que cela.

— Travailler bien, objecta Phillip, est plus important que travailler vite.

— Je peux le faire vite et bien. Le client verra son bébé flotter dans moins de quatre cents heures.

Ethan opina du chef. Cam avait déniché un autre client et il rêvait déjà de démarrer la construction du deuxième bateau.

— Alors, au boulot !

Il s'y absorba avec bonheur, ravi d'échapper à ses préoccupations. Si l'on tient à ses mains, mieux vaut se concentrer sur ce qu'on fait, surtout avec un tour à bois.

Ethan fabriquait le mât, isolé par ses protections d'oreilles des bruits conjugués du moteur et de la radio. De la conversation qui roulait joyeusement derrière lui, il ne saisissait rien.

Le bâtiment se remplit peu à peu de l'odeur de bois, de celle de l'époxy et du goudron utilisés par ses frères pour calfater.

Des années auparavant, tous trois avaient construit son chalut. Un bateau de pêche tout banal, pas spécialement beau, mais solide et fiable. Ils avaient ensuite bâti son skipjack lorsqu'il avait décidé de récolter les huîtres dans les règles de l'art. À présent, les huîtres avaient pratiquement disparu de la baie, et son bateau avait rejoint les bâtiments de plaisance qui promenaient les touristes en été.

C'était le frère de Jim qui le lui louait pendant la saison. Cela les dépannait tous les deux, mais Ethan le supportait aussi mal que de savoir que d'autres que lui profitaient de sa jolie petite maison.

En percevant le rire de Seth, il parvint à se raisonner. Désormais ils avaient plus besoin d'argent que jamais. Ce n'était pas le moment de faire du sentimentalisme.

Les mains percluses de crampes, il éteignit le tour et décida de s'accorder une pause. Le bruit l'assaillit quand il ôta ses oreillettes protectrices.

Cam tapait du marteau sous le pont. Seth enduisait les parties métalliques de minium et Phillip, le pauvre, recouvrait le bois de créosote. Le vieux cèdre rouge qu'ils avaient choisi suffisait certes à décourager les parasites marins, mais deux précautions valaient mieux qu'une.

Un bateau Quinn était construit pour durer.

Une soudaine bouffée de fierté l'envahit à la vision de ses frères. Il parvint presque à imaginer son père debout à côté de lui, les poings sur les hanches, un immense sourire aux lèvres.

— Ça ferait une superbe photo, lui dit Ray. De celles que nous adorions regarder, ta mère et moi. Nous en avions tout un tas, et avions prévu de les regarder encore et encore quand vous seriez partis chacun de votre côté. Nous n'avons jamais pu le faire, puisqu'elle nous a quittés la première.

— Elle me manque toujours.

— Je le sais. Elle était notre ciment à tous. Mais elle a fait du bon travail, Ethan. Vous êtes toujours ensemble.

— Je pense que je serais mort sans elle. Sans toi. Sans eux.

— Non, répondit Ray en posant une main sur son épaule. Tu as toujours été fort. Si tu es revenu de l'enfer, c'est autant grâce à ce que tu portes en toi que grâce à ce que nous avons fait. Tu devrais y repenser plus souvent. Regarde Seth. Il ne réagit pas de la même façon, mais il a à peu près les mêmes qualités que toi. Il aime bien plus qu'il ne le voudrait. Il pense bien plus qu'il ne le laisse voir. Et ses désirs sont bien plus profonds qu'il ne voudra jamais l'admettre.

— Je te vois quand je le regarde…

Il s'interrompit brusquement. C'était bien la première fois qu'il se permettait d'exprimer cette pensée.

— … et je ne sais pas comment je dois prendre cela, poursuivit-il.

— C'est drôle. Moi, je vois chacun de vous en lui.

Sur ce, Ray donna une claque dans le dos d'Ethan.

— Sacré bateau que celui qui prend forme ici. Ta mère en serait tombée amoureuse.

— Les Quinn construisent pour la durée, murmura alors Ethan.

— À qui tu parles ? s'enquit Seth.

Ethan cilla, éberlué.

— Hein ?

Il se passa une main sur le front et repoussa sa casquette.

— Hein ?

— Tu as vraiment l'air bizarre. Comment ça se fait que tu parlais tout seul ?

— Je, euh…

Je dormais debout ?

— Je pensais. Je pensais tout haut.

Soudain, le bruit et les odeurs lui parurent insupportables.

— J'ai besoin de prendre l'air, marmonna-t-il en se précipitant au-dehors.

— Bizarre, répéta Seth.

Il allait en parler à Phillip lorsque son attention fut attirée par Anna, qui entrait, portant un énorme panier en osier.

— Il y a des candidats pour un déjeuner ?

— Oh oui !

Seth fila droit vers elle.

— Tu as apporté le poulet ?

— Ce qu'il en reste. Et des sandwiches au jambon aussi épais que des annuaires. Tu veux bien aller chercher la Thermos de thé glacé dans la voiture ?

— Hé, Cam ! lança Phillip en s'essuyant les mains sur son jean. Il y a là une superbe nana avec de quoi manger.

Le marteau se tut instantanément. Une tête apparut sur le pont.

— Ce n'est pas une nana mais ma femme. Et j'ai priorité.

— Il y en aura pour tout le monde. Et Grace n'est pas la seule à savoir préparer un repas pour une meute de fauves affamés. Quoique je reconnaisse volontiers que son poulet est un véritable cadeau des dieux.

— Personne ne le prépare comme elle, acquiesça Phillip en improvisant rapidement une table au moyen d'une planche et de deux tréteaux. Elle est souvent venue faire la cuisine pour Ethan pendant que vous étiez absents, poursuivit-il en attrapant un sandwich. J'ai comme l'impression qu'il y a quelque chose dans l'air.

— Où ça ? s'enquit Cam, le nez fourré dans le panier.

— Entre Ethan et Grace.

— Sans charre ?

— Mmm.

Phillip ferma les yeux de plaisir à la première bouchée. Oh, certes, il adorait la cuisine française – servie dans de la belle porcelaine, bien sûr –, mais certains jours, rien ne valait un sandwich maison.

— Mes légendaires antennes ont détecté deux ou trois signes ici ou là. Il la dévore des yeux quand elle ne le regarde pas. Même chose pour elle. Et Marsha Tuttle, la fille qui bosse avec Grace, au pub, m'a raconté un truc... Snidley est en train de faire installer un système de sécurité et a imposé une nouvelle règle stipulant qu'aucune des deux serveuses ne doit plus faire la fermeture toute seule.

— Il y a eu un problème ? lui demanda Anna.

— Oui, répondit-il en vérifiant du coin de l'œil que Seth ne pouvait entendre. Il y a quelques jours, une espèce de salopard – il n'y a pas d'autre mot – s'est pointé après la fermeture. Grace était seule. Il l'a tripotée et, selon Marsha, serait allé beaucoup plus loin si, comme par hasard, Ethan n'avait pas été à l'extérieur. Intéressant, non ? Notre lève-tôt-couche-tôt de frérot en train de poireauter devant le pub à deux heures du matin... Bref, il a amoché le bonhomme, conclut-il en mordant dans son sandwich.

Cam imagina la fine, la tendre Grace. Puis imagina Anna dans une situation semblable.

— J'espère qu'il l'a bien arrangé !

— Je pense que le type n'a pas dû s'en aller en sifflotant. Bien entendu, Ethan n'en a soufflé mot à personne et je n'en aurais rien su si je n'avais pas croisé Marsha vendredi en faisant le marché.

— Grace a-t-elle été blessée ? s'informa Anna.

— Non. Mais ça l'a sûrement secouée, même si elle n'en a soufflé mot à personne. Exactement le style d'Ethan. Pour apporter de l'eau à mon moulin, j'ai surpris quelques longs regards entre eux, hier, et en revenant de la raccompagner, Ethan était particulièrement remonté, se souvint-il en pouffant. Il s'est bu deux bières coup sur coup et est parti faire un tour en mer.

— Grace et Ethan, marmonna Cam, pensif. Ils iraient bien ensemble.

Voyant Seth arriver, il changea de sujet.

— Tu sais où est Ethan ?

— Il est sorti, grommela Seth en déposant la glacière sur la table. Il a dit qu'il avait besoin de prendre l'air, et je crois que c'était pas du luxe. Il parlait tout seul, expliqua-t-il en plongeant dans le panier. Comme s'il discutait avec quelqu'un. Il avait l'air vachement bizarre, si vous voulez mon avis.

Cam sentit aussitôt sa nuque se hérisser. Mais il ne laissa rien paraître et remplit posément une assiette.

— Tiens, moi aussi ça me ferait du bien de prendre l'air. Je vais lui apporter à manger.

Debout au bout de l'appontement, Ethan contemplait la mer. Ou plutôt l'horizon.

— Anna est passée avec notre déjeuner.

Oubliant un moment ses préoccupations, Ethan baissa les yeux vers l'assiette que lui tendait son frère.

— C'est sympa. Tu as eu de la chance de la trouver, Cam.

— Comme si je ne le savais pas.

Ce qu'il s'apprêtait à faire le rendait un petit peu nerveux. Mais après tout, il avait pris des risques toute sa vie.

— Je me rappellerai toujours la première fois que je l'ai vue. J'en voulais au monde entier, ce jour-là. On venait à peine d'enterrer papa, et tout semblait marcher de travers. Le gamin m'avait copieusement enquiquiné ce matin-là, et je venais de réaliser que je ne courrais plus, que l'Europe, c'était fini. Que je resterais ici.

— Tu avais déjà sacrifié le plus gros en revenant.

— C'est ce que je croyais, à l'époque. Et puis, Anna Spinelli a traversé le jardin alors que je réparais les marches. Et j'ai reçu mon deuxième coup au cœur de la journée.

Ethan prit l'assiette et s'assit sur le ponton pour manger.

— Une femme aussi belle a de quoi donner un coup au cœur à n'importe quel homme.

— Ça ! Il faut dire que j'étais encore un peu… nerveux. Je dois t'avouer qu'à peine une heure avant, j'avais eu cette discussion avec papa… Il était assis dans le rocking-chair, sous la véranda.

— Il adorait s'y asseoir, acquiesça Ethan.

— Je n'ai pas dit que je me *souvenais* de lui, je dis que je venais vraiment de lui parler, comme je te parle à toi en ce moment.

Ethan tourna très lentement la tête et regarda son frère dans les yeux.

— Tu l'as *vu* sous la véranda ?

— Je lui ai parlé, aussi. Et il m'a parlé, précisa Cam en détournant le regard vers l'eau. Au début, j'ai cru à une hallucination… provoquée par le stress, les soucis, et peut-être bien la colère. Il y avait tant de trucs qui me restaient sur la patate, tant de questions sans réponse… Je me suis dit que j'imaginais tout ça. Mais non, il était bien là. Sans blague.

Prudence, terrain miné, songea Ethan.

— À quoi penses-tu que c'était dû ?

— À rien du tout. Ce n'était pas une illusion. Pas plus cette première fois que les autres.

— Il y en a eu d'autres ?

— Oui. La dernière, c'était le matin de mon mariage. Il m'a dit qu'il ne reviendrait plus me voir parce que j'avais compris ce que je devais comprendre pour l'instant.

Il passa une main sur son visage.

— Il m'a dit que je devais le laisser partir. Cela n'a pas été trop dur, cette fois-là. Je n'avais pas eu toutes les réponses, mais je pense que j'avais obtenu celles qui comptaient le plus.

Soulagé, il chipa une frite dans l'assiette de son frère.

— Maintenant, tu as le droit de me dire que je suis bon à enfermer… Ou que tu sais parfaitement de quoi je parle.

Pensif, Ethan rompit le sandwich et en tendit une moitié à Cam.

— Quand tu vis sur l'eau, tu apprends vite qu'il existe des choses que la raison refuse d'accepter. Les sirènes, les serpents de mer, reprit-il en souriant à demi. Tous les marins y croient dur comme fer sans les avoir jamais vus. Je ne crois pas que tu sois fou.

— Alors, qu'as-tu à dire de ça ?

— Eh bien, moi aussi j'ai cru que je rêvais quand j'ai parlé à papa. Et puis, je me suis rendu compte que j'étais parfaitement réveillé. Il me reste à moi aussi des questions à poser, mais je n'ai jamais été très fort pour presser les gens de me répondre. Toujours est-il que c'est bon d'entendre sa voix, de voir son visage. Nous n'avons pas vraiment eu le temps de lui dire adieu.

— Peut-être est-ce aussi pour cela qu'il revient. Mais pas uniquement.

— Non. Je sens qu'il veut que je fasse quelque chose. Le problème, c'est que je ne comprends pas quoi.

— Sois tranquille, il te collera aux basques jusqu'à ce que tu comprennes, répondit Cam en mordant dans le sandwich, étonnamment heureux. Que pense-t-il du bateau ?

— Il dit que c'est un sacré bateau.

— Il a raison.

Ethan étudia son sandwich.

— Est-ce qu'on en parle à Phillip ?

— Pas question. Mais j'ai hâte que ce soit son tour. Tu paries qu'il va se précipiter chez une jolie assistante sociale avec tout un paquet de références sur sa carte de visite et en profiter pour l'emballer ?

Ethan sourit.

— S'il se décide à sauter le pas, il lui faudra une sacrée beauté. Il fait un temps superbe, ajouta-t-il, soudain sensible à la caresse de la brise, à la chaleur du soleil.

— Eh bien tu as dix minutes pour en profiter. Après, au boulot !

Ethan inclina la tête.

— Ta femme est la reine des sandwiches. Tu crois qu'elle serait aussi la reine du papier de verre ?

Cam envisagea un instant l'idée. Après tout, ce n'était pas impossible.

— Allons lui demander.

9

Anna était ravie de disposer de son après-midi. Pourtant, elle adorait son travail. Tout lui plaisait : la conscience professionnelle de ses collègues mais aussi la satisfaction de constater qu'on parvenait à changer les choses quand on s'y mettait sérieusement.

Elle se donnait à fond dans sa tâche, s'y investissait totalement. Anna ne savait que trop ce que c'était que d'être perdu, désespéré, démuni. Elle savait qu'une main tendue pouvait tout changer.

Pour elle aussi, tendre la main à Seth avait tout changé. Elle avait rencontré Cam, trouvé une nouvelle vie, une nouvelle maison. Pris un nouveau départ.

En l'occurrence, elle se sentait récompensée au centuple.

Tout ce qu'elle avait jamais désiré – sans même être consciente de ses aspirations – se trouvait dans cette adorable maison au bord de l'eau. Une maison blanche aux volets bleus avec des rocking-chairs sous la véranda et un jardin fleuri. Elle songea au premier jour où elle l'avait vue. Comme aujourd'hui, elle avait suivi cette route, radio à fond. Mais alors, la capote était relevée et le vent n'ébouriffait pas ses cheveux.

Ç'avait été une visite de travail, et Anna tenait à apparaître en vraie professionnelle.

Cette maison si simple l'avait immédiatement charmée. Comme elle en faisait le tour, elle était tombée sur un individu particulièrement peu coopératif et pour le moins colérique en train de réparer les marches du perron.

Depuis, tout avait changé pour elle, et elle en rendait grâce à Dieu.

À présent, Cam était son mari et cette demeure son foyer, songea-t-elle en souriant tandis qu'elle y fonçait.

Pied au plancher, capote baissée, elle rentrait chez elle, radieuse.

Elle avait du travail, mais elle rédigerait aussi bien ses rapports chez elle, sur son ordinateur portable tandis que mijoterait la sauce bolognaise. Pâtes au menu, ce soir – histoire de rappeler à Cam leur lune de miel.

Non qu'elle en eût besoin, loin de là, depuis qu'ils avaient quitté Rome. Anna se demandait si cette passion sauvage et débridée s'atténuerait un jour.

Pourvu que non ! se dit-elle.

Riant d'elle-même, elle obliqua dans l'allée. Et faillit emboutir une vieille Sedan grise. Une fois remise de ses émotions, elle se demanda à qui pouvait bien appartenir pareille guimbarde.

Cam ? Certainement pas. Il avait beau aimer bricoler les moteurs, il adorait les bolides. Et ce vieux machin ne devait pas dépasser la vitesse de pointe d'un escargot asthmatique.

Phillip ? Elle laissa échapper un hennissement sarcastique. Ce dandy ne poserait jamais ne serait-ce que la semelle d'un de ses mocassins italiens sur le plancher de cette vieillerie.

Ethan ? Elle fronça les sourcils. Ethan était plutôt du style camionnette ou Jeep.

Un cambrioleur ! Son pouls s'emballa en se rappelant que personne ne fermait jamais ses portes dans ce coin de St. Christopher.

Bon sang ! Elle ne pouvait laisser un intrus fouiller dans leurs affaires !

Les yeux rétrécis, elle bondit hors de la voiture, bien décidée à défendre son domaine.

Elle s'arrêta net en passant devant la Sedan quand elle y aperçut un gros ours en peluche et un siège de bébé.

Ce devait être un des jours de ménage de Grace, songea-t-elle, soulagée, mais honteuse de son réflexe de citadine.

Retournant à son véhicule, elle y récupéra son attaché-case et les provisions, et s'achemina vers la porte.

Arrivée sur la véranda, elle perçut le ronron monotone de l'aspirateur, couvert par les éclats de voix d'une publicité à la télévision.

Quel privilège de n'être pas celle qui maniait ledit aspirateur !

En la voyant passer la porte, Grace lâcha presque son instrument. Quasiment paniquée, elle recula d'un pas et coupa le moteur.

— Je suis désolée. Je pensais avoir terminé avant que l'un de vous rentre.

— Je suis en avance.

Les bras encombrés, Anna s'accroupit à côté de la chaise d'Audrey. L'enfant coloriait un éléphant en violet dans son album de coloriages.

— C'est beau, ce que tu fais.

— L'éphant.

— Il est superbe, ton léphant. C'est le plus beau léphant que j'aie jamais vu, fit Anna en y déposant un gros baiser.

— J'ai presque fini.

Mal à l'aise, Grace contemplait Anna, admirant son aisance et son allure terriblement sexy.

— J'ai fini l'étage et la cuisine. Je ne savais pas… je n'étais pas sûre de ce que vous aimiez, mais j'ai préparé un ragoût. Il est au congélateur.

— Miam-miam ! Ce soir, je me mets aux fourneaux mais demain je rentrerai tard. Le ragoût tombera à point.

— Eh bien, je...

Consciente de sa tenue négligée, Grace se sentait misérable et décalée face à Anna. Ce tailleur impeccable... ces chaussures ! songea-t-elle en observant le plus discrètement possible son interlocutrice. Des escarpins splendides.

De honte, ses orteils se recroquevillèrent au fond de ses vieilles tennis éculées.

— La lessive est presque terminée. Il y a des serviettes de toilette dans le sèche-linge. Je ne savais pas où vous voudriez que je range vos affaires, alors je les ai pliées et laissées sur votre lit.

— Merci beaucoup, Grace. Reprendre le rythme de croisière demande un temps fou quand on s'est arrêté deux semaines.

» Désirez-vous une boisson fraîche ? offrit-elle, un peu gênée par sa position de « patronne ».

— Non, merci. Il faut que je termine, afin de débarrasser le plancher.

Anna fut intriguée par cette attitude froide et nerveuse, qu'elle n'avait jamais remarquée chez Grace auparavant. Au contraire, les rares fois où elles s'étaient rencontrées, elle avait eu l'impression qu'elles pourraient facilement devenir amies. Bon, décréta-t-elle, il fallait savoir ce qui se cachait là-dessous.

— J'aimerais vous parler, si vous avez le temps.

Grace fit courir distraitement sa main le long du tube de l'aspirateur.

— Bien sûr. Audrey, je vais à la cuisine avec Mme Quinn.

— Moi aussi ! s'écria la petite fille en s'élançant.

Le temps que sa mère la rattrape, elle était vautrée par terre et coloriait une girafe. En violet également.

— C'est la couleur de la semaine, commenta Grace en sortant un pichet de thé glacé du réfrigérateur. Elle en choisit une et l'utilise jusqu'à ce que le crayon ne fasse plus que quelques millimètres. Alors seulement elle en change.

Sa main se figea sur le verre qu'elle s'apprêtait à sortir du placard.

— Désolée, murmura-t-elle, gênée. Je ne sais pas où j'avais la tête.

— À quel propos ? s'enquit Anna en posant son sac.

— Je suis chez vous, et je me comporte comme si cette cuisine était la mienne !

Le problème se situait donc là, dans la cohabitation des deux femmes dans cette maison…

Anna, mal à l'aise également, extirpa une tomate du sac à provisions, l'examina et la posa sur le comptoir. L'an prochain, elle essaierait d'en faire pousser.

— Vous savez ce qui m'a plu, dans cette maison, la première fois que j'ai mis les pieds dans la cuisine ? C'est que, justement, on s'y sent immédiatement chez soi. Je ne voudrais pas que cela change.

Tout en parlant, elle continua à vider méthodiquement son sac sur le comptoir.

— C'est votre maison, à présent, répondit-elle très lentement. Vous voudrez la mener à votre manière.

— J'ai effectivement certains changements en vue. Cela vous ennuierait-il de nous verser un verre de thé glacé ? Il a l'air délicieux.

Nous y voilà ! songea Grace. Les changements. Elle versa les deux verres avant de remplir la tasse en plastique d'Audrey.

— Tiens, chérie. N'en renverse pas partout.

— Vous ne me demandez pas quels changements j'envisage ? s'étonna Anna.

— Cela serait indiscret.

— Grace, quand donc laisserez-vous tomber ce rôle ridicule de domestique ? demanda alors Anna, avec juste ce qu'il fallait d'irritation pour faire réagir la jeune femme.

— Je travaille pour vous – du moins, jusqu'à nouvel ordre.

— Si vous êtes en train de me dire que vous comptez démissionner, ma journée est fichue. Quels qu'aient été les progrès du féminisme, si je me retrouve seule ici à m'occuper de quatre hommes, je ne tarderai pas à me coltiner tout le travail. Peut-être pas tout de suite, poursuivit-elle en se mettant à faire les cent pas, mais ça arrivera, inévitablement. À moins que je ne laisse la maison se transformer en capharnaüm.

Elle revint se planter devant Grace.

— Je ne plaisante pas. Voulez-vous vraiment démissionner ?

Grace n'avait encore jamais vu Anna dans un tel état de nerfs. C'était impressionnant. Pour ne pas dire déconcertant.

— Je... Vous avez dit que vous aviez des changements en vue, alors j'ai cru que vous ne vouliez plus de moi.

— Je songe à acheter des oreillers neufs et à faire recouvrir le canapé, répondit impatiemment Anna. Certainement pas à me séparer de la personne dont va dépendre ma santé mentale. Croyez-vous que je ne sache pas à qui je dois de n'être pas rentrée de lune de miel dans une maison répugnante ? Qui a fait en sorte que je ne sois pas accueillie par une montagne de vaisselle et une autre de linge sale ? Me prenez-vous pour une imbécile, Grace ?

— Non, je...

Un semblant de sourire étira ses lèvres.

— J'ai bossé comme une dingue pour que vous le remarquiez.

— Et vous avez magnifiquement réussi. Allons, si on s'asseyait pour faire le point ?

— Bien sûr. Je suis désolée.

— Désolée ? Mais pourquoi donc ?

— Pour tout le cinéma complètement imbécile que je me suis fait à votre propos ces derniers jours, répondit Grace, affichant à présent un immense sourire. J'en avais même oublié à quel point je vous appréciais.

— Je suis en minorité, ici, Grace. Une seconde femme ne sera vraiment pas de trop. Je ne sais pas exactement comment fonctionne cette maison, et comme j'arrive en étrangère…

— En étrangère ? Jamais de la vie ! s'écria Grace, presque choquée. Vous êtes la femme de Cam !

— Vous faites partie de sa vie, de *leurs* vies depuis bien plus longtemps. Le sujet est clos. Ce que vous faites ici me convient parfaitement, d'autant que cela me permettra de m'occuper de mon mari, de Seth et de mon travail. Vous êtes rassurée ?

— Oh, oui !

— D'ailleurs, vous êtes si gentille et compréhensive que je vais même vous avouer une chose, je dépends beaucoup plus de vous que vous de moi. Vous voyez, je me mets à votre merci !

Grace éclata de rire.

— Oh, Anna ! Je suis sûre que vous pouvez faire face à n'importe quelle situation !

— Je l'ignore. En tout cas, je jure devant Dieu que je ne vise pas le statut de Superwoman. Ne me laissez pas seule au milieu de cette meute, je vous en prie !

Grace se mordilla la lèvre un instant.

— Si vous voulez faire recouvrir le canapé, il faudra aussi changer les rideaux.

— J'avais dans l'idée d'ajouter des cantonnières.

Elles se sourirent. Le contact était renoué.

— Maman ! Pipi !

Grace se précipita, cueillit au passage une Audrey gesticulante et disparut vers la salle de bains.

Anna se leva, enleva sa veste et entreprit de confectionner sa sauce. Cuisiner la détendait toujours. Et comme elle savait que son repas la ferait immanquablement grimper dans l'estime des Quinn, elle décida d'en profiter pleinement.

Elle était tout aussi ravie d'avoir établi les bases d'une amitié avec Grace. La chaleur humaine. Voilà pourquoi elle aimait tant la province, pourquoi elle avait si mal vécu à Washington. Le manque de communication avec ses voisins ou ses collègues de travail l'avait totalement perturbée, à l'époque. Lorsqu'elle avait emménagé à Princess Anne, elle avait retrouvé un peu de l'atmosphère conviviale qu'elle avait connue chez ses grands-parents, à Pittsburgh.

À présent, elle entrevoyait la possibilité d'une amitié pleine de promesses avec une femme qu'elle admirait.

Elle sourit en voyant revenir Grace et Audrey.

— Il paraît que l'apprentissage de la propreté peut être vécu comme un cauchemar.

— Il y a des hauts et des bas, répondit Grace en gratifiant sa fille d'une tape affectueuse sur les fesses.

— Pas mouillé ma culotte. Gagné un franc pour mon cochon.

Anna éclata de rire.

— La corruption est un bon moteur, commenta Grace en souriant.

— Dans ce cas-là, je suis pour !

— Il faut que je termine le ménage.

— Êtes-vous pressée ?

— Pas vraiment.

Inquiète, Grace jeta un coup d'œil à la pendule. Ethan ne devrait pas rentrer avant une bonne heure. Parfait.

— Je serais ravie que vous me teniez compagnie pendant que je concocte ma sauce. Ça ne vous dérange pas ?

— Pas du tout.

Cela faisait... combien de temps que Grace ne s'était pas assise pour discuter dans une cuisine avec une autre femme ? Elle étouffa un soupir.

— C'est l'heure d'une des émissions préférées d'Audrey. Si vous n'y voyez pas d'inconvénient, je vais l'installer devant le téléviseur. Je finirai de passer l'aspirateur après.

— Allez-y.

Anna fit glisser ses tomates de la planche dans la marmite.

— Je n'ai jamais préparé de vraie sauce bolognaise, dit Grace en revenant. Je veux dire à partir de produits frais.

— C'est plus long, mais ça vaut vraiment le coup. Ne le prenez surtout pas mal, Grace, mais j'ai entendu parler de ce qui s'est passé au pub, l'autre soir.

Stupéfaite, la jeune femme en oublia de mémoriser les ingrédients de la sauce.

— C'est Ethan qui vous l'a dit ?

— Bien sûr que non. Ethan, il faut se lever tôt pour qu'il dise quoi que ce soit, répondit Anna en s'essuyant les mains. Je ne veux absolument pas me montrer indiscrète, mais il se trouve que j'ai une certaine expérience en ce qui concerne les agressions sexuelles. Vous pouvez m'en parler, si vous en éprouvez le besoin.

— Cela n'a pas été aussi épouvantable que ça aurait pu l'être si Ethan n'était pas intervenu.

Dieu du ciel, elle en avait toujours des sueurs froides...

— Il m'a sauvé la mise. J'ai été terriblement imprudente, et j'ai bien failli le payer cher.

En un éclair, Anna revit une route sombre. Elle sentit de nouveau le gravier s'incruster dans son dos.

— Dans ces cas-là, la plus grande erreur est de s'accuser soi-même.

— Oh ! je ne m'accuse pas. Pas de cette façon-là, du moins. Je ne méritais pas ce qu'il voulait faire. Je ne l'avais pas encouragé. En fait, je lui avais même précisé qu'il ne m'intéressait pas du tout. Mais j'aurais dû verrouiller la porte après le départ de Steve. J'ai fait preuve d'inconscience en n'y pensant pas.

— Je suis heureuse qu'il ne vous ait pas fait mal.

— Il aurait pu. Je ne peux pas me permettre ce genre de négligence, reprit Grace avec un regard vers la pièce où se trouvait Audrey.

— Il n'est jamais facile d'être parent isolé. J'en sais quelque chose, de par mon travail. Vous vous débrouillez merveilleusement bien, Grace.

Cette remarque fit l'effet d'un électrochoc à sa destinataire. Jamais personne n'avait dit à Grace qu'elle se débrouillait merveilleusement bien. Dans quelque domaine que ce fût.

— Je... je fais simplement ce que j'ai à faire, balbutia-t-elle, bouleversée.

Anna lui sourit.

— Ma mère est morte quand j'avais onze ans mais avant, elle était mère célibataire. Lorsque je repense à mon enfance, je me dis qu'elle aussi se débrouillait merveilleusement bien. Elle aussi, elle faisait ce qu'elle avait à faire. J'espère être à moitié aussi bonne que vous deux lorsque j'aurai un enfant.

— Est-ce que vous avez prévu d'en avoir, Cam et vous ?

— Pas tout de suite, mais oui, je veux des enfants, répondit Anna en riant.

Elle tourna la tête vers la fenêtre. Ses parterres nouvellement plantés commençaient à s'épanouir.

— Cette maison est l'endroit rêvé pour des enfants. Vous connaissiez Ray et Stella Quinn ?

— Oh oui ! Des gens merveilleux. Ils me manquent toujours.

— J'aurais aimé les connaître.

— Ils vous auraient adorée.

— Vous croyez ?

— Ils vous auraient aimée pour ce que vous êtes. Comme ils auraient adoré ce que vous faites pour la famille. Vous avez contribué à les rapprocher, tous les quatre. Je crois qu'ils ont été un peu perdus, au début, après la mort du Dr Quinn. Devaient-ils partir chacun de leur côté, rester ?

— Ethan n'a pas hésité.

— Il a ses racines ici – dans l'eau, comme les roseaux. Mais lui aussi a eu un passage à vide. Il s'est longtemps isolé de tout, dans sa maison, tout près de l'embouchure de la rivière.

— Je ne la connais pas.

— Elle est très retirée, murmura Grace. Il tient à son intimité. Parfois, le soir, quand je promenais Audrey, je l'entendais jouer du violon. Si le vent soufflait de mon côté, il m'apportait quelques notes ici ou là, et elles me semblaient un écho de sa solitude.

— Depuis combien de temps es-tu amoureuse de lui ? s'enquit Anna de but en blanc, passant instinctivement au tutoiement.

— Je l'ai toujours été, je crois, murmura Grace avant de sursauter. Mon Dieu ! je ne voulais pas dire cela !

— Trop tard. Tu le lui as avoué ?

— Non.

Rien que cette pensée la fit frissonner.

— Je ne devrais même pas en parler. Il serait furieux s'il le savait. Et terriblement gêné.

— Il n'est pas là, que je sache ?

Amusée autant que ravie, Anna souriait de toutes ses dents.

— Je trouve cela merveilleux.

— Ça ne l'est pas. C'est terrible, au contraire. Épouvantable, même.

Grace tenta de refouler ses larmes.

— J'ai tout gâché, sanglota-t-elle. Maintenant, il ne veut même plus me voir.

— Oh, Grace !

Anna abandonna sa planche à découper pour serrer la jeune femme dans ses bras et la fit asseoir.

— Je suis certaine que tu te trompes.

— C'est pourtant vrai. Il m'avait demandé de me tenir à l'écart, et... Excusez-moi. Je ne sais pas ce que j'ai. D'habitude, je ne pleure jamais.

— Eh bien, il est grand temps que tu bouscules un peu tout ça, rétorqua Anna en lui offrant une feuille d'essuie-tout. À défaut d'autre chose, pleure. Tu te sentiras mieux après.

— Je me sens si ridicule, bafouilla Grace en sanglotant.

— Je ne vois absolument pas pourquoi.

— Moi, si. J'ai été si stupide avec lui que nous ne pourrons même plus être encore amis.

— Raconte-moi ça, demanda gentiment Anna.

— Je me suis jetée à sa tête. J'avais cru... après la nuit où il m'avait embrassée...

— Il t'a embrassée ? répéta Anna, soudain rassérénée.

— Il était fou de rage, répondit Grace en se mouchant. C'était après l'incident, au pub. Jamais encore je ne l'avais vu dans un tel état de fureur. Pourtant, je le connais depuis l'enfance, mais jamais je ne l'aurais cru capable d'une telle réaction. Si je ne l'avais pas aussi bien connu, j'aurais eu peur. Cette manière qu'il a eue d'envoyer ce type dans les airs comme une plume... Et cette expression dans ses yeux... si dure, si différente de tout ce que j'avais vu, si...

Elle soupira puis se décida à avouer le fond de sa pensée :

— ... si excitante. Oh, je m'en veux d'avoir ressenti cela !

— Tu plaisantes ? lança Anna en lui pressant la main. Je n'étais pas là, et pourtant je trouve ça excitant, moi aussi.

Grace pouffa et s'essuya les yeux.

— Je ne sais pas ce qui m'a pris, mais il me hurlait après. Ça m'a énervée et nous nous sommes disputés dans la voiture pendant qu'il me ramenait à la maison. Il prétendait que je devais démissionner, il me parlait comme si j'étais complètement crétine.

— Réaction typiquement masculine.

— Exact. Mais une réaction typique à laquelle je ne m'attendais absolument pas. Et puis on a roulé dans l'herbe.

— Non ?

Complètement réjouie, Anna rayonnait.

— Il m'embrassait, je l'embrassais et c'était tout bonnement merveilleux. Toute ma vie je m'étais demandé comment ça serait s'il m'embrassait, et là, ça y était, et c'était plus extraordinaire que ce que j'aurais jamais pu imaginer. Alors il s'est arrêté et m'a dit qu'il était désolé.

Anna ferma les yeux, consternée.

— Oh, Ethan, tu n'es qu'un crétin !

— Il m'a dit de rentrer, mais juste avant que je ferme la porte, il m'a dit qu'il pensait à moi. Qu'il ne voulait pas mais qu'il ne pouvait pas s'en empêcher. Alors j'ai cru que les choses pourraient changer.

— Moi, je dirais qu'elles ont déjà changé.

— Oui, mais pas dans le sens que j'espérais. Le jour de votre retour, à Cam et à vous...

— À *toi*, l'interrompit Anna. On se tutoie.

— Je...

— Pas de discussion.

— Bon. Donc, le jour de votre retour, à Cam et à toi, j'étais là quand il est rentré. Et j'ai cru un moment que peut-être... Mais il m'a ramenée chez moi et m'a dit qu'il avait beaucoup pensé à ce qui s'était passé et qu'il ne me toucherait plus jamais. Ensuite, il m'a demandé de l'éviter pendant quelque temps.

Elle exhala un énorme soupir.

— Alors je l'évite.

Anna attendit un instant avant de secouer la tête.

— Grace, j'ai l'honneur de t'annoncer que tu es une imbécile.

La jeune femme fronça les sourcils.

— Visiblement, il est amoureux de toi, et cela lui colle une frousse bleue. C'est toi qui détiens le pouvoir, dans l'histoire. Pourquoi ne t'en sers-tu pas ?

— Le pouvoir ? Quel pouvoir ?

— Le pouvoir d'obtenir ce que tu veux, à savoir Ethan Quinn. Il te suffit de le voir seule à seul et de le séduire.

— Le séduire ? grogna Grace. Moi, séduire Ethan ? Jamais je ne pourrais.

— Et pourquoi donc ?

— Parce que je…

Il devait bien y avoir une raison, bon sang ! Une raison simple. Une raison logique.

— Je ne sais pas. Je ne crois pas être très bonne à ce petit jeu.

— Et moi, non seulement je suis persuadée du contraire, mais en plus je vais t'aider.

— Non ?

— Si.

Anna se leva, histoire de touiller sa sauce. Et de réfléchir.

— Quand as-tu ta prochaine soirée libre ?

— Demain.

— Bon. Ça nous laisse juste assez de temps. Je te prendrais bien Audrey pour la nuit, mais ça risquerait d'éveiller les soupçons, et on aura plutôt intérêt à faire dans la subtilité. Connais-tu quelqu'un de confiance qui pourrait te la garder ?

— Ma mère a toujours voulu me la prendre pour la nuit, mais je...

— Parfait. Tu risquerais de te sentir inhibée en sa présence. Amène-la-lui. Moi, je vais trouver un moyen de t'envoyer Ethan.

Elle pivota pour étudier Grace et, à la vue de ses grands yeux tristes, se dit qu'Ethan était d'ores et déjà perdu.

— Tu vas porter un truc simple mais féminin.

Pensive, elle se tapota une dent du bout de l'ongle.

— Une couleur pastel, voilà ce qui te conviendrait le mieux. Vert pâle ou rose.

Parce qu'elle commençait à lui tourner sérieusement, Grace porta une main à sa tête.

— Tu vas un peu trop vite pour moi.

— Il faut bien que quelqu'un aille vite, si vous ne voulez pas être toujours à vous regarder par en dessous dans mille ans, Ethan et toi. Pas de bijoux. Le strict minimum, question maquillage. Porte ton parfum habituel, également. Il y est accoutumé.

— Anna, ce que je porterai n'aura aucune importance s'il n'a pas envie d'être là.

— Bien sûr que si.

Anna avait été presque choquée par l'objection.

— Les hommes sont persuadés qu'ils ne remarquent jamais ce que porte une femme – à moins qu'elle ne porte rien du tout. Mais leur subconscient le fait. Et ça aide à les mettre en condition.

Lèvres pincées, réfléchissant, elle ajouta du basilic frais à la sauce et entreprit de faire sauter les oignons.

— Je vais essayer de te l'envoyer aux alentours du crépuscule. Songe à allumer quelques bougies et à mettre de la musique. Les Quinn adorent la musique.

— Que vais-je lui dire ?

— Là, je ne peux plus rien pour toi, Grace. Mais je parie que tu trouveras.

Rien n'était moins sûr, selon Grace.

— C'est un peu comme si je lui préparais un tour de cochon.

— Oh ! tu en serais capable, vraiment ?

Grace gloussa et renonça à résister.

— J'ai une robe rose que j'avais achetée pour le mariage de Steve, il y a deux ans.

Anna lui jeta un coup d'œil par-dessus son épaule.

— Et à quoi ressembles-tu, dedans ?

— Eh bien... répondit lentement Grace, ses lèvres esquissant un sourire. Le garçon d'honneur de Steve m'est littéralement tombé dessus avant même que le gâteau soit coupé.

— Hé hé... elle doit être parfaite.

— Je n'arrive toujours pas à...

Grace s'interrompit. Elle venait d'entendre le générique de fin.

— L'émission d'Audrey est terminée. Je dois finir de passer l'aspirateur.

Elle se leva brusquement, soudain paniquée à l'idée qu'Ethan puisse rentrer avant son départ, son émotion devait se lire sur son visage.

— Anna, reprit-elle, je te remercie beaucoup d'essayer de m'aider mais je ne pense pas que ça marche. Ethan est particulièrement têtu.

— Raison de plus pour l'envoyer faire un tour chez toi et te voir en robe rose.

Grace la contempla un instant.

— Dis-moi, est-ce que Cam gagne, parfois, quand vous vous disputez ?

— En de très rares occasions, mais il faut vraiment que je sois malade.

Grace était presque sortie de la cuisine.

— Je suis contente que tu sois rentrée tôt aujourd'hui.

— Moi aussi, répondit Anna en goûtant sa sauce.

10

Le lendemain, à l'approche du crépuscule, Grace n'était plus aussi contente. Ses nerfs lui semblaient près de craquer et son estomac se nouait douloureusement. Quant à sa tête, elle était soumise à des pulsations inquiétantes. De plus en plus rapides.

Ce serait le pompon, si, Anna ayant réussi à lui envoyer Ethan, elle s'écroulait à ses pieds en bavotant lamentablement entre deux nausées.

Quel homme ne craquerait pas devant un tel spectacle ? se dit-elle cyniquement.

De la séduction à l'état pur.

Jamais elle n'aurait dû accepter cette folie. Mais Anna avait si vite élaboré son plan qu'elle s'était laissé emporter par ce véritable tourbillon, sans même prendre le temps d'envisager avec elle les embûches possibles.

Déjà, qu'allait-elle bien pouvoir lui raconter, si jamais il venait ? Et s'il ne venait pas – hypothèse plus que probable –, se sentirait-elle soulagée, ou désespérée ? Les deux, mon général. Bien sûr qu'il refuserait de venir. Elle s'était privée de son bébé pour rien.

La maison était bien trop silencieuse. Seul le murmure de la brise dans les arbres lui tenait compagnie. Si Audrey avait été là, Grace serait en train de lui lire une histoire, à cette heure-ci. Toute propre, fleurant bon le talc, sa fille, lovée dans ses bras, dans le rocking-chair, dodelinerait doucement de la tête à mesure que le sommeil la gagnerait.

En entendant son propre soupir, Grace secoua ses idées noires. Elle se dirigea résolument vers la chaîne stéréo et choisit un disque dans sa collection de CD – seul luxe qu'elle se fût jamais accordé. Une douce mélodie de Mozart remplaça bientôt le murmure de la brise.

Debout devant la fenêtre, elle contempla le coucher de soleil. La lumière, de plus en plus douce, s'amenuisait peu à peu. Perché dans le prunus des Cutter, un engoulevent solitaire salua de ses trilles l'arrivée du crépuscule. Si seulement elle avait pu rire d'elle-même, de cette Grace Monroe en robe rose debout à sa fenêtre et cherchant désespérément une étoile filante pour pouvoir faire un vœu…

Mais tout humour l'avait désertée. Elle reposa son front sur la vitre, ferma les yeux et se souvint qu'elle avait passé l'âge des vœux d'adolescente rêveuse.

Quelle espionne j'aurais été ! songea Anna, fière de s'être retenue de tout raconter à Cam – les aveux de Grace, son plan, son diagnostic pour Ethan.

Mais Cam avait beau être son mari, il était un homme, après tout. Et le frère d'Ethan, qui plus est, ce qu'il ne fallait pas négliger. Or, l'affaire en question était strictement une affaire de femmes. Aujourd'hui, Anna avait gardé – fort subtilement, selon ses estimations – un œil sur Ethan. Il n'était pas question qu'il disparaisse dans la nature sitôt le dîner avalé. Hors de question également qu'il s'aperçoive de quoi que ce soit.

Elle avait eu une idée géniale, en rentrant à la maison, d'acheter cette crème glacée. À présent, ses trois hommes – comme elle aimait à les appeler – devaient la déguster tranquillement sur la véranda devant la cuisine.

La clef de la réussite, songea-t-elle en se frottant les mains, c'est le minutage. Elle se dirigea vers la véranda.

— La nuit va être chaude. J'ai du mal à croire qu'on est déjà presque en juillet.

Elle se pencha sur la rambarde et feignit d'examiner les fleurs. Impeccable jeu de scène, pensa-t-elle avec satisfaction.

— Si on faisait un pique-nique dans le jardin, le 4[1] ? suggéra-t-elle avec naturel.

— Il y aura un feu d'artifice sur le front de mer, répondit Ethan. Comme chaque année, une demi-heure après le coucher du soleil. On peut le voir d'ici.

— Ah oui ? Superbe. Qu'en penses-tu, Seth ? Ça pourrait être sympa, non ? Tu inviterais tes copains au barbecue.

— Cool, répondit l'enfant, occupé à racler son bol et préoccupé par une seule et unique question : quelle ruse inventer afin d'obtenir un rab de glace ?

— Il faudra qu'on ressorte les grandes brochettes, intervint Cam. On les a toujours, Ethan ?

— Oui. Elles doivent traîner quelque part par là.

— Il faudra prévoir de la musique, ajouta Anna en effleurant le genou de son mari. Vous pourriez faire de la musique, les trois Quinn. Vous ne jouez pas assez à mon goût. Il va falloir que je dresse une liste. Vous me direz qui vous voulez que j'invite – et ce que je pourrais préparer à manger. À manger…

Elle se frappa soudain le front, feignant l'irritation – parfaitement, selon elle.

— Comment ai-je pu oublier ? J'avais promis à Grace ma recette de *tortellini* en échange de celle de son poulet.

1. Fête nationale américaine.

Elle se précipita à l'intérieur pour retrouver le bristol sur lequel – pour la première fois de sa vie – elle avait pieusement copié la recette. Puis elle fonça dehors, un sourire d'excuse plaqué sur ses lèvres.

— Ethan, ça t'ennuierait de faire un saut pour la lui apporter ?

Il fixa bêtement le petit morceau de carton. S'il n'avait pas été assis, ses mains se seraient immédiatement enfoncées dans ses poches.

— J'avais promis de la lui apporter aujourd'hui, insista Anna, et j'ai complètement oublié. J'irais bien moi-même, mais j'ai un rapport à terminer sans faute. Et je veux absolument essayer son fameux poulet sans tarder.

Elle lui fourra d'autorité le carton dans les mains et résista à l'envie de l'obliger à se lever.

— Tu ne trouves pas qu'il est un peu tard ?

— Allons ! Il n'est même pas neuf heures.

Ne lui laisse pas le temps de réfléchir, se gendarma-t-elle. Ne lui laisse pas l'occasion de chercher le défaut de la cuirasse. Elle usa de sourires et de savants battements de cils pour le faire bouger.

— Je te remercie vraiment, Ethan. Je ne sais pas où j'ai la tête ces jours-ci. Dis-lui bien que je suis désolée de ne pas la lui avoir apportée plus tôt. Et surtout, demande-lui de me dire le résultat quand elle l'aura essayée. Merci infiniment, Ethan, ajouta-t-elle en se hissant sur la pointe des pieds pour lui faire une bise. Tu sais quoi ? C'est positivement génial d'avoir des frères.

— Eh bien, euh… Je reviens tout de suite, balbutia-t-il, à la fois ahuri et désespéré.

Je ne pense pas, songea Anna avec un petit rire soigneusement maîtrisé, tandis qu'elle agitait la main pour lui dire au revoir. Lorsque la camionnette disparut de sa vue, elle se frotta joyeusement les mains. Mission accomplie.

— Qu'est-ce que c'est que ce bazar ?

Elle sursauta. Cam s'était approché à pas de loup.

— Je ne vois pas ce que tu veux dire, répondit-elle d'un air dégagé, en faisant mine de rentrer.

Mais il lui bloquait le passage.

— Oh, que si, tu le sais !

Intrigué, il inclina la tête pour la dévisager. Son petit numéro n'était pas encore au point, estima-t-il. L'allégresse se lisait trop facilement dans son regard.

— Un échange de recettes, Anna ?

— Oui. Et alors ? Je suis une excellente cuisinière.

— Je ne mets pas tes qualités en doute. Mais tu n'es pas du genre à courir après les recettes, et si tu avais vraiment tenu à donner celle-ci à Grace, tu aurais sauté à pieds joints sur le téléphone. Mais tu n'as même pas laissé le temps à Ethan d'y penser tant tu étais occupée à battre des cils et à roucouler comme une poule sans cervelle.

— Une poule ?

— Rassure-toi, tu ne l'es pas, poursuivit-il en la bloquant contre la rambarde. Astucieuse, futée, mordante, oui, mais écervelée, certainement pas !

Il posa ses mains sur ses hanches.

— Merci, Cameron. À présent, il faut vraiment que je termine ce rapport.

— Pas si vite. Pourquoi as-tu forcé Ethan à aller chez Grace ?

D'un mouvement souple de la tête, elle fit voler sa chevelure. Il frémit.

— J'aurais cru qu'un type astucieux, futé et mordant comme toi comprendrait plus rapidement.

Il fronça les sourcils, perplexe.

— Tu essaies de provoquer quelque chose entre eux deux.

— Quelque chose se passe *déjà* entre eux deux. Mais ton frère est plus lent qu'une tortue boiteuse.

— Il est plus lent qu'une tortue boiteuse et arthritique, tu veux dire. Mais c'est son affaire. Ne penses-tu pas qu'ils doivent se débrouiller tout seuls, comme des grands ?

— Tout ce dont ils ont besoin, c'est de cinq minutes en tête à tête, et j'ai juste fait en sorte qu'ils les aient, ces cinq minutes. De plus, ajouta-t-elle en nouant les bras autour de son cou, nous, femmes heureuses jusqu'au délire, voulons que tous les autres le soient aussi.

Il plissa les yeux.

— Tu espères me faire avaler cela ?

Elle sourit puis lui mordilla la lèvre inférieure.

— Oui, oui…

— Tu as raison, murmura-t-il.

Ethan resta cinq bonnes minutes assis, immobile, dans la camionnette devant chez Grace. Des recettes ? C'était bien le truc le plus crétin qu'il eût jamais entendu. Lui qui avait toujours considéré Anna comme une femme intelligente !

Il n'était pas encore prêt à voir Grace. Certes, il avait déjà pris sa décision, mais nul n'était à l'abri d'une faiblesse…

Comment se sortir de ce guêpier ?

La seule solution, c'était la rapidité, décida-t-il. De toute façon, elle devait être en train de coucher Audrey. Il lui donnerait la maudite recette vite fait et filerait sans demander son reste. Voilà.

Il descendit de voiture avec une tête de condamné à mort le jour de l'exécution et remonta l'allée. En apercevant les flammes de bougies dansant derrière la porte-moustiquaire, il s'immobilisa. Alors lui parvinrent des sons mélodieux de violon et de piano. De la musique.

Jamais encore il ne s'était senti aussi ridicule qu'en cet instant, debout sur le seuil de Grace, une recette de pâtes à la main tandis qu'une musique suave emplissait la douce nuit d'été.

Il frappa. Pas trop fort, de peur de réveiller Audrey. Et s'il glissait le carton sous la porte et filait à toutes jambes ? Non. Ce serait de la lâcheté pure et simple.

Sans compter qu'Anna voudrait savoir pourquoi il n'avait pas rapporté la recette du poulet.

Lorsqu'il l'aperçut à travers la moustiquaire, il se demanda pourquoi il n'avait pas choisi la voie de la lâcheté.

Elle arrivait de la cuisine, à l'arrière de la maison. Ce qui, dans une maison de poupée comme la sienne, équivalait à quelques pas. Quelques pas qui, alors qu'elle lui paraissait avancer au rythme de la musique, lui semblèrent durer des heures.

Elle était vêtue d'une robe rose arachnéenne, fermée par une rangée de petits boutons de perle depuis le décolleté jusqu'à l'ourlet, juste au-dessus de ses pieds nus. Elle portait rarement des robes mais, terrassé par cette vision, il ne songea même pas à se demander pourquoi elle était habillée ainsi ce soir.

Elle lui faisait penser à une rose, longue et délicate, sur le point de s'épanouir. Sa bouche se dessécha sur-le-champ.

— Ethan…

D'une main légèrement tremblante, elle ouvrit la porte. Elle n'avait pas eu besoin d'une étoile filante, après tout. Il était bien là, debout devant elle, à la regarder.

— J'étais…

Son parfum, pourtant familier, sembla prendre possession de l'esprit d'Ethan.

— Anna t'envoie… Euh… elle m'a demandé de t'apporter ça.

Perplexe, Grace saisit le carton qu'il lui tendait. Une recette ! Elle dut se mordre la lèvre pour ne pas éclater de rire. Ses yeux pétillaient de mille feux lorsqu'elle les leva vers lui.

— C'est... très gentil de sa part.

— Tu as la sienne ?

— Sa quoi ?

— Celle qu'elle veut. Le truc de poulet.

— Oh, oui... oui, bien sûr. Elle est à la cuisine. Entre, je vais la chercher.

Quel truc de poulet ? Elle avait de plus en plus de mal à refréner cet éclat de rire qui pourrait facilement tourner à l'hystérie, elle le savait.

— C'est bien le... euh... le poulet en cassolette ?

— Non.

Elle avait une taille si fine. Des pieds si étroits...

— Le poulet frit.

— Oh, mais oui, c'est vrai ! Je ne sais pas où j'ai la tête, ces derniers temps.

— Décidément, il doit y avoir un virus qui traîne dans le coin, marmonna-t-il.

Bon. Il jugea plus prudent de ne pas la regarder. Deux bougies blanches brûlaient sur le comptoir.

— Tu as pété un fusible ?

— Je te demande pardon ?

— Qu'est-ce qui ne va pas avec le courant ?

— Rien du tout.

Le rouge menaçait sérieusement ses joues, à présent. Elle n'avait noté sa recette nulle part. Pourquoi l'aurait-elle fait, d'ailleurs ? Elle la connaissait par cœur.

— J'aime m'éclairer à la bougie, parfois. C'est tellement agréable quand on écoute de la musique...

Il se contenta de grogner son assentiment.

Qu'elle se dépêche, qu'il puisse filer !

— Audrey est déjà couchée ?

— Elle dort chez ma mère.

Les yeux d'Ethan, qui jusqu'à présent étudiaient scrupuleusement le plafond, rencontrèrent les siens.

— Elle n'est pas là ?

— Non. C'est sa première nuit dehors. J'ai déjà téléphoné deux fois.

Elle sourit légèrement, tandis que ses doigts jouaient sur son décolleté. Ethan en eut l'eau à la bouche.

— J'ai beau savoir qu'elle n'est qu'à quelques kilomètres et parfaitement en sécurité, je n'ai pas pu m'en empêcher. La maison est si différente, quand elle n'est pas là, si...

Si dangereuse, aurait-il dit. Quasiment aussi périlleuse qu'un champ de mines. Aucune petite fille innocente ne dormait dans l'autre pièce. Ils étaient seuls. Avec la musique. Dans la lumière vacillante des bougies.

Et Grace portait une robe rose pâle qui demandait juste qu'on en défît les boutons un par un.

Ses doigts ne demandaient pas mieux.

— Je suis contente que tu sois passé.

Elle avança d'un pas, tâchant de se persuader qu'elle détenait le pouvoir.

— Je me sentais un peu mélancolique.

Il recula d'un pas. Ses doigts n'étaient plus seuls à lui démanger, à présent.

— J'ai promis de rentrer tout de suite.

— Tu pourrais rester un peu... pour un café, peut-être ?

Un café ? Il avait déjà les nerfs tellement tendus qu'il craignait de les voir sauter hors de sa peau pour danser la java.

— Je ne crois pas...

— Ethan, je ne peux pas t'éviter comme tu me l'as demandé. St. Christopher est trop petit, et nos vies sont trop imbriquées.

Sa veine jugulaire devait se voir, tant elle battait fort.

— Et je ne veux pas. Je ne veux pas t'éviter, Ethan.

— Je t'ai dit que j'avais mes raisons.

Et il les retrouverait, si seulement elle cessait de le regarder avec ces immenses yeux verts.

— Je dois veiller sur toi, Grace.

— Je ne veux pas que tu veilles sur moi. Nous sommes grands, tous les deux. Nous sommes seuls, tous les deux.

Elle se rapprocha.

— Je n'ai pas envie de rester seule, cette nuit.

Il recula un peu. S'il ne l'avait pas mieux connue, il aurait juré qu'elle tentait de le piéger.

— Je t'ai dit ce que j'avais décidé, sur ce point.

Bon sang, maintenant, ce n'était plus son cerveau qui faisait des heures supplémentaires. C'étaient ses reins.

— Reste où tu es, Grace.

— Je n'ai pas l'impression d'avoir bougé. Mais j'ai très envie d'avancer, Ethan, quoi que cela signifie. J'en ai assez de rester là où je suis, immobile. Si tu ne veux pas de moi, je m'en accommoderai, mais si tu veux de moi…

Elle se rapprocha encore, leva une main et la posa sur le cœur de son compagnon. Il battait la chamade.

— … si tu veux de moi, pourquoi ne me prends-tu pas ?

Il recula jusqu'au comptoir.

— Arrête. Tu ne sais pas ce que tu fais.

— Bien sûr que si, rétorqua-t-elle, soudain furieuse. Simplement, je me débrouille visiblement comme un manche, puisque tu préférerais escalader le mur de ma cuisine plutôt que de poser un doigt sur moi. Que crois-tu ? Que je vais exploser en millions de petits morceaux ? Je suis une grande fille, Ethan. J'ai été mariée, j'ai eu un enfant. Je sais ce que je te demande, comme je sais ce que je veux.

— Je sais que tu es une femme adulte. J'ai des yeux, tout de même !

— Alors utilise-les et regarde-moi.

Comment pouvait-il faire autrement ? Comment avait-il jamais cru pouvoir faire autrement ? Là, debout dans la lueur dansante des bougies, se tenait tout ce dont il avait jamais rêvé.

— Je te regarde, Grace.

Le dos au mur. Le cœur dans la gorge.

— Tu vois une femme qui te désire. Une femme qui a besoin de toi.

À cette dernière phrase, elle vit se modifier l'expression de son regard. Celui-ci se fit soudain plus aigu, plus sombre, plus concentré. Elle recula d'un pas, le souffle court.

— Peut-être suis-je ce que tu veux. Ce dont tu as besoin.

Il en avait bien peur. Ses efforts pour se persuader du contraire avaient été vains. Elle était si belle, rose et dorée dans la lumière tamisée. Ses yeux étaient si clairs, si francs...

— Je sais que tu l'es, finit-il par répondre. Mais ce n'est pas une raison pour tout changer.

— Es-tu vraiment obligé de penser à longueur de temps ?

— Cela devient de plus en plus difficile, murmura-t-il. En ce moment même.

— Alors arrête. Cessons de penser.

Malgré le sang qui battait à ses tempes, elle garda ses yeux plantés dans les siens. Puis elle se mit à défaire les boutons de sa robe d'une main tremblante.

Il la regarda, bouleversé par ce geste si simple, sachant qu'il ne résisterait plus très longtemps à la puissance d'un désir trop longtemps refoulé.

— Arrête, Grace, dit-il doucement. Ne fais pas cela.

Ses mains retombèrent, inertes. Elle ferma les yeux, désespérée.

— Laisse-moi le faire, demanda-t-il avec douceur.

Stupéfaite, Grace rouvrit les yeux tout grands pour le regarder. Il fit un pas vers elle.

— J'en ai toujours rêvé, murmura-t-il en s'attaquant au premier bouton. Tu es si belle…

Le souffle court, elle se mit à trembler. Apaisant, il effleura ses lèvres des siennes.

— … si douce.

Il passa délicatement un doigt replié sur sa joue.

— J'ai les mains calleuses. Mais je ne te ferai pas mal.

— Je sais. Je le sais, Ethan.

— Tu trembles.

Il défit encore un bouton. Puis un autre.

— C'est plus fort que moi.

— Cela ne fait rien.

Il déboutonna sa robe jusqu'à la taille.

— Je crois que… quelque part je le savais. Je savais que si je venais ce soir, je ne pourrais plus m'en aller.

— J'espérais que tu viendrais. Je le souhaitais depuis longtemps.

— Tu vois, je suis là.

Les boutons étaient si petits, ses doigts si gros… sa peau si douce, si tiède, dans l'échancrure de la robe à moitié ouverte…

— Dis-moi si je fais quelque chose que tu ne veux pas. Ou si je ne fais pas ce que tu veux.

Elle émit alors un son qui hésitait entre le gémissement et le rire.

— D'ici une minute, je ne vais plus pouvoir parler du tout. Mais je voudrais que tu m'embrasses.

— J'y venais, justement.

Et, parce que la première fois qu'il l'avait goûtée il n'avait pas pris son temps, il décida de le faire, cette fois-ci. De l'approcher, de la savourer à un rythme qui leur conviendrait à tous deux. Le soupir qu'elle poussa contre sa bouche lui fut plus doux que du miel. Il défit d'autres boutons et approfondit son baiser.

Sans la toucher. Pas encore. Juste leurs bouches mêlées. Puis il releva la tête et la regarda. Elle avait le regard lourd, à présent. Chargé de désir.

— Je veux te voir.

Lentement, centimètre par centimètre, il fit glisser la robe le long de ses bras. Elle avait des épaules bronzées aux courbes infiniment gracieuses. Il s'autorisa à les goûter délicatement.

Surprise par cette attention, elle émit un son de gorge, une sorte de roucoulement ravi. Il avait encore bien plus à lui offrir.

Jamais encore on ne l'avait touchée ainsi, comme un objet rare. Un objet précieux. Sa peau frémit de bonheur sous la caresse des lèvres de son compagnon. Elle retint son souffle lorsque la robe tomba en corolle à ses pieds.

Il s'écarta. Dans l'expectative, elle ne put rien faire d'autre que le regarder. Son pouls s'accéléra soudain lorsqu'il posa des doigts légers sur son soutien-gorge. Elle réprima un gémissement sourd quand il en défit l'agrafe et arrondit ses mains sur ses seins.

— Veux-tu que j'arrête ?

— Ô mon Dieu…

Sa tête retomba en arrière et elle ne put retenir plus longtemps son gémissement. Les pouces calleux caressaient lentement ses mamelons gonflés.

— Non.

— Passe tes bras autour de mon cou, Grace.

Elle obtempéra bien volontiers. Leurs bouches se retrouvèrent. Plus longtemps. Plus voracement. Elle vacilla.

Alors il la souleva dans ses bras. Et attendit sans bouger qu'elle rouvre les yeux.

— Je peux, Grace ?…

— Quelle question, Ethan !

Elle pressa son visage contre son épaule. Il sourit.

— Je te protégerai.

Alors qu'il l'emportait dans ses bras, elle se vit arrachée aux griffes du dragon par un preux chevalier. Avant de revenir à des pensées plus terre à terre.

— Je... je prends la pilule. Et tu ne crains rien. Je n'ai été avec personne depuis Jack.

Si, au fond de son cœur, il le savait déjà, l'entendre ne fit que renforcer son désir d'elle.

Des bougies brûlaient également dans sa chambre, plantées dans des coquillages nacrés. Leur lumière douce et dansante nimbait d'or un bouquet de marguerites fraîchement cueillies.

Contrairement à ce qu'elle pensait, il ne la déposa pas sur le lit mais s'y assit et l'installa confortablement sur ses genoux. Puis il entreprit de l'étourdir de baisers, lents, interminables. Enfin ses mains bougèrent.

Chaque endroit qu'elles touchèrent s'enflamma aussitôt.

Des mains rudes et calleuses glissaient sur sa peau. De longs doigts râpeux la caressaient, éveillant sa sensualité.

La barbe naissante la chatouilla quand il referma sa bouche sur un sein, avant de revenir à ses lèvres pour un baiser étourdissant de volupté.

Elle tira sur sa chemise, désireuse de lui faire partager cette magie. Elle découvrit avec délices sous ses doigts la peau marquée de cicatrices, le torse musclé et les épaules puissantes d'Ethan. Par la fenêtre ouverte lui parvenaient le murmure de la brise, le chant de l'engoulevent. Un chant qui ne lui parlait plus de solitude, à présent.

Il la renversa en arrière, posa doucement sa tête sur l'oreiller et se pencha pour délacer ses bottes. Les bougies dessinaient des ombres mouvantes sur le corps de Grace. Il la vit lever une main pour se couvrir la poitrine, l'attrapa au vol et l'embrassa.

— Ne te cache pas, murmura-t-il. C'est un tel plaisir de te regarder.

Cette timidité était ridicule, elle le savait, mais elle dut faire un effort pour laisser retomber sa main sur le lit. Lorsqu'il ôta son jean, elle eut le souffle coupé. Jamais elle n'aurait imaginé corps plus magnifique.

Transportée d'amour, elle ouvrit grands les bras.

Il s'y glissa précautionneusement, soucieux de ne pas lui faire supporter tout son poids. Elle était si fragile, si mince, tellement plus innocente qu'elle le croyait…

Tandis que la lune montante risquait un premier rayon par la fenêtre, il entreprit de le lui démontrer.

Soupirs et murmures. Longues, lentes caresses. Doux effleurements. Ses mains l'excitaient sans répit, avec hardiesse mais sans brutalité, tandis que celles de Grace perdaient peu à peu de leur gaucherie. Ethan passait inlassablement de ses seins à l'arrière de ses genoux, puis s'attardait sur la vallée douce et ombreuse abritant sa féminité.

Totalement concentrée sur Grace, Ethan fut surpris en sentant son propre désir le submerger brutalement. Il gémit et posa sa bouche sur son sein.

Elle s'arqua contre lui, frémissante et ravie par ses pulsations.

Le rythme changea.

Le souffle précipité, Ethan releva la tête et regarda Grace intensément. Ses mains glissèrent, remontèrent entre ses cuisses.

— Je veux te voir chavirer, dit-il.

Ses doigts jouèrent sur elle, et le pouls de la jeune femme s'accéléra brutalement. Plaisir, panique et excitation se succédèrent sur son visage. Il regarda la jouissance s'emparer d'elle petit à petit puis l'envahir. Sa respiration se fit saccadée. Enfin, elle cria de plaisir.

Grace tenta de reprendre ses esprits, mais en vain. Elle se sentait hébétée, ivre, droguée, uniquement consciente de la présence de ce visage au-dessus du sien, de cette peau contre la sienne.

L'amour était bien tel qu'elle l'avait si souvent rêvé.

Elle sentit Ethan se glisser lentement en elle et le supplia.

— Je t'en prie…

À présent, elle éprouvait un sentiment d'intense frustration.

— S'il te plaît, Ethan…

Elle s'ouvrit, se cambra contre lui.

— Viens… maintenant…

Il entoura son visage de ses mains, couvrit sa bouche de la sienne.

— Maintenant, murmura-t-il contre ses lèvres.

Et il obtempéra.

Un soupir prolongé leur échappa simultanément et ils frémirent de bonheur, comblés, alors qu'il s'enfonçait plus profondément en elle. Rapidement, leurs rythmes s'harmonisèrent, et chacun d'eux eut l'impression que c'était ce qu'il attendait depuis toujours.

Ils dérivèrent au gré de leur désir, des flux de plaisir qui déferlaient en eux. La jouissance monta en Grace avec la fluidité d'une spirale de fumée et l'enleva, très haut, l'emportant sur un nuage de volupté.

Alors seulement, Ethan s'autorisa à la rejoindre.

Son calme l'inquiéta. Certes, il la tenait serrée contre lui, mais il ne parlait toujours pas. Et plus le silence s'éternisait, plus elle craignait ce qu'il pourrait bien dire s'il le rompait.

Aussi décida-t-elle de prendre les devants :

— Ne me dis surtout pas que tu es désolé. Je crois que je ne pourrais pas le supporter.

— Je n'en avais pas l'intention. Je m'étais promis de ne jamais te toucher comme je viens de le faire, mais je ne suis absolument pas désolé de l'avoir fait.

Elle posa la tête sur son épaule.

— Le referas-tu ?

— Tout de suite ?

Percevant un amusement paresseux dans sa voix, elle se détendit enfin et sourit.

— Je sais qu'avec toi il ne faut jamais rien précipiter.

Puis elle releva la tête. Elle devait savoir. C'était vital pour elle.

— Le referas-tu, Ethan ?

Il lui caressa doucement les cheveux.

— Grace, est-ce une question à poser après une telle nuit ?

— Si tu décidais que non, ce serait terrible.

— Je n'ai pas envie de parler dans un moment pareil.

— Faudra-t-il que je te séduise de nouveau pour être fixée.

Il sourit devant son air inquiet.

— Allons, je vais faire un effort pour être plus loquace.

Elle roula sur lui et le serra dans ses bras.

— Tu sais, je serai certainement meilleure séductrice la prochaine fois. Au moins, je ne serai pas aussi fichtrement nerveuse.

— Ton état de nerfs n'a pas eu l'air de beaucoup te gêner. J'en ai presque avalé ma langue, quand tu es venue m'ouvrir dans cette robe rose.

Il commençait à plonger le nez dans ses cheveux lorsqu'il s'arrêta soudain, les yeux rétrécis.

— À propos, pourquoi avais-tu décidé de porter cette robe pour une soirée en solitaire chez toi ?

— Je ne sais pas… une envie, comme ça.

Elle déposa un chapelet de baisers le long de sa gorge.

— Une minute, tu veux ?

Conscient qu'elle pouvait sans peine le distraire de ses pensées, il l'attrapa par les épaules et la redressa.

— Une jolie robe, des bougies… on aurait presque dit que tu t'attendais à me voir arriver.

— Je n'ai jamais perdu espoir, répondit-elle, essayant à nouveau de l'embrasser.

— Nom de Dieu, me faire venir pour une recette à la noix…

Soudain, il comprit.

Il lui fit signe de s'asseoir et prit place à ses côtés.

— Anna et toi avez tout mijoté ensemble, pas vrai ? Vous m'avez tendu un piège.

— Quelle idée ridicule !

Tous les efforts de Grace pour simuler ne parvenaient qu'à aggraver son cas. Elle s'enfonçait à chaque protestation d'innocence.

— Je ne sais vraiment pas où tu es allé pêcher ça.

— Tu n'as jamais su mentir.

Il lui saisit fermement le menton et la força à le regarder dans les yeux.

— Il m'a fallu du temps, mais j'ai compris, maintenant. N'est-ce pas ?

— Anna essayait seulement de nous aider. Elle savait que cette situation me minait. Tu as le droit de te mettre en colère, mais pas contre elle. Elle a seulement…

— Ai-je dit que j'étais en colère ? l'interrompit-il.

— Non, mais…

Elle se figea. Puis expira lentement.

— L'es-tu ?

— Je lui suis reconnaissant.

Ses lèvres s'étirèrent en un sourire lent et malicieux.

— Mais peut-être devrais-tu essayer de me séduire encore une fois. Juste au cas où…

11

Il faisait encore nuit. Une chouette ulula. Ethan s'étira et se dégagea du bras que Grace avait enroulé autour de sa poitrine. Elle se blottit plus encore contre lui. Le geste le fit sourire.

— Tu te lèves ? lui demanda-t-elle, la voix à moitié étouffée contre son épaule.

— Il faut bien. Il est déjà cinq heures passées.

L'air sentait la pluie. Il pouvait presque l'entendre venir dans le souffle du vent.

— Rendors-toi. Je vais prendre ma douche.

Elle émit un son qu'il prit pour un assentiment et enfouit plus profondément sa tête dans l'oreiller.

Il se dirigea à tâtons vers la salle de bains. Il ne connaissait pas la maison aussi bien que la sienne, mais attendit d'avoir refermé la porte derrière lui pour allumer la lumière. Pas question de réveiller Grace encore une fois.

La pièce était à l'échelle de la demeure. Une salle de bains de poupée. Debout au milieu, il lui suffisait d'étendre les bras pour toucher les murs.

Un superbe canard en plastique jaune trônait sur le bord de la baignoire. Lorsqu'il porta la savonnette à son nez, il comprit immédiatement d'où venait le frais parfum citronné de Grace, et souhaita que Jim ne remarque rien.

Inclinant la tête sous la douche, il eut la désagréable surprise de ne recevoir qu'un jet ridicule.

Il se promit de s'en occuper le plus rapidement possible. Même une femme aussi fière que Grace accepterait plus facilement l'aide de son amant que celle de ses amis.

Car c'est ce qu'ils étaient, à présent. Ethan savait qu'ils venaient de franchir une étape capitale dans leurs relations, et que ce qu'ils avaient vécu cette nuit était plus une affaire de cœur qu'une affaire d'hormones. Pour eux, cela signifiait un véritable engagement.

Et cela le préoccupait.

Il ne se sentait pas capable de l'épouser, d'avoir des enfants avec elle. Et elle en voudrait certainement d'autres. Elle était trop bonne mère. Sans compter qu'Audrey méritait des frères et sœurs.

Il s'obligea à ne plus y songer, à profiter de l'instant. Ils s'aimeraient autant qu'ils le pourraient. Ce serait toujours ça.

Il se rinça à l'eau froide – le chauffe-eau étant à l'échelle de la maison –, grommela puis ceignit une des serviettes de Grace. Il comptait retourner s'habiller dans le noir mais, en ouvrant la porte, il aperçut de la lumière dans la cuisine. La voix encore râpeuse de sommeil, Grace y chantonnait une chanson parlant d'amour enfin trouvé.

Véritable défi aux premières gouttes de pluie qui ruisselaient sur les vitres, la pièce embaumait le bacon frit et le café fraîchement moulu. À la vue de Grace, vêtue d'une courte nuisette aux couleurs printanières, Ethan crut que son cœur allait lui sortir de la poitrine.

Il vint silencieusement se placer derrière elle, l'entoura de ses bras et déposa un baiser sur le sommet de son crâne. Surprise, Grace sursauta.

— Je t'avais dit de te rendormir, dit-il.

Elle se laissa aller contre lui, yeux fermés, heureuse.

— Je voulais te préparer un bon petit déjeuner.

— Tu n'es pas obligée de le faire, répondit Ethan, infiniment touché, en la faisant pivoter vers lui. Et puis, tu as besoin de dormir.

— Je tenais à le faire.

Il avait les cheveux mouillés, la peau encore humide par endroits. Une soudaine bouffée de désir la saisit.

— Aujourd'hui n'est pas un jour comme les autres, ajouta-t-elle.

— Merci, murmura-t-il.

Il se pencha avec l'intention de lui donner un frais baiser matinal. Mais le baiser devint vite passionné et il dut faire appel à toute sa volonté pour s'arracher à Grace et aller s'habiller.

En retournant le lard dans la poêle, Grace songea qu'Anna avait eu raison. C'était bien elle qui avait le pouvoir.

— Ethan ? lança-t-elle comme il atteignait le seuil.

— Oui ?

— Tu ne peux pas savoir à quel point j'ai besoin de toi. J'espère que cela ne te dérange pas.

Le sang lui monta à la tête. Elle ne flirtait pas, elle le défiait, carrément. Il eut comme l'impression qu'elle avait déjà conscience de sa victoire. Ne trouvant aucune réponse, il grogna vaguement quelque chose avant de courir se réfugier dans la chambre.

Il la désirait ! Aux anges, Grace exécuta quelques entrechats devant sa cuisinière. Ils avaient fait trois fois l'amour, trois magnifiques fois, trois divines fois, durant la nuit. Ils avaient dormi dans les bras l'un de l'autre. Et il la désirait toujours.

Oui, ce matin était décidément le plus beau de sa vie.

Toute la journée, une pluie cinglante s'abattit sur une mer démontée. Ethan dut batailler ferme pour maintenir le bateau à flot, heureux d'avoir refusé d'emmener Seth. Jim et lui avaient déjà connu pire, mais le gamin aurait certainement été malade comme un chien.

La météo intérieure d'Ethan, elle, était au beau fixe. Il sifflota toute la journée, sous la pluie qui lui martelait le visage et malgré les sauts de cabri du bateau malmené par les lames.

Jim l'observa plusieurs fois à la dérobée. Il connaissait Ethan depuis assez longtemps pour connaître son heureuse nature, mais c'était bien la première fois qu'il lui voyait pareille humeur au milieu de la tempête, ça, oui ! Il réprima un sourire en remontant un panier de crabes. Le boss avait dû faire bien plus que lire au lit, cette nuit, à son avis.

Et il était grand temps – toujours à son avis. Selon ses calculs, Ethan Quinn approchait des trente ans. À cet âge, un homme devait songer à se marier, à faire des enfants. Un marin avait besoin de trouver un bon repas chaud en rentrant à la maison, un bon lit chaud, aussi. Une femme digne de ce nom qui l'aidait à traverser les épreuves, lui remontait le moral quand la baie lui en faisait voir. Et Dieu sait qu'elle ne s'en privait pas.

Jim s'interrogeait. Par tous les diables, qui donc pouvait bien être cette femme ? Non pas qu'il eût pour habitude de fourrer son nez dans les affaires des autres, non. Mais quoi ! un homme a bien le droit d'avoir ses petites curiosités de temps en temps.

Il tirait des plans sur la comète pour trouver le moyen d'amener le sujet sur le tapis lorsqu'un jeune crabe profita de sa distraction pour trouver le trou dans son gant. Il n'eut pas le temps de le rejeter avant de se faire pincer.

— P'tite saloperie ! grogna-t-il.

— Il t'a eu ?

— Oui, grommela Jim en le balançant à l'eau. T'inquiète, je reviendrai te chercher à la fin de la saison, le menaça-t-il en agitant le doigt.

— On dirait bien que tes gants sont fichus, Jim.

— Ma femme a dû m'en acheter aujourd'hui.

Eurêka !

Il attrapa une poignée d'appâts et réamorça le casier tout en poursuivant, l'air de rien :

— Sûr que ça aide, d'avoir une femme.

— Hon, hon.

La barre dans une main, la gaffe dans l'autre, Ethan évaluait la distance le séparant de la balise suivante.

— Un homme qui passe sa journée sur l'eau, il est heureux d'savoir qu'sa femme l'attend à la maison.

Quelque peu étonné par la prolixité inhabituelle de son matelot, Ethan opina.

— Je suppose, oui. On termine cette rangée et puis on rentre.

Jim attrapa la nasse et laissa le silence s'installer entre eux. Un silence tout relatif, ponctué par les criaillements des mouettes se disputant les poissons morts qu'il rejetait à l'eau.

— V'savez, moi et Bess, ça f'ra trente ans au printemps qu'on est mariés.

— Vraiment ?

— Une femme, v'là ce qu'il faut à un homme. On traîne pour se marier, et hop ! on finit vieux gars comme de rien.

— Peut-être.

— V'z'allez sur les trente ans, s'pas, cap'taine ?

— Exact.

— V'voulez pas finir vieux gars, quand même ?

— J'y penserai, Jim, merci, répondit Ethan en relançant sa gaffe.

Rien à faire. Jim poussa un soupir étouffé et renonça.

Lorsque Ethan arriva au chantier, Cam maniait la scie électrique et trois jeunes garçons ponçaient la coque. Ou plutôt faisaient semblant de la poncer.

— Tu as embauché une nouvelle équipe ? demanda-t-il tandis que Sim trottait en direction des jeunes recrues.

Cam lança un regard vers l'endroit où Seth jacassait avec Danny et Will Miller.

— Je m'arrange surtout pour ne pas les avoir dans les pattes. Tu as renoncé aux crabes, aujourd'hui ?

— La moisson est suffisante.

Ethan sortit un cigare de sa poche de poitrine et l'alluma en contemplant la mer à travers les portes grandes ouvertes.

— La pluie devient vraiment mauvaise.

— Ne m'en parle pas ! s'écria Cam en jetant un regard furieux aux vitres zébrées de pluie. C'est à cause d'elle que j'ai hérité de ces garnements. Le plus petit est un vrai moulin à paroles. Il est même tellement bavard qu'il en arriverait à t'écorcher les oreilles. Le seul moyen d'éviter la pagaille complète est de leur donner quelque chose à faire.

— Eh bien, répondit Ethan en regardant les enfants caresser Sim, au train où ils vont, la coque sera terminée dans dix ou vingt ans.

— C'est une chose dont nous devons justement discuter.

— Embaucher les mômes pour les deux prochaines décades ?

— Non, le travail.

L'heure était parfaitement choisie pour s'accorder une pause. Cam alla se verser un verre de thé glacé.

— Tod Bardette m'a appelé ce matin.

— Ton ami qui veut un bateau de pêche ?

— Exact. On a repris contact. Il sait ce que je fais, maintenant.

— Il t'a proposé une course ?

Oui, songea Cam en avalant une gorgée de thé. La refuser n'avait pas été chose facile mais tout de même, la pilule était mieux passée, cette fois-ci.

— J'ai donné ma parole. Je n'ai pas l'intention de me dédire, répondit-il.

Ethan fourra une main dans sa poche revolver et regarda le bateau en construction. Cette entreprise était son rêve à lui. Pas celui de Cam ni, bien sûr, celui de Phillip.

— Je ne voyais pas les choses comme ça, fit-il. Je sais à quoi tu as renoncé pour ce chantier.

— Nous en avions tous besoin.

— Oui, mais tu es le seul à avoir tout laissé tomber pour t'y consacrer, et je me rends compte que je n'ai même pas pris la peine de te remercier. J'en suis désolé.

Tout aussi mal à l'aise que son frère, Cam contempla lui aussi le bateau inachevé.

— Tu sais, ce n'est pas le bagne. Ce complément financier va nous aider à obtenir la garde définitive de Seth. De plus, les comptes sont satisfaisants, même si Phillip se lamente sans cesse à propos du fonds de roulement.

— C'est sa force.

— Les lamentations ?

Le cigare planté entre les dents, Ethan sourit.

— Les lamentations et le fonds de roulement. Toi et moi, nous n'aurions jamais pu monter cette affaire sans lui et sa manie du détail.

— Eh bien, on va peut-être lui en donner, des détails à critiquer. Je voulais t'en parler en premier. Bardette a un ami qui serait intéressé par un cat-boat de course sur mesure. Il le veut non seulement rapide – bien évidemment –, mais élégant, et il aimerait en prendre livraison en mars.

Les sourcils froncés, Ethan se livra à un rapide calcul mental.

— Il va nous falloir encore sept ou huit semaines pour achever celui-ci, ce qui nous amène à fin août-début septembre.

Calculant toujours, il s'adossa à l'établi en plissant les yeux.

— Ensuite, nous avons le navire de pêche. Même en forçant le rythme, je ne le vois pas terminé avant janvier. Ce qui ne nous laissera pas suffisamment de temps pour sortir ce troisième bateau en mars.

— Bien sûr, pas au rythme où nous travaillons en ce moment. Mais je peux m'y consacrer à plein temps et, quand la saison du crabe sera finie, je pense que tu passeras plus d'heures ici.

— Les huîtres ne sont plus ce qu'elles étaient, mais…

— Tu vas devoir prendre une décision, Ethan. Si tu veux que notre entreprise réussisse, il te faudra passer moins de temps sur l'eau et plus ici.

Cam savait quel sacrifice il demandait à son frère. Ethan ne vivait pas *grâce à* la mer, il vivait *pour* la mer.

— Phillip va devoir prendre quelques décisions difficiles, lui aussi, et sans tarder. Notre trésorerie ne nous permettra pas d'embaucher avant longtemps. À part un ou deux gamins. Cet ami de Bardette veut venir voir le chantier et nos réalisations avant de s'engager. La présence de Phillip nous sera indispensable pour le convaincre de signer le contrat et de nous verser des arrhes.

Ethan ne s'était pas attendu que son rêve prenne si vite forme. Il songea aux interminables mois passés à draguer la baie de long en large. À son navire chevauchant les lames lors des plus rudes tempêtes de l'hiver. À la longue, et souvent décevante, pêche aux huîtres et aux poissons de roche. À cette pénible quête d'argent.

Ethan prit le temps de regarder attentivement autour de lui. Le bateau, presque terminé, n'attendait que de la bonne volonté et des mains habiles, sous les néons. Les dessins de Seth, encadrés sur les murs, évoquaient leurs rêves et leur labeur. Les outils, toujours luisants sous leur couche de sciure, attendaient, silencieux.

Les bateaux Quinn... Si l'on désire vraiment une chose, il faut forcément renoncer à une autre.

— Je ne suis pas le seul à pouvoir faire office de capitaine sur le chalut, ni sur le skipjack, déclara-t-il enfin.

Lisant une question dans le regard de Cam, il haussa une épaule avant de reprendre :

— Il s'agira juste de jongler avec le temps.

— Oui.

— Je crois que je pourrais réussir à dessiner un bateau de course.

— Tu veux dire à le faire faire à Seth, rectifia Cam, avant d'éclater de rire devant la grimace de son frère. Allons, nous avons tous nos points forts, frérot. L'art n'est pas le tien, c'est tout.

— Disons que l'on fait comme ça, conclut Ethan. On s'arrangera en fonction du tour que prendront les événements.

— Parfait. Dis-moi...

Cam termina son verre.

— ... comment s'est passé l'échange de recettes ?

Ethan prit un air faussement fâché.

— À ce propos, j'ai deux mots à dire à ta femme.

— Je t'en prie.

Souriant, Cam prit le cigare des mains d'Ethan et tira avec insouciance dessus.

— En tout cas, tu as l'air sacrément détendu aujourd'hui, Ethan.

— C'est vrai, répondit celui-ci calmement. Mais je pense que tu aurais pu me signaler qu'Anna s'était mis en tête d'enrichir ma vie sexuelle.

— J'aurais pu, si j'avais été au courant. Mais je ne l'aurais pas forcément fait. D'autant qu'apparemment ce n'était pas du luxe.

Sur une impulsion, Cam fit une prise de karaté à son frère et bloqua sa tête au creux de son coude.

— Parce que je t'aime, mec.

Il rit lorsque le coude d'Ethan s'enfonça dans son estomac.

— Tu vois bien, ça améliore même tes réflexes !

D'un seul mouvement, Ethan inversa leurs positions.

— Tu as raison.

Et, pour faire bonne mesure, il frotta durement ses phalanges repliées sur le crâne de son aîné.

Ethan ajouta un œuf au bol de viande hachée. C'était son tour de cuisine. Cette activité ne le dérangeait pas, même s'il avait espéré qu'Anna s'en chargerait – ce dont elle n'avait pas tardé à le détromper. Le plus difficile était sans aucun doute d'établir un menu qui convînt à tout le monde.

— Qu'est-ce que c'est que ça ? s'enquit Seth en le voyant verser des flocons d'avoine dans le mixer.

— Je prépare des croquettes de viande.

— Pas très appétissant, ton truc. Pourquoi on n'a pas de la pizza ?

— Parce qu'on mange des croquettes.

Seth émit un grognement dégoûté lorsque Ethan rajouta un sachet de soupe de tomate à la préparation.

— Beurk ! Je préférerais encore manger de la poussière.

— Il y en a autant que tu veux dehors.

Seth dansa d'un pied sur l'autre avant de se redresser pour inspecter le contenu du bol. Cette pluie le rendait positivement marteau. Il n'y avait *absolument rien* à faire par un temps pareil. Il avait faim à en mourir, des centaines de piqûres de moustiques, et la télé ne diffusait que des trucs insipides pour les gosses.

Ethan se contenta de hausser les épaules devant ses litanies.

— Va donc casser les pieds à Cam.

Cam venait de lui dire la même chose en parlant d'Ethan. Et Seth savait d'expérience que son frère était un million de fois plus lent que lui à se mettre en boule.

— Pourquoi tu mets toutes ces cochonneries dans le mixer si on appelle ça des croquettes de viande ?

— Parce que comme ça, ça n'a pas le goût de cochonnerie quand on le mange.

— Je parie que si.

Pour un gamin qui, à peine quelques mois plus tôt, ne savait jamais quand aurait lieu son prochain repas, songea sombrement Ethan, Seth était devenu particulièrement difficile. Mais au lieu d'exprimer sa pensée, il préféra décocher une flèche de son cru.

— Demain, c'est au tour de Cam de faire la cuisine.

— Oh, non ! Allô ? Le centre antipoison ?

Roulant des yeux exorbités, se tenant la gorge à deux mains, Seth entreprit une danse de mort dans la cuisine. Ethan eût pu s'en amuser si les chiens n'avaient pas fait irruption en aboyant furieusement.

Lorsque Anna pénétra dans la pièce, Ethan venait de caser les croquettes dans deux poêles et faisait dissoudre de l'aspirine.

— Bonsoir, Ethan. Pouah… dure journée ! Sans compter une circulation épouvantable pour rentrer.

Elle haussa un sourcil en voyant son beau-frère avaler le médicament.

— La migraine ? Il est vrai que ce temps pluvieux a de quoi vous en donner une.

— La mienne a pour prénom Seth.

— Oh !

Soucieuse, elle se versa un verre de vin.

— Nous devons nous attendre à des périodes de stress difficiles à vivre. Il doit parvenir à surmonter des expériences excessivement traumatisantes. Son agressivité n'est qu'une défense.

— Cela fait une heure qu'il ne fait rien d'autre que se plaindre. J'en ai encore les oreilles qui tintent. Et monsieur ne veut pas de croquettes de viande, marmonna Ethan en sortant une bière du réfrigérateur. « Pourquoi on peut pas avoir de la pizza ? » singea-t-il en grimaçant. Il devrait être heureux que quelqu'un songe à lui remplir le ventre plutôt que de dire que ça ressemble à de la cochonnerie et que ça en aura le goût. Ensuite, il a tellement excité les chiens que je n'ai pas pu travailler en paix, ne serait-ce qu'une petite minute. Et...

Il s'interrompit en la voyant sourire. Puis il la fusilla du regard.

— Facile de rire, quand on ne l'a pas subi !

— Je suis navrée, mais cela me fait rire quand même. Oh, Ethan, son attitude est si merveilleusement normale ! Il se conduit comme n'importe quel gamin de dix ans après une journée pluvieuse. Il y a encore deux mois, il aurait passé sa journée à bouder dans sa chambre au lieu de te filer mal au crâne. C'est un progrès fabuleux !

— Il devient un véritable casse-pieds, oui.

— Oui, affirma-t-elle, riant presque aux larmes à présent. N'est-ce pas merveilleux ? Il a dû être vraiment pénible pour venir à bout de ta légendaire patience. À ce train-là, il sera devenu une véritable terreur à Noël !

— Et tu trouves que ça serait une bonne chose ?

— Oui, Ethan. J'ai travaillé avec des enfants qui n'ont pas connu la moitié des horreurs qu'il a vécues, et tu ne peux pas savoir le temps qu'il leur faut parfois pour recommencer à vivre normalement, même en étant suivis. Cam, Phillip et toi avez fait des merveilles pour Seth.

Un peu calmé, Ethan porta la canette à sa bouche et but une gorgée.

— Tu as fait ta part.

— Oui, et cela me rend heureuse, tant professionnellement que personnellement. Pour le prouver, je vais te donner un coup de main pour le dîner.

Sur ce, elle se débarrassa de sa veste de tailleur et remonta ses manches.

— Qu'as-tu prévu pour accompagner la viande ?

En fait de prévisions, Ethan avait eu dans l'idée de coller quelques pommes de terre au micro-ondes ou bien de sortir des petits pois surgelés. Mais puisque Anna était là...

— Eh bien... j'avais pensé que ces pâtes au fromage que tu fais seraient un accompagnement idéal.

— Ça plus la viande, bonjour le cholestérol ! Mais personne n'est au régime dans cette maison. OK, je vais les préparer. Pourquoi ne t'assieds-tu pas un instant en attendant que ton mal de tête se calme ?

Il était déjà passé. Mais il ne jugea pas nécessaire de le mentionner.

Il s'assit donc et se prépara à savourer sa bière tout en remontant les bretelles à sa charmante belle-sœur.

— Oh ! à propos, Grace m'a chargé de te remercier pour la recette. Elle te dira ce que ça donne dès qu'elle l'aura essayée.

— Ah bon ?

Réprimant un sourire, Anna saisit un tablier.

— Oui. J'ai mis la recette de poulet frit dans le bouquin de cuisine.

Il dissimula son propre sourire derrière sa bière en la voyant tourner brusquement la tête vers lui.

— Tu... Oh, très bien...

— Je te l'aurais bien donnée hier soir, mais je suis rentré tard et tu étais déjà couchée. Je suis tombé sur Jim, en sortant de chez Grace.

— Jim ?

Une contrariété mêlée de perplexité se peignit sur le visage d'Anna.

— Oui. Je l'ai accompagné chez lui pour l'aider à réparer son moteur.

— Tu as passé la soirée chez Jim ?

— Je suis même resté plus tard que prévu, il y avait un match à la télé. Les Orioles jouaient contre la Californie.

Elle se retint à quatre pour ne pas l'assommer avec sa propre bière.

— Tu as passé la soirée d'hier à faire de la mécanique et à regarder un match ?

— Oui.

Il lui lança un regard innocent.

— Comme je le disais, je suis rentré tard, mais c'était un fameux match.

Elle réprima un soupir exaspéré et ouvrit la porte du réfrigérateur à la volée.

— Les hommes ! marmonna-t-elle. Rien que des crétins...

— Pardon ?

— Rien, rien. J'espère que tu t'es bien amusé devant ton base-ball.

Pendant que Grace se morfondait, toute seule à la maison. Grrr...

— Je ne me souviens pas de m'être autant amusé. Ils ont joué les prolongations.

Il ne pouvait plus s'empêcher d'arborer un immense sourire, à présent. Elle avait l'air si frustrée, si furieuse... et elle avait tant de mal à le cacher...

En étendant le bras pour sortir les *fettuccine* du placard, Anna aperçut son visage. Elle se tourna lentement vers lui.

— Tu n'es pas allé regarder un match chez Jim, hier soir.

— Ah non ?

Il haussa un sourcil, contempla pensivement sa bière avant d'en boire une gorgée.

— Tu sais, maintenant que j'y pense, tu as raison. C'était une autre fois, le match.

— Tu étais avec Grace.

— Vraiment ?

— Oh, Ethan !

Les dents serrées, elle posa brutalement le bocal de pâtes sur le plan de travail.

— Tu vas me rendre chèvre ! Où étais-tu hier soir ?

— Tu sais, je crois que personne ne m'a jamais demandé cela depuis que ma mère est morte.

— Je n'essaie pas d'espionner.

— Vraiment ?

— Bon, bon, d'accord. J'essaie d'espionner, j'avoue. Mais avec toi, impossible de le faire subtilement.

Il se laissa aller contre le dossier de sa chaise et l'étudia. Il l'avait tout de suite appréciée, presque dès le départ – même si elle le mettait mal à l'aise. Et durant ces dernières semaines, il en était même venu à l'aimer. Cela se sentait nettement dans la légèreté de son ton.

— Tu ne serais pas en train de me demander si j'ai passé la nuit dans le lit de Grace, n'est-ce pas ?

— Non, non, bien sûr que non !

Elle attrapa de nouveau le bocal de pâtes avant de le reposer.

— Enfin... pas exactement.

— Les bougies, c'était ton idée ou la sienne ?

Il était grand temps de sortir la poêle, décida la jeune femme. Peut-être aurait-elle bientôt besoin d'une arme...

— Elles ont rempli leur office ?

— Donc, c'était la tienne. La robe aussi. Grace ne fonctionne pas comme ça. Elle n'est pas… comment pourrait-on dire… sournoise.

Fredonnant, Anna s'apprêta à préparer la sauce.

— Or, c'était sournois, fourbe et indiscret de m'envoyer là-bas de cette manière.

— Je sais. Mais je le referais encore s'il le fallait.

Plus adroitement, toutefois, se promit-elle.

— Tu peux m'en vouloir autant que tu veux, Ethan, mais je n'avais encore jamais rencontré personne qui eût autant besoin qu'on se mêle de ses oignons.

— C'est une professionnelle qui parle ! Enfin… je veux dire, en tant qu'assistante sociale, tu passes ton temps à te mêler de la vie des autres.

— J'aide les gens qui en ont besoin, s'enflamma-t-elle. Et Dieu sait que c'était ton cas.

Elle glapit en sentant la main d'Ethan s'abattre sur son épaule. Mais elle qui s'attendait à se faire secouer comme un prunier ne put que le fixer bêtement lorsqu'il déposa un baiser sur sa joue.

— Je t'en suis reconnaissant.

— Vraiment ?

— Non pas que je veuille te voir recommencer, mais oui, cette fois-ci, je t'en suis reconnaissant.

Elle se sentit fondre.

— Grace te rend heureux, je peux le voir sur ton visage.

— La question est de savoir combien de temps je pourrai, moi, la rendre heureuse.

— Ethan…

— Laisse faire, Anna.

Il l'embrassa de nouveau, autant pour la rassurer que pour lui prouver son affection.

— Vivons au jour le jour. On verra bien.

Le sourire d'Anna s'épanouit encore davantage.

— Grace travaille au pub, ce soir, non ?

— Oui. Et tu n'as pas à te mordre la langue pour retenir ta question. Je compte y faire un tour après le dîner.

— Bon programme.

Plus que satisfaite, elle se remit au travail.

— Alors on va manger de bonne heure.

12

C'était comme de vivre un rêve éveillé, songea Grace. De ceux dont on ne savait pas comment ils finiraient mais dont on savait qu'ils seraient merveilleux de bout en bout. Comme de vivre totalement décalé dans un monde pourtant familier.

Les jours comme les nuits apportaient toujours leur lot de travail, de responsabilités, de petites joies et d'ennuis mineurs. Mais pour l'instant, dans ce tourbillon d'amour, les joies semblaient décuplées, les ennuis minimes.

Grace découvrait enfin que tout ce qu'elle avait pu lire sur l'amour était vrai. Le soleil plus brillant, l'air plus parfumé, les fleurs plus éclatantes, les chants des oiseaux plus mélodieux, tous ces clichés devenaient sa réalité.

Les moments volés – une étreinte furtive à l'extérieur du pub pendant sa pause, qui la laissait aussi tremblante que ravie, incapable ensuite de trouver le sommeil ; un regard lent, intense, empli de tendresse lorsqu'elle traînait suffisamment longtemps dans la maison Quinn pour le voir rentrer – lui semblaient à présent autant de promesses.

Grace ne se rassasiait pas d'Ethan. Elle aurait voulu passer les journées dans ses bras. Recommencer sans fin ce long et lent voyage dans le plaisir et la passion. Elle ne pouvait se défaire de ce besoin et de cette frustration constants. Ils avaient si peu de temps pour être seuls ensemble.

Elle se demandait souvent si Ethan éprouvait la même chose qu'elle à longueur de journée, et se désolait en s'imaginant qu'il s'agissait là d'une quelconque anomalie sexuelle. Désirer quelqu'un en permanence relevait certainement de l'obsession.

Ethan serait-il choqué en l'apprenant ? Elle le craignait.

Elle s'inquiétait pour rien.

Le seul souci d'Ethan était de bien planifier son temps, de servir à Jim des excuses plausibles pour rentrer avant d'avoir inspecté tous les casiers. Allons, il n'allait pas laisser la culpabilité le ronger, se promit-il en amarrant le bateau.

Il resterait deux heures de plus au chantier ce soir, pour rattraper celles qu'il manquait cet après-midi. S'il ne passait pas une heure seul avec Grace, s'il ne relâchait pas un peu cette pression croissante, il allait devenir fou et risquait d'être agressif.

Et si elle avait déjà fini le ménage, si elle était déjà partie, eh bien, il irait à sa recherche, c'est tout. Il se contrôlait encore suffisamment pour ne pas la brusquer mais il ne pourrait tout simplement pas survivre à un autre jour sans elle.

Son sourire s'élargit lorsque, rentrant par la porte de la cuisine, il constata que le désordre matinal attendait toujours d'être nettoyé. La machine à laver ronronnait dans la buanderie. Elle n'avait pas terminé. Il fila au salon, cherchant des traces de son passage.

Les coussins étaient en place, soigneusement regonflés, les meubles luisaient, impeccables. Le plancher craqua imperceptiblement au-dessus de sa tête.

En cet instant précis, il songea que le hasard était bien le plus bel ami de l'homme. Grace dans sa chambre, juste maintenant, que rêver de mieux ? Il heurterait moins sa sensibilité en la renversant sur un lit en plein jour si elle se trouvait déjà à côté dudit lit.

Il grimpa les marches quatre à quatre, ravi de l'entendre chantonner.

Puis il la vit et ce fut l'incendie. Grace, ses longues jambes émergeant d'un minuscule short, était carrément penchée sur le lit, y bordant des draps tout propres.

Son sang se mit à bouillonner dans ses veines, le souffle lui manquait. Cette douleur sourde avec laquelle il avait appris à vivre devint carrément intolérable. Il se voyait déjà la saisir à bras-le-corps, la jeter sur le lit, déchirer ses vêtements et s'enfouir enfin en elle.

Et, parce qu'il pouvait le faire, parce qu'il voulait le faire, il s'obligea à rester immobile sur le seuil jusqu'à ce qu'il ait retrouvé le contrôle de soi.

— Grace ?

Elle se redressa, fit volte-face et pressa une main sur sa poitrine.

— Oh !... Je... Oh !

Elle pouvait à peine parler, à peine réfléchir. Que penserait-il s'il savait qu'elle était justement en train de fantasmer sur leurs deux corps nus et brûlants roulant sur ces draps frais ?

Voir ses joues virer au cramoisi le transporta d'aise.

— Je ne voulais pas te faire peur.

— Ne t'inquiète pas.

Elle expira longuement, mais ne réussit pas à calmer les battements affolés de son cœur.

— Je ne m'attendais pas... Que fais-tu à la maison, si tôt dans l'après-midi ?

Elle pressa ses mains l'une contre l'autre pour éviter de le toucher.

— Es-tu malade ?

— Non.

— Il n'est même pas trois heures.

— Je sais.

Il fit un pas dans la pièce et la vit desserrer les lèvres, y passer inconsciemment la langue. Doucement, se gendarma-t-il. Ne lui fais pas peur.

— Audrey n'est pas avec toi ?

— Non. Elle a voulu rester avec Julie, qui a un nouveau chaton, alors...

Il sentait la mer, le sel et le soleil. La tête lui tourna.

— Alors nous avons un peu de temps, conclut-il en se rapprochant. Je voulais te voir. Seule.

— Ah ?

— J'ai envie de te voir seule depuis cette nuit où nous avons fait l'amour.

Il leva une main et la posa doucement sur sa nuque.

— Je te désirais, ajouta-t-il calmement avant de poser sa bouche sur la sienne.

Il était si doux, si tendre. La jeune femme manqua défaillir. Ses genoux flageolèrent. Ils tremblaient tellement qu'elle enroula ses bras autour de son torse tout en répondant passionnément à son baiser. Les doigts d'Ethan cherchaient sa peau, sa bouche dévorait la sienne. Un court instant, un instant fou, elle crut qu'il allait la prendre debout, là où ils étaient, vite, fébrilement.

Puis sa main entama une lente caresse. Ses lèvres effleurèrent doucement les siennes.

— Viens au lit avec moi, murmura-t-il. Viens au lit avec moi, répéta-t-il, la faisant basculer lentement sur les draps, la recouvrant de son corps.

Elle s'arqua contre lui, consentante, brûlante de désir, impatientée par ces vêtements qui s'interposaient entre eux. Elle avait l'impression qu'il s'était écoulé des années depuis qu'elle l'avait touché pour la dernière fois, qu'elle avait senti sous sa main ces muscles de fer, ces méplats durs. Murmurant son prénom, elle lui arracha sa chemise et laissa ses mains prendre possession de lui.

La gorge brûlante, Ethan chercha son souffle. Le corps qui ondulait sous le sien lui criait de faire vite, vite. Mais il craignait de meurtrir Grace s'il ne prenait pas son temps. Il batailla pour ralentir le rythme, pour goûter plutôt que dévorer, pour caresser plutôt qu'exiger.

Mais elle se révéla plus ardente que lui. L'autre nuit, elle l'avait séduit. À présent, elle le croquait à belles dents.

Il la débarrassa de son corsage. Elle était nue au-dessous. Elle vit ses yeux étinceler, brûler si fort de passion qu'elle pouvait presque le sentir.

Ethan s'enjoignait au calme, mais bientôt sa bouche fondit sur celle de Grace avec avidité. Elle voulut l'étreindre, mais son bras maladroit ne rencontra que le vide. Ethan descendit lentement le long de son corps, le savourant avec délectation. Elle s'enroula autour de lui.

Il ne pouvait plus attendre. Une seule minute de plus, et il serait mort. Maintenant. Maintenant. Ce mot le taraudait. Il tira son short en jurant et plongea les doigts en elle.

Elle se tordit et cria de bonheur. Il vit son regard s'opacifier, sa tête retomber en arrière, lui offrant sa gorge comme un festin succulent. Combattant son besoin de plus en plus violent de s'enfouir en elle, il la dévora jusqu'à satiété.

Puis il fit glisser son jean, l'enleva et la pénétra enfin. Elle cria de nouveau et noua ses jambes autour de ses reins.

Alors il perdit l'esprit.

Encore. Encore. Il glissa les mains sous ses reins, la cambra contre lui et intensifia ses coups de boutoir. Elle planta ses ongles dans ses épaules. Ethan plongeait et replongeait en elle, frémissant d'un désir primitif, irrépressible.

Aveuglée, émerveillée, elle se sentit entraînée toujours plus loin. Si loin qu'elle pensa mourir de plaisir. Et lorsque l'orgasme la frappa, tel un éclair de feu, elle crut qu'elle venait de le faire.

Ses mains, molles à présent, glissèrent le long des épaules de son amant. Il plongea une dernière fois en elle et explosa en poussant un long cri. Lorsqu'il s'affala sur elle, hors d'haleine, ses lèvres s'incurvèrent en un sourire radieux de femme comblée.

Éblouie par la lumière du soleil, elle caressa ses hanches.

— Ethan.

Elle tourna la tête pour effleurer ses cheveux de ses lèvres.

— Non, pas déjà, murmura-t-elle alors qu'il commençait à bouger. Pas déjà.

Il s'injuriait mentalement. Il s'était conduit comme une véritable brute !

— Tu vas bien ?

— Mmmm... Je pourrais rester toute la journée comme ça.

— Je n'ai pas pris mon temps, comme je le voulais.

— Nous en avons moins que les autres.

— Ce n'est pas une raison, répondit-il en relevant la tête. Grace, ne sois pas si indulgente, je t'en prie. Si je t'avais fait mal, tu ne me le dirais même pas.

Étudiant soigneusement son visage, il n'y lut cependant que la satisfaction, ce qui le rassura.

— Bon. Je crois que ça va.

— Oh ! Ethan, c'était si merveilleux de découvrir que tu me désirais tant...

Elle enroula paresseusement une mèche de ses cheveux décolorés par le soleil autour de son doigt. Quelle sensation extraordinaire que d'être là, nue, à ses côtés, en plein milieu de la journée !

— J'avais si peur de te désirer plus fort que tu ne pourrais jamais me désirer moi.

— Ce serait impossible, rétorqua-t-il avant de l'embrasser lentement, savamment. Mais faire l'amour à la sauvette, je ne veux pas cela pour toi.

Elle sourit.

— Tu sais que je n'avais encore jamais fait l'amour en plein jour ? J'ai adoré !

Il reposa son front contre le sien. Ah ! s'il avait pu rester toute la journée ainsi...

— Il faut absolument que nous trouvions le moyen de passer plus de temps ensemble.

— Je ne travaille pas demain soir. Tu pourrais venir dîner... et rester.

— Je devrais t'inviter quelque part.

— Non, cela ne me dit rien. Je préférerais que nous dînions à la maison, répondit-elle avant de sourire plus largement encore. Je te ferai des *tortellini*. On vient juste de me donner une nouvelle recette.

Lorsqu'il éclata de rire, elle se dit qu'elle vivait les instants les plus merveilleux de sa vie.

— Oh ! comme je t'aime, Ethan.

Elle voguait sur un tel nuage de félicité qu'il lui fallut un moment pour s'apercevoir qu'il ne riait plus. Qu'il s'était raidi dans ses bras. Elle se glaça.

— Peut-être n'as-tu pas envie que je te dise cela, mais je n'y peux rien. Je ne veux surtout pas... Je ne m'attends pas que tu me dises la même chose, ni que tu te sentes obligé de...

Il la bâillonna de ses doigts pressés sur ses lèvres.

— Attends une minute, Grace, s'il te plaît.

Son cœur bondit de joie, d'espoir, de peur. Il ne parvenait plus à penser clairement. Mais il la connaissait, sa Grace. Il savait que ce qu'il dirait, là, maintenant, et surtout la manière dont il le dirait, serait d'une importance vitale pour elle.

— Je t'aime depuis si longtemps, commença-t-il, que je ne me souviens même pas d'avant. Et j'ai passé tant de temps à me l'interdire qu'il me faut un instant pour m'accoutumer à tout cela.

Lorsqu'il se dégagea, cette fois-ci, elle ne tenta pas de le retenir. Elle hocha la tête, évitant son regard, et rassembla ses vêtements épars.

— Que tu me désires, que tu aies même juste un tout petit peu besoin de moi me suffit, Ethan. Cela me suffit, maintenant. Tout cela est tellement neuf pour nous deux...

— Je parle de sentiments puissants, Grace. Tu importes plus pour moi qu'aucune femme ne l'a jamais fait.

Elle le regarda de nouveau. Il était sincère, elle le savait. L'espoir renaquit.

— Pourquoi ne m'as-tu jamais rien dit ?

— D'abord, parce que tu étais trop jeune.

Il se passa une main dans les cheveux. Une manière d'éluder la question, de ne pas aborder cette vérité qu'il ne pouvait lui dire.

— Cela me mettait mal à l'aise d'avoir ces pensées, ces sentiments pour toi alors que tu n'étais encore qu'une lycéenne.

Une lycéenne ? Elle eut envie de sauter sur le lit pour entamer une gigue endiablée.

— Quand j'étais au lycée ? Depuis tout ce temps ?

— Oui, depuis tout ce temps. Et puis, tu es tombée amoureuse de quelqu'un d'autre, alors je n'avais plus le droit d'éprouver pour toi autre chose que de l'amitié.

Elle expira longuement, prudemment. La confession qu'elle s'apprêtait à lui faire l'emplissait de honte.

— Je... Je n'ai jamais aimé personne d'autre. Tu es le seul.

— Jack...

— Je ne l'ai jamais aimé, et si les choses se sont aussi mal passées entre nous, c'est en grande partie ma faute. Je l'ai laissé me toucher parce que je croyais que tu ne m'aimerais jamais. Le temps que je comprenne ma bêtise, j'étais enceinte.

— Tu ne peux pas prétendre que c'est ta faute.

— Oh, si ! je le peux.

Elle entreprit de refaire le lit. Histoire de garder ses mains occupées.

— Je savais qu'il n'était pas amoureux de moi non plus, mais je l'ai épousé parce que j'avais peur de rester vieille fille. Et pendant un bon moment, j'ai eu honte. J'étais en colère et j'avais honte.

Elle saisit un oreiller et le fourra prestement dans sa taie.

— Jusqu'à cette fameuse nuit où je ruminais, incapable de m'endormir. Je me disais que ma vie était foutue, quand j'ai senti ce léger battement en moi.

Elle ferma les yeux, pressa l'oreiller contre son visage.

— Je venais de sentir Audrey, et cette minuscule palpitation a été si puissante que je n'ai plus éprouvé ni colère ni honte. Jack m'avait fait ce cadeau.

Elle ouvrit de nouveau les yeux et posa l'oreiller sur le lit.

— Je lui en suis reconnaissante, et je ne lui en veux pas d'être parti. Lui n'a jamais ressenti ce frémissement dans son ventre. Audrey n'a jamais eu aucune réalité pour lui.

— C'était un lâche, pis encore, de t'abandonner à peine quelques semaines avant la naissance du bébé.

— Peut-être, mais moi aussi j'avais été lâche de l'avoir épousé alors que je n'avais pas pour lui le centième des sentiments que j'éprouvais pour toi.

— Tu es la femme la plus courageuse que je connaisse, Grace.

— C'est facile d'être courageux quand un bébé sans défense dépend de soi. Je crois que ce que je suis en train d'essayer de te dire, c'est que si j'ai fait une erreur, ç'a été d'attendre aussi longtemps pour te dire que je t'aimais. Quels que soient tes sentiments vis-à-vis de moi, Ethan, quelle que soit leur intensité, ce sera toujours plus que je n'en ai jamais espéré de ta part. Et cela me suffit.

— J'ai été amoureux de toi pendant presque dix ans, et ce n'est toujours pas fini.

Le second oreiller lui glissa des mains. Des larmes coulèrent de ses yeux fermés.

— Je croyais pouvoir vivre sans jamais t'entendre dire ces mots. Maintenant, j'ai besoin que tu les répètes pour pouvoir recommencer à respirer.

— Je t'aime, Grace.

Ses lèvres s'incurvèrent. Elle ouvrit les yeux.

— Tu es si sérieux en disant cela. Presque triste.

Elle voulait tant le voir sourire de nouveau qu'elle tendit une main vers lui.

Ses doigts effleuraient à peine les siens lorsque la porte claqua, en bas. Des pieds martelèrent les marches. Ils voulurent s'écarter l'un de l'autre mais déjà Seth était là. Debout sur le seuil, il les observait.

Il regarda le lit, les draps encore un peu défaits, l'oreiller sur le sol. Puis son expression changea. Une colère bien trop adulte pour son visage enfantin déforma ses traits.

— Espèce de salaud !

Le dégoût perceptible dans sa voix alors qu'il apostrophait Ethan passa dans ses yeux lorsqu'il fixa Grace.

— Je croyais que tu étais différente.

— Seth...

Elle fit un pas vers lui. Aussitôt, il tourna les talons et s'enfuit en courant.

— Ô mon Dieu, Ethan !

Elle voulut courir après l'enfant, mais Ethan l'attrapa par le bras.

— Non. J'y vais. Je sais ce qu'il ressent. Ne t'inquiète pas.

Il lui pressa brièvement l'épaule avant de s'en aller. Malade d'inquiétude, elle le suivit pourtant dans l'escalier. Jamais encore elle n'avait vu une telle haine dans les yeux d'un enfant.

— Mince, Seth, je t'avais dit de te dépêcher !

Cam claqua la porte au moment même où Ethan descendait la dernière marche. Levant les yeux, Cam aperçut Grace. Un sourire joua sur son visage.

— Oups !

— Ce n'est vraiment pas le moment pour les plaisanteries vaseuses, l'avertit Ethan. Seth vient de s'enfuir.

— Quoi ? Pourquoi ?

Il comprit avant même d'avoir formulé sa dernière question.

— Oh, merde ! Il a dû filer par-derrière.

— Je vais le chercher, lança Ethan, devançant la protestation prévisible de Cam. C'est à moi qu'il en veut, maintenant. Il s'imagine que je l'ai laissé tomber. C'est à moi d'arranger les choses.

Il leva les yeux vers Grace, assise dans l'escalier.

— Je te la confie, souffla-t-il à son frère avant de sortir.

Il savait que Seth avait dû courir se réfugier dans le bois. Il ne lui restait plus qu'à espérer qu'il ne s'était pas enfoncé trop loin dans les marécages. C'était peu probable. Cet enfant en avait vu d'autres. Le soulagement le submergea tout de même lorsqu'il entendit un bruissement de feuilles et de branches.

Ethan quitta à son tour le chemin, pénétra dans le bois et suivit la trace de Seth. Les feuilles arrêtaient son regard et il frissonnait dans cette humidité.

Le dos et le front couverts de sueur, Ethan avançait patiemment. Il savait que Seth ne se trouvait qu'à quelques pas en avant de lui mais ne voulait pas le brusquer. Finalement, il s'assit sur un tronc mort, décidant de laisser le garçon venir à lui.

Dix minutes s'écoulèrent. Dix minutes au milieu d'une nuée de moucherons et de moustiques. Puis Seth finit par émerger d'un fourré et lui fit face.

— Je reviens pas avec toi, cracha-t-il. Si tu essaies de me forcer, je me sauverai encore.

— Je ne vais pas te forcer à quoi que ce soit.

Depuis son tronc, Ethan l'étudia. Seth avait le visage répugnant, strié de sueur et de poussière, rouge de fureur. Ses bras et ses jambes étaient complètement égratignés par sa course dans les fourrés.

Cela devait sacrément lui brûler, même si le gamin n'était pas encore suffisamment calmé pour s'en rendre compte.

— Tu veux bien t'asseoir, qu'on discute de tout ça ? demanda-t-il paisiblement.

— J'croirai rien de c'que tu pourras m'dire. T'es qu'un sale menteur. Tous les deux, vous êtes que des sales menteurs. Tu vas peut-être essayer de me faire croire que vous étiez pas en train de baiser ?

— Non. Ce n'est pas ce que nous faisions.

Seth se précipita sur lui avec une telle rapidité qu'Ethan, surpris, reçut le premier coup de poing en pleine mâchoire. Plus tard, beaucoup plus tard, il se dirait que l'enfant possédait vraiment une sacrée droite. Mais en cet instant précis, il lui fallut toute sa concentration pour le plaquer au sol.

— Je te tuerai ! Je te tuerai dès que je pourrai, ordure ! hurlait Seth.

Il se tortillait, se débattait, attendant l'inévitable pluie de coups.

— Calme-toi.

Ethan le secoua un bon coup – sans violence aucune – et lui parla posément :

— Tu n'arriveras à rien comme ça. Je suis plus fort que toi. Je vais te tenir jusqu'à ce que tu te calmes.

— Ôte tes sales pattes de moi, grinça Seth entre ses dents. Fils de pute !

L'invective fut plus brutale que le coup de poing. Ethan reprit son souffle et hocha lentement la tête.

— Oui, c'est ce que je suis. Et c'est pour ça que nous nous comprenons si bien, toi et moi. Tu pourras te sauver quand je te lâcherai, Seth. Tu pourras me cracher à la figure autant que tu voudras. C'est le genre de comportement qu'on attend des fils de pute. Laisse-moi seulement t'expliquer que ce serait idiot. Tu vaux beaucoup mieux que ça.

Ethan se redressa, s'assit sur ses talons et essuya le sang qui coulait de sa bouche.

— C'est la deuxième fois que tu me colles un coup de poing dans la figure. Tu recommences, et je te tanne les fesses au point que tu ne pourras plus t'asseoir pendant un mois.

— Je te déteste.

— C'est ton droit. Mais j'aimerais bien que tu me dises pourquoi.

— Tout ce que tu voulais, c'était te vautrer entre ses jambes, et elle te les a ouvertes.

— Fais gaffe à tes paroles.

D'un seul mouvement, Ethan attrapa Seth par le devant de sa chemise et le mit à genoux.

— Je t'interdis de tenir ces propos sur elle. Tu sais très bien quelle sorte de personne est Grace. C'est pour cela que jusqu'à présent tu lui faisais confiance et que tu l'aimais.

— J'en ai rien à faire, d'elle, rétorqua Seth, combattant les larmes brûlantes qui affluaient.

— Si c'était le cas, tu ne serais pas aussi en rogne contre nous deux. Et tu n'aurais pas l'impression que nous t'avons laissé tomber.

Il lâcha l'enfant et se passa les mains sur le visage. Il savait qu'il ne valait pas un clou pour ce qui était d'exprimer ses émotions.

— Je vais te parler franchement, reprit-il en laissant retomber ses mains. Tu as raison sur ce qui s'est passé, mais tu as tort de l'interpréter comme tu le fais.

Seth tordit les lèvres et laissa échapper un ricanement.

— Je sais ce que baiser veut dire.

— Oui. Ce que tu en sais, ce sont des bruits moches dans la pièce d'à côté, des tripotages dans le noir, des odeurs âcres et de l'argent qui change de main.

— C'est pas parce que tu lui as pas filé de fric que...

— Du calme, l'interrompit patiemment Ethan. Moi aussi, j'ai longtemps pensé qu'il n'y avait que ça entre un homme et une femme. Que c'était forcément violent, dénué de sentiment, parfois méchant. Et égoïste, aussi. On se soulage, on remonte son pantalon, et puis on s'en va. Ce n'est pas toujours mal, d'ailleurs. Si cela ne dérange aucun des deux, si cela aide à passer une nuit agréablement, ce n'est pas forcément mauvais. Mais ce n'est pas la seule manière de vivre les choses. Et, bon Dieu ! ce n'est certainement pas la meilleure.

Dire qu'il avait souhaité que quelqu'un d'autre explique tout cela au gamin quand l'heure serait venue... Mais il ne pouvait plus différer ce moment.

Il ne pouvait certes pas expliquer tout cela avec un sourire et un clin d'œil, à la manière de Cam, ni en choisissant des mots élégants comme l'aurait certainement fait Phillip. Il pouvait juste laisser parler son cœur. Et espérer que celui-ci parlerait bien.

— L'acte sexuel peut être l'équivalent de l'action de manger. C'est-à-dire avoir juste pour fonction d'assouvir une faim. Parfois tu payes pour un repas, parfois tu échanges quelque chose contre le même repas et, si l'échange est équitable, tu reçois autant que tu donnes.

— Le sexe, c'est juste le sexe et rien d'autre. Et tous les bobards qu'on raconte dessus, c'est que pour vendre des livres et des cassettes.

— Est-ce que tu crois sincèrement que c'est tout ce qu'il y a entre Anna et Cam ?

Seth haussa les épaules sans rien dire. Apparemment, cela lui donnait à réfléchir.

— Il y a entre eux quelque chose d'important, de durable, qui va se construire peu à peu au fur et à mesure de leur existence. Ni toi ni moi ne l'avons connu dans nos premières années, c'est pourquoi je peux te parler aussi franchement.

Ethan pressa ses paumes sur ses yeux, mais ce n'était pas à cause des moustiques.

— C'est différent quand on aime l'autre, quand on ne le considère pas uniquement comme un joli visage ou un joli corps. Et quand cette personne a de l'importance à tes yeux, cela change tout. Quand ce n'est pas simplement la faim qui te pousse. Quand tu veux, plus que tout, donner plus que tu ne reçois. Je n'ai jamais eu avec personne ce que j'ai avec Grace.

Seth haussa les épaules et détourna le regard. Mais Ethan avait eu le temps d'y lire un désarroi croissant.

— Je sais que tu l'aimes vraiment très très fort, qu'elle compte beaucoup pour toi. C'est peut-être pour ça que tu voulais qu'elle soit parfaite, c'est-à-dire, pour toi, qu'elle n'ait pas les mêmes besoins que les autres femmes. Tu avais envie de la protéger, de t'assurer que personne ne lui ferait du mal. Alors, je vais te dire ce que je venais de lui avouer lorsque tu es arrivé. Je l'aime. Je n'ai jamais aimé personne d'autre.

Le regard braqué sur les fourrés, Seth avait mal partout. Mais pire, il avait honte.

— Est-ce qu'elle t'aime aussi ?

— Oui, elle m'aime. Et que je sois damné si je comprends pourquoi.

Seth lui décocha un regard de côté. Il savait bien pourquoi, lui. Ethan était fort, et il ne frimait pas pour autant. Il faisait ce qu'il avait à faire. Ce qu'il fallait faire.

— Je voulais prendre soin d'elle quand je serais plus grand. Tu dois trouver ça nul.

— Non, pas du tout.

Soudain, il ressentit l'envie irrépressible de serrer l'enfant contre lui. Mais ce n'était vraiment pas le moment.

— Non, je pense que c'est super, au contraire. Je suis fier de toi.

Seth leva brièvement les yeux vers lui avant de les détourner à nouveau.

— Je... Tu vois, en quelque sorte, je l'aime. Enfin bon... Le même genre, quoi. Attends, c'est pas que je veux la voir à poil et tout, ajouta-t-il très vite, c'est juste que...

— Je comprends.

Ethan dut se retenir pour ne pas pouffer. Et cette envie de rire lui fut plus rafraîchissante qu'une bière glacée en pleine canicule.

— Genre... comme si elle était une sœur, quoi. Comme si tu voulais ce qu'il y a de mieux pour elle.

— Oui, lâcha Seth dans un soupir. Oui, je crois que c'est ça.

Pensif, Ethan aspira de l'air entre ses dents.

— Ça ne doit pas être évident pour un type de rentrer à la maison et de découvrir sa sœur couchée avec un homme.

— Je l'ai blessée. Exprès.

— Oui, tu lui as fait mal. Tu vas devoir lui présenter tes excuses si tu veux arranger les choses entre vous.

— Elle va se dire que je suis bête. Elle voudra plus jamais me parler.

— Elle voulait te courir après elle-même. À l'heure qu'il est, je peux te dire qu'elle tourne en rond dans le jardin en se rongeant les ongles d'inquiétude.

Seth émit un son plus proche du sanglot qu'autre chose.

— J'ai fait tourner Cam en bourrique jusqu'à ce qu'il me ramène à la maison pour chercher mon gant de base-ball. Et quand je... quand je vous ai vus, là, ça m'a rappelé quand je rentrais chez Gloria et qu'elle le faisait avec un type.

Là où le sexe était un commerce, songea Ethan. Un commerce laid et mesquin.

— C'est dur d'oublier ces choses-là, de parvenir à croire que ce n'est pas tout ce qui existe.

Ethan avait lui-même éprouvé tant de difficulté à voir la réalité ainsi qu'il choisit ses mots avec soin :

— Quand on a connu ce que tous les deux on a connu, c'est dur de comprendre que faire l'amour avec quelqu'un qu'on aime, ça n'a rien de répugnant, bien au contraire.

Seth renifla et se frotta les yeux.

— Damnés moucherons, marmonna-t-il.

— Ils sont pénibles, dans le coin.

— Tu aurais dû m'assommer, pour me punir d'avoir dit toutes ces horreurs.

— Tu as raison, répondit Ethan après un instant de réflexion. Rappelle-moi de le faire la prochaine fois. Maintenant, à la maison.

Il se leva, épousseta son pantalon et tendit une main. Seth le regarda dans les yeux et n'y lut que gentillesse, patience et compassion, qualités qu'il n'avait pas connues chez la plupart des hommes qui avaient traversé sa vie.

Il mit sa main dans celle d'Ethan et, sans y prêter attention, l'y laissa alors qu'ils revenaient sur leurs pas.

— Comment ça se fait que tu m'as même pas filé une seule torgnole ?

Petit garçon, songea Ethan, bien trop de mains se sont déjà levées sur toi dans ta courte existence.

— Peut-être avais-je peur que tu puisses me battre.

— Foutaises, lança Seth, combattant furieusement ces fichues larmes qui menaçaient toujours.

— Bon, alors tu es trop petit, reprit Ethan en saisissant la casquette du gamin dans sa poche arrière pour la lui fourrer sur le crâne. Mais tu es un petit crétin plein de réflexes.

Seth dut inspirer lentement plusieurs fois alors qu'ils approchaient de l'orée du bois, de la lumière aveuglante du soleil.

Il vit Grace, ainsi que l'avait prédit Ethan, dans le jardin, serrant frileusement ses bras autour d'elle. Elle les laissa retomber, fit un pas dans leur direction avant de s'arrêter net.

Ethan sentit la main de Seth frémir dans la sienne. Il la pressa brièvement.

— Les choses devraient vite s'arranger entre vous, murmura-t-il, si tu pouvais courir jusqu'à elle et la serrer fort dans tes bras. Grace adore les câlins.

C'était exactement ce que Seth avait envie de faire – ce qu'il avait peur de faire. Il regarda Ethan, remua une épaule et s'éclaircit la gorge.

— Je crois que je peux le faire.

Ethan s'immobilisa et regarda le garçon traverser la pelouse en courant. Il vit le visage de Grace s'illuminer d'un immense sourire tandis qu'elle lui ouvrait grands les bras.

13

Si on est obligé de travailler durant le week-end suivant une rude semaine, autant que ce soit à quelque chose d'amusant, songeait Phillip. Il adorait son job. Après tout, la publicité était de la psychologie appliquée. L'art de savoir quel bouton enfoncer pour pousser les gens à ouvrir leur porte-monnaie. Une forme de vol créative et parfaitement légale, se disait-il souvent.

La carrière rêvée pour un homme qui avait passé la première moitié de sa vie dans la peau d'un pick-pocket.

En cette veille de fête de l'Indépendance, il mit tous ses talents en pratique au chantier pour parvenir à embobiner un client potentiel, tâche qu'il préférait largement au travail manuel.

— Ne faites pas attention à l'environnement, dit-il en désignant d'une main parfaitement manucurée l'espace qui les entourait – les chevrons nus, les murs non encore peints, le sol éraflé. Mes frères et moi-même préférons consacrer tous nos efforts au produit et réduire les frais généraux. Ce sont autant de bénéfices dont nous faisons profiter nos clients.

Clients qui se résumaient pour l'instant à un seul, un autre potentiel et celui-ci qui hésitait à mordre à l'hameçon.

— Mmm.

Jonathan Kraft se frotta pensivement le menton. Âgé d'une trentaine d'années, il avait la chance insigne d'appartenir à la quatrième génération de la dynastie Kraft, produits pharmaceutiques en tout genre. Depuis les humbles débuts de son arrière-grand-père, modeste apothicaire à Boston, sa famille avait bâti et développé un véritable empire basé sur l'aspirine et les analgésiques. Ce qui autorisait Jonathan à s'offrir ce dont il avait toujours rêvé : un bateau.

Il était grand, élégant, bronzé. Ses cheveux brun foncé, parfaitement coupés, soulignaient son menton volontaire, son beau visage. Il portait une veste en peau de la plus belle qualité, une chemise en soie, un pantalon en alpaga et des chaussures de marque. Sa montre était une Rolex.

Il avait exactement l'air de ce qu'il était. Un privilégié. Un nanti amoureux du grand air.

— Cela fait seulement quelques mois que vous avez monté votre entreprise.

— Officiellement, répondit Phillip avec un sourire éclatant.

Il n'avait rien à envier à son client sur le plan physique, une chevelure couleur de bronze encadrant un visage aux traits parfaits. Il portait d'élégants jeans décolorés, une chemise de coton verte et des Dockside, vertes également. Et il ne mégotait pas sur les sourires charmeurs et les regards entendus. Son image correspondait parfaitement à ce qu'il voulait qu'elle fût : celle d'un citadin sophistiqué amateur de voile.

— Cela fait des années que nous travaillons dans la construction navale, même si nous venons juste de nous établir à notre compte.

Mine de rien, il entraîna Jonathan vers les croquis encadrés accrochés au mur. Les œuvres de Seth. Il commenta :

— Le skipjack de mon frère Ethan. Nous l'avons construit il y a plus de dix ans et c'est toujours l'un des plus performants pour pêcher les huîtres, l'hiver, dans la baie de Chesapeake.

— Qu'il est beau… lança Jonathan, la mine rêveuse.

Exactement ce qu'avait prévu Phillip. Lorsqu'on choisit de piquer les porte-monnaie, il est essentiel de savoir jauger sa cible.

— J'aimerais bien le voir, reprit l'homme.

— Cela devrait pouvoir s'arranger sans problème.

Il laissa Jonathan rêvasser un instant avant de l'entraîner devant le dessin suivant.

— Celui-ci, vous allez le reconnaître, annonça-t-il en tendant le doigt vers le fin skiff de course. C'est le *Circé*. Mon frère Cameron a participé et à son design et à sa construction.

— Il a battu ma *Lorilee* d'une longueur deux années de suite, répondit Jonathan en souriant, peu rancunier. Bien sûr, Cam en commandait l'équipage.

— Il connaît ses bateaux.

Phillip perçut le vrombissement de la chignole dudit Cam. Il comptait le faire rentrer dans le jeu sous peu.

— Le dessin du sloop que nous construisons actuellement a été initialement exécuté par Ethan, et ensuite peaufiné par Cam. Nous tenons essentiellement à répondre avec précision aux besoins comme aux aspirations de nos clients.

Il laissa Jonathan à l'endroit où Seth ponçait la coque. Ethan, debout sur le pont, fixait les plats-bords.

— Celui-ci désirait un navire rapide, stable et quelque peu luxueux.

Phillip savait que la coque était la preuve la plus éclatante des capacités d'un chantier artisanal. Il avait transpiré suffisamment d'heures dessus !

Il joua des sourcils, tête levée vers Ethan. Message reçu. Ethan n'en réprima pas moins un soupir, détestant cet aspect du travail. Mais Phillip avait insisté sur le fait qu'il était essentiel de vanter la marchandise au client potentiel.

— Tous les assemblages sont faits par tenons et mortaises, sans aucune colle, expliqua-t-il.

Il roula des épaules, aussi mal à l'aise que lorsqu'il faisait un exposé à l'école. Il avait toujours détesté les exposés.

— Nous avons pensé que si nos ancêtres parvenaient à faire sans colle des assemblages qui duraient un siècle ou plus, nous le pouvions aussi. Sans compter que j'ai vu bien trop de joints collés prendre soudain l'eau.

— Mmmm... fit Jonathan.

Ethan en profita pour reprendre son souffle.

— La coque est calfatée à l'ancienne, à la mèche de coton. L'intérieur est fait d'un habillage serré, bois sur bois. Nous avons doublé les mèches de coton dans presque toutes les jointures, sans avoir pratiquement jamais eu recours au maillet. Ensuite nous les avons revêtues d'un composant pour jointures standard.

Jonathan approuva encore une fois. Il n'avait qu'une très vague idée de ce dont parlait Ethan. Il pilotait des bateaux, c'est tout. Mais ce qu'il entendait lui plaisait bien et avait l'air sérieux.

— De toute évidence, ce bateau sera solide et agréable à piloter. Moi aussi, je recherche la vitesse et la maniabilité alliées à l'esthétique.

— Nous y veillerons.

Souriant largement, Phillip agita un doigt dans son dos en direction d'Ethan. Phase deux en route.

Ethan plongea la tête sous le pont, où Cam travaillait.

— À ton tour, marmonna-t-il.

— Phillip l'a ferré ?

— Peux pas te dire. J'ai balancé mon petit discours, et le type a juste hoché la tête en émettant quelques borborygmes. Si tu veux savoir, je parie qu'il n'a pas compris un traître mot à tout ce que j'ai dit.

— Bien sûr qu'il n'a rien pigé. Jonathan paie des gens pour entretenir ses navires. Il n'a jamais poncé une coque ou vissé une planche de sa vie ! lui répondit Cam en se relevant. C'est le genre de type à conduire une Maserati sans savoir reconnaître une bougie d'une vis platinée. Mais il aura certainement été impressionné par ta voix traînante de loup de mer et ton air propre et raboté à la fois.

Ethan émit un ricanement tandis que Cam lui enfonçait son coude dans les côtes.

— Laissez passer, siouplaît ! À mon tour d'appuyer sur le piston.

Il grimpa sur le pont et réussit à prendre l'air suffisamment étonné en constatant la présence de Jonathan. Celui-ci étudiait les plats-bords.

— Salut, Kraft ! Comment vas-tu ?

— Vite et loin.

Visiblement ravi, Jonathan lui serra joyeusement la main.

— J'ai été étonné de ne pas te voir à la régate de San Remo, cet été.

— Je me suis marié.

— C'est bien ce que j'avais entendu dire. Et maintenant, tu construis des bateaux au lieu de les piloter.

— Holà ! Doucement ! Je n'ai pas dit que j'abandonnais complètement la compétition. Je caresse l'idée de me bâtir mon propre cat cet hiver, si le chantier m'en laisse le temps.

— Beaucoup de boulot ?

— Pas mal, oui. Le logo Quinn est synonyme de qualité. Les marins intelligents veulent le meilleur – s'ils peuvent se l'offrir, évidemment.

Il sourit.

— Peux-tu te l'offrir ?

— Je songe justement à un cat, moi aussi. Mais ton frère a dû te le dire.

— Exact. Léger, rapide et sûr. Ethan m'a aidé à modifier les plans de celui que je compte me fabriquer.

— N'importe quoi ! murmura Seth, juste assez haut pour que Phillip l'entende.

— Bien sûr, souffla-t-il en lui décochant un clin d'œil complice, mais un n'importe quoi béton, mon p'tit pote.

Il se pencha vers Seth alors que Cam et Jonathan s'embarquaient dans une discussion sur les qualités nécessaires à un bon cat-boat de compétition.

— Ce type aime bien Cam parce qu'il a l'esprit de compétition, et Cam le sait. Kraft n'a jamais réussi à le battre, donc...

— Donc, il va sortir son fric pour que Cam lui construise un bateau encore plus rapide que celui du frangin.

— Tu as tout pigé ! lança Phillip, très fier, en lui assenant une gentille claque dans le dos. Mine de rien, ça cogite dans cette petite caboche. Continue comme ça et tu ne passeras pas le restant de ton existence à poncer des coques. Maintenant, moussaillon, admire le maître.

Il se redressa, rayonnant.

— À présent, Jonathan, j'aimerais vous présenter les plans. Voudriez-vous me suivre dans le bureau ?

— Je voudrais effectivement y jeter un coup d'œil, répondit Kraft en descendant du pont. Le problème, c'est qu'il me faudrait ce cat pour le 1er mars. J'ai besoin de temps pour le tester, l'évaluer et le faire à ma main avant le début de la saison.

— Le 1er mars...

Phillip pinça les lèvres, puis secoua la tête.

— Cela risque de poser un problème, en effet. Ici, nous privilégions la qualité. Et il faut du temps pour construire un champion. Je vais regarder notre planning, ajouta-t-il en passant un bras sur l'épaule de

Kraft pour le pousser vers le bureau. Nous allons voir ce que nous pouvons faire. Mais le contrat précédent est déjà établi et notre calendrier de travail me dit que nous ne pourrons vous livrer le produit top niveau que vous méritez avant le mois de mai au plus tôt.

— Ce qui ne me laisserait pas beaucoup de temps pour l'apprivoiser, se plaignit Kraft.

— Croyez-moi, Jonathan, on s'adapte très vite à un bateau Quinn. Très, très vite.

Sur ce, il se retourna et décocha à ses frères un sourire carnassier tout en refermant la porte du bureau derrière lui.

— Il va accepter le délai, décréta Cam.

Ethan opina du chef.

— Ou alors il va transiger sur avril en échange d'un super-bonus.

— De toute façon, conclut Cam en claquant une main sur l'épaule de son frère, nous allons nous retrouver avec un nouveau contrat en poche d'ici ce soir.

D'en bas leur parvint le ricanement de Seth.

— Phil va nous l'emballer pour le déjeuner. Le type est grillé.

Cam sourit.

— Deux heures, au plut tôt.

— Midi.

— Deux dollars ?

— Deux dollars. J'ai besoin d'argent.

— Tu sais, dit Cam en sortant son portefeuille, avant que tu ne viennes détruire ma vie, j'avais gagné un vrai magot à Monte-Carlo.

— On est pas à Monte-Carlo, rétorqua l'enfant, ravi.

— Pas besoin de me le rappeler, répondit Cam en lui tendant les deux billets.

Puis il tressaillit. Sa femme arrivait.

— Empoche-les vite ! Les services sociaux débarquent. Je doute qu'ils apprécient nos petits jeux d'argent.

— Hé, hé ! j'ai gagné ! lança Seth en fourrant les billets dans sa poche. Tu as apporté à manger ? demanda-t-il à Anna.

— Oh, non ! pardon, j'ai oublié.

Distraite, la jeune femme se passa une main dans les cheveux. Elle ne parvenait pas à ignorer cette boule au creux de son estomac. Son sourire forcé n'atteignit pas ses yeux.

— Vous n'aviez pas emporté votre déjeuner, les hommes ?

— Si, mais, en général, ce que tu apportes est meilleur.

— Aujourd'hui, je me suis surtout occupée de préparer le pique-nique de demain, répondit-elle en lui posant une main sur l'épaule – elle avait besoin de ce contact. Je viens juste de... je me suis dit que je pourrais m'accorder une pause et venir voir comment cela avançait ici.

— Phillip vient à l'instant de condamner ce type à nous donner des tonnes d'argent.

— Bien, très bien, approuva-t-elle, toujours aussi distraite. Ça se fête. Et, tiens, ça tombe à pic, je meurs d'envie d'une glace. Seth, tu penses que tu pourrais aller nous en chercher chez Crawford ?

— Bien sûr ! J'y cours.

Elle sortit son porte-monnaie, priant pour que l'enfant ne remarque pas sa mine soucieuse.

— Pas de noix pour moi, tu te souviens ?

— Sans 'blème. C'est comme si j'étais déjà revenu.

Elle le regarda partir en courant, le cœur serré.

— Que se passe-t-il, Anna ? lui demanda aussitôt Cam en l'obligeant doucement à lui faire face. Il est arrivé quelque chose ?

— Laisse-moi une minute, veux-tu ? J'ai battu des records de vitesse pour venir ici, sans prendre le temps de réfléchir, répondit-elle en inspirant profondément. Va chercher tes frères, Cam, s'il te plaît.

— OK.

Mais il prit le temps de lui caresser tendrement le dos. Jamais il ne l'avait vue aussi secouée.

— Quelque problème que ce soit, nous le réglerons.

Puis il s'en fut vers l'extérieur du bâtiment. Ethan et Phillip s'y disputaient à propos de base-ball.

— Il y a un problème, leur dit-il succinctement. Anna est là. Elle a envoyé Seth faire une course et elle est sur les nerfs.

Ils la trouvèrent assise sur un banc, un des carnets de croquis de Seth ouvert sur les genoux. Les yeux brûlants, elle contemplait le délicat portrait que l'enfant avait fait d'elle.

Il était bien plus qu'un simple cas social pour elle, et depuis le tout début. Et maintenant, il était un de ses proches, comme Ethan et Phillip. Un membre de sa famille. Elle ne pouvait supporter l'idée que l'on fît du mal à sa famille.

Mais elle se reprit, et ce fut avec un visage serein qu'elle se retourna et étudia les trois hommes qui étaient devenus partie intégrante – et essentielle – de sa vie.

— C'est arrivé au courrier.

Sa main ne tremblait plus lorsqu'elle ouvrit son sac et en sortit une lettre.

— Elle est adressée aux Quinn. Les Quinn, tout simplement, répéta-t-elle. De Gloria DeLauter. Je l'ai ouverte. J'ai pensé que cela valait mieux. Et… bon, je m'appelle aussi Quinn, à présent.

Elle la tendit à Cam. Sans mot dire, il sortit une feuille de papier pliée en quatre avant de tendre l'enveloppe à Phillip.

— Elle l'a postée à Virginia Beach, murmura Phillip. On avait perdu sa trace en Caroline du Nord. Elle remonte vers le nord en suivant le littoral.

— Que veut-elle ? s'informa Ethan en fourrant des mains déjà serrées en poing au fond de ses poches.

Une fureur sourde montait inexorablement en lui.

— Qu'est-ce que tu crois ! répliqua sèchement Cam. De l'argent, évidemment.

Il lut.

— *Chers Quinn, j'ai appris la mort de Ray. Condoléances. Vous ne savez peut-être pas que lui et moi avions conclu un accord. Je pense que vous voudrez continuer à l'honorer puisque vous avez Seth. Je suppose qu'il doit être bien installé, maintenant, dans cette jolie maison. Il me manque. Vous ne pouvez pas imaginer quel sacrifice cela a été pour moi de le confier à Ray, mais je voulais ce qu'il y a de mieux pour mon fils unique.*

— Tu aurais dû apporter ton violon ! souffla Phillip à Ethan.

— *Je savais que Ray serait bon pour lui*, poursuivit Cam. *Il a été bon pour vous trois, et Seth est de son sang.*

Il s'interrompit un instant. C'était inscrit là, noir sur blanc.

— Bobard ou vérité ? demanda-t-il en levant les yeux vers ses frères.

— On verra ça plus tard.

Ethan se secoua pour tenter de desserrer l'étau qui lui comprimait le cœur. Il fixa son frère.

— Continue.

— OK. *Ray savait à quel point cela me faisait souffrir de me séparer de l'enfant, donc il m'a aidée. Mais maintenant qu'il n'est plus là, je commence à me demander si c'est une bonne chose que Seth soit avec vous. Je suis toute prête à me laisser convaincre. Si vous voulez vraiment le garder, alors vous tiendrez la promesse que m'a faite Ray de me donner un coup de main. Je vais avoir besoin d'argent, comme preuve de vos bonnes intentions. Cinq mille. Vous pouvez m'envoyer un mandat aux bons soins de General Delivery, ici, à Virginia Beach. Compte tenu des irrégularités possibles de la poste, je vous donne deux semaines. Si je ne reçois rien, je saurai que vous ne voulez pas vraiment l'enfant. Alors je viendrai le chercher. Je dois terriblement lui manquer. Dites-lui bien que sa maman l'aime très fort et qu'elle pourrait venir le voir très vite.*

— Salope ! fut le premier commentaire de Phillip. C'est un test. Elle essaie de nous faire chanter pour voir si on marchera comme papa l'a fait.

— Vous ne pouvez pas accepter, intervint Anna en posant une main tremblante de rage sur le bras de Cam. Il faut laisser les services sociaux s'en occuper. Vous devez me faire confiance, je ferai en sorte qu'elle ne mette pas ses menaces à exécution. Au tribunal...

— Anna, l'interrompit Cam en fourrant la lettre dans la main à présent tendue d'Ethan, nous n'allons pas emmener ce gamin dans un tribunal. Pas si nous pouvons l'éviter.

— Vous n'avez pas l'intention de la payer, quand même ! Cam...

— Je n'ai pas l'intention de lui donner le moindre foutu centime, rétorqua-t-il, luttant pour contenir sa rage. Elle pense qu'elle nous tient à la gorge mais elle se fourre le doigt dans l'œil jusqu'au coude.

Il pivota. Ses yeux lançaient des éclairs.

— Qu'elle essaie ! Qu'elle essaie de poser ne serait-ce qu'un doigt sur Seth !

— Elle a été drôlement prudente dans le choix de ses mots, commenta Ethan en relisant la missive. C'est bel et bien une menace, mais elle n'est pas bête.

— Elle n'est pas bête, elle est cupide, poursuivit Phillip. Si elle veut encore plus, après tout ce que lui a donné papa, c'est qu'elle touche le fond du puits.

— Elle vous considère comme ses nouveaux pourvoyeurs de fonds, à présent, acquiesça Anna. Et il n'est pas difficile de prévoir son attitude si elle se rend compte que la source n'est pas tarie.

Marquant une pause, elle pressa ses doigts sur ses tempes. Il lui fallait rassembler ses idées.

— Si elle revient dans le comté et tente de reprendre contact avec Seth, je peux la faire arrêter, l'empêcher légalement – au moins temporairement – d'entrer directement en contact avec lui. Et Seth est assez grand pour s'exprimer devant un tribunal. La question est : le fera-t-il ?

Elle leva les mains, frustrée, avant de les laisser retomber.

— Il m'a très peu parlé de la vie qu'il a menée avant de venir ici. Je vais avoir besoin de beaucoup plus de détails afin de pouvoir bloquer toute tentative de récupération de sa garde de la part de cette femme.

— Il ne veut pas d'elle. Comme elle ne veut pas de lui, dit lentement Ethan.

Il avait du mal à contenir sa rage, roulant la lettre en boule au creux de sa main crispée.

— À moins qu'il ne soit l'objet d'un marché, poursuivit-il. Elle l'a peut-être déjà vendu.

Anna lui fit face et le dévisagea.

— Seth te l'a dit ? T'a-t-il dit qu'on avait abusé sexuellement de lui et que Gloria était d'accord ?

— Il m'en a dit suffisamment, répondit Ethan, la bouche dure. Et c'est à lui de décider s'il veut raconter ça à quelqu'un d'autre, s'il veut que ce soit couché noir sur blanc sur un fichu rapport de police.

— Ethan, reprit Anna en posant une main sur son bras crispé. Je l'aime, moi aussi. Je veux simplement l'aider.

— Je sais.

Il recula. Sa fureur était trop puissante, elle risquait d'exploser à chaque instant.

— Je suis désolé, mais il y a des moments où le système ne fait qu'empirer les choses. Où il nous donne l'impression d'être avalé par un engrenage géant.

Il tenta de dominer sa douleur avant de déclarer :

— Seth va apprendre que, système ou pas, nous sommes là pour nous battre avec lui.

— L'avocat aura besoin de savoir qu'elle a repris contact, intervint Phillip.

Il enleva doucement la lettre – la boule de papier – des mains crispées d'Ethan, la défroissa, la plia et la mit dans sa poche.

— Et nous devons décider de notre manière de réagir. Si je m'écoutais, on filerait séance tenante à Virginia Beach pour lui expliquer de manière infiniment claire ce qui risque de lui arriver si jamais elle s'approche à moins de cent kilomètres de Seth.

— La menacer ne servirait à rien... commença Anna.

— Oui, mais qu'est-ce que ce serait jouissif ! l'interrompit Cam en montrant les dents. Laissez-moi m'en charger.

— Cela mis à part, poursuivit Phillip, je pense qu'il serait beaucoup plus efficace – surtout si on en arrive à une bataille judiciaire – que notre copine Gloria reçoive une lettre de la main même de l'assistante sociale chargée de Seth. Faisant le point sur sa situation actuelle, avec toutes les conclusions que l'on peut en tirer. C'est ton boulot, n'est-ce pas, Anna ? Surtout que Seth figure parmi les cas dont tu t'es occupée.

Elle réfléchit quelques instants. La tactique était bonne, mais nécessitait beaucoup de doigté pour réussir.

— Je ne peux certainement pas la menacer. Mais... je peux l'amener à s'interroger un peu. Cependant, la grande question reste celle-ci : en parlons-nous à Seth ?

— Il a peur d'elle, souffla Cam. Mince alors, le gosse commence tout juste à se détendre, à croire qu'il est en sécurité. Pourquoi devrions-nous lui dire que sa mère essaie de remettre son sale museau dans sa vie ?

— Il a le droit de savoir, intervint calmement Ethan.

Un peu calmé, il parvenait à penser clairement, à présent.

— Il a le droit de savoir ce qu'il pourrait être amené à combattre. On se bat bien mieux quand on connaît son adversaire. De plus, la lettre est adressée aux Quinn. Donc à lui aussi.

— Je préférerais encore la brûler, marmonna Phillip, mais tu as raison.

— On va le lui dire tous ensemble, approuva Cam.

— J'aimerais que vous me laissiez parler.

Cam et Phillip dévisagèrent Ethan.

— Tu le ferais ?

— Il pourrait l'accepter mieux venant de moi, leur répondit-il avant d'apercevoir Seth qui arrivait. Bon, on va le savoir tout de suite.

— M'ame Crawford a rajouté un caramel en plus. Elle l'a peut-être pas fait exprès. Il y a à peu près un million de touristes devant son magasin, alors…

L'enfant se tut soudain, toute excitation envolée. De joyeux, ses yeux se firent circonspects. Son cœur commença à tambouriner dans sa poitrine. Il reniflait les problèmes. Les gros problèmes. Une odeur bien particulière, reconnaissable entre toutes.

— Qu'est-ce qui se passe ?

Anna lui prit le sac en papier des mains et entreprit d'en sortir les glaces.

— Pourquoi ne t'assieds-tu pas, Seth ?

— J'ai pas besoin de m'asseoir.

Il est plus facile de s'enfuir quand on est debout.

— Une lettre est arrivée aujourd'hui.

Ethan savait que les mauvaises nouvelles passaient mieux si elles étaient données vite et clairement.

— De ta mère.

— Elle est là ?

Une terreur aussi fulgurante qu'un scalpel déchira la poitrine de l'enfant. Il fit un pas en arrière. Cam posa une main rassurante sur son épaule.

— Non. Mais *nous*, nous sommes là. Ne l'oublie jamais.

Seth frissonna. Puis il se campa bravement sur ses deux pieds.

— Qu'est-ce qu'elle veut ? Pourquoi elle écrit ? Je veux même pas voir sa lettre.

— Tu n'auras pas à la voir, le rassura Anna. Pourquoi ne laisses-tu pas Ethan t'expliquer ? Ensuite, nous déciderons de ce que nous allons faire.

— Elle sait que Ray est mort, commença Ethan. Je pense qu'elle l'a su tout de suite, mais qu'elle a pris son temps pour nous écrire.

— Il lui a filé du fric.

Seth déglutit deux fois, histoire de ravaler sa terreur. Un Quinn n'a jamais peur, se morigéna-t-il in petto. Jamais peur de rien.

— Elle s'est barrée. Elle en a rien à cirer qu'il soit mort.

— Je ne pense pas, non, mais elle espère récupérer plus d'argent. C'est la raison de sa lettre.

— Elle veut que je lui en donne ?

Une peur toute neuve explosa dans le cerveau de l'enfant.

— Mais j'ai pas d'argent ! Pourquoi elle m'écrit pour avoir de l'argent ?

— Elle ne t'a pas écrit à toi.

Seth inspira en tremblant avant de fixer son regard sur Ethan. Sur ses yeux clairs et patients, sur sa bouche ferme et sérieuse. Ethan savait, ce fut tout ce qui lui vint à l'esprit. Ethan savait ce que c'était. Il connaissait les pièces répugnantes, les odeurs, les mains moites qui furetaient dans le noir.

— Elle veut que vous lui donniez du fric.

Une part de lui-même voulut les implorer de le faire. De lui donner tout ce qu'elle demandait. Il aurait pu leur jurer qu'il ferait tout ce qu'ils voudraient, toute sa vie, pour honorer sa dette.

Mais il ne put pas. Pas avec Ethan qui le regardait. Qui attendait. Qui savait.

— Si vous le faites, elle en voudra toujours plus. Elle reviendra toujours, dit-il en passant une main moite sur sa bouche. Tant qu'elle saura où je suis, elle reviendra. Il faut que je m'en aille, quelque part où elle ne pourra pas me trouver.

— Tu n'iras nulle part.

Ethan s'accroupit devant lui, le regard à hauteur de ses yeux.

— Et non seulement tu n'iras nulle part, mais elle n'obtiendra pas un rond. Elle ne gagnera pas, Seth.

Lentement, machinalement, l'enfant secoua la tête de droite et de gauche.

— Ça se voit que tu la connais pas.

— Je la connais un peu. Plus que tu ne crois. Elle est suffisamment futée pour savoir que nous tenons à te garder. Que nous t'aimons assez pour accepter de payer.

Il aperçut une lueur d'émotion dans le regard de Seth avant que celui-ci le détourne.

— Et nous paierions, si cela pouvait clore définitivement le sujet. Si cela pouvait arranger les choses. Mais ce ne sera pas le cas. Ce serait exactement comme tu viens de le dire. Elle reviendrait sans arrêt.

— Alors, qu'est-ce que tu vas faire ?

— Ce que *nous* allons faire maintenant. Nous tous, rectifia Ethan, attendant pour continuer que le garçon le regarde à nouveau. En gros, on va faire comme avant. Phillip va en parler à l'avocat, pour nous couvrir légalement.

— Dis-lui que je retournerai jamais avec elle, s'écria Seth en levant un regard désespéré vers Phillip. J'y retournerai jamais. *Jamais*.

— Je le lui dirai.

— Et puis Anna va lui écrire, reprit Ethan.

— Qu'est-ce qu'elle va lui dire ?

— Elle va lui faire une belle lettre, répondit Ethan en esquissant l'ombre d'un sourire. Avec plein de mots ronflants et une belle tournure bien officielle. Elle va la rédiger en tant qu'assistante sociale chargée de ton cas, histoire de faire comprendre à Gloria que nous avons la loi de notre côté. Ça va peut-être lui donner à réfléchir.

— Elle déteste les assistantes sociales, lança Seth.

— Super ! s'écria Anna, souriant pour la première fois depuis plus d'une heure. Les gens qui nous détestent sont aussi ceux qui nous craignent, en général.

— Une chose pourrait grandement nous aider, Seth, si tu voulais bien.

L'enfant se tourna vers Ethan.

— Quoi donc ?

— Si tu pouvais parler à Anna, lui dire comment cela se passait, avant, très précisément.

— Je veux pas en parler. C'est fini. J'y retournerai jamais.

— Je sais.

Ethan posa une main réconfortante sur l'épaule tremblante de Seth.

— Et je sais aussi qu'en reparler équivaut presque à y retourner. Tu sais, il m'a fallu très, très longtemps pour parvenir à parler de ma mère – pour le dire à Stella. Pour le lui dire tout haut, même si elle connaissait à peu près toute l'histoire. C'est après lui avoir tout déballé que j'ai commencé à aller mieux. Et mon récit a aidé Ray et Stella à obtenir ma garde définitive.

Seth songea à ses films favoris, à ses héros. À Ethan.

— C'est la bonne chose à faire ?

— Oui, ça l'est.

— Est-ce que tu viendras avec moi ?

— Bien sûr.

Ethan se releva et lui tendit la main.

— Viens à la maison. On va en discuter tous les deux.

14

— On y va, maman ?

— Bientôt, ma chérie.

Grace rajouta une pincée de paprika à sa salade de pommes de terre, pour la colorer agréablement.

Audrey posait la même question depuis sept heures et demie ce matin. Et si Grace n'avait pas encore craqué, c'était uniquement parce qu'elle se sentait elle-même aussi impatiente qu'une enfant de deux ans.

— Mamaaaan !

Le couinement de frustration de sa fille fit sourire la jeune femme.

— Viens me faire voir à quoi tu ressembles, lui lança-t-elle en nouant un torchon propre autour du saladier. Mmm... très jolie.

— J'ai un beau nœud.

Audrey pivota pour faire admirer à sa mère le ruban que celle-ci lui avait noué dans les cheveux.

— Rose.

— Rose, approuva Grace, tandis qu'Audrey levait vers elle un visage rayonnant.

— Jolie, maman.

— Merci, ma puce.

Pourvu qu'Ethan pense la même chose... Comment la regarderait-il ? Comment devraient-ils se comporter ? Il y aurait tant de monde, et personne – à part les Quinn – ne savait qu'ils étaient amoureux l'un de l'autre.

Amoureux... Elle exhala un long soupir. Qu'il était exaltant d'être amoureux...

De petites mains la ramenèrent à la réalité en lui agrippant les jambes.

— On y va, maman ?

Éclatant de rire, Grace attrapa sa fille et lui donna un énorme baiser.

— On y va.

Aucun général, durant les heures décisives précédant une bataille capitale, ne commanda ses troupes plus énergiquement qu'Anna Spinelli Quinn ne dirigea les opérations ce jour-là.

— Seth, dispose les chaises pliantes à l'ombre du mûrier. Phillip n'est pas encore revenu avec la glace ? Mais enfin, il est parti depuis vingt minutes ! Cam, Ethan ! Vous serrez trop les tables les unes contre les autres !

— Allons bon, souffla Cam dans sa barbe, il y a cinq minutes, elles étaient trop éloignées !

Mais il retourna sur ses pas et écarta lesdites tables.

— Très bien. Parfait.

Une pile de nappes à carreaux rouges et blancs sur le bras, Anna traversa la pelouse.

— Maintenant, tu devrais rapprocher les tables avec parasol du bord de l'eau.

Cam plissa les yeux.

— Mais tu nous as dit de les mettre près des arbres !

— Eh bien, j'ai changé d'avis, rétorqua-t-elle en déployant la première nappe.

Cam ouvrait la bouche pour protester lorsqu'il aperçut la grimace que lui faisait Ethan. Son frère avait raison. Discuter ne servirait strictement à rien.

Anna était sur les nerfs depuis le matin, et il ne manqua pas de s'en plaindre à son frère alors qu'ils opéraient le déménagement demandé.

— Un véritable adjudant, maugréa-t-il. Qu'est-ce qui lui prend, bon sang ? Ce n'est jamais qu'un fichu pique-nique !

— Je pense que c'est un truc spécifique aux femmes, répondit Ethan.

Il revit ce fameux jour où Grace lui avait interdit de se doucher dans sa propre salle de bains sous prétexte que Cam et Anna allaient revenir. Qui pouvait vraiment savoir comment fonctionnait l'esprit féminin ?

— Elle n'a pas fait un cirque pareil pour la réception de mariage !

— Je suppose qu'elle avait autre chose en tête à ce moment-là.

— Ouais, ronchonna Cam en attrapant un des parasols pour l'emporter vers le rivage. C'est bien Phillip le plus futé, va. Il a trouvé le moyen de se carapater vite fait.

— Il a toujours eu le nez pour ça, opina Ethan.

En ce qui le concernait, cela ne le dérangeait nullement de transbahuter mille fois les tables ou de s'acquitter des douzaines de tâches qu'inventait sans arrêt Anna. Cela lui évitait de réfléchir à des sujets autrement plus graves.

S'il se laissait aller à cogiter, il savait que ses pensées reviendraient obligatoirement à Gloria DeLauter. Ne l'ayant jamais vue, il s'en était fait une image à lui : une femme grande et bien en chair, aux cheveux décolorés, aux yeux agrandis par un maquillage excessif, à la bouche ramollie par trop d'aller et retour vers la bouteille, par trop de piqûres dans les bras.

Des yeux bleus, comme les siens. Une bouche semblable à la sienne, sous l'épaisse et vulgaire couche de rouge à lèvres criard. Il savait parfaitement que celle qu'il voyait n'était pas la mère de Seth, mais la sienne.

Et, étrangement, malgré les années, cette image lui apparaissait en cet instant parfaitement claire et précise.

Comme toujours, l'évoquer le glaça, instilla en lui une terreur animale. Une terreur mêlée de honte.

Et lui donna, comme toujours, envie de cogner, de cogner encore, jusqu'à en avoir les poings en sang.

Il pivota lentement en entendant un hurlement de joie. Audrey, rayonnante, courait vers lui à toutes jambes. Il aperçut Grace, debout sous le porche, un chaleureux sourire aux lèvres. Chaleureux et timide à la fois.

Tu n'as pas le droit, persifla la sale petite voix dans sa tête. *Tu n'as pas le droit de toucher quelqu'un d'aussi pur.*

Mais, oh ! ce besoin qu'il en avait… Un besoin si puissant qu'il lui coupait les jambes. Lorsque Audrey se précipita vers lui, il ouvrit tout grands les bras, la souleva de terre et la fit tourner très vite tandis qu'elle hurlait de bonheur.

Elle aussi, il la voulait. Il voulait que cette enfant radieuse fût la sienne. Il le voulait à en avoir mal.

Les genoux tremblants, Grace se dirigea vers eux. Elle savait qu'elle garderait à jamais dans son esprit l'image de cet homme aux grandes mains, au sourire grave, serrant dans ses bras puissants sa fillette.

Par cette journée magnifique, le soleil n'était pas aussi chaud que l'amour qui lui embrasait le cœur.

— Elle a voulu venir aussitôt qu'elle a ouvert les yeux ce matin, déclara-t-elle à Ethan. Je me suis dit qu'en arrivant en avance, nous pourrions vous donner un coup de main, à vous et à Anna.

Il la dévisageait si intensément, si calmement aussi, qu'elle crut sentir tous ses nerfs se nouer.

— Je vois bien qu'il n'y a plus grand-chose à faire, mais…

Elle s'interrompit soudain. Vif comme l'éclair, il l'avait attirée violemment dans ses bras et la serrait contre lui. Elle eut à peine le temps de reprendre son souffle que sa bouche fondait sur la sienne. Une bouche dure et avide, et ce baiser lui fit tourner la tête de plaisir. C'est à peine si elle perçut le ululement ravi de sa fille :

— Embrasser maman !

Oui, songea-t-elle, éperdue. Embrasse-moi encore, Ethan. Embrasse-moi. Embrasse-moi…

Elle crut l'entendre proférer un son – un soupir ? Sa bouche se fit plus tendre. La main jusqu'alors crispée sur son dos s'assouplit et le caressa.

Elle inspira profondément, se délectant de l'odeur des deux êtres qu'elle serrait à présent dans ses bras. Virilité pour Ethan, talc pour sa fille. Lorsqu'il se redressa, elle les pressa encore plus fort contre elle et enfouit le visage dans l'épaule de son compagnon.

C'était la première fois qu'il l'embrassait en public. Or, il savait que Cam, Seth et Anna avaient probablement tout vu.

Qu'est-ce que cela voulait dire ?

— Moi, moi, réclama Audrey en tambourinant sur la poitrine d'Ethan.

Il s'empressa de lui donner un énorme baiser et fourra son nez dans son cou, juste là où ça chatouille. Puis, tandis que la petite fille riait aux éclats, il laissa ses lèvres errer sur la chevelure de Grace,

— Je n'avais pas l'intention de t'attraper comme ça.

— J'espérais tant que tu le ferais… Comme ça, je sais que tu as pensé à moi. Que tu me désires.

— Je pense à toi sans arrêt, Grace. Je te désire sans arrêt.

Audrey se mit à gigoter dans ses bras. Il la posa par terre et la regarda s'élancer vers Seth et les chiens.

— Ce que je veux dire, c'est que je n'avais pas prévu d'être aussi brutal.

— Je ne suis pas en sucre, Ethan.

— Mais si.

Il reporta le regard sur Grace.

— Tu es délicate, ajouta-t-il à mi-voix. Aussi fragile que la belle porcelaine que nous n'utilisons qu'à Thanksgiving.

Même si elle ne le croyait pas vraiment, cette affirmation lui ensoleilla le cœur.

— Ethan...

Du pouce, il suivit la ligne si douce de sa joue avant de laisser retomber sa main.

— On ferait mieux d'y aller avant qu'Anna ne fasse imploser Cam.

Ce fut comme en planant que Grace s'occupa de porter la nourriture de la cuisine à la table destinée à servir de buffet. Elle se surprit même plusieurs fois à stopper net, un plat dans chaque main, rien que pour regarder Ethan installer le barbecue, et se délecter de le voir enseigner à Seth la meilleure façon d'installer le gril ou hisser Audrey sur son dos. Elle contemplait ses cheveux décolorés par le soleil, songeant qu'elle y aurait volontiers plongé les doigts.

— Joli tableau, murmura Anna dans son dos.

Grace sursauta. Anna se mit à rire en déposant sur la table un énorme saladier plein à ras bord.

— Ne t'en fais pas, il m'arrive parfois de faire la même chose avec Cam. De simplement rester là à le regarder.

— Je me dis toujours que je vais juste lui jeter un coup d'œil, et puis je ne peux plus m'arrêter, répondit Grace.

Elle sourit en voyant Ethan se redresser, Audrey toujours agrippée à son dos, et tourner en rond comme s'il la cherchait.

— Il sait s'y prendre avec les enfants, commenta Anna. Il fera un père extraordinaire.

Grace sentit le rouge lui monter aux joues. Elle venait de penser exactement la même chose. Était-ce vraiment elle qui, à peine quelques semaines plus tôt, avait affirmé à sa mère qu'elle ne se remarierait jamais ? Voilà qu'à présent elle y songeait, elle l'espérait. Elle l'attendait.

Oh ! cela avait été facile d'écarter toute idée de remariage lorsqu'elle pensait n'avoir aucune chance avec Ethan, mais à présent...

Ensemble, ils pourraient bâtir une famille, une vie fondée sur l'amour, la confiance et l'honnêteté.

Certes, il ne demanderait pas tout de suite sa main. Ethan prenait toujours son temps. Mais il l'aimait. Et elle le connaissait suffisamment pour prédire que l'étape suivante aurait pour nom mariage.

Quand tu veux, Ethan, quand tu veux.

De cette journée, Grace garda avant tout une succession d'odeurs, de sons et de visions.

Les steaks sur le gril, le pétillement de la bière glacée dans les verres, le rire des enfants, l'écho des conversations des adultes, le sourd grondement des hors-bord dans la baie, le claquement régulier des sabots d'un cheval, les carreaux rouges et blancs des nappes couvertes de plats, de saladiers, d'assiettes. Les serviettes en papier vertes.

Le clafoutis aux cerises de Mme Cutter. La salade de crevettes des Wilson. Ce qu'il restait des épis de maïs apportés par les Crawford. Tartes aux confitures et salades de fruits, poulets grillés et tomates croquantes. Les gens, autour des tables, dispersés. Assis sur des chaises sur la pelouse, ou dans la véranda, ou sur l'appontement.

Sur le rivage, plusieurs hommes, debout, mains sur les hanches et yeux plissés, suivaient la compétition de hors-bord. Des bébés dormaient dans leur poussette ou dans des bras accueillants tandis que d'autres réclamaient l'attention en hurlant de toutes leurs forces. Les enfants pataugeaient dans l'eau tiède pendant que les adolescents discutaient à l'ombre.

Le ciel était limpide, la chaleur intense.

Grace regardait Balourd inspecter le jardin, avide. Vu toute la nourriture tombée des tables qu'il avait déjà ingurgitée, il serait certainement malade comme... bon, comme un chien avant que la journée fût terminée.

Si seulement elle pouvait ne jamais finir !...

Grace entra dans l'eau en tenant fermement Audrey sous les bras malgré sa bouée. Puis elle se pencha en riant. À moitié immergée, sa fille hurlait de joie.

— Encore, encore, plus loin ! s'époumonait-elle en se trémoussant.

— Je n'ai pas mon maillot de bain, chérie.

Elle avança quand même dans l'eau jusqu'aux genoux. Ravie, Audrey se mit à l'éclabousser joyeusement.

— Grace ! Grace ! Regarde !

Elle se tourna obligeamment et plissa les yeux dans le soleil. Seth courait comme un fou sur l'appontement. Il prit son élan, se ramassa en boule et atterrit dans l'eau comme une bombe, éclaboussant tout autour de lui, elle comprise.

— T'as admiré le boulet de canon ? s'écria-t-il en refaisant surface, avant d'éclater de rire. Je t'ai toute trempée !

— Seth ! Seth ! implora Audrey en lui tendant les bras.

— J'peux pas, 'tite puce, faut que je fasse le boulet de canon.

Sur ce, il repartit à la nage vers ses copains. Audrey se mit à pleurer.

— Il viendra jouer avec toi plus tard, la rassura sa mère.

— Maintenant !

— Bientôt.

Dans l'espoir d'apaiser ce mouvement d'humeur, Grace attrapa sa fille, la souleva et la laissa retomber dans l'eau. Audrey pataugea un instant avant de prendre son élan. Grace se mordit la lèvre devant cette première tentative d'indépendance.

— Nager, maman !

— Je vois ça, mon bébé. Tu nages très bien. Mais reste à côté de moi.

Comme elle s'y attendait, le soleil, la chaleur et l'excitation réunis eurent bientôt raison des plus petits. En voyant Audrey cligner des yeux pour les garder ouverts, elle l'emporta à l'intérieur.

— Viens boire un verre d'eau, ma chérie.

— Nager, maman.

— On nagera après. J'ai soif, répondit la jeune femme en la soulevant, prête à affronter la bataille imminente.

— Mais qu'est-ce que tu nous as pêché là, Grace ? Une sirène ?

Mère et fille levèrent les yeux vers le rivage. Vers Ethan.

— Très jolie, cette sirène, poursuivit-il en souriant à l'enfant. Tu me la donnes ?

— Je ne sais pas. Peut-être.

Elle se pencha à l'oreille de sa fille.

— Il te prend pour une sirène !

Les lèvres d'Audrey tremblaient toujours, mais du diable si elle se souvenait pourquoi elle voulait pleurer !

— Comme Ariel !

— Oui, comme Ariel dans le film.

Grace s'apprêtait à gravir la berge quand Ethan se matérialisa devant elle et attrapa sa main. Puis il lui prit Audrey des bras.

— Nager, lui demanda l'enfant d'un ton implorant tout en enfouissant le visage dans son cou.

— Je t'ai vue, quand tu nageais.

Elle était toute fraîche, pelotonnée contre lui. Il étendit le bras, reprit la main de Grace et l'attira à lui.

— Eh, on dirait bien que j'ai deux sirènes, à présent.

— Elle est fatiguée, dit calmement Grace. Et parfois ça la rend grognon. Et puis elle est toute mouillée, ajouta-t-elle en tentant de reprendre sa fille.

— Tut tut, elle est bien là où elle est.

S'il relâcha sa main, ce fut uniquement pour la passer dans la chevelure humide de Grace.

— Toi aussi, tu es toute mouillée.

Puis il glissa un bras autour de ses épaules.

— Allons prendre un peu le soleil.

— D'accord.

— Peut-être devant la maison, suggéra-t-il, avant de sourire en voyant la petite fille dodeliner de la tête contre lui. Là où il y a moins de monde.

Surprise autant que secrètement ravie, Carol Monroe regarda Ethan emmener sa fille et sa petite-fille. Elle tira impulsivement sur le bras de son mari, occupé à suivre la course.

— Une minute, Carol. J'ai parié avec Junior sur le gagnant de ce round.

— Regarde, Pete. Regarde un peu cela. Grace est avec Ethan.

Vaguement ennuyé, il tourna la tête puis haussa les épaules.

— Et alors ?

— *Avec* lui, Pete, ma tête de cochon adorée, lança-t-elle avec une exaspération teintée de tendresse. Comme on est avec un petit ami.

— Un petit ami ? ricana-t-il.

Dieu seul savait quelles idées tordues pouvait avoir Carol, de temps à autre ! Regardant cependant, il perçut effectivement quelque chose d'intime dans la manière qu'avait Ethan de se pencher vers Grace. Dans la manière dont elle levait le visage vers lui.

Renfrogné, il se balança d'un pied sur l'autre avant de se détourner.

— Petit ami, marmonna-t-il de nouveau, sans vraiment savoir comment réagir.

Il ne mettrait pas le nez dans les affaires de sa fille. Elle avait choisi sa propre route, après tout, sans se soucier de son avis.

Avoir vu Audrey dans les bras d'Ethan ranima des souvenirs en lui. Il n'y avait pas si longtemps, Grace se nichait exactement de la même manière contre son épaule à lui.

Quand ils sont petits comme ça, songea-t-il, ils croient chacune de vos paroles, même si vous leur affirmez que le soleil est rond parce que vous l'avez raboté.

Et puis, ils grandissent et commencent à s'éloigner. À vouloir des choses qui n'ont ni queue ni tête. Comme de l'argent pour aller vivre à New York, ou votre bénédiction pour épouser un minable qui ne leur arrive pas à la cheville.

Dès qu'ils ont compris que vous ne détenez pas toutes les réponses, ils n'hésitent pas à vous briser le cœur. Alors, vous devez le raccommoder comme vous le pouvez. Et puis vous y posez un verrou bien solide, pour que cela ne se reproduise jamais.

— Ethan est tout ce dont Grace a besoin, lui murmurait Carol. C'est un homme solide et gentil. Un homme sur lequel elle pourra se reposer.

— Non.

— Pardon ?

— Elle ne se reposera jamais sur personne. Elle est bien trop fière. Elle l'a toujours été.

Carol réprima un soupir. Si c'était vrai, alors Grace avait vraiment hérité de son père.

— Tu n'as jamais essayé de faire un pas vers elle, reprit-elle.

— Ne recommence pas, Carol. Je n'ai plus rien à dire sur ce point.

Il s'écarta, s'efforçant d'oublier son sentiment de culpabilité.

— J'ai envie d'une bière, marmonna-t-il en s'éloignant.

Phillip Quinn et quelques autres étaient rassemblés autour du tonnelet. Tiens, songea Pete, amusé, Phillip fait du plat à la fille Barrow ?

Étant donné les appas de Célia, on ne pouvait l'en blâmer.

— Je vous en sers une, monsieur Monroe ? s'enquit Phillip.

— Volontiers, acquiesça Pete. Belle réunion, reprit-il. Et superbement organisée. Je me souviens, tes parents organisaient un pique-nique pratiquement chaque année. C'est sympa de poursuivre la tradition.

— C'est Anna qui en a eu l'idée, répondit Phillip en lui tendant sa bière.

— Les femmes pensent plus souvent à ce genre de choses que les hommes, je crois. Si je n'ai pas l'occasion de le faire moi-même, dis-lui bien à quel point j'ai apprécié son invitation. Il va me falloir retourner en ville d'ici une heure et quelque, pour le spectacle. Vous faites les plus beaux feux d'artifice de la baie.

— Encore une tradition.

La tradition. Un mot-clef.

Carol Monroe n'avait pas été la seule à remarquer la manière dont Ethan et Grace s'étaient éclipsés ensemble. Des commentaires, des spéculations, des sourires en coin commencèrent à s'échanger par-dessus la salade de pommes de terre et le crabe à l'étouffée.

Maman Crawford brandit sa fourchette tel un étendard en direction de sa vieille amie Lucy Wilson.

— Si tu veux mon avis, Grace aura intérêt à y mettre du sien si elle veut qu'Ethan Quinn se déclare avant que son bébé aille à l'université. Jamais vu un type plus lent à réagir.

— Il est réfléchi, le défendit Lucy.

— Je n'ai jamais dit le contraire. J'ai juste dit qu'il était lent. Je les vois se tourner autour, mine de rien, depuis bien avant qu'il ait son bateau de pêche, c'est-à-dire bientôt dix ans. Stella – Dieu ait son âme – et moi en avions discuté une fois ou deux.

Lucy soupira par-dessus sa salade.

— Stella connaissait ses garçons par cœur.

— Ça, c'est bien vrai. Un jour, je lui ai dit : « Stella, ton Ethan roule des yeux de merlan frit à la petite Monroe. » Elle a ri et m'a répondu que c'était un amour de jeunesse qui ne l'avait jamais quitté et que souvent ce genre de lien était solide et durable. Je n'ai jamais compris pourquoi Ethan n'avait pas réagi lorsque Grace a épousé ce traîne-savates de Jack Casey. M'a jamais inspirée, celui-là.

— Ce n'était pas le mauvais gars, mais c'était un faible. Regarde !

Lucy lui désigna du menton Ethan et Grace qui contournaient la maison, main dans la main, Audrey endormie sur l'épaule d'Ethan.

— Rien de faible dans celui-là, constata Maman Crawford en haussant comiquement les sourcils. Et la lenteur peut être une bonne chose au lit, pas vrai, Lucy ?

— Elle peut ! s'esclaffa son amie. Elle peut !

Fort heureusement ignorante des commentaires accompagnant leur paisible promenade, Grace fit une halte devant le pichet de thé glacé. Elle ne s'était pas versé la moitié d'un verre que sa mère surgissait devant elle, rayonnante.

— Laissez-moi donc me charger un peu de cette adorable petite fille. Je ne connais rien de plus paisible que d'être assise tranquillement en berçant un bébé endormi, lança-t-elle à mi-voix – et à toute vitesse – en ôtant délicatement Audrey des bras d'Ethan. Elle va me fournir une excellente excuse pour me reposer à l'ombre. Nancy Claremont commence à me casser les oreilles. Et puis, il est temps que vous vous amusiez un peu, les jeunes.

— J'allais justement la coucher... commença Grace, avant d'être interrompue par sa mère.

— Non, non, non, pas question ! Pour une fois que j'ai l'occasion de l'avoir, je ne la lâche plus. Continuez donc à vous promener. Mais évitez le soleil, il est plutôt mauvais aujourd'hui.

— Bonne idée, commenta Ethan alors que Carol disparaissait déjà, emportant sa petite-fille. Un peu d'ombre et un peu de calme ne nous feraient pas de mal.

— Eh bien... d'accord. Mais il ne me reste qu'une heure.

Ethan entraînait déjà Grace vers le bois, espérant bien dénicher un coin tranquille, isolé, où il pourrait l'embrasser encore... Il s'arrêta net et la regarda.

— T'en aller ? Pourquoi ?

— Pour travailler. Je bosse au pub, ce soir.

— C'est ton jour de congé.

— C'était. Euh... en fait, ça l'est toujours, mais je fais des heures supplémentaires.

— Comment cela ? Tu travailles déjà deux fois trop.

Elle lui sourit.

— Juste quelques-unes. Snidley m'a avancé de l'argent pour m'aider à payer la voiture. Oh, que c'est agréable ! s'exclama-t-elle comme ils s'enfonçaient dans l'ombre fraîche.

Elle ferma les yeux et inspira profondément le parfum de fougère et de mousse.

— Anna m'a dit que vous alliez faire de la musique, tes frères et toi. Je suis désolée de rater ça.

— Grace, je t'ai dit que si tu avais des problèmes d'argent, je t'aiderais.

Elle rouvrit les yeux.

— Je n'ai nul besoin de ton aide, Ethan. Je sais comment en gagner.

— Oui, ça, tu sais. Tu ne sais même que cela.

Il s'éloigna un peu et entreprit de faire les cent pas. Si seulement ce fichu nœud dans son estomac voulait bien se dénouer…

— Je déteste te voir travailler là-bas.

Elle se raidit aussitôt.

— Je ne tiens pas à me disputer avec toi à ce sujet. C'est un bon boulot.

— Je ne me dispute pas, je dis ce que je pense.

Il revint vers elle. Ses yeux brillaient d'une telle flamme qu'elle recula instinctivement. Son dos heurta un arbre.

— Tu l'as déjà dit, répondit-elle d'un ton uni. Et cela ne va rien changer. Je travaille là-bas et je continuerai à y travailler. Point.

— Tu as besoin qu'on veille sur toi.

— C'est faux.

Quelle entêtée ! Des cernes de fatigue soulignaient déjà ses immenses yeux verts, et elle prétendait tenir sans problème jusqu'à deux heures du matin au rythme effréné du pub !

— As-tu déjà payé la voiture à David ?

— À moitié. Il est sympa. Il m'a dit que je pourrai lui donner le reste le mois prochain.

— Tu ne lui donneras rien du tout. C'est moi qui le réglerai.

Son menton se redressa aussitôt, crispé.

— Certainement pas.

En d'autres temps il l'eût cajolée, il eût pris la peine de la persuader. Ou il eût payé David en douce. Mais là, maintenant, quelque chose bouillonnait en lui. Quelque chose qui mijotait depuis ce matin. Quelque chose qui l'empêchait de réfléchir, qui l'autorisait uniquement à sentir, à agir. Les yeux dans les siens, il passa une main caressante sur sa gorge palpitante.

— Calme-toi.

— Je ne suis pas une enfant, Ethan. Tu ne...

— Je ne pense pas du tout que tu sois une enfant.

Elle avait le regard brûlant. Acéré. Un regard qui ne faisait qu'accroître la tension d'Ethan.

— J'ai cessé de pouvoir me calmer, et définitivement. Laisse-moi faire, pour une fois.

Grace se mit à trembler. Le souffle lui manquait, à présent, et elle avait totalement oublié l'objet de leur discussion.

— Ethan... parvint-elle à articuler.

Sa main s'immobilisa sur ses seins et il entreprit de les caresser, presque malgré lui. Sa chemise était encore humide, et il pouvait percevoir la chaleur de sa peau, en dessous.

— Fais ce que je veux, pour une fois, répéta-t-il.

Grace ouvrait des yeux immenses. Il plongea dedans, s'y noya. Sous sa main, son cœur battait follement. Sa bouche fondit sur la sienne avec une violence, une avidité qu'il ne put contrôler.

Il brûlait d'un tel feu qu'elle en fut stupéfaite. Elle hoqueta en sentant ses dents contre ses lèvres, puis s'ouvrit à son baiser passionné.

Une ronde étourdissante de sensations la saisit. Elle oublia où elle était, qui elle était, uniquement consciente de ces mains qui parcouraient son corps, qui lui arrachaient sa chemise, de ces paumes délicieusement rugueuses qui caressaient sa poitrine. Elle agrippa les épaules d'Ethan.

Fou de désir, celui-ci entreprit de lui arracher son short.

Si la partie raisonnable de l'esprit de Grace lui hurlait de l'obliger à arrêter, alors même qu'ils ne se trouvaient qu'à quelques mètres d'un lieu grouillant de monde, elle n'en frémissait pas moins d'excitation et de désir.

Ethan dut percevoir son impatience car bientôt, il plongea en elle, avalant son cri de sa bouche dure.

Il l'aima avec force, pénétrant en elle, les mains crispées sur ses fesses rondes. Il ne pensait plus à rien, sinon à ce besoin violent, désespéré qu'il avait d'elle. Lorsqu'il la sentit jouir sous ses assauts, il en éprouva une telle émotion, que sa peau se couvrit de sueur.

Son propre plaisir fut si soudain, si brutal, si intense que sa vision se colora de rouge et le laissa un long moment haletant et frissonnant.

Il ne reprit conscience que graduellement. En percevant les bruits étouffés de la respiration de Grace, il jura.

— Ethan ?

Grace aussi était encore sous le choc. Elle n'avait jamais imaginé que quelqu'un pût éprouver un tel désir pour elle.

— Ethan, répéta-t-elle.

Elle s'apprêtait à l'étreindre quand il s'écarta, penaud.

— Je suis désolé. Je...

Il ne trouvait pas de mots pour exprimer sa honte. Il se pencha, ramassa son short, le lui enfila et le referma. Puis il reboutonna tout aussi méticuleusement sa chemise.

— Je n'ai aucune excuse pour ce que je viens de te faire. Aucune, murmura-t-il.

— Je n'en veux pas. Pourquoi en aurais-je besoin ?

Ethan baissa la tête qu'un étau commençait à enserrer.

— Je ne t'ai laissé aucun choix.

Il ne savait que trop ce que l'on pouvait éprouver en pareille circonstance. Aussi la réponse de Grace le prit-elle totalement au dépourvu.

— Mais je l'ai fait, mon choix. Je t'aime, Ethan.

Il releva les yeux vers elle et se dit qu'elle avait la bouche gonflée et que son corps serait bientôt couvert d'hématomes.

— Tu mérites mieux.

— J'aime à penser que je te mérite. Avec toi, je me sens... Désirée ? Non, ce n'est pas vraiment le mot que je cherche.

Elle pressa une main sur son cœur toujours affolé.

— Je sens que tu as besoin de moi, et de l'avoir senti m'emplit de compassion pour toutes les femmes qui ne sauront jamais ce que c'est que d'éprouver une émotion aussi puissante.

— Mais je t'ai fait peur.

— Une seconde, seulement.

Elle exhala un soupir.

— Enfin, Ethan, suis-je obligée de te dire que j'ai aimé me sentir impuissante, livrée à ta merci, que cela m'a incroyablement excitée de te faire perdre ce contrôle de toi que tu veilles si jalousement à conserver ? Que cela me ravit de penser que c'est moi qui l'ai fait voler en éclats ?

— Tu me perturbes terriblement, Grace.

— Ce n'est pas mon intention. Mais ce n'est peut-être pas si mal, après tout.

Il fit un pas en avant. Juste un seul, afin de remettre un peu d'ordre dans sa chevelure ébouriffée.

— Peut-être le problème vient-il du fait que nous croyons nous connaître parfaitement, tous les deux, alors que certains éléments nous échappent ?

Il attrapa sa main et l'étudia avec ce froncement de sourcils pensif qu'elle adorait. Puis il baisa le bout de ses doigts avec une douceur infinie.

— Je ne veux pas te faire de mal, Grace, jamais. En aucune manière.

Pourtant, il savait que c'était inévitable.

Il garda sa main dans la sienne tandis qu'ils regagnaient la pelouse ensoleillée. Bientôt, il devrait lui parler de ces éléments de lui-même qui échappaient à Grace. Alors, elle comprendrait ses limites.

15

— Donc, je ne sais pas si je vais continuer à sortir avec lui. Il est trop possessif, tu comprends ? Je ne veux pas heurter ses sentiments, mais bon, il faut bien respirer !

Julie Cutter mordit dans la pomme verte qu'elle venait de prendre dans le compotier de Grace. D'un coup de reins, elle se hissa sur le comptoir et s'y assit, regardant la jeune femme plier du linge sur la table.

— En plus, ajouta-t-elle en faisant des moulinets avec sa pomme, j'ai rencontré ce type, une véritable splendeur. Je crois qu'il travaille au magasin d'informatique, au centre commercial. Il porte des petites lunettes cerclées de métal – tu sais, à la Gramsci –, et il a un de ces sourires...

Son joli visage en forme de cœur s'illumina.

— Tu sais quoi ? Je lui ai demandé son numéro de téléphone et il a rougi !

— Tu le lui as demandé ?

Grace n'écoutait que d'une oreille. En général, elle adorait les papotages de Julie mais aujourd'hui, l'esprit trop rempli d'Ethan, préoccupée par sa réserve depuis l'épisode passionné du sous-bois, elle ne parvenait pas à se concentrer sur les discours de la jeune fille.

— Bien sûr, commenta Julie en inclinant la tête, les yeux pétillants de malice, toi, tu n'as jamais demandé son bigophone à un mec. Hé ! Grace, réveille-toi, on est à l'aube du vingt et unième siècle ! La plupart des hommes adorent que les femmes prennent l'initiative. De toute façon...

Elle secoua la tête, faisant virevolter ses longs cheveux bruns.

— ... Jeff a adoré. Il a d'abord rougi mais il me l'a donné, et quand je l'ai appelé, je te fiche mon billet qu'il était content. On sort ensemble samedi soir, mais il faut d'abord que je rompe avec Don.

— Pauvre Don, murmura Grace en regardant, absente, Audrey démolir joyeusement la tour qu'elle venait d'édifier.

— Oh ! il s'en remettra. C'est pas comme s'il était amoureux de moi. Non. Il avait juste pris l'habitude de m'avoir comme petite amie.

Grace ne put s'empêcher de sourire. À peine quelques mois plus tôt, Julie, absolument folle du même Don, venait sans cesse lui détailler l'évolution de leur relation.

— Tu ne m'avais pas dit, il n'y a pas si longtemps, que Don était l'homme de ta vie ?

— Si, s'esclaffa Julie. À l'époque je le pensais. Mais je ne suis pas encore prête pour avoir un *seul* homme dans ma vie.

Grace ouvrit le réfrigérateur et leur versa à toutes trois un verre de thé glacé. À l'âge de Julie – dix-neuf ans –, elle était enceinte, mariée et déjà préoccupée par les factures à payer.

— Tu fais bien de prendre ton temps pour être sûre de ton choix, répondit-elle en lui tendant un verre. Il faut être prudente, dans ce domaine.

— Oh, je le suis, Grace ! Tu sais, j'ai très envie de me marier un jour et d'avoir des bébés, mais je veux d'abord finir mes études et visiter un peu le monde. Faire des tas de choses. Je ne suis pas prête à me retrouver coincée par des couches à changer et un boulot à la con juste parce que j'aurais laissé un type m'entraîner là où…

Elle s'interrompit soudain, sincèrement honteuse. Les yeux agrandis de remords, elle se laissa glisser du comptoir.

— Pardonne-moi. Y a des moments, je suis vraiment lourdingue. Je ne voulais pas dire que tu…

— Ne t'en fais pas, lança Grace en lui pressant affectueusement le bras. C'est exactement comme ça que j'ai agi, et je suis ravie que tu te comportes plus intelligemment.

— Je suis une sombre crétine, murmura Julie, proche des larmes. Une garce insensible. Je me hais !

— Tais-toi, répliqua Grace en riant avant de ramasser une robe d'Audrey dans le panier à linge. Je n'aimerais absolument pas sentir que tu te censures en ma présence. Nous sommes suffisamment amies pour nous dire tout ce qui nous passe par la tête.

— Tu es l'une de mes meilleures amies, Grace. Il n'empêche que j'ai une trop grande gueule.

— C'est vrai, répliqua Grace en pouffant, mais j'aime bien ça. Allez, arrête de te prendre la tête et dis-moi plutôt où vous irez, toi et Jeff, l'adonis des ordinateurs.

— Oh ! calme pour la première fois. Cinoche et pizza.

Julie laissa échapper un soupir de soulagement et tenta de rattraper son indélicatesse.

— Tu sais, je serai ravie de garder Audrey si Ethan et toi avez envie de sortir, à ta prochaine soirée libre.

Grace s'attaquait aux chaussettes. Elle se figea, le regard fixe.

— Pardon ?

— Tu sais bien ; si vous voulez aller voir un film ou dîner au restaurant. Ou autre chose.

Elle agita comiquement les sourcils à cet « autre chose », puis réprima un sourire devant l'expression de Grace.

— Tu ne comptes pas me faire avaler que tu ne vois pas Ethan Quinn ?

— Eh bien, il... je...

Impuissante, elle baissa les yeux vers Audrey.

— Si vous vouliez garder cela secret, il aurait fallu qu'il pense à garer sa camionnette ailleurs que dans ton allée les nuits où il dort chez toi.

— Ô mon Dieu !

— Et alors ? Où est le problème ? Ce n'est pas comme si vous commettiez un adultère, genre Mme Wiggins et M. Lowen chaque lundi après-midi au motel de la nationale 13.

Julie haussa les épaules en entendant le petit cri choqué de Grace.

— Ma copine Robin y travaille en plus de son boulot de pionne et elle m'a raconté comment il vient réserver une chambre tous les jeudis matin à dix heures pétantes pendant que l'autre attend dans la voiture. De toute façon...

— Que doit penser ta mère ! murmura Grace.

— Maman ? À propos de Mme Wiggins ? Eh bien...

— Non, non. À propos de...

— Oh, de vous deux ? Je crois qu'elle a dit un truc dans le genre : « Ils prennent du bon temps. » Tu sais, maman n'est pas idiote. Il est si beau mec, répondit la jeune fille avec chaleur, si bien baraqué... Et ce sourire ! Il met bien dix minutes à éclairer son visage, mais alors, à ce moment-là, toi tu es déjà complètement gaga. Robin et moi, on allait au port chaque jour, l'an dernier, rien que pour le voir sourire en déchargeant sa pêche.

— Non !

— Si, je te jure. On était dingues de lui ! affirma Julie en plongeant la main dans le bocal à biscuits. J'ai même flirté avec lui, un jour où j'en ai eu l'occasion. Waouh, le souvenir !... D'enfer !

— Tu... as flirté avec Ethan ?

— Hon hon, acquiesça la jeune fille, la bouche pleine. Ah, j'avais mis le paquet ! À bien y repenser, je crois que j'ai juste réussi à l'embarrasser un max, mais j'ai quand même obtenu quelques beaux sourires en récompense de mes efforts.

Elle s'esclaffa devant la mine épouvantée de Grace.

— Oh, mais c'est fini, maintenant ! Ne te fais pas de souci.

— Bien.

Grace saisit son verre abandonné et le vida d'un trait.

— Parfait.

— N'empêche, il a toujours un aussi beau petit cul.

— Julie !

Grace dut s'y reprendre à deux fois pour ne pas glousser et désigna discrètement Audrey.

— Oh ! Elle ne nous écoute pas. Mais pourquoi on parlait de ça, au fait ? Ah, oui ! donc je te garde Audrey quand tu veux, si tu as envie de sortir.

— Je... Eh bien, merci.

Grace se demandait si elle considérait le sujet comme clos, lorsqu'elle entendit frapper. Elle tourna la tête vers la porte et l'aperçut, debout sur le seuil.

— Comme par magie, murmura Julie la romantique. Et tiens, si j'emmenais Audrey voir maman une heure ou deux ? Je la ferai dîner à la maison avant de la garder ce soir.

— Mais je ne vais pas travailler avant une heure !

Julie roula des yeux faussement exaspérés.

— Eh ben profites-en, justement, eh, banane !

Sur ce, elle souleva Audrey dans ses bras.

— Tu viens voir mon petit chaton, chérie ?

— Oh oui ! oh oui ! Au revoir, maman.

— Mais...

Les deux donzelles étaient déjà parties. Grace regarda de nouveau Ethan et leva les mains. Considérant le geste comme une invite, il poussa la porte.

— C'est vraiment sympa d'avoir une fille comme Julie pour s'occuper d'Audrey.

— Je ne sais pas ce que je ferais sans elle.

Le ton du jeune homme sonnait faux. Perplexe, Grace le dévisagea. Visiblement mal à l'aise, il se balançait d'un pied sur l'autre, une main dans le dos.

— Quelque chose ne va pas ? Tu t'es fait mal à la main ?

— Non.

Je dois vraiment avoir l'air d'une andouille, songea Ethan en se décidant à lui offrir les fleurs.

— Je... J'ai pensé que cela te ferait plaisir.

... Et que cela lui ferait pardonner la manière dont il l'avait traitée dans le sous-bois.

— Tu m'as apporté des fleurs...

— Je les ai volées à droite à gauche. Tu ferais peut-être mieux de ne pas en parler à Anna. Certaines viennent de ses plates-bandes. D'autres du bord du chemin.

Il lui avait cueilli des fleurs...

La bouche tremblante, Grace enfouit son visage dans le bouquet.

— Elles sont magnifiques.

— Elles m'ont fait penser à toi. Presque tout me fait penser à toi.

Quand elle releva la tête, quand il vit son regard effaré, son regard empli de tendresse, il souhaita de toutes ses forces trouver plus de mots. Des mots plus beaux. Plus doux.

— Je sais que demain est ta seule soirée libre de la semaine. J'aimerais bien t'emmener dîner. Si tu n'as rien de prévu, bien sûr.

— Dîner ?

— Oui. Il y a un restaurant que Cam et Anna aiment bien, à Princess Anne. Ils m'ont assuré qu'il valait le déplacement. Ça te ferait plaisir ?

Grace se rendit brutalement compte qu'elle hochait la tête mécaniquement et se força à arrêter.

— Extrêmement plaisir.

— Alors je viendrai te chercher. Vers six heures et demie ?

— Parfait. Ce sera parfait.

— Je suis désolé, je ne peux pas rester. Ils m'attendent, au chantier.

— Ce n'est pas grave.

Mon Dieu, ses yeux étaient-ils aussi écarquillés qu'elle les sentait ? Quelle gamine elle faisait !

— Merci pour les fleurs. Elles sont splendides.

— Je t'en prie.

Il se pencha vers elle et déposa sur ses lèvres un baiser très tendre, très doux. Il vit ses cils papilloter, le vert de ses iris s'embrumer.

— À demain, donc.

— À demain, souffla-t-elle, sans force, tandis qu'il s'en allait.

Il lui avait apporté des fleurs... Elle resserra ses mains autour des tiges et valsa à travers la maison. Brusquement, par la magie de ce bouquet, elle se sentait une princesse. Une femme à part entière, aimée et respectée. Elle les huma en fouillant la cuisine à la recherche d'un vase. Elle se sentait comme une jeune mariée, voilà, c'était cela.

Elle s'immobilisa brutalement, fixant les fleurs. *Une jeune mariée*.

Sa tête se fit légère. Sa peau brûlante. Ses mains tremblantes. Elle dut batailler pour parvenir à aspirer un peu d'air.

Il lui avait apporté des fleurs. Il l'avait invitée à dîner. Lentement, très lentement, elle pressa une main sur son cœur affolé.

Il allait lui demander de l'épouser. *De l'épouser*.

Ses jambes menaçant de ne plus la porter, elle s'assit à même le sol de la cuisine, serrant le bouquet comme un enfant sa poupée. Des fleurs, un baiser très tendre, un dîner romantique. Il lui faisait la cour !

Non, non, elle allait trop vite en besogne. Il faudrait encore longtemps à Ethan pour en arriver là. Elle secoua la tête, ouvrit le placard à côté d'elle et fourragea dedans. Ah, le vase était là ! Elle tenta de se calmer. Elle ne devait pas perdre la tête parce que Ethan se montrait attentionné comme il l'avait toujours été.

Arrangeant les fleurs, elle fouilla dans sa mémoire. Ils se connaissaient depuis… C'était bien simple, elle ne se souvenait pas d'une époque où elle ne l'eût pas connu. Et maintenant, cet ami de toujours était son amant et, selon toute évidence, voudrait l'épouser. Seul le délai demeurait une inconnue, mais pourquoi attendrait-il encore alors qu'ils s'aimaient depuis des années ?

Il était grand temps que Grace tirât ses idées au clair sur la question. Dès l'instant où elle avait apposé sa signature sur l'acte de divorce, elle s'était promis de ne jamais se remarier. Elle ne pouvait se permettre un nouvel échec. De plus, à présent il y avait Audrey. À l'époque, elle avait décidé qu'elle s'occuperait parfaitement de sa fille toute seule, et qu'Audrey ne manquerait jamais d'amour ni d'attention.

Mais alors, Grace, loin d'imaginer qu'une relation avec Ethan pût un jour exister, l'avait bel et bien rayé de son esprit pour ne pas trop souffrir ; alors même qu'il n'y avait jamais eu que lui dans son cœur, dans ses rêves. Oserait-elle néanmoins rompre un serment aussi solennel, prendre le risque de s'attacher de nouveau à un homme ?

Sans hésitation, elle répondit oui à cette question. Avec Ethan, ce n'était pas pareil. À lui, elle pouvait tout donner. Tout, et même plus.

Enfin, Grace se laissa aller à la joie absolue qui l'envahissait, en cette deuxième journée extraordinaire de son existence, et s'autorisa quelques rêveries.

Comment lui demanderait-il sa main ? Elle pressa les doigts sur ses lèvres tremblantes avant de sourire béatement. Il la lui demanderait calmement, son regard si sérieux plongé dans le sien. Ils seraient dehors, sous la lune. La brise les envelopperait de fragrances exquises. La mer clapoterait doucement sur le rivage.

Simplement, sans poésie ni effets de rhétorique, Ethan baisserait les yeux vers elle, resterait silencieux un bon moment, puis déclarerait sans hâte :

Je t'aime, Grace. Je t'ai toujours aimée. Veux-tu être ma femme ?

Oui, oui, oui ! Elle se mit à tourbillonner en trépignant de joie. Elle serait sa promise, sa femme, sa compagne, son amante. Maintenant. Et pour toujours. Elle lui donnerait des enfants qu'il chérirait et protégerait.

À l'idée d'un enfant d'Ethan grandissant dans son ventre, Grace fut submergée de bonheur.

Oui, ils bâtiraient leur vie ensemble. Une vie magnifique, heureuse et simple.

Elle avait hâte d'en poser la première pierre.

En pensant que le grand soir était pour demain, Grace paniqua, portant une main à ses cheveux. Bon sang ! Ils étaient horribles. Comment se débrouillerait-elle pour être le plus belle possible en si peu de temps ? Et d'abord, qu'allait-elle porter ?

Elle éclata de rire, follement heureuse et, oubliant pour une fois son travail et ses horaires, se précipita vers son placard.

Anna ne remarqua le larcin commis dans ses plates-bandes que le lendemain. Elle poussa un hurlement strident.

— Seth ! Seth, viens ici tout de suite !

Les mains sur les hanches, le chapeau de travers, elle l'attendit, des mitrailleuses lourdes à la place des yeux.

— Hein ? Quoi ? s'enquit-il en sortant de la maison la bouche pleine de bretzels.

— C'est toi qui as bousillé mes fleurs ?

Il baissa les yeux vers le parterre déplumé et renifla, dédaigneux.

— Pourquoi je serais allé bousiller des stupides fleurs ?

— C'est justement ce que je te demande.

— J'y ai jamais touché. Eh ! tu veux même pas qu'on vienne en cueillir pour toi, alors...

— Encore faudrait-il que vous sachiez faire la différence entre un chardon et une marguerite ! En tout cas, quelqu'un s'est servi dans mes massifs.

— C'pas moi, bougonna-t-il avant de rouler des yeux lorsqu'elle passa en trombe devant lui.

Eh ben, y a quelqu'un, ça va être sa fête ! songea-t-il, amusé.

— Cameron !

Anna grimpa l'escalier et déboula dans la salle de bains où son mari se débarrassait de la saleté accumulée au chantier. Il releva la tête, ruisselant et interrogateur. Elle le dévisagea un bon moment avant de secouer la tête.

— Rien, laisse tomber, marmonna-t-elle en claquant la porte.

Cam se souciait du jardin à peu près autant que Seth. Et si jamais il s'était avisé de cueillir des fleurs, il les aurait offertes à sa femme adorée, sauf à vouloir se suicider.

Brusquement, Anna comprit. Un grondement sourd sortit de sa gorge.

La porte d'Ethan était devant elle.

Si elle prit la peine de frapper, elle n'attendit pas la réponse avant d'entrer.

— Mais enfin, Anna !

Allongé sur son lit, nu comme un ver, Ethan bondit sur ses pieds, attrapa l'oreiller et le plaqua sur son ventre.

— Garde ta pudeur, je ne suis pas intéressée. M'as-tu volé des fleurs ?

— Des fleurs ?

Oh, il s'y attendait bien un peu ! Cette femme avait des yeux de chat dès qu'il était question de ses lys. Mais ce qu'il n'avait pas prévu, c'était qu'elle débarquerait alors qu'il se reposait tranquillement avant le dîner. Il serra plus fermement l'oreiller.

— Quelqu'un m'a piqué plus d'une douzaine de lys. Arrachés, carrément.

Elle marcha vers lui.

— Ah ? Eh bien…

— Il y a un problème ?

Debout sur le seuil, Cam se retenait pour ne pas rire au spectacle amusant de sa femme fulminant contre son frère presque totalement nu.

— Oui. Un gougnafier m'a piqué mes fleurs.

— Sans blague ? Tu veux que j'appelle les flics ?

— Oh, la ferme !

Anna pivota vers Ethan, qui recula prudemment d'un pas devant son air sanguinaire.

— Alors ? J'attends.

— Eh bien, je…

Lui qui avait prévu de confesser son forfait et d'implorer sa pitié ne put s'y résoudre en voyant son regard.

— Des lapins, répondit-il lentement. Très certainement.

— Des *lapins* ?

— Oui.

Il changea de position. Dieu du ciel, si seulement il n'avait pas ôté son pantalon !

— Les lapins posent très souvent des problèmes aux jardiniers, tu sais. Ils sautent dans les plates-bandes sans prévenir et se servent.

— Des lapins, répéta-t-elle.

— Ou alors un chevreuil, ajouta-t-il, à moitié désespéré. Ces satanées bestioles bouffent absolument tout ce qui leur tombe sous les naseaux. Même les racines.

Dans l'espoir d'un peu de compréhension, il se tourna vers son frère.

— Pas vrai ?

Cam soupesa la situation. Anna était suffisamment citadine pour avaler un bobard pareil. Par ailleurs, Ethan serait son débiteur par la suite… Il sourit.

— C'est vrai que dans le coin, les lapins comme les chevreuils sont une véritable hantise pour les jardiniers.

Sauf quand lesdits jardiniers avaient deux chiens qui rôdaient en permanence dans les parages…

— Pourquoi personne ne me l'a-t-il jamais dit ? s'exclama-t-elle en enlevant brusquement son chapeau. Qu'est-ce qu'on peut faire pour les en empêcher ?

— Il y a deux trois trucs qui marchent pas mal.

Bon, la culpabilité le taraudait un peu, mais en fin de compte, songea Ethan, les lapins comme les chevreuils *pourraient* vraiment poser un problème un jour. Il valait donc mieux prendre quelques précautions.

— Du sang séché.

— Du *sang séché* ?

— On en trouve à la droguerie. Il suffit de le répandre autour des fleurs. Ça les éloigne.

— Je note. Du sang séché.

— Ou de l'urine.

— Séchée ?

— Non, répondit Ethan en s'éclaircissant la gorge. On sort et on… Enfin, tu vois ce que je veux dire. Tout autour. L'odeur les avertit qu'il y a des amateurs de gibier dans le coin.

— Je vois.

Elle hocha la tête, satisfaite, puis elle pivota vers son mari.

— Bon. Cam chéri, va donc faire pipi sur mes soucis.

— Je vais peut-être commencer par m'offrir une petite bière.

Cam cligna de l'œil en direction de son frère.

— Ne t'en fais pas, mon amour. Nous allons nous en occuper.

— Très bien. Je suis navrée, Ethan.

— Oui. Mmm...

Il attendit qu'elle soit sortie pour se laisser enfin retomber sur le lit et regarda Cam, toujours appuyé au chambranle. Son frère paraissait sur le point d'exploser.

— Ta femme a vraiment un côté mesquin, je trouve.

— Oui. C'est ce que j'adore chez elle. Mais dis-moi : pourquoi as-tu piqué ces fleurs ?

Rien à faire. L'hilarité le gagnait inexorablement.

— J'en avais besoin, marmonna Ethan en enfilant caleçon et pantalon. Et puis d'abord, à quoi elles servent, si on doit se faire décapiter chaque fois qu'on en cueille une ou deux ?

— Des lapins ! Des chevreuils ! ulula Cam entre deux hurlements de rire.

— Je te jure qu'ils enquiquinent vraiment les jardiniers !

— De jolis petits lapins bien courageux passant entre les pattes de deux chiens pour venir jusqu'ici se choisir quelques fleurs en dessert ? S'ils sont aussi doués, on pourrait peut-être leur demander de nous tondre la pelouse.

— Ça, elle n'a pas besoin de le savoir. Du moins pour l'instant. À propos, je te remercie de ton aide. J'ai bien cru qu'elle allait me démolir le portrait.

— Elle aurait pu. Mais puisque j'ai sauvé ta mignonne frimousse de la destruction, je pense que tu me dois une faveur.

— Rien n'est jamais gratuit sur cette terre ! soupira Ethan en enfilant sa chemise.

— Bien vu, vieux frère. Seth a besoin d'une bonne coupe de cheveux et il a déjà bousillé sa dernière paire de chaussures.

Ethan pivota vers lui.

— Tu veux que je l'emmène au centre commercial ?

— Encore bien vu.

— Euh... je peux aller me faire démolir le portrait ?

— Trop tard, répliqua Cam, ravi. Alors, pourquoi avais-tu besoin de ces fleurs ?

— Je me suis dit qu'elles feraient plaisir à Grace.

— Je résume : Ethan Quinn vole des fleurs et sort – volontairement, je précise – au restaurant en costume et cravate.

Le sourire de Cam s'élargit encore.

— Eh bien, ça m'a l'air sérieux !

— Il est parfaitement normal pour un homme d'inviter une femme au restaurant et de lui offrir des fleurs de temps en temps.

— Pas pour toi.

Cam se redressa et tapota son ventre plat.

— Bon, eh bien, je vais aller me boire cette petite bière qui fera de moi un héros.

— Connaissent pas le mot intimité, dans cette maison, grommela Ethan tandis que son frère disparaissait dans le couloir. Les femmes rentrent sans frapper dans les chambres et n'ont même pas la décence de s'en aller en voyant que vous êtes à poil.

Renfrogné, il sortit l'une de ses deux cravates du tiroir.

— Des gens prêts à vous étriper pour trois malheureuses fleurs de rien du tout. Et en plus, on vous oblige à aller au fichu centre commercial pour acheter des fichues chaussures !

Il passa la cravate sous son col et commença à se battre avec le nœud.

— J'étais tranquille, dans ma petite maison. Pouvais me balader partout à poil quand je voulais.

Il lâcha une bordée de jurons devant le manque de coopération de la cravate.

— Bon sang ! j'ai horreur de ces saloperies !

— C'est parce que tu préfères nouer tes filets.

— Qui ne le préférerait pas ?

Soudain il se tut, les doigts figés. Le regard braqué sur le miroir, il dévisagea son père, debout derrière lui.

— Tu es simplement un peu nerveux, reprit Ray en souriant. C'est un rendez-vous important.

Inspirant profondément, Ethan pivota lentement, Ray se tenait au pied du lit. Ses yeux bleus pétillaient de joie.

Il portait un tee-shirt jaune, un jean élimé et des sandales avachies. Sa chevelure argentée avait poussé. Elle lui tombait maintenant presque aux épaules.

Il ressemblait exactement à ce qu'il avait été. Un homme robuste et joyeux.

— Je ne rêve pas, murmura Ethan.

— C'était plus facile pour toi de le penser, au début. Salut, Ethan.

— Salut, p'pa.

— Je me rappelle la première fois que tu m'as appelé papa. Cela faisait presque un an que tu étais avec nous. Seigneur, rien que d'y repenser j'en ai la chair de poule. Aussi calme qu'une ombre, aussi insondable que l'océan. Un soir où je corrigeais des copies, tu as frappé à la porte de mon bureau. Tu es resté là une bonne minute à réfléchir puis tu as dit : « Papa, téléphone pour toi. »

Le sourire de Ray s'élargit.

— Tu as disparu aussitôt, donc tu ne m'as pas vu me ridiculiser. Je reniflais comme un môme, et j'ai dû dire à mon interlocuteur que j'avais un rhume des foins.

— Je n'ai jamais compris pourquoi vous aviez voulu m'avoir.

— Tu avais besoin de nous. Nous avions besoin de toi. *Tu nous étais destiné*, Ethan, bien avant que nous ne nous soyons rencontrés. Le destin prend son temps, mais il est inexorable. Tu étais si... fragile, poursuivit Ray après une pause – Ethan cilla d'ahurissement. Stella et moi, nous avions vraiment peur de te briser.

— Je n'étais pas fragile.

— Oh si ! Ethan, tu l'étais. Ton cœur était plus délicat que du cristal et s'attendait sans arrêt à être brisé en mille morceaux. Ton corps seul était solide. Cela ne nous a jamais inquiétés quand vous vous battiez à coups de poing, Cam et toi, les premiers temps. Cela ne pouvait que vous faire du bien ; à tous les deux.

Ethan fit la moue.

— C'était lui qui commençait, en général.

— Mais tu n'as jamais été du genre à reculer quand tu étais remonté. Et il en fallait beaucoup pour te remonter. C'est toujours le cas, d'ailleurs. Nous te regardions observer, cogiter, peser le pour et le contre, et puis te décider.

— Vous m'avez donné le temps de faire tout cela : observer, penser, me décider. Tout ce que j'ai de bien, je vous le dois.

— Non, Ethan. Nous t'avons juste donné de l'amour. Et du temps, et cet endroit.

Il se tourna vers la fenêtre et regarda la mer, les bateaux amarrés à l'appontement. Il suivit du regard le vol d'une aigrette, au loin.

— Ton destin était d'être à nous. De vivre ici. Quand tu as choisi la mer, on aurait cru que tu y étais né, tant cela t'était naturel. Cam, lui, a toujours voulu aller vite. Phillip, lui, préférait sa tranquillité.

Ray se tourna de nouveau vers son fils, le regard pensif.

— Toi, tu étudiais chaque centimètre du bateau, chaque vague, chaque courbe de la rivière. Tu t'es entraîné à faire des nœuds marins pendant des heures. Et personne n'a jamais eu à te demander de nettoyer le pont.

— C'est venu tout seul, dès le début. Vous, vous vouliez que je passe mon bac.

Ray secoua la tête.

— Je le voulais, Ethan. Pour moi. Les pères sont humains, après tout, et durant une période, j'ai pensé que mes fils aimeraient autant les études que moi. Mais tu as fait ce qui était bon pour toi. J'ai été fier de toi. J'aurais dû te le dire plus souvent.

— Tu me l'as toujours fait comprendre.

— Oui, mais les mots comptent aussi. Qui peut mieux le savoir que moi, qui ai passé ma vie à tenter d'inculquer aux enfants l'amour des mots ?

Il soupira.

— Les mots comptent, Ethan. Et je sais que certains ont du mal à franchir tes lèvres. Mais je veux que tu te souviennes de ceci : Grace et toi avez encore énormément à vous dire.

— Je ne veux pas la blesser.

— Tu le feras, répondit tranquillement Ray. En essayant de ne pas le faire. Je voudrais tant que tu puisses te voir comme moi je te vois. Comme *elle* te voit.

Il secoua de nouveau la tête.

— Bon, ce n'est rien. Le destin prend son temps. Pense à Seth, Ethan. Essaie d'analyser quels éléments de toi-même tu vois en lui.

— Sa mère… commença Ethan.

— Contente-toi de penser à Seth, l'interrompit simplement Ray avant de disparaître.

16

C'était une splendide soirée d'été. Le ciel, d'un bleu éclatant, ne recelait pas le moindre petit nuage. Un oiseau solitaire s'époumonait quelque part, comme s'il voulait absolument terminer sa chanson avant le coucher du soleil.

Quant à elle, elle était aussi nerveuse qu'une adolescente avant son premier rendez-vous. Non. Pis. Bien pis.

Pour l'heure, elle se battait avec ses cheveux. Ah si elle avait eu de longues boucles brillantes, comme Anna… C'était si exotique, si sexy.

Mais elle n'en avait pas et n'en aurait jamais. Autant se consoler en se disant que sa coupe à la garçonne mettait en valeur les mignonnes boucles d'oreilles en or que lui avait prêtées Julia.

Julie, romantique invétérée, avait immédiatement plongé dans la garde-robe de Grace afin de dénicher la tenue adéquate dès l'annonce de cette soirée qu'elle avait déjà qualifiée d'historique. En désespoir de cause, elle avait entraîné Grace au centre commercial – sans grande résistance, toutefois. Durant ces deux heures passées à voler de boutique en boutique. Grace avait retrouvé l'insouciance trop tôt perdue, la liberté, uniquement focalisée sur le vêtement à trouver.

Cela dit, elle n'aurait jamais dû se laisser aller à acheter une robe neuve, même en solde. Elle n'avait pu résister à ce petit luxe. Ce petit plaisir.

Elle avait commencé par craquer sur une robe noire, simple et chic, au corsage lacé. Puis en avait lorgné une rouge au décolleté terriblement plongeant. Mais les deux ne lui allaient pas du tout, comme elle s'y attendait. Elle n'avait pas prêté attention à cette robe en lin bleu pastel, affreusement banale, sur son cintre. Pas étonnant qu'ils la soldent ! Mais Julie avait insisté pour qu'elle l'essaie quand même. Et elle ne s'était pas trompée.

C'était une robe toute simple, presque virginale avec son corsage dépouillé et ses lignes nettes. Sans fioritures. Mais elle était devenue superbe sur elle. Sa couleur flattait au mieux son teint, sa longue jupe virevoltait divinement autour de ses chevilles.

Songeuse, elle suivit d'un doigt distrait le décolleté carré. Cette Julie… même le soutien-gorge à balconnet qu'elle l'avait obligée à acheter l'avantageait. Un véritable miracle, pensa-t-elle en laissant échapper un bref éclat de rire.

Puis elle se pencha vers le miroir. Elle avait scrupuleusement suivi les directives de sa baby-sitter, qui lui avait apporté sa trousse de maquillage. Et c'était vrai que ses yeux semblaient plus grands, plus profonds. Elle avait fait de son mieux pour masquer toute trace de fatigue et, ma foi, elle y était arrivée. Peut-être n'avait-elle pas réussi à dormir plus de quelques petites heures la nuit précédente, mais elle se sentait dans une forme éblouissante, bourrée d'énergie.

Elle tendit le bras. Sa main hésita devant les différents échantillons d'eau de toilette que lui avait offerts le parfumeur. Puis elle se souvint. Anna lui avait dit de porter son propre parfum pour séduire Ethan, l'autre jour. Qu'il lui parlerait mieux que des mots.

Elle ferma les yeux et s'en mit quelques gouttes. Sous l'oreille, là où elle imaginait qu'il poserait délicatement les lèvres.

La tête toujours dans les étoiles, elle attrapa un petit sac de soirée ivoire – encore un prêt – et en inspecta le contenu. Elle n'avait pas utilisé une aussi petite pochette depuis… Oh, depuis avant la naissance d'Audrey. Étrange de ne pas y voir les milliers de choses qu'elle transportait habituellement. Exit la mère, que des objets de femme dans celui-ci : poudrier compact, petit miroir, tube de rouge à lèvres rarement utilisé, clefs, quelques billets soigneusement pliés et un joli mouchoir tout neuf.

Elle se sentit plus séductrice que jamais en glissant ses pieds dans des sandales à talons vertigineux. Dieu du ciel ! elle allait devoir sérieusement ramer pour arriver à payer sa facture de carte bleue ! Elle se tourna de nouveau vers le miroir dans une envolée de tissu.

Entendant la camionnette arriver, son premier réflexe fut de se précipiter dans le salon. Puis elle s'arrêta net. Non, elle n'allait pas courir à la porte comme un chien fidèle ! Elle attendrait ici qu'il vienne frapper à la porte. Et que son cœur veuille bien reprendre un rythme normal.

Mais lorsqu'il frappa, le tonnerre grondait toujours dans ses oreilles. Elle s'avança et lui sourit à travers la moustiquaire.

Il se souvint de l'avoir déjà vue venir ainsi vers la porte, cette première nuit où ils avaient fait l'amour. Elle lui avait semblé si belle, si solitaire dans la lumière dansante des bougies.

Mais ce soir, elle paraissait… Il ne put trouver les mots. Tout en elle semblait rayonner. Sa peau, ses cheveux, ses yeux. Il se fit humble. Déférent. Il eut envie de l'embrasser pour être certain qu'elle était réelle, tout en ayant peur de la toucher.

Il recula d'un pas tandis qu'elle lui ouvrait et prit délicatement la main qu'elle lui tendait.

— Tu as l'air différente.

Elle sourit.

— C'est ce que je voulais.

Elle referma derrière elle et le laissa la conduire vers la camionnette.

Pourquoi n'avait-il pas emprunté la Corvette ? se demanda-t-il aussitôt.

— Ma guimbarde ne va pas avec ta robe, lui dit-il en l'installant sur le siège passager.

— Elle me va, répondit Grace en rassemblant le bas de sa robe, histoire de ne pas la coincer dans la portière. J'ai peut-être l'air différente, Ethan, mais je suis la même.

Elle s'installa confortablement et se prépara à passer la plus merveilleuse soirée de sa vie.

Le soleil était encore haut lorsqu'ils arrivèrent à Princess Anne. Le restaurant était situé dans une de ces vieilles maisons restaurées, aux plafonds terriblement hauts et aux fenêtres étroites, à meneaux. Des chandelles n'attendant plus qu'une allumette trônaient sur les tables aux nappes d'un blanc immaculé, les serveurs arboraient tous la tenue traditionnelle – chemise blanche, pantalon, veste et nœud papillon noirs. Les convives déjà installés s'entretenaient à voix basse, un peu comme dans une église. Grace entendit nettement le claquement de ses talons sur le parquet ciré tandis que le maître d'hôtel les guidait vers leur table.

Elle voulait se souvenir du moindre détail. Leur petite table tranquille devant la fenêtre, l'aquarelle pendue au mur derrière Ethan. Le clin d'œil amical du maître d'hôtel leur tendant les menus en leur demandant s'ils désiraient un cocktail.

Mais surtout, elle voulait se rappeler Ethan. Son regard tranquille lui souriant quand il levait les yeux. Ses doigts effleurant les siens sur la table.

— Aimerais-tu un peu de vin ? lui demanda-t-il.

Du vin, des bougies, des fleurs...

— Oui, volontiers.

Il ouvrit la carte des vins et l'étudia attentivement. Elle préférait le vin blanc, il le savait. Et il connaissait l'un des deux proposés. Phillip en avait toujours une bouteille ou deux au frais. Bien que Dieu seul sût pourquoi tout homme doué de raison pouvait bien payer des sommes aussi astronomiques pour une simple boisson.

Grâce au ciel, les vins portaient des numéros. Il n'aurait donc pas à se rendre ridicule en tentant d'articuler ce nom français imprononçable. Il passa commande, secrètement ravi de la mimique d'approbation du maître d'hôtel.

— Tu as faim ?

— Un peu.

Elle ne savait pas si elle parviendrait à avaler une seule bouchée, tant elle avait la gorge serrée.

— C'est tellement agréable d'être ici, comme ça, avec toi.

— J'aurais déjà dû t'inviter.

— Nous n'avons pas vraiment eu le temps.

— Le temps, on peut le prendre.

Et, bon, ce n'était pas si désagréable que cela de porter une cravate et de manger au milieu d'inconnus. Pas lorsque Grace se trouvait de l'autre côté de la table.

— Tu as l'air reposée.

— Reposée ?

Un rire irrépressible la saisit. Il sourit, incertain. Puis les doigts de Grace serrèrent tendrement les siens.

— Oh, Ethan, je t'aime vraiment.

Les bougies furent allumées au coucher du soleil. Le vin était parfait, les mets divins et le service impeccable. Il lui raconta où en était le bateau en chantier et la commande obtenue par Phillip.

— C'est fabuleux ! Il devient de plus en plus difficile de croire que vous avez seulement commencé au printemps.

— J'y pensais depuis longtemps. La plupart des détails étaient déjà clairs dans mon esprit.

Elle n'en douta pas un instant. Cogiter, prévoir était dans la nature d'Ethan.

— Et vous avez réussi. Vraiment réussi. J'ai eu envie de venir faire un tour au chantier une bonne douzaine de fois.

— Pourquoi ne l'as-tu pas fait ?

— Avant… Si je te voyais trop souvent, ou dans trop d'endroits différents, cela m'inquiétait.

Oh, qu'elle aimait pouvoir enfin le lui dire, voir l'expression de son regard changer tandis qu'elle le lui avouait !

— J'étais certaine que tu serais capable de deviner mes sentiments pour toi – de deviner à quel point j'avais envie de te toucher, que tu me touches.

Le bout des doigts frémissants, il caressa les siens. Ses yeux changèrent vraiment, comme elle s'y attendait. Plus profonds, ils se plantèrent dans les siens.

— Je m'obligeais à ne pas penser à toi, répondit-il prudemment.

— Je suis heureuse que cela n'ait pas marché.

— Moi aussi.

Il souleva sa main et la porta à ses lèvres.

— Peut-être pourrais-tu passer au chantier, un de ces jours. Je te regarderais… et je devinerais.

Elle inclina la tête.

— Peut-être le ferai-je.

— Tu pourrais passer un après-midi où il fait bien chaud, et…

Son pouce caressa paresseusement les doigts fins.

— ... apporter du poulet frit.

Elle rit.

— J'aurais dû deviner ce qui te plaisait vraiment en moi !

— Eh, ça a son importance ! Un joli visage, des yeux de sirène, de longues jambes et un rire chaleureux, tout cela ne veut pas dire grand-chose pour un homme. Mais si on y rajoute une bonne pincée de poulet frit, alors là, on a vraiment quelque chose !

Délicieusement flattée, elle secoua la tête.

— Et dire que je ne te pensais pas poète !

Il laissa courir son regard sur son visage. Et, pour la première fois de sa vie, regretta de ne pas savoir composer une ode.

— As-tu envie de poésie, Grace ?

— J'ai envie de toi, Ethan. Tel que tu es.

Elle tourna la tête et inspecta le restaurant du regard.

— Et si tu y ajoutes une soirée comme celle-ci de temps à autre...

Elle reporta son regard sur lui et sourit.

— Alors, je serai plus que comblée.

— Ça peut s'arranger. Je me sens bien partout, avec toi.

Elle replia ses doigts dans les siens.

— Il y a longtemps... du moins cela me semble très loin... J'aimais me perdre dans des rêveries romantiques. Je rêvais de ce qui pourrait être, un jour. Ce que je vis en ce moment est mieux, Ethan. Infiniment mieux que mes rêves.

— Je veux que tu sois heureuse.

— Si j'étais plus heureuse que maintenant, il faudrait que je me dédouble pour le supporter.

Les yeux lumineux, rieurs, elle se pencha vers lui.

— Et alors, tu devrais trouver le moyen de me supporter deux fois.

— J'aurais du mal à éprouver plus de bonheur qu'en ce moment. Que dirais-tu d'une promenade ?

Son cœur fit un bond. L'instant tant attendu était-il arrivé ?

— Cela me ferait très plaisir.

Le soleil, presque disparu à présent, parait d'ombres accueillantes les jolies rues de la petite cité. La lune se levait lentement dans le ciel empourpré. Elle n'était pas pleine, remarqua Grace, mais cela n'avait aucune importance. Son cœur l'était, lui.

Lorsqu'il la prit dans ses bras, dans un recoin proche d'un réverbère, elle eut l'impression de fondre sous son long baiser passionné.

Oui elle avait changé, songea Ethan en s'autorisant à approfondir son baiser. Plus douce, plus chaude, elle s'abandonnait contre lui. Mais dans le même temps, il percevait les frissons nerveux qui parcouraient sa peau.

— Je t'aime, Grace, souffla-t-il dans l'espoir de les calmer.

La gorge nouée, elle contempla les étoiles, minuscules points lumineux parsemant le ciel.

— Je t'aime, Ethan.

Puis elle ferma les yeux et retint son souffle, attendant les mots qui allaient suivre.

— Nous ferions mieux de rentrer

Elle les rouvrit tout grands.

— Oh... oui.

Elle souffla longuement.

— Oui, tu as raison.

Imbécile, triple buse, songea-t-elle en retournant vers la camionnette. Un homme aussi attentionné, aussi réfléchi qu'Ethan ne te fera jamais sa demande au coin d'une rue de Princess Anne. Il attendra d'être à la maison.

Rassérénée, elle lui adressa un sourire rayonnant tandis qu'il mettait le contact.

— Ce dîner a été merveilleux, Ethan.

Le clair de lune était magnifique, comme elle l'avait espéré. Il nimbait tendrement Audrey, endormie dans son lit, de sa douce lumière. Son bébé faisait de beaux rêves, songea-t-elle en la regardant. Ils seraient encore plus heureux, les rêves de sa petite fille, demain matin, lorsqu'ils auraient franchi le pas vers la fondation d'une vraie famille.

Elle enroula une boucle d'or autour de son index. Audrey aimait déjà Ethan. Il serait un vrai père pour sa fille, un père aimant, qui veillerait sur elle.

Un jour, ils borderaient Audrey ensemble. Un jour, devant un autre lit, ils regarderaient s'endormir un autre enfant. Avec lui, elle pourrait partager des joies simples et profondes, comme celles-là.

Ils avaient tant à se donner.

Un homme comme Ethan sentirait la première palpitation de vie dans son cœur comme elle la sentirait dans son ventre.

Comme Grace retournait paisiblement au salon, la panique la submergea brusquement en voyant Ethan debout devant la porte-moustiquaire. Et s'il partait ? Non, c'était impossible. Pas maintenant. Pas avant de...

— Voudrais-tu un café ?

Il se tourna vers elle.

— Elle dort bien ?

— Oh, oui ! Comme un ange.

— Elle te ressemble tellement.

— Tu crois ?

— Surtout lorsqu'elle sourit. Grace...

Il vit ses yeux s'arrêter sur lui, étincelants dans la faible clarté de l'unique lampe allumée. Un instant, il lui sembla que rien d'autre n'avait existé auparavant, que rien d'autre n'existerait plus désormais, qu'eux trois, ensemble, dans cette maison de poupée. Que c'était cela, son avenir. Il se plaisait à croire que cela pourrait devenir sa vie.

— J'aimerais rester. J'aimerais passer la nuit avec toi, si tu le veux.

— Bien sûr !

Elle se dit qu'il avait besoin de montrer la force de son amour avant de se jeter à l'eau, et lui tendit la main.

— Viens, Ethan.

Il se montra infiniment tendre, la caressant tant et plus, l'amenant doucement, savamment, à l'extase, la faisant flotter sur un nuage de délices. Il ne se lassait pas de regarder la lune dessiner des ombres sur sa peau, d'en suivre les contours du doigt et des lèvres, de voir le plaisir qu'il lui donnait.

L'amour d'Ethan la baignait, l'enveloppait, la berçait comme une mer calme, et elle le lui rendit au centuple, émue jusqu'aux larmes par ses attentions, sachant à quel point son désir pouvait être violent et brutal.

Lorsqu'il se glissa en elle, lorsqu'ils furent enfin unis, il posa sa bouche sur la sienne afin de capturer le moindre de ses soupirs. S'étreignant, ils glissèrent ensemble dans le lent et sensuel tourbillon du plaisir jusqu'à l'ultime frisson d'où ils émergèrent ensemble avec une infinie douceur.

Grace blottie au creux de son bras, la tête sur son épaule, Ethan caressa paresseusement sa hanche du bout des doigts. Il vit ses yeux s'alourdir. Se fermer. Maintenant, songea-t-elle en s'assoupissant peu à peu, il allait lui demander maintenant, en cet instant parfait.

Elle attendit. Puis s'endormit.

Il a dix ans. La dernière raclée que lui a infligée sa mère lui a laissé sur le dos une série de zébrures violacées et une douleur tenace. Elle ne le frappe jamais au visage. Elle a compris depuis belle lurette que le client moyen tique devant un œil au beurre noir ou une lèvre éclatée. Il ne faut pas abîmer la marchandise.

La plupart du temps, elle ne se sert plus de ses poings. Une ceinture ou une brosse à cheveux font bien mieux l'affaire. Elle a d'ailleurs une préférence toute particulière pour les brosses minces et bombées aux poils bien durs, n'hésitant pas à l'achever de ses poings s'il en est besoin, l'objectif étant de lui faire perdre connaissance.

Il n'est pas de taille en face d'elle, et il le sait. C'est une forte femme, puissamment charpentée, et l'alcool décuple sa force et son acharnement. Il sait qu'avec elle il ne sert à rien d'implorer, il est inutile de pleurer. Aussi y a-t-il renoncé. Et puis, les coups, c'est de la rigolade comparé au reste.

La première fois qu'elle l'a vendu, ça lui a rapporté vingt dollars. Il le sait parce qu'elle le lui a dit, en lui promettant de lui en donner deux s'il ne faisait pas d'histoires. Il n'avait pas compris de quoi elle parlait. Il n'avait rien compris jusqu'au moment où elle l'avait laissé seul dans le noir avec l'homme.

Et même là il n'avait pas compris. Lorsque ces grandes mains moites s'étaient posées sur lui, la peur l'avait aveuglé, la honte et la terreur l'avaient paralysé. Il n'avait pu que hurler.

Et il avait hurlé jusqu'à s'en casser la voix. Jusqu'à ne plus pouvoir émettre qu'un gémissement éraillé, au point qu'il n'avait plus été capable de réagir à la douleur du viol.

Elle lui avait donné les deux dollars. Il les avait brûlés dans le lavabo répugnant de cette horrible salle de bains maculée par ses vomissures. Il avait regardé les billets se tordre et noircir. Devenir aussi noirs que la haine qu'elle lui inspirait.

Et, fixant son propre regard vide dans le miroir moucheté, il s'était juré de la tuer si elle tentait encore une fois de le prostituer.

— Ethan !

Affolée, Grace se mit à genoux pour secouer les épaules de son compagnon. Il avait la peau aussi froide que la glace, le corps aussi dur que la pierre et tremblait de tous ses membres. Elle entrevit fugitivement la violence absolue bouillonnant au-dessous.

C'étaient ses gémissements d'animal pris au piège qui l'avaient réveillée.

Il ouvrit brusquement les yeux et malgré la pénombre, elle distingua parfaitement leur expression. Aveugle. Sauvage. Un instant, elle eut peur d'être anéantie.

— Tu viens de faire un cauchemar, lui dit-elle fermement pour le ramener à lui. Tout va bien. C'était juste un cauchemar.

Il perçut son propre souffle, irrégulier. C'était bien plus qu'un cauchemar, il le savait. Pour la première fois depuis des années, il venait de revivre ces moments terribles, et il éprouvait le même choc. La nausée tordait son estomac. L'écho pathétique de ses hurlements de jeune garçon résonnait dans sa tête bourdonnante. Il frissonna violemment sous les mains douces qui le maintenaient.

— Ça va.

Sa voix sonnait faux.

— Je vais aller te chercher un verre d'eau.

— Non, ça va.

Même de l'eau ne passerait pas.

— Rendors-toi.

— Ethan, tu trembles.

Il avait la volonté suffisante pour arrêter ces tremblements. Il lui fallait juste un peu de temps, un peu de concentration. Découvrant le regard effrayé de

Grace, il éprouva une rage mêlée de douleur pour avoir apporté dans son lit ne fût-ce que le souvenir de cette horreur.

Mon Dieu, comment avait-il pu s'imaginer que cette torture cesserait un jour ?

Il se força à sourire.

— Oui, c'était un cauchemar. Désolé de t'avoir réveillée.

Rassurée de le voir enfin redevenir lui-même, elle lui caressa les cheveux.

— Un rêve atroce, je dirais. Il nous a affolés tous les deux.

— En fait, je ne m'en souviens pas clairement.

Encore un mensonge, songea-t-il, horriblement mal à l'aise.

— Allons, recouche-toi. Tout va bien, maintenant.

Elle se pelotonna contre lui dans l'espoir de le réconforter et posa une main sur son cœur. Il battait toujours trop vite.

— Ferme les yeux, murmura-t-elle comme elle le faisait pour Audrey. Ferme les yeux et repose-toi. Accroche-toi à moi, Ethan. Rêve de moi.

Priant pour trouver la paix, il fit les deux.

Lorsqu'elle s'éveilla et constata qu'il était déjà parti, Grace tenta de se persuader que sa déception était disproportionnée. C'était tout simplement pour ne pas la déranger aussi tôt qu'il ne lui avait pas dit au revoir.

Le soleil était haut, à présent. Il devait déjà se trouver en mer.

Elle se leva, enfila une robe de chambre et s'en fut se préparer son café et grappiller ces quelques instants de solitude précédant le réveil d'Audrey. Se surprenant à pousser un pitoyable soupir, elle tenta de se raisonner. Si elle était désappointée, ce n'était pas de ne pas avoir trouvé Ethan à côté d'elle en se réveillant. Elle le savait parfaitement. Elle avait été tellement certaine qu'il la demanderait en mariage… Tous les indices concordaient : le décor, le moment. Mais les mots n'avaient pas répondu à l'appel.

Elle n'avait jamais fait qu'écrire un scénario, songea-t-elle en faisant la grimace, et il ne s'y était pas conformé. Elle avait tant de fois imaginé ce que serait ce matin-là, courant chez Julie pour partager son bonheur avec elle, appelant Anna pour lui demander ses conseils en matière de mariage, mettant sa mère au courant, expliquant tout à Audrey avec soin.

Au lieu de cela, elle se retrouvait devant une matinée comme les autres.

Qui suivait une belle nuit, se morigéna-t-elle illico. Une superbe nuit. Elle n'avait vraiment aucune raison de se plaindre. Furieuse contre elle-même, elle se versa une tasse de café odorant.

Puis elle pouffa. Quel cinéma elle s'était fait ! C'était à Ethan Quinn qu'elle avait affaire. Un homme qui, selon son propre aveu, avait attendu presque dix ans avant d'oser l'embrasser. S'il s'écoulait une deuxième année avant qu'il n'aborde le sujet du mariage, elle ne devrait pas s'en étonner.

La seule raison pour laquelle ils étaient passés si vite du baiser à l'amour physique était que… bon, elle devait bien le reconnaître… elle s'était carrément jetée dans ses bras. Purement et simplement, chose qu'elle n'aurait jamais eu le cran de faire si Anna ne l'y avait pas poussée.

Puis elle se rappela les fleurs, le dîner aux chandelles, la promenade au clair de lune, la longue, tendre nuit d'amour. Ethan lui faisait bel et bien la cour. Le problème, c'est qu'il continuerait probablement dans cette voie jusqu'à la rendre folle de frustration.

Mais il était comme ça. C'était même l'un des aspects de sa personnalité qu'elle préférait, dut-elle admettre.

Elle but une gorgée de café, puis se mordilla la lèvre. Au fait, pourquoi serait-ce forcément lui qui devrait les amener à l'étape suivante ? Pourquoi ne pourrait-elle pas, elle, faire avancer les choses ? Julie ne lui avait-elle pas affirmé que les hommes adoraient voir les femmes prendre l'initiative – ce qu'Ethan avait prouvé quand elle s'était armée de courage et lui avait demandé de lui faire l'amour ?

Elle allait prendre les rênes. Et Dieu seul savait à quel point elle savait respecter un emploi du temps.

Il lui faudrait simplement trouver le courage de lui poser la question. Ce ne serait certes pas facile, mais en creusant un peu, elle le trouverait bien.

L'atmosphère était si lourde que Cam, affairé sous la coque, était obligé de remonter régulièrement pour respirer librement.

Si Ethan n'avait pas pour habitude de se plaindre des conditions atmosphériques, il n'en était pas moins torse nu, comme son frère, et lâchait régulièrement son pinceau pour essuyer la sueur dégoulinant sur son front.

— Il va falloir au moins une semaine au vernis pour sécher, avec cette humidité ! maugréa Cam.

— Un bon orage devrait pouvoir nous en débarrasser.

— Alors je fais des prières pour qu'il en éclate un.

— Ce temps rend tout le monde nerveux, reprit Ethan.

— Je ne suis pas nerveux, j'ai chaud. Où est le gamin ?

— Je l'ai envoyé chercher de la glace.

— Bonne idée. Je prendrais bien un bain de glaçons. Il n'y a pas un souffle d'air là-dessous.

Ethan opina. Vernir était déjà pénible par un temps pareil, mais travailler sous la coque, là où les ventilateurs n'avaient aucun effet, ce devait être l'enfer.

— Tu veux qu'on permute un moment ?

— Je suis encore capable de faire mon fichu boulot !

Ethan haussa les épaules.

— Comme tu veux.

Cam serra les dents, puis admit :

— Bon, d'accord, je suis sur les nerfs, moi aussi. Cette chaleur me rend dingue, et je n'arrête pas de me demander si cette chatte de gouttière a déjà reçu la lettre d'Anna.

— Elle devrait. Anna l'a postée mardi, et on est vendredi.

— Je sais quel jour on est, Ethan.

Dégoûté, Cam s'essuya le visage et regarda son frère, maussade.

— Ça ne te préoccupe pas, toi ?

— Si, même si je sais que cela n'y changera rien.

Son regard déterminé démentait ces paroles sereines.

Cam entreprit d'arpenter le pont.

— Je n'ai jamais compris comment tu pouvais rester aussi calme quand les choses tournaient mal.

— Question d'habitude, marmonna Ethan en reprenant son pinceau.

Cam pianotait sur son jean. Il devait absolument penser à autre chose, sinon il n'allait pas tenir le coup.

— Comment s'est passé le grand rendez-vous, l'autre soir ?

— Pas mal.

— Bon sang, Ethan ! faut-il vraiment te soumettre à la question pour obtenir une réponse ?

Ethan sourit.

— Le dîner était excellent. On a bu ce pouilly-fuissé dont Phillip raffole tellement. Ce n'est pas mauvais, mais je ne vois vraiment pas pourquoi on en fait tout un plat.

— Donc, tu t'es détendu ?

Ethan jeta un regard à son frère, aperçut son immense sourire, et décida de répondre avec légèreté.

— Oui. Et toi ?

Amusé, sinon rafraîchi, Cam rejeta la tête en arrière et éclata de rire.

— Mince, Grace est la plus belle chose qui te soit jamais arrivée, vieux frère ! Et je ne parle pas simplement de sexe, quoique ce soit en grande partie grâce à cela que tu vas beaucoup mieux ces derniers temps. Vous êtes parfaitement assortis, tous les deux.

— Qu'est-ce qui te fait dire ça ?

— Elle est aussi stable qu'un rocher, aussi belle que Vénus, aussi patiente que Job et elle prend la vie avec assez d'humour pour pouvoir mettre un peu de joie dans la tienne. Je suppose qu'on va bientôt avoir un autre mariage.

Les doigts d'Ethan se raidirent sur le manche du pinceau.

— Je ne vais pas l'épouser, Cam.

Ce fut le ton plus que les mots qui frappa Cam. Un ton de calme désespoir.

— Je crois que je n'ai pas tout compris, fit-il lentement. À la manière dont avançaient les choses, j'avais cru que tu prenais ta relation avec elle très au sérieux.

— Je la prends très au sérieux. Il y a beaucoup de choses que je prends très au sérieux.

Il plongea le pinceau dans le pot et regarda le vernis goutter lentement.

— Le mariage n'est pas un but pour moi.

En temps ordinaire, Cam eût laissé tomber. Il se fût éloigné en se disant que ce n'étaient pas ses oignons. Mais il connaissait trop bien Ethan et l'aimait trop pour tourner le dos à sa douleur. Il s'accroupit devant lui.

— Je ne le recherchais pas non plus, murmura-t-il. Ça me foutait même une trouille de tous les diables. Mais quand la femme qui te convient arrive dans ta vie, ça fiche encore plus les chocottes de la laisser partir.

— Je sais ce que je fais.

Son regard féroce ne dissuada pas son frère.

— On croit toujours le savoir. J'espère simplement que tu as raison et je souhaite de toutes mes forces que cette connerie ne soit pas le fait du gosse désespéré que maman et papa ont un jour ramené à la maison. Celui qui se réveillait en hurlant au milieu de la nuit. De toutes les nuits.

— Ne va pas plus loin, Cam.

— Toi non plus. Maman et papa méritent mieux que ça.

— Cela n'a rien à voir avec eux.

— Au contraire. Écoute...

Il s'interrompit brusquement, puis poussa un grognement étouffé. Seth arrivait au pas de course.

— Hé, cette saloperie fond déjà !

Cam se redressa et fixa Seth.

— Ne t'ai-je pas dit cent fois de trouver un autre mot ?

— Oui, c'est exact, opina Seth en balançant le sac de glace.

— Et tout ça pour le même résultat.

— Pourquoi est-ce que tu râles autant pour un fichu mot ?

— Parce qu'Anna va me tordre le cou si tu continues. Et si elle me le tord, gare au tien.

— Je tremble de peur !

— Je ne plaisante pas.

Ils continuèrent à se disputer et Ethan continua à vernir, concentré sur sa tâche, verrouillant la porte à sa douleur.

17

Oui, ce serait parfait. C'était même une si bonne idée que Grace se demanda pourquoi elle n'y avait pas pensé plus tôt. Une balade en mer à la tombée du jour, à cette heure où le ciel se pare de pourpre et d'or. Le décor idéal, en ce lieu que tous deux aimaient tant, et où Ethan se sentait particulièrement à l'aise.

Son projet avait été infiniment facile à mettre sur pied. Elle n'avait eu qu'à demander. Il avait d'abord pris un air surpris, puis il lui avait souri.

— J'avais oublié à quel point tu aimais naviguer.

Puis il lui avait fait un extrême plaisir en demandant avec espoir si Audrey les accompagnerait. Allons, s'était-elle dit alors, il y aurait d'autres occasions. Des tas d'autres occasions. Cette soirée-là ne devait être qu'à eux deux.

Grace se mit à glousser en imaginant sa réaction lorsqu'elle le demanderait en mariage. Elle le voyait comme s'il était déjà devant elle. Il s'immobiliserait, puis ses magnifiques yeux bleus la dévisageraient. Elle lui sourirait et lui tendrait la main tandis qu'ils glisseraient sur les eaux sombres. Elle savait parfaitement ce qu'elle voulait lui dire.

Je t'aime tant, Ethan. Je t'ai toujours aimé, je t'aimerai toujours. Veux-tu m'épouser ? Je veux que nous devenions une famille, je veux passer le reste de ma vie avec toi. Je veux te donner des enfants. Je veux te rendre heureux. N'avons-nous pas suffisamment attendu ?

Alors, elle le savait, viendrait l'instant où son visage commencerait à s'éclairer. De ce lent, merveilleux sourire qui, peu à peu, illuminerait ses yeux. Il lui dirait probablement comment il avait prévu de le lui demander. Et quand.

Ils riraient, ils s'étreindraient dans la gloire pourpre du crépuscule. Et leur vie commune commencerait vraiment.

— Où donc t'étais-tu envolée, Grace ?

Elle cilla, regarda Ethan debout à la barre.

— Je rêvassais tout éveillée. Le crépuscule est l'heure la plus propice aux rêveries.

Elle se leva et vint se nicher sous son bras.

— Je suis heureuse que tu aies pu te libérer quelques heures.

— Nous allons gréer le bateau avant la fin du mois.

Il fourra le nez dans ses cheveux.

— Donc largement plus tôt que prévu.

— Vous avez tous travaillé tellement dur.

— Le résultat sera à la hauteur de notre effort. Le client est venu aujourd'hui.

— Ah bon ? Qu'a-t-il dit ?

— Il n'a pratiquement pas arrêté de parler, alors te rapporter exactement ce qu'il a dit… En gros, il nous a déballé tout ce qu'il a appris dernièrement dans ses magazines du parfait marin et il a posé tant de questions qu'on en avait les oreilles qui tintaient.

— Mais il était content, au moins ?

— Je suppose, puisque tout l'après-midi il a affiché la tête d'un gamin devant un arbre de Noël. Quand il est parti, Cam a voulu parier avec moi qu'il s'échouerait à sa première sortie dans la baie.

— Tu as accepté ?

— Surtout pas ! Il est fichu de le faire, cet âne. Mais c'est vrai qu'on ne connaît pas vraiment la baie tant qu'on ne s'y est pas échoué.

Cela n'arriverait jamais à Ethan, songea-t-elle en regardant la grande main posée sur le gouvernail. C'était un marin hors pair. Elle laissa glisser ses doigts sur le bois vernis.

— Cela me rappelle l'époque où vous avez bâti ce sloop, ta famille et toi. Je me souviens, le premier jour où vous l'avez sorti, j'étais en train de donner un coup de main à mon père, sur le front de mer. Le tien était à la barre, et toi tu hissais les voiles. Tu m'as fait un signe de la main.

Riant, elle renversa la tête en arrière pour le regarder.

— Qu'est-ce que j'étais fière que tu m'aies remarquée !

— Je t'ai toujours remarquée.

Elle déposa un baiser sur son menton.

— Oui, mais tu faisais bien attention de ne pas me le montrer, répliqua-t-elle en le mordillant tendrement. Jusqu'à ces jours-ci.

— Je crois que j'ai dû perdre la main dans l'art de la dissimulation.

Il tourna la tête. Leurs bouches se rencontrèrent.

— Juste ces jours-ci.

— Ça fait bien mon affaire, lança-t-elle en reposant la tête sur son épaule. J'aime savoir que tu me remarques.

Ils n'étaient pas seuls sur la baie, mais Ethan s'arrangeait pour rester à l'écart des autres navires. Une volée de mouettes plongeaient frénétiquement autour de la proue d'un skiff d'où une fillette leur lançait du pain. Son rire, clair et joyeux, se mêlait aux piaillements des oiseaux.

La brise se leva, gonflant les voiles, balayant la chaleur du jour. Les quelques nuages disséminés vers l'est se bordèrent de rose.

Il est presque l'heure.

C'était étrange, remarqua-t-elle soudain. Elle ne se sentait absolument pas nerveuse. Peut-être un peu étourdie, oui, mais parce qu'elle avait la tête claire et le cœur léger. L'espoir, si longtemps enterré, bouillonnait à présent comme de l'or en fusion.

Allait-il diriger le sloop vers l'un des étroits canaux où l'ombre était plus épaisse, l'eau plus sombre ? Allait-il dépasser les balises à la recherche d'un endroit retiré, où même les mouettes ne leur tiendraient pas compagnie ?

Heureux de la sentir à ses côtés, Ethan laissait le vent diriger sa course. Il devrait bientôt diminuer la voilure mais ne voulait pas la laisser partir. Pas encore.

Elle sentait bon la savonnette au citron, ses cheveux étaient plus doux que de la soie contre son menton. Oui, ceci pourrait devenir leur vie. Une existence faite de paisibles instants, de promenades vespérales en mer. Ensemble, ils seraient à même de transformer de petits rêves en un seul, immensément beau.

— Elle passe un moment formidable, murmura Grace.

— Hmmm ?

— La petite fille, là, qui nourrit les mouettes.

Elle pointa le menton en direction du skiff en souriant. Elle voyait Audrey, d'ici quelques années, riant et appelant les mouettes depuis la proue du navire d'Ethan.

— Oh, oh, voilà le petit frère, qui demande à participer.

Elle gloussa, charmée par les enfants.

— Ils sont beaux, tous les deux.

Le frère et la sœur lançaient maintenant les morceaux de pain en l'air. Les oiseaux les attrapaient au vol.

— Ils se tiennent compagnie. Un enfant unique se sent souvent seul.

Ethan ferma brièvement les yeux. Elle voulait d'autres enfants. Elle méritait d'autres enfants. La vie ne se résume pas à une jolie balade en mer le soir.

— Il faut que je réduise la voilure. Peux-tu prendre la barre ?

— Je vais la réduire, lança-t-elle en souriant. Je n'ai pas oublié comment on noue les garcettes de ris, cap'taine.

Non, pensa-t-il, elle n'avait pas oublié. Elle était aussi à l'aise sur un pont que dans sa cuisine. Elle exécuta la manœuvre avec la même aisance qu'elle servait les consommations chez Snidley.

— Il n'y a pas grand-chose que tu ne saches faire, Grace.

— Pardon ?

Elle tourna la tête vers lui avant d'éclater de rire.

— Savoir utiliser le vent n'a rien de compliqué quand on est né dans la baie.

— Naviguer est inné chez toi, corrigea-t-il. Tu es une merveilleuse mère et un sacré cordon-bleu, et tu as l'art de mettre les gens à l'aise autour de toi.

Son pouls se fit frénétique. Allait-il lui demander, là, contre toute attente, avant qu'elle le fasse elle-même ?

— Ce ne sont que des choses que j'aime faire, dit-elle en le regardant. Je ne demande pas plus que bâtir mon foyer ici, à St. Christopher. Toi aussi, Ethan, c'est ici que tu es heureux.

— J'ai besoin de cet endroit, répondit-il doucement. C'est lui qui m'a sauvé.

Il s'était détourné en disant cette dernière phrase, aussi ne l'entendit-elle pas.

Elle attendit encore un peu, souhaitant qu'il prenne l'initiative. Puis, secouant la tête, elle traversa le pont pour revenir vers lui.

Le soleil se couchait à présent. Seules quelques vaguelettes dansaient autour de la coque.

Maintenant.

— Ethan, je t'aime tant.

Il l'attira contre lui.

— Je t'aime, Grace.

— Je t'ai toujours aimé. Je t'aimerai toujours.

Il baissa les yeux vers elle. Elle vit l'émotion les envahir, leur bleu devenir plus profond encore. Elle leva une main et la posa sur sa joue.

— Veux-tu m'épouser ?

Elle vit sa surprise – ainsi qu'elle s'y attendait – mais ne remarqua pas le brusque raidissement de son corps tant était grande sa hâte de terminer sa tirade.

— Je veux que nous formions une famille. Je veux passer le restant de mes jours avec toi. Je veux te donner des enfants. Je veux te rendre heureux. N'avons-nous pas attendu assez longtemps ?

Elle s'interrompit mais ne vit aucun sourire éclairer le beau visage d'Ethan, illuminer ses traits. Il continua simplement à la dévisager, avec dans les yeux quelque chose qui ressemblait à de l'horreur. Elle s'affola.

— Je sais que tu avais dû prévoir les choses différemment, Ethan, et que tu es étonné par ma demande. Mais je désire vraiment que nous vivions ensemble.

Pourquoi ne disait-il rien ? lui hurlait son esprit affolé. Pourquoi la regardait-il comme si elle venait de le gifler ?

— Je n'ai pas besoin que tu me fasses la cour.

Sa voix était montée si haut qu'elle dut s'interrompre afin de parvenir à la contrôler.

— Non que je n'aime pas les fleurs ou les dîners aux chandelles, mais tout ce dont j'ai réellement besoin, c'est de ta présence. Je veux devenir ta femme.

S'il continuait à plonger dans ce regard blessé, il risquait d'exploser en mille morceaux. Il se détourna donc, les mains crispées sur le gouvernail.

— Il faut que je change de cap.

— Hein ?

Elle pivota et observa son visage fermé, sa mâchoire contractée. Si son pouls battait toujours trop vite, ce n'était plus d'anticipation mais de désespoir.

— Tu n'as rien d'autre à me répondre ? Que nous devons changer de cap ?

— Non. J'ai des choses à te dire, Grace.

S'il réussit à contrôler sa voix, il ne put en dire autant de son cœur.

— Mais pour te les dire, j'ai besoin de rentrer.

Elle eut envie de crier, de lui intimer l'ordre de les dire là, maintenant. Mais elle se contenta de hocher la tête.

— OK, Ethan. Change de cap.

Le soleil était couché lorsqu'ils accostèrent. Les grillons donnaient leur concert nocturne. Quelques étoiles scintillaient déjà.

L'air s'était soudain rafraîchi, mais Grace savait parfaitement que ce n'était pas pour cela qu'elle avait si froid.

Il amarra le bateau comme ils étaient rentrés au port. En silence. Puis il remonta sur le pont et s'assit en face d'elle. La lune se levait à peine, mais dispensait suffisamment de lumière pour qu'elle pût distinguer son visage.

Un visage morose.

— Je ne peux pas t'épouser, Grace.

Il choisit ses mots, même si tout ce qu'il s'apprêtait à lui dire allait de toute façon la blesser.

— Je suis désolé. Je ne peux pas te donner ce que tu veux.

Elle serra fermement ses mains l'une contre l'autre, ne sachant si elles avaient envie de se refermer et de cogner ou de se mettre à trembler comme celles d'une vieille femme.

— Alors, tu m'as menti quand tu m'as dit que tu m'aimais ?

Il aurait peut-être été plus gentil de lui répondre oui, mais il ne le put. Il détestait la lâcheté. Et puis, elle méritait la vérité. Toute la vérité.

— Non. Je t'aime.

Il y a différents degrés, dans l'amour. Elle n'était pas idiote au point de l'ignorer.

— Tu ne m'aimes pas assez pour avoir envie de m'épouser ?

— Je ne pourrais jamais aimer davantage une femme, Grace, mais je...

Elle leva une main pour l'interrompre. Une brusque illumination venait de la traverser. Si jamais c'était bien la raison de son refus, elle ne pensait pas pouvoir jamais lui pardonner.

— C'est à cause d'Audrey ? Parce que j'ai eu un enfant avec un autre homme ?

Il avait si peu l'habitude de se mouvoir rapidement qu'elle fut stupéfaite lorsqu'il attrapa sa main au vol et la pressa de toutes ses forces.

— Je l'aime, Grace. Je serais infiniment fier si jamais elle me considérait comme son père. Il faut que tu le saches.

— Je n'ai rien à savoir. Tu dis que tu m'aimes, tu dis que tu l'aimes, mais tu ne veux pas de nous. Tu me fais mal, Ethan.

— Pardon. Excuse-moi.

Il relâcha vivement sa main, un peu comme si elle le brûlait.

— Je sais que je te blesse. Je savais que je le ferais. Je n'aurais jamais dû laisser les choses en arriver là.

— Oui, mais tu l'as fait. Il fallait que tu saches ce que je ressentais. Que tu saches que j'attendais la même chose de toi.

— C'est exact mais j'ai eu tort. J'aurais dû être honnête avec toi. Je n'ai aucune excuse. *Si ce n'est que j'avais besoin de toi. J'avais besoin de toi plus que tout au monde, Grace*. Mais le mariage ne me convient pas.

— Oh, arrête de me prendre pour une imbécile, Ethan ! lança-t-elle, trop désespérée pour éprouver de réelle colère. Les gens comme nous n'ont pas d'aventures. Les gens comme nous se marient et fondent une famille. Nous fonctionnons sur ce modèle très simple.

Il baissa le regard sur ses mains. Elle avait raison, évidemment. Ou plutôt, elle aurait dû avoir raison. Mais elle ne savait pas encore que lui n'avait rien de simple.

— Cela ne vient pas de toi, Grace.

— Ah non ?

Douleur et humiliation se le disputaient dans son esprit. C'était exactement le genre de chose qu'aurait pu lui dire Jack Casey avant de partir, s'il avait pris le temps de lui dire quoi que ce soit.

— Alors, si cela ne vient pas de moi, de qui d'autre ? Je suis la seule femme ici.

— C'est moi. Je ne peux pas fonder une famille à cause de ce que j'ai vécu.

— Ce que tu as vécu ? Tu as vécu à St. Christopher, Maryland, sud-est des États-Unis, entouré de Raymond et de Stella Quinn.

— Non, dit-il en relevant les yeux. Je viens des taudis puants de Washington, de Baltimore et d'autres endroits trop nombreux pour que je les cite tous. Je suis le fils d'une putain qui se vendait et me vendait pour une bouteille ou une dose. Tu ne sais pas d'où je viens. Ni ce que je suis.

— Je sais que tu viens d'un endroit terrible, Ethan.

Elle parlait doucement, maintenant, dans l'espoir d'atténuer la douleur qui venait d'envahir son regard.

— Je sais que ta mère biologique était une prostituée.

— Une putain, corrigea-t-il. Le terme « prostituée » est bien trop propre pour elle.

— Si tu veux.

Prudente à présent, car elle décelait plus que de la douleur dans ses yeux, elle hocha la tête. Une fureur brutale les habitait également.

— Tu as vécu ce qu'un enfant ne devrait jamais vivre avant de venir ici, avant que les Quinn ne t'offrent l'amour et l'espoir en même temps qu'un foyer. Et tu es devenu l'un des leurs. Tu es devenu Ethan Quinn.

— Cela ne change pas mon sang.

— Je ne saisis pas ce que tu veux dire.

— Comment le pourrais-tu ?

Les mots étaient sortis aussi vite qu'une rafale de mitraillette et ils étaient tout aussi implacables. Comment pourrait-elle le comprendre ? songea-t-il, furieux. Elle avait grandi paisiblement, connaissant ses parents, et les parents de ses parents, sans jamais avoir à se demander de quelles tares elle avait bien pu hériter.

Mais il lui ferait vite comprendre. Et tout serait terminé.

— C'était une femme costaud. J'ai les mêmes mains, les mêmes pieds, les mêmes bras. Je ne sais pas de qui je tiens le reste, parce que je pense qu'elle ne connaissait pas plus que moi l'identité de mon père. Sans doute un de ses clients avec qui elle a joué de malchance. Elle ne s'est pas débarrassée de moi parce qu'elle avait déjà subi trois avortements et qu'elle avait peur de risquer le coup encore une fois. C'est ce qu'elle m'a dit.

— C'était cruel de sa part.

— Dieu du ciel !

Incapable de rester plus longtemps immobile, Ethan se leva, et commença à faire les cent pas.

Grace le suivit, plus lentement. Le seul point sur lequel il eût raison, songea-t-elle, c'est qu'elle ne connaissait pas cet homme qui arpentait le quai à toute vitesse, poings serrés, comme un boxeur prêt à cogner.

Elle demeura impassible et neutre.

— C'était un monstre. Une saloperie de monstre, reprit-il. Elle me tabassait sans pitié pour tout et n'importe quoi ; elle pensait toujours avoir une bonne raison de le faire.

— Oh, Ethan !

Incapable de se contenir plus longtemps, Grace voulut lui poser une main sur le bras.

— Ne me touche pas.

Il n'était absolument pas certain de ce qu'il ferait s'il posait les mains sur elle en cet instant, et cela le terrorisait.

— Ne me touche pas, répéta-t-il.

Elle laissa retomber son bras, luttant pour retenir ses larmes.

— Un jour, elle a dû m'emmener à l'hôpital, poursuivit-il. Je crois qu'elle a eu peur que je lui claque entre les pattes. Ça, c'est au moment où on a déménagé de Washington à Baltimore, parce que le toubib avait posé bien trop de questions à propos de cette chute dans l'escalier qui avait provoqué une commotion cérébrale en plus des côtes cassées. Je me suis souvent demandé pourquoi elle ne m'avait pas laissé crever. Mais, bon, elle touchait des allocations à cause de moi, et en plus elle avait un punching-ball à portée de main. Je pense que c'étaient des raisons suffisantes pour me garder. Jusqu'à ce que j'aie huit ans.

Il cessa ses allées et venues et s'immobilisa face à elle. Une telle rage bouillonnait en lui qu'il pouvait presque la sentir sourdre de ses pores. Une rage amère qui lui brûlait la gorge.

— C'est à cette époque-là qu'elle a décidé que je devais gagner mon pain. Elle connaissait des hommes prêts à payer, pour des enfants.

Bien qu'elle pressât désespérément sa main sur sa gorge pour les faire sortir, aucun mot ne sortait. Grace ne pouvait que rester là, figée, pâle comme la mort sous le clair de lune, les yeux exorbités, horrifiée.

— La première fois, on se bat. On se bat comme si sa vie en dépendait, et au fond de soi on n'arrive pas à croire que cela va vraiment se produire. Cela ne peut tout simplement pas arriver. On a beau savoir ce qu'est le sexe parce qu'on a toujours vécu dans ses abords les plus répugnants, ça n'a aucune importance. On n'imagine pas cet aspect-là, on n'y songe même pas. Jusqu'à ce que ça arrive. Et très vite, on s'aperçoit que ça existe bien, et qu'on ne peut rien faire pour l'empêcher.

— Ô mon Dieu, Ethan ! Mon Dieu !

Elle ne put retenir ses larmes plus longtemps, pleurant sur ce petit garçon plongé dans un monde où de telles horreurs pouvaient exister.

— La première fois, elle en a tiré vingt dollars et m'en a donné deux. Comme à une putain.

— Non ! s'écria Grace entre deux sanglots. Non !

— J'ai brûlé l'argent. Mais cela n'a rien changé. Elle m'a laissé tranquille une quinzaine de jours avant de me vendre à nouveau. On se bat aussi la deuxième fois. Plus durement que la première parce que là, on sait. Et on continue à se battre encore un peu. Et puis, un jour, on renonce. Alors on prend l'argent et on le cache, parce qu'un jour on espère en avoir suffisamment pour la tuer et se sauver. La tuer, surtout, plus encore que se sauver.

Elle ferma les yeux.

— Tu l'as fait ?

Il perçut l'éraillement de sa voix et l'interpréta comme du dégoût alors qu'il traduisait la fureur de Grace.

— Non. Au bout d'un moment tout cela devient ta vie, c'est tout. Tu le subis, tout simplement.

Il se détourna et regarda la maison aux fenêtres illuminées. Quelqu'un – Cam, sans doute – jouait à la guitare une douce mélodie que leur apportait la brise.

— J'ai vécu ainsi jusqu'à l'âge de douze ans. Jusqu'à ce qu'un des types à qui elle me vendait devienne barjot. Il m'a tabassé comme un malade. Ça, ce n'était pas particulièrement inhabituel. Mais il était en plein trip et il s'en est pris à elle ensuite. Ils ont littéralement détruit la piaule en faisant tellement de boucan que des voisins sont venus tambouriner à la porte. Pourtant, c'était le genre « je vois rien, j'entends rien », mais là, ils trouvaient que c'était vraiment trop.

» Il avait les mains autour de son cou. Et moi, j'étais affalé par terre et je regardais ses yeux exorbités en me disant : « Il va le faire. Il va peut-être le faire pour moi. » Alors, elle a attrapé un couteau et le lui a planté dans le lard. Elle l'a planté et replanté dans son dos, et puis ils ont défoncé la porte. Ça hurlait, ça hurlait. Elle a sorti le portefeuille de l'autre taré pendant qu'il se vidait de son sang sur le plancher et puis elle s'est sauvée en courant, sans même me jeter un seul coup d'œil.

Il haussa les épaules et se retourna.

— Quelqu'un a appelé la police et ils m'ont emmené à l'hôpital. Je ne me souviens plus très bien, mais c'est là que j'ai fini par atterrir. Au milieu des toubibs, des flics et des assistantes sociales, tous à me poser des questions et à écrire sur leurs formulaires. Je crois qu'ils ont lancé un avis de recherche la concernant, mais ils ne l'ont jamais retrouvée.

Il se tut. Seuls le clapotement de l'eau, le grésillement des grillons et les échos étouffés de la guitare rompaient le silence. Elle ne dit rien, sachant qu'il n'avait pas encore terminé.

— Stella Quinn assistait à une conférence médicale à Baltimore, et elle avait été invitée à suivre les médecins pendant leur tournée. Elle s'est arrêtée à côté de mon lit. Je pense qu'elle avait dû regarder mon dossier mais je ne m'en souviens pas. Je me souviens juste de sa présence, de ses mains qu'elle avait posées sur le montant du lit pour me regarder. Elle avait un regard gentil. Pas doux, non, mais gentil. Elle m'a parlé. Je n'ai prêté aucune attention à ce qu'elle a dit, j'ai juste écouté le son de sa voix. Elle est revenue régulièrement. Parfois, Ray venait avec elle. Un jour, elle m'a dit que je pouvais venir chez eux si je voulais.

Il fit silence de nouveau, comme s'il avait terminé. Mais la seule chose à laquelle pouvait penser Grace, c'était que ce moment précis où les Quinn lui avaient offert un foyer marquait le véritable commencement de son existence.

— Ethan, j'ai le cœur brisé pour toi. Et je sais à présent une chose : quelle qu'ait été l'intensité de mon amour, de mon admiration pour les Quinn, ce n'était encore pas suffisant. Ils t'ont sauvé la vie.

— Oui, acquiesça-t-il. Et après avoir pris la décision de vivre – ce qui a été très long –, j'ai fait tout ce que j'ai pu pour être à la hauteur de leur geste.

— Tu es et tu as toujours été un homme bon et droit.

Elle le rejoignit, l'entoura de ses bras et le serra fort contre elle, sans se soucier du fait que lui ne refermait pas les bras autour d'elle.

— Laisse-moi t'aider, murmura-t-elle. Laisse-moi partager ton fardeau, Ethan.

Elle leva la tête et pressa ses lèvres contre les siennes.

— Laisse-moi t'aimer.

Il frémit, puis céda. Ses bras l'entourèrent violemment. Sa bouche accepta le réconfort qu'elle lui offrait. Il vacilla, puis se raccrocha à elle, véritable bouée de sauvetage dans une mer déchaînée.

— Je ne peux pas t'imposer cela, Grace. Ce ne serait pas juste.

— Je t'ai choisi en entier, Ethan. Tu ne m'imposes rien.

Elle l'agrippa plus fermement en sentant qu'il voulait l'écarter.

— Rien de ce que tu viens de me dire ne change mes sentiments pour toi. Rien ne le pourrait. Je ne t'en aime que davantage encore.

— Écoute-moi.

Ses mains tremblantes la prirent fermement aux épaules pour la faire reculer d'un pas.

— Je ne peux pas te donner ce dont tu as besoin, ce que tu veux, ce que tu devrais avoir. Le mariage, des enfants, une famille.

— Je n'ai...

— Ne me dis pas que tu n'en as pas besoin. Je sais que c'est faux.

Elle inspira profondément, expira tout aussi lentement.

— J'en ai besoin avec toi. J'ai besoin d'une vie avec toi.

— Je ne peux pas t'épouser. Je ne peux pas te donner d'enfants. Je me suis fait le serment de ne jamais prendre le risque de transmettre à un enfant ce qui subsiste d'elle en moi.

— Il ne subsiste rien d'elle en toi.

— Mais si.

Ses doigts se raidirent fugitivement.

— Tu l'as vu, l'autre jour, dans le bois, quand je t'ai prise contre un arbre, comme un animal. Tu l'as vu, quand je me suis emporté contre toi parce que tu travaillais dans un bar. Et je l'ai constaté moi-même trop souvent pour t'en faire le détail : quand on me chatouille une fois de trop, je peux devenir violent. J'ai beau tenir cette violence à l'écart, elle existe bel et bien au fond de moi. C'est pour cela que je ne peux m'engager envers toi ni te faire d'enfant. Je t'aime trop pour courir ce risque et pour te laisser croire que c'est possible.

— Elle n'a pas seulement abusé de ton corps, mais surtout de ton cœur, murmura Grace. Je peux t'aider à cicatriser ces blessures. Je veux le faire.

Il lui pressa tendrement l'épaule.

— Tu ne m'écoutes pas. Tu ne m'entends pas. Si tu ne peux admettre cette limite et que tu préfères chercher auprès d'un autre ce que je ne peux te donner, je ne t'en voudrai jamais. En fait, la meilleure chose que je puisse faire pour toi, c'est de te laisser partir. Et je compte bien le faire.

— Me laisser partir ?

— Je veux que tu retournes chez toi, maintenant.

Il la relâcha et recula en ayant l'impression de tomber dans un néant obscur.

— Une fois que tu y auras bien réfléchi, tu comprendras que c'est la meilleure solution. Alors, tu seras en mesure de décider si nous continuons à nous voir comme maintenant ou si tu préfères que je te rende ta liberté.

— Je veux...

— Non, l'interrompit-il. Tu ne peux pas savoir *maintenant* ce que tu veux. Tu as besoin de temps, et moi aussi. Je préférerais que tu t'en ailles. Je ne veux pas de toi ici ce soir, Grace.

Elle se passa une main sur la tempe.

— Tu ne veux pas de moi ici ?

— Pas maintenant.

Mâchoires serrées, il vit le désespoir envahir son regard. C'était hélas ! un mal nécessaire.

— Rentre à la maison et laisse-moi seul quelque temps.

Elle fit un pas en arrière, un deuxième puis pivota et s'enfuit en courant, peu désireuse d'être vue ainsi, les joues baignées de larmes, le cœur en charpie. Il ne voulait pas d'elle. Il ne voulait pas d'elle...

— Hé, Grace !

Seth abandonna les chiens et se lança à sa poursuite.

— Regarde, je viens de leur enlever un million de puces ! s'exclama-t-il, joyeux, en lui montrant une bombe d'insecticide.

Alors seulement il distingua ses larmes, il entendit son souffle désordonné, comme elle bataillait pour ouvrir sa portière de voiture.

— Qu'est-ce qui ne va pas ? Pourquoi tu pleures ? Tu t'es fait mal ?

Elle ravala un sanglot. Oui, oh oui, j'ai mal !

— Ce n'est rien. Il faut que je rentre. Je ne peux... je ne peux pas rester.

Elle parvint enfin à ouvrir et s'engouffra dans l'habitacle.

De perplexe, le regard de Seth se fit furieux alors qu'il la regardait s'en aller. Bouillant de rage, il fit le tour de la maison au pas de course, déboula dans le jardin, vit l'ombre d'un homme sur l'appontement et se précipita dessus, poings serrés, prêt pour le combat.

— Espèce d'enfoiré ! Fils de pute !

Il attendit qu'Ethan se tourne vers lui, banda ses muscles et lui balança son poing à toute volée dans le ventre.

— Tu l'as fait pleurer.

— Je sais.

La douleur physique que venait de lui infliger le garçon ne faisait jamais que s'ajouter à l'autre.

— Ce n'est pas ton affaire, Seth. Rentre à la maison.

— Va te faire voir ! Tu lui as fait du mal. Allez, vas-y. Essaie d'en faire autant avec moi. Mais je te préviens : ça ne sera pas aussi facile.

Dents serrées, Seth cogna, cogna encore, et encore. Jusqu'à ce qu'Ethan l'attrape au collet, le soulève et l'emmène ainsi au bout du ponton.

— Calme-toi, ou je te flanque à l'eau.

Pour faire bonne mesure, il secoua vigoureusement le gamin.

— Tu crois que je l'ai fait exprès ? Tu crois que j'ai pris plaisir à lui faire du mal ?

— Alors pourquoi tu l'as fait ? hurla Seth en gigotant comme un poisson pris à l'hameçon.

— Je n'avais pas le choix.

Soudain abominablement faible, Ethan reposa Seth sur ses pieds.

— Laisse-moi seul, murmura-t-il en s'asseyant au bord du quai.

Il se prit la tête à deux mains et pressa ses doigts sur ses yeux.

— Laisse-moi seul.

Seth se trémoussa quelques instants, perplexe. Grace n'était visiblement pas la seule à être blessée. Il n'avait jamais pensé qu'un homme pût l'être aussi. Mais Ethan souffrait. Indécis, le gamin fit un pas en arrière. Fourra ses mains dans ses poches. Les en sortit. Traîna les pieds. Soupira. Puis s'assit.

— Les femmes, dit-il sur le ton de la confidence, elles donnent envie aux hommes de se tirer une balle dans la tête et d'en finir une bonne fois pour toutes.

C'était un truc qu'il avait entendu Phillip dire à Cam, un truc qui lui avait paru approprié. Ethan émit un rire bref et désabusé.

— Oui. Je crois.

Puis il passa un bras sur l'épaule de Seth et l'attira à lui, éprouvant quelque réconfort à ce contact.

18

Anna fit la liste de ses priorités et décida de prendre sa journée. Elle n'était pas certaine de l'heure à laquelle Grace viendrait faire le ménage, et ne voulait pas risquer de la manquer.

Ethan pouvait bien dire – ou plutôt ne pas dire – ce qu'il voulait, elle n'en avait que faire. Il y avait de la crise dans l'air, elle le sentait. Et bien plus qu'une simple prise de bec. Cela se lisait dans le regard d'Ethan, même si par son attitude, il essayait de donner le change. Oh ! il savait très bien dissimuler ses sentiments, seulement voilà, son métier était précisément de débusquer ce genre de problèmes, de les mettre au jour. Il n'avait pas de veine d'être tombé sur une belle-sœur assistante sociale.

Anna était persuadée que Seth savait quelque chose. Mais elle avait eu beau le presser, le cajoler, l'enfant avait fait preuve d'une loyauté à toute épreuve. Elle n'avait obtenu qu'un haussement d'épaules typiquement Quinn.

En cherchant un peu, elle aurait pu trouver le moyen de le faire parler, mais elle n'en avait pas eu le cœur.

Lui restait Grace, et elle comptait bien lui tirer les vers du nez.

Cela faisait des jours et des jours que les deux tourtereaux ne s'étaient pas vus. De cela, elle était certaine. Il lui suffisait d'observer Ethan. Il s'en allait en mer aux premières heures du jour et passait au chantier ses après-midi et ses soirées, touchant à peine à son dîner avant de monter s'enfermer dans sa chambre. D'où elle avait régulièrement vu filtrer de la lumière en plein milieu de la nuit.

Il ruminait, c'était évident. Mais quoi ? Ou alors il cherchait la bagarre.

Ce week-end, elle était arrivée au chantier à temps pour empêcher une bataille rangée entre les trois frères, sous les yeux avides de Seth.

Et, bien entendu, lorsqu'elle avait cherché à connaître la raison de leur agressivité mutuelle, elle s'était heurtée à un mur. À quatre murs.

Il était grand temps de mettre un terme à tout cela, décida-t-elle en arrachant vigoureusement une autre mauvaise herbe. Les femmes savaient s'exprimer, elles, au moins. Et même si elle devait taper sur la tête de Grace Monroe avec son sarcloir pour la faire parler, eh bien elle le ferait, nom de nom !

Ce fut avec un plaisir non dissimulé qu'elle entendit la voiture s'engager dans l'allée. Elle se redressa, repoussa son chapeau en arrière et arbora un immense sourire de bienvenue.

— Salut, Grace.

— Bonjour, Anna. Tu n'es pas au travail ?

— J'ai pris ma journée.

Ouh, là, même détresse de ce côté-ci, songea-t-elle en regardant Grace descendre du véhicule. Mais moins bien dissimulée que celle d'Ethan.

— Audrey n'est pas avec toi ?

— Non. Je l'ai déposée chez ma mère, répondit Grace en triturant la bandoulière de son sac. Bon, eh bien, je vais attaquer et te laisser à ton jardinage.

— Je cherchais justement un bon prétexte pour souffler un peu. Pourquoi ne viendrais-tu pas t'asseoir cinq minutes sous la véranda avec moi ?

— Il faut vraiment que je mette la première lessive en route.

— Grace. Assieds-toi. Parle-moi. Je te considère comme une amie et j'espère qu'il en va de même pour toi.

— Ou... oui.

Grace dut s'y reprendre à plusieurs fois afin de maîtriser le tremblement de sa voix.

— Oui, Anna, tu es mon amie.

— Alors viens t'asseoir. Raconte-moi ce qui s'est passé. Pourquoi Ethan et toi êtes si malheureux.

— Je ne sais pas si je peux.

Mais elle était fatiguée. Lasse comme elle ne l'avait jamais été. Elle se laissa tomber sur une marche.

— Je crois que j'ai tout bousillé.

— Comment ça ?

Elle avait déjà – du moins le supposait-elle – pleuré toutes les larmes de son corps sans en tirer le moindre réconfort. Peut-être que tout expliquer à une autre femme, une femme dont elle commençait à se sentir très proche, pourrait l'aider.

— Je me suis laissée aller à de fausses suppositions, à tirer des plans sur la comète. Il m'avait cueilli des fleurs, tu comprends ?

Des fleurs... voyez-vous ça ! Lapins, mes fesses ! pensa Anna. Le moment est mal choisi, mais je note. Tu ne perds rien pour attendre, mon grand.

— Et il m'a invitée à dîner dehors. Un restaurant avec des chandelles et du bon vin. Alors, j'ai cru qu'il allait me demander en mariage. Ethan procède toujours par étapes, et je me suis dit qu'on en arrivait à celle-ci.

— N'importe qui aurait pensé la même chose. Vous êtes amoureux l'un de l'autre. Il adore Audrey, qui le lui rend bien. Quoi de plus logique ?

Le regard perdu dans le vague, Grace exhala un profond soupir.

— Tu ne peux pas savoir quel bien tu me fais en disant cela. J'avais l'impression d'être une telle imbécile.

— Tu n'es pas plus bête qu'une autre, Grace, crois-moi !

— Bon. Il ne m'a rien demandé durant cette sortie, mais ensuite il m'a aimée, Anna, avec une tendresse que je n'aurais jamais crue possible. Et puis, il a fait un cauchemar.

— Ah ?

— Oui.

Un cauchemar qu'elle comprenait, à présent.

— Je sais à quel point il était épouvantable, ce cauchemar, même s'il a prétendu le contraire. Il m'a dit de ne pas m'inquiéter, que ce n'était rien. Alors je n'y ai plus pensé. À ce moment-là.

Elle se frotta pensivement la cuisse, là où elle s'était fait un bleu, chez Snidley.

— Le lendemain, je me suis dit que si j'attendais qu'Ethan me fasse sa demande, j'aurais des cheveux gris le jour de mon mariage. On ne peut pas franchement dire de lui qu'il est un fonceur.

— Exact. Pour lui, chaque chose en son temps. Remarque, tout ce qu'il fait, il le fait généralement bien. Mais il gagnerait certainement à être poussé, de temps à autre.

— N'est-ce pas ?

Elle ne put réprimer un petit sourire malicieux.

— Parfois, il peut cogiter pendant dix ans. Et comme c'était visiblement bien parti pour, j'ai décidé de lui demander moi-même sa main.

— Non ! Tu l'as demandé en mariage ? s'esclaffa Anna, ravie. Chapeau, ma fille !

— J'avais tout prévu. Tout ce que je voulais lui dire, comment je le lui dirais, et même le lieu. Je sais qu'il n'est jamais plus heureux qu'en mer, alors je lui ai demandé de m'emmener faire une promenade en bateau, le soir. C'était si beau, ce coucher de soleil, ces voiles gonflées par le vent... Alors je lui ai demandé.

Anna glissa une main sur celle de Grace.

— Je suppose qu'il a refusé. Mais encore ?

— Cela allait beaucoup plus loin qu'un simple refus. Si tu avais vu son visage, Anna. Glacial, tout à coup. Il m'a dit qu'il allait m'expliquer certaines choses une fois que nous serions rentrés. Et il l'a fait. Je me sens un peu coupable de te le raconter, Anna, parce que ce sont des détails très intimes mais... En gros, il m'a dit qu'il ne pouvait pas m'épouser, qu'il ne m'épouserait jamais, ni moi ni personne. Jamais.

Anna resta un instant silencieuse. En tant qu'assistante sociale chargée du cas de Seth, elle avait eu accès aux dossiers des trois hommes qui réclamaient sa garde. Elle connaissait donc leur passé à peu près aussi bien qu'eux.

— C'est à cause de ce qui lui est arrivé lorsqu'il était enfant ?

Grace tressaillit.

— Il te l'a dit ?

— Non, mais je suis au courant. Cela fait partie de mon travail, Grace.

— Tu sais... ce que sa mère... cette femme... lui a fait ? Ce qu'elle a laissé les gens lui faire ? Il n'était qu'un petit garçon.

— Je sais qu'avant de l'abandonner, elle l'a obligé à avoir des relations sexuelles avec ses clients, plusieurs années de suite. Son dossier contient plusieurs rapports médicaux. Je sais qu'il a été violé et battu avant que Stella Quinn ne le trouve dans cet hôpital. Et je sais quel genre de traumatisme peuvent provoquer ces viols répétés. Ethan aurait très bien pu devenir pédophile, lui aussi. C'est malheureusement un schéma classique.

— Dieu merci, ce n'est pas le cas !

— Non. Il est devenu un homme sensé et bon, au self-control pratiquement inébranlable. Mais les cicatrices ont subsisté, profondément enfouies. Il est évident que votre relation les a fait remonter à la surface. C'était inévitable.

— Il ne veut pas de mon aide, Anna. Il s'est fourré dans le crâne qu'il ne peut pas prendre le risque d'avoir des enfants parce que dans ses veines coule un sang pourri qu'il risquerait de leur transmettre. Il refuse de se marier parce qu'il ne veut pas me faire courir de risques.

— Balivernes ! Il a tort à cent pour cent, et le plus bel exemple de son erreur, il n'a qu'à se regarder dans la glace pour le voir. Oui, il a son sang dans les veines, oui, il a passé avec elle ses douze premières années – celles où on est le plus impressionnable –, dans un environnement à même de pervertir n'importe quel cerveau d'enfant. Et au lieu de cela, il est Ethan Quinn. Pourquoi diable ses enfants – vos enfants à vous deux – n'auraient-ils pas ses qualités ?

— Si seulement j'avais pensé à lui dire cela... murmura Grace. Mais j'étais si choquée, si triste, si perdue...

Elle ferma les yeux.

— Je ne pense pas que cela aurait changé grand-chose, en fait. Il ne m'aurait pas écoutée. Pas moi, reprit-elle lentement. Il pense que je ne suis pas assez forte pour l'aider à vivre avec son passé.

— Il a tort, encore une fois.

— Oh, oui ! Mais il a pris sa décision. Il ne veut pas me voir en ce moment. Je dois décider si j'accepte de continuer la relation dans ces conditions. Mais je le connais. Si nous le faisons, il y a un moment où cela le culpabilisera tellement qu'il finira par me quitter.

— Es-tu prête à courir ce risque ?

— Je t'avoue que je me suis souvent posé la question. Ça me travaille depuis des jours, maintenant. Je l'aime suffisamment pour vouloir le faire, peut-être même pour être capable de l'assumer, au moins un moment. Mais cela finirait par me détruire également.

Elle secoua la tête.

— Non, je ne peux pas accepter cette situation. Je ne peux accepter de rejeter une partie de lui. Et je ne veux certainement pas offrir à Audrey autre chose qu'un père.

— Excellente réaction. Alors, que comptes-tu faire ?

— Je ne sais pas si je peux faire quoi que ce soit, si nous n'avons pas besoin des mêmes choses.

— Grace, tu es la seule à même de décider. Mais laisse-moi te dire un truc : Cam et moi, nous ne sommes pas allés à l'autel sur les ailes des anges. Nous ne voulions pas la même chose, ou du moins nous *pensions* ne pas vouloir la même chose. Et avant de découvrir ce que nous voulions ensemble, nous avons commencé par nous faire du mal, par nous voler dans les plumes.

— Pas facile de voler dans les plumes d'Ethan !

— Pas facile mais pas impossible.

— Effectivement. Mais... il n'a pas été honnête avec moi, Anna. Et cela, je ne peux pas l'oublier. Il m'a laissée me faire tout un cinéma alors qu'il savait déjà qu'il allait démonter mon scénario et me laisser tomber. Il est sincèrement désolé, je le sais, mais quand même...

— Tu es en colère.

— Oui. Il y a déjà un homme qui m'a fait le coup. Mon propre père. Je voulais devenir danseuse ; il savait très bien que je fondais tous mes espoirs là-dessus. Je ne peux pas dire qu'il m'ait jamais encouragée, mais il m'a laissée prendre des leçons, il m'a laissée espérer. Et quand j'ai eu besoin de lui, de son aide pour essayer de réaliser mon rêve... il a tout démonté, lui aussi. Je lui ai pardonné, du moins j'ai essayé, mais rien n'a plus jamais été pareil entre nous. Et puis, je suis tombée enceinte et j'ai épousé Jack. Oui, je sais, tu pourrais me dire que j'ai démonté son scénario à lui. Il ne me l'a jamais pardonné.

— As-tu essayé de t'expliquer avec lui ?

— Non. Il m'a laissé le choix, lui aussi, exactement comme Ethan. Enfin, ce qui à ses yeux était un choix : Fais ce que je veux, accepte ma manière de voir, ou alors fais-le sans moi. Alors je l'ai fait sans lui.

— Je comprends ton point de vue, ta fierté. Mais t'es-tu souciée de ton cœur ?

— Quand les gens te le brisent, il ne te reste que ta fierté.

Et, songea Anna, la fierté peut facilement se transformer en froide amertume.

— Laisse-moi parler à Ethan.

— Je lui parlerai, moi, aussitôt que j'aurai trouvé quoi lui dire.

Elle inspira profondément, calmée.

— Je me sens mieux. Cela m'a fait du bien d'en parler. Et je ne pouvais le faire avec personne d'autre que toi.

— Je vous aime, tous les deux.

— Je sais. Ça va aller.

Elle serra très fort la main d'Anna dans les siennes avant de se lever.

— Tu m'as aidée à ne plus me sentir en permanence au bord des larmes. J'ai horreur d'être comme ça. Maintenant que j'ai retrouvé mon énergie, je vais aller me défouler sur l'aspirateur.

Elle réussit à sourire.

— Quand j'aurai fini, je te jure que tu n'auras jamais vu ta maison aussi propre. Je décrasse comme personne quand je suis dans cet état.

Ne te défoule pas trop quand même, songea Anna en la regardant s'engouffrer dans l'entrée. Garde un peu d'énergie pour ce grand imbécile d'Ethan.

Il fallut à Grace deux heures et demie pour gratter, dépoussiérer, laver et cirer le premier étage. Seule la chambre d'Ethan lui donna un peu de mal. Trop imprégnée de son odeur, de sa présence.

Mais elle la briqua comme le reste, aiguillonnée par cette même volonté qui l'avait aidée à traverser son divorce et les douloureuses déconvenues familiales.

Travailler lui faisait du bien, comme toujours. La vie continuait. Elle était bien placée pour le savoir.

Elle avait son enfant. Elle avait sa fierté. Et elle avait toujours des rêves – même si elle préférait maintenant les considérer comme des projets.

Elle pouvait vivre sans Ethan. Peut-être pas aussi pleinement. Certainement pas aussi joyeusement. Mais elle le pouvait de manière enrichissante, en trouvant même une certaine satisfaction à tracer sa route et celle de sa fille.

Adieu les larmes, adieu l'apitoiement sur soi. Fini, tout ça.

Elle attaqua le rez-de-chaussée avec la même ferveur. Chaque meuble devint un véritable miroir. Le moindre carreau se transforma en cristal. Elle mit à sécher le linge et lessiva les vérandas comme si elle faisait le dernier grand ménage avant l'Apocalypse.

Elle avait le dos douloureux lorsqu'elle arriva enfin à la cuisine, mais c'était une bonne douleur, et elle éprouvait une satisfaction intense.

Elle leva les yeux vers la pendule et évalua le temps qui lui restait. Elle tenait à être partie lorsque Ethan reviendrait du travail. Malgré la purge salutaire que lui avait procurée son labeur, elle éprouvait toujours une infime pointe de colère contre lui. Et elle se connaissait suffisamment pour savoir qu'il ne faudrait pas grand-chose pour la faire éclater.

Or, si cela se produisait, c'en serait fini de toute forme de relation entre eux, ne fût-ce qu'amicale, et elle devrait également couper les ponts avec les Quinn pour ne pas les embarrasser, couper aussi les ponts avec Seth. Celui-ci ne méritait certainement pas pareille punition.

Il n'est pas non plus question, marmonna-t-elle en récurant les comptoirs, que je perde mon boulot parce que monsieur veut fiche sa vie en l'air.

Elle referma ses doigts sur une mèche trempée de sueur puis entreprit de faire reluire les vieilles casseroles en cuivre pendues au mur.

Lorsque le téléphone sonna, elle décrocha machinalement.

— Allô !

— Anna Quinn ?

Grace jeta un coup d'œil par la fenêtre. Anna sifflotait au milieu de son massif de bégonias.

— Non, je...

— Écoute-moi bien, pétasse.

Grace se figea.

— Pardon ?

— C'est Gloria DeLauter. Tu te prends pour qui, toi, pour oser me menacer ?

— Je ne...

— J'ai des droits, tu m'entends ? Des putains de droits. Le vieux avait passé un accord avec moi, et si toi, ton bâtard de mari et ses bâtards de frères ne le respectez pas, vous allez le regretter, c'est moi qui vous le dis.

La voix qu'elle entendait n'était pas seulement dure et cruelle. Le débit avait indubitablement toutes les caractéristiques de la folie, avec les mots déversés à toute allure. Pas besoin d'explications pour comprendre de qui il s'agissait. La mère de Seth, songea Grace. La femme qui l'avait blessé, terrorisé. Qui avait gagné de l'argent sur son dos.

Qui l'avait vendu.

Elle avait, sans faire attention, enroulé si fortement le cordon du téléphone autour de sa main qu'il lui rentrait dans la chair. Bataillant pour retrouver son calme, elle prit une profonde inspiration.

— Vous faites erreur, madame.

— C'est toi qu'as fait une grosse erreur en m'envoyant cette lettre de merde au lieu du fric que vous me devez. Vous me le *devez*, putain. Tu crois peut-être que tu vas me flanquer les foies parce que t'es une saloperie d'assistante sociale ? Tu pourrais bien être la foutue reine de la foutue Angleterre que j'en aurais rien à cirer. Le vieux est crevé, et si vous voulez que les choses restent les mêmes, vous allez devoir vous arranger avec moi. Tu crois vraiment que tu peux m'arrêter comme ça, avec une lettre ? Si je décide de venir reprendre ce môme, tu pourras jamais m'en empêcher.

— C'est faux, s'entendit répondre Grace.

— Ce lardon, c'est ma chair et mon sang ; j'ai le droit de récupérer c'qu'est à moi.

— Essayez un peu.

Une fureur noire s'était emparée de Grace.

— Essayez, pour voir. Jamais plus vous ne poserez vos sales pattes sur lui.

— J'peux faire c'que je veux avec c'qui m'appartient.

— Il ne vous appartient pas. Vous l'avez vendu. Il est à nous, maintenant, et vous ne l'approcherez plus jamais.

— Y f'ra c'que je lui dirai d'faire. Y sait que sinon ça lui coûtera cher.

— Vous tendez une main vers lui, et je vous explose moi-même, vous entendez ? Rien de ce que vous lui avez fait ne sera comparable à ce que moi, je vous ferai si jamais je vous vois. Quand j'en aurai terminé avec vous, il faudra ramasser les morceaux avec une pelle et une balayette pour les balancer dans une cellule. Car c'est là que vous finirez, pour abus sexuel sur enfant, négligence, complicité de viol, prostitution et toutes les charges que l'on peut retenir contre une mère qui vend son enfant à des pédophiles.

— Mais qu'est-ce qu'elle raconte, cette pétasse ? J'ai jamais posé un doigt sur lui.

— La ferme !

Grace avait perdu tout sens commun. Dans son esprit survolté, la mère de Seth et celle d'Ethan s'étaient superposées, ne faisant plus qu'un seul et même monstre.

— Je sais ce que vous lui avez fait, et il n'existe pas de cachot assez sombre à mon goût où vous enfermer pour le restant de votre misérable existence. Mais faites-moi confiance pour en trouver un et vous y jeter moi-même si jamais vous pointez votre sale nez dans les parages.

— Je veux juste du fric.

La voix semblait moins sûre à présent, à la fois sournoise et effrayée.

— Juste un peu d'fric pour m'aider. Vous en avez tellement que vous savez pas quoi en faire.

— Et puis quoi, encore ? Ou vous restez loin d'ici, loin du gamin, ou je vous garantis que c'est vous qui paierez.

— Ouais, eh ben vous feriez mieux d'y réfléchir. À deux fois, même.

Il y eut un son étouffé à l'autre bout de la ligne. Un peu comme le tintement de glaçons dans un verre. Puis la femme reprit :

— Vous valez pas mieux que moi. Et j'ai pas peur de vous.

— Eh bien vous devriez. Vous devriez *vraiment* avoir peur de moi.

— Je… j'en ai pas terminé avec vous. Rien à secouer de vos menaces.

Un déclic se fit entendre. Elle avait raccroché.

— Peut-être pas, dit Grace d'une voix dangereusement douce. Mais moi non plus.

— Gloria DeLauter, murmura Anna.

Debout derrière la porte-moustiquaire, elle écoutait depuis deux bonnes minutes.

— Je ne crois pas qu'elle ait rien d'humain. Si elle avait été dans cette pièce, je lui aurais tordu le cou comme à un poulet, lança Grace, qui commençait à trembler sous l'effet de la fureur. Je l'aurais tuée de mes propres mains. Du moins j'aurais essayé.

— Je sais ce qu'on peut ressentir. C'est très dur de se dire que des gens comme elle sont des êtres humains, dit doucement Anna en poussant la porte.

Jamais elle n'aurait cru possible de lire une telle rage dans le regard d'une femme aussi maîtresse d'elle-même que Grace.

— J'en vois trop souvent dans mon travail, mais on ne peut jamais s'y habituer.

— Cette immonde créature m'a prise pour toi lorsque j'ai répondu. J'ai bien essayé de la détromper, mais elle ne m'a pas écoutée. Elle hurlait des insultes, des menaces, des jurons. Je n'ai pas pu la laisser continuer. C'était trop insupportable. Je suis navrée, Anna.

— Ne t'en fais pas. D'après ce que j'ai entendu, je peux te dire que tu t'en es sortie comme un chef. Tu veux t'asseoir un moment ?

— Non, merci. Je ne peux pas.

Elle ferma les yeux, mais le brouillard écarlate qui lui obscurcissait la vue ne s'estompa guère pour autant.

— Anna, elle a dit qu'elle viendrait chercher Seth si vous ne lui donniez pas l'argent.

— Nous ne la laisserons jamais faire, la rassura Anna en sortant une bouteille du réfrigérateur. Prends le temps de boire ce verre, lentement, pendant que je vais chercher mon carnet. Ensuite, je veux que tu me répètes exactement ce qu'elle a dit. Si possible mot pour mot. Tu t'en sens capable ?

— Oh, oui ! Je ne suis pas près de l'oublier.

— Parfait.

Anna regarda la pendule.

— Il faut que nous notions tout, absolument tout. Comme ça, si jamais elle revient, nous serons prêts.

— Anna, souffla Grace, le nez dans son verre de vin. Il ne doit plus souffrir. Il ne doit plus jamais avoir peur.

— Je le sais. Nous mettrons tout en œuvre pour l'éviter. Je reviens dans une minute.

Anna lui fit répéter deux fois les propos de Gloria DeLauter. La deuxième fois, Grace fut incapable de rester assise. Elle se leva, abandonna son verre à moitié plein et saisit un balai.

— La manière dont elle parlait était aussi caractéristique que ce qu'elle disait, précisa-t-elle en amorçant son balayage. Elle doit parler comme ça quand elle s'adresse à Seth. Comment peut-on parler ainsi à un enfant ? Remarque, elle ne le considère pas comme un enfant, mais comme sa chose.

— Si tu devais comparaître à la barre des témoins, tu pourrais attester sous serment qu'elle a exigé de l'argent ?

— Plutôt deux fois qu'une ! Crois-tu qu'on en arrivera là, Anna ? Seth sera-t-il obligé d'aller devant un tribunal ?

— Je n'en sais rien. Mais si c'est le cas, nous pourrons ajouter la tentative d'extorsion de fonds à la liste d'accusations que tu lui as débitée. Tu dois l'avoir terrorisée, ajouta Anna avec un petit sourire. Moi, en tout cas, tu m'aurais flanqué la trouille.

— Je n'arrive pas à contrôler mes paroles quand je suis à bout.

— Je comprends ce que tu veux dire. Moi-même, j'en aurais un bon paquet à lui balancer dans les gencives mais, vu ma position, je ne le peux pas. Je vais dactylographier tout cela pour le dossier de Seth, et ensuite, je présume qu'il faudra que je lui fasse un autre courrier.

— Pourquoi ? s'enquit Grace, les doigts serrés sur son manche à balai. Pourquoi dois-tu avoir un quelconque contact avec elle ?

— Cam et ses frères ont besoin de savoir, Grace. Ils ont besoin de savoir ce qu'étaient exactement pour Ray Gloria DeLauter et Seth.

— Ce n'est certainement pas ce que prétendent les mauvaises langues, lança Grace en sortant la pelle et la balayette, incapable de maîtriser sa rage. M. Quinn n'aurait jamais trompé sa femme. Il l'aimait trop.

— Ils ont besoin de connaître exactement les faits. Seth également.

— Alors je vais déjà t'en donner un, de fait : M. Quinn avait du goût. Il n'aurait jamais posé deux fois le regard sur une Gloria DeLauter. Ou alors, par pitié. Ou par dégoût.

— Cam pense exactement comme toi. Mais il faut tout de même considérer l'une des choses que colportent les gens. Seth a les yeux de Ray.

— Ça doit pouvoir s'expliquer autrement, déclara Grace.

Les yeux brûlants, elle rangea son balai et sortit la serpillière.

— Peut-être. Mais on doit quand même envisager – et au besoin accepter – que les Quinn aient traversé une crise à un moment donné, comme cela arrive dans beaucoup de couples. Les coups de canif dans le contrat sont malheureusement monnaie courante.

— Je me moque comme de l'an quarante des statistiques qu'on peut lire un peu partout, comme quoi trois hommes sur cinq tromperaient leur femme ! s'exclama Grace en ouvrant le robinet à fond. Les Quinn s'aimaient et se respectaient. Ils s'admiraient. On ne pouvait vivre à côté d'eux sans le remarquer. Et leurs fils les ont encore plus rapprochés, si c'était possible. Quand on les voyait tous les cinq ensemble, on voyait une famille. Exactement comme vous cinq en formez une.

Touchée, Anna sourit.

— En tout cas, on essaie.

— Vous n'avez pas eu autant de temps que les Quinn, lui fit remarquer Grace en soulevant son seau. Ils ne faisaient qu'un.

Les unités, songea Anna, éclatent parfois.

— S'il s'était passé quelque chose entre Ray et Gloria, Stella le lui aurait-elle pardonné ?

Grace plongea son balai-serpillière dans le seau avant de lancer à Anna un regard qui en disait long.

— Le pardonnerais-tu à Cam ?

La jeune femme réfléchit un moment.

— Je ne sais pas. Ce serait dur, dans la mesure où je l'aurais déjà tué. Mais je pourrais, éventuellement, aller déposer des fleurs sur sa tombe.

Satisfaite, Grace opina du chef.

— Ce genre de trahison ne passe pas facilement. Et, par conséquent, si une telle tension avait existé entre les Quinn, leurs fils l'auraient forcément remarquée. Contrairement à ce que pensent beaucoup d'adultes, les enfants ne sont pas complètement crétins.

— Absolument pas, murmura Anna. Quelle que soit la vérité, ils ont besoin de la connaître. Je vais aller saisir mes notes, ajouta-t-elle en se levant. Tu pourras y jeter un coup d'œil et voir si tu veux modifier ou compléter quelque chose avant que je les ajoute au dossier ?

— Pas de problème. J'ai encore une lessive à étendre, et après...

Elles entendirent en même temps l'aboiement joyeux des chiens. Grace perdit pied aussitôt. Mon Dieu ! elle avait totalement oublié l'heure !

Instinctivement, Anna glissa son carnet dans un tiroir.

— Je veux en discuter avec Cam avant de parler à Seth du coup de téléphone.

— Oui, ce serait mieux. Je...

— Tu peux sortir par-derrière, Grace, suggéra paisiblement Anna. Je ne crois pas que tu aies besoin d'émotions supplémentaires !

— Il faut que j'étende la lessive.

— Tu en as suffisamment fait pour cet après-midi.

Grace se raidit.

— J'ai pour habitude de terminer ce que j'ai commencé, ce qui n'est pas le cas de tout le monde, marmonna-t-elle.

Elle s'engouffra dans la buanderie et ouvrit le hublot de la machine à toute volée.

Anna haussa un sourcil. Pour elle, il ne faisait aucun doute qu'Ethan avait prémédité ce retour prématuré, histoire de surprendre Grace. Eh bien, voilà une occasion en or de voir comment il se débrouillait.

19

Lorsqu'il vit sa voiture dans l'allée, Ethan dut prendre sur lui pour ne pas se précipiter dans la maison, juste pour la voir, histoire de graver à jamais l'image de Grace dans son esprit.

Il n'aurait jamais pensé que quelqu'un puisse lui manquer autant.

Toute la journée, ce sentiment de vide intérieur le taraudait. Il n'en dormait plus et s'était cru plusieurs fois sur le point de devenir fou.

La distance qu'il avait soigneusement ménagée durant tant d'années entre Grace et lui semblait s'être abolie à jamais. Ce mur n'avait pas résisté aux fissures. Très vite, il s'était effondré, et il savait que jamais il ne pourrait le reconstruire.

Étant donné le silence de Grace ces jours derniers, alors qu'il l'avait laissée faire son choix, il ne se faisait plus guère d'illusions.

Même si entendre de sa bouche la réponse qu'il devinait allait le précipiter dans les affres de la douleur, il ne pourrait lui en vouloir. Grace méritait de rencontrer quelqu'un avec qui refaire sa vie. Elle méritait d'obtenir ce qu'elle désirait. Le mariage, une famille, un foyer. Un père pour Audrey, un homme qui les chérirait toutes les deux.

Un autre homme.

Un autre homme qui passerait ses bras autour de sa taille, poserait sa bouche sur la sienne, la caresserait. Un autre qui entendrait son souffle s'accélérer lorsqu'il la conduirait à l'extase.

Et cette espèce de salopard qui n'arriverait pas à la cheville de Grace connaîtrait le bonheur insigne de se réveiller chaque jour à ses côtés.

Seigneur, ça le rendait dingue !

Balourd se précipita dans ses jambes, une balle de tennis dans la gueule, la queue battant furieusement l'air. Machinalement, Ethan lui prit la balle et la lança au loin. Le chien se précipitait joyeusement à sa suite lorsque Sim surgit du coin de la maison et l'intercepta.

Ethan soupira en voyant son chien la rapporter, s'asseoir sur son derrière et attendre la suite du jeu.

Oh, et puis après tout ? C'était une bonne excuse pour rester dehors. Il allait jouer avec les chiens, ensuite il irait au chantier. Si Grace voulait le voir, elle savait où le trouver !

Soulagé et absorbé par cette activité, il n'aperçut pas Grace avant d'avoir fait le tour de la maison. Alors il se figea.

Non, un coup d'œil, un simple coup d'œil de rien ne lui suffirait pas. Ne lui suffirait jamais.

Elle étendait un drap sur la corde à linge. Le soleil jouait dans sa chevelure. Il la regarda se baisser vers le panier, y attraper une taie d'oreiller, la secouer pour la défroisser et l'étendre à son tour.

Une violente bouffée d'amour le submergea, lui coupant les jambes. D'infimes détails lui sautèrent aux yeux : la courbe de sa joue, son profil délicat. Avait-il jamais remarqué l'élégance de sa silhouette, cette manière dont ses cheveux retombaient dans son cou, cette façon dont son short soulignait le galbe de ses cuisses ?

Balourd le rappela à l'ordre en lui mordillant le mollet.

Soudain nerveux, il essuya ses mains moites sur son jean. Allons, peut-être vaudrait-il mieux qu'il fasse demi-tour et qu'il monte directement dans sa chambre. Il fit un pas en arrière, puis se figea de nouveau. Elle venait de se retourner. Elle lui lança un long regard indéchiffrable puis se pencha et saisit une autre taie d'oreiller.

— Bonjour, Ethan.

— Grace.

Il fourra ses mains dans ses poches. Jamais il ne lui avait connu un ton aussi détaché.

— C'est complètement stupide de refaire le tour de la maison juste pour m'éviter.

— Je... j'allais vérifier un truc sur le bateau.

— Parfait. Tu le feras quand je t'aurai dit ce que j'ai à te dire.

— Je n'étais pas certain que tu veuilles me parler.

Il s'approcha lentement, prudent. Sa voix seule aurait suffi à faire baisser la température de plusieurs degrés.

— J'ai essayé de te parler, l'autre soir, commença-t-elle, mais tu n'étais pas d'humeur à m'écouter.

Elle se pencha de nouveau vers son panier à linge.

— Tant mieux, finalement, car j'avais besoin d'un peu de temps pour remettre mes idées en place.

— Tu as réussi ?

— Je pense. D'abord, je voudrais que tu saches que ce que tu m'as révélé sur ton passé m'a fait terriblement mal pour toi. Tu ne peux imaginer quelle colère le comportement de ta mère a suscitée en moi.

Elle lui jeta un bref coup d'œil.

— Mais je pense que cela te gêne. Tu ne peux accepter ma compassion.

— C'est vrai, admit-il. Je refuse que cela te fasse souffrir.

— Parce que tu me trouves trop fragile ?

Il fronça les sourcils.

— En partie. Et...

Elle l'interrompit :

— Tu ne t'es pas rendu compte de l'effet que ça pourrait me faire de découvrir que tu m'avais caché un aspect si important de ton existence ? Ethan, tu connais tout de ma vie et tu ne veux pas que je connaisse la tienne. Tu trouves que c'est normal ? Que c'est juste ?

— Eh bien...

— À quoi pensais-tu en décidant de ne rien me dire.

Elle ne lui laissa pas le temps de répondre.

— J'ai retourné tout cela dans ma tête, Ethan, et j'ai mon idée sur la question. Pourquoi ne pas tout reprendre depuis le début puisque tu aimes la logique ?

Les chiens, semblant flairer les ennuis, filèrent se réfugier sur la berge. Ethan se surprit à les envier.

— Tu m'as dit que tu m'aimais depuis des années. *Des années*, répéta-t-elle avec une telle fureur qu'il recula d'un pas. Mais tu n'as pas bougé un orteil. Tu n'es pas venu, même une seule fois, me demander si j'avais envie de passer un peu de temps avec toi. Un mot de toi, un regard de toi, m'aurait envoyée sur un petit nuage. Mais non, Ethan Quinn se voulait le maître incontesté du self-control. Monsieur a soigneusement gardé ses distances et m'a laissée soupirer après lui sans esquisser un geste !

— Je ne savais pas que tu éprouvais ce genre de sentiments pour moi.

— Alors tu es soit aveugle, soit crétin, répliqua-t-elle.

Il fronça aussitôt les sourcils.

— Crétin ?

— Je confirme, persiste et signe.

Son expression outragée mit du baume au cœur de la jeune femme.

— Je n'aurais jamais posé les yeux sur Jack Casey si tu m'avais donné le moindre espoir. Il y a eu un moment où j'en ai eu assez de t'attendre, c'est pour ça que je l'ai épousé. Par désespoir.

— Eh, attends deux minutes. Je ne t'ai jamais reproché d'avoir épousé Jack.

— Non, c'est moi qui me le reproche. J'en assume toute la responsabilité et je ne le regrette pas, puisque Audrey est là. Mais je t'en veux, Ethan.

Son regard vert pailleté d'or luisait de colère.

— Je t'en veux de ton entêtement stupide et borné. Et hélas ! ton comportement de l'autre jour démontre que tu n'as pas changé d'un iota depuis cette époque-là.

— Tu étais trop jeune... commença-t-il timidement.

Grace était à présent trop remontée pour s'arrêter.

— Tais-toi ! Tu as eu le temps de parler, l'autre soir, maintenant c'est mon tour.

Dans la cuisine, Seth n'y tenait plus. Il se précipita vers la porte mais Anna l'intercepta aussitôt, soucieuse de ne pas voir ses efforts d'espionnage mis à mal par cette impulsion.

— Tut, tut ! Tu ne bouges pas de là.

— Il lui a crié après !

— Oui, et elle a fait la même chose.

— Il se dispute avec elle. Je vais l'en empêcher.

Anna pencha la tête.

— Est-ce qu'elle a l'air d'avoir besoin d'aide ?

Mâchoires serrées, Seth regarda à travers la moustiquaire et vit Grace repousser fermement Ethan.

— Euh... je crois pas.

— Elle s'en sortira très bien toute seule, ne t'inquiète pas.

Amusée, Anna ébouriffa affectueusement la chevelure du gamin.

— Comment se fait-il que tu ne prennes pas ma défense, quand je me dispute avec Cam ?

— Parce qu'il a peur de toi.

Anna pouffa.

— Tu crois ?

— Enfin, il a un peu peur, se reprit Seth en souriant. Il sait jamais comment tu vas réagir. Et en plus, vous deux, vous adorez vous disputer.

— Observateur, hein ?

Il haussa les épaules, amusé lui aussi.

— Je vois ce que je vois.

— Et tu sais ce que tu sais.

Riant, ils se collèrent tous deux contre la porte, en regrettant de n'avoir pas un meilleur poste d'observation.

— Passons maintenant à l'étape suivante, Ethan, dit Grace en repoussant du pied son panier vide. Ou plutôt, sautons quelques années. Tu crois que tu pourras suivre ?

Il inspira profondément afin de ne pas hurler.

— Tu me gonfles, Grace !

— Parfait. C'est exactement le but recherché. Et j'ai horreur de rater mon coup.

Il ne sut quel sentiment prédominait. L'agacement ? La stupéfaction ?

— Qu'est-ce qui t'arrive ?

— Ce qui m'arrive ? Voyons voir... serait-ce le fait que je ne supporte pas que tu me considères comme une fragile petite femme sans défense ni cervelle ? Oui, assena-t-elle en pointant férocement son index vers sa poitrine. Je crois bien que c'est ça qui me chiffonne.

— Je n'ai jamais pensé que tu n'avais pas de cervelle.

— Ah bon ? Juste que je suis sans défense, alors ?

Déjà, elle enchaînait :

— Dis-moi, penses-tu qu'une femme sans défense pourrait faire ce que j'ai fait ces dernières années ? Penses-tu que je sois... quel est le mot que tu as employé, déjà ?... délicate, comme la belle porcelaine de ta mère ? *Je ne suis pas en porcelaine !* hurla-t-elle, au bord de l'explosion. Je suis faite de grès bien solide, de ce genre de grès que tu peux laisser tomber sans même qu'il s'ébrèche. Et crois-moi, je ne suis pas près de casser.

Elle planta son doigt dans sa poitrine, secrètement ravie de voir ses yeux commencer à flamboyer.

— Tu m'as trouvée fragile quand je t'ai emmené dans mon lit ?

— Tu ne m'as emmené nulle part.

— C'est ça ! Tu parles ! Je t'ai ferré comme un vulgaire poisson d'eau douce, et tu ne t'en es même pas rendu compte !

Grace se sentit vivifiée en voyant la fureur et l'indignation se peindre sur le visage d'Ethan.

— Si tu crois pouvoir t'en flatter, tu te fourres le doigt dans l'œil.

— Oh, je n'essaie nullement de m'en flatter ! Je constate tout bonnement que c'est moi qui ai fait tout le boulot pour qu'on en arrive à ce que nous désirions tous les deux depuis si longtemps. Parce que si j'avais attendu que tu te décides, on aurait à peine commencé à flirter qu'on se serait retrouvés en maison de retraite !

— Seigneur, Grace !

— Tais-toi.

Elle ne pouvait plus s'arrêter, maintenant, tant pis pour les conséquences.

— Réfléchis à ça, Ethan, réfléchis-y bien, et ne t'avise jamais plus de me dire que je suis fragile !

Il hocha lentement la tête.

— Ce n'est pas le mot qui me vient à l'esprit en ce moment.

— Parfait. Je n'ai eu besoin de personne pour offrir à mon bébé une existence décente. Je me suis servie de mes muscles et de mes tripes pour faire ce que je devais faire, alors ne me traite pas de porcelaine.

— Tu n'aurais pas été obligée de te battre toute seule si ta satanée fierté ne t'avait pas empêchée de te rabibocher avec ton père.

Cette vérité première faillit la stopper dans son élan. Mais elle serra les poings et fonça.

— Ne détourne pas la conversation. Pour l'instant, nous parlons de toi et de moi. Tu dis que tu m'aimes, Ethan, mais tu ne me comprends pas.

— Je commence à le penser, marmonna-t-il.

— Tu t'es collé dans la tête – dans ton crâne bien dur de mâle à l'ego surdimensionné – que j'avais besoin d'être protégée, soignée et bichonnée alors que tout ce dont j'ai besoin, c'est de me sentir nécessaire, respectée et aimée. Et cela, tu le saurais si tu avais fait tant soit peu attention à ce qui s'est passé. Pose-toi simplement ces questions, Ethan : lequel a séduit l'autre ? Lequel a dit « je t'aime » en premier ? Lequel a proposé le mariage ? As-tu de telles œillères que tu ne voies pas d'où est venue l'initiative ?

— À t'entendre, on croirait que tu m'as mené par le bout du nez, Grace.

— Je ne pourrais pas te mener par le bout du nez, même si j'y plantais un hameçon. Tu vas exactement où tu veux aller, Ethan, mais tu es parfois d'une lenteur à hurler. J'aime cet aspect de ta personnalité, et je le comprends mieux à présent. À un moment de ta vie, tu as été manipulé, sans aucun recours. Alors, depuis que tu es adulte, tu essaies de tout contrôler, sans te rendre compte qu'à force, ce n'est plus de la maîtrise de soi, mais de l'entêtement forcené.

— Je ne suis pas têtu. Je suis juste.

— *Juste* ? Tu trouves juste que deux personnes qui s'aiment ne fassent pas leur vie ensemble ? Tu trouves juste de payer toute ta vie pour ce que d'autres t'ont fait quand tu étais trop jeune pour te défendre ? Tu trouves juste de me dire que tu ne peux pas m'épouser parce que tu es marqué et que tu t'es fait le serment ridicule de ne jamais fonder une famille ?

Exprimé de cette façon, cela paraissait effectivement stupide et absurde.

— C'est ainsi.

— Parce que tu l'as décidé.

— Je t'ai dit ce qu'il en était, Grace. Je t'ai laissé le choix.

— Les gens adorent prétendre qu'ils vous ont laissé le choix alors qu'en réalité ils vous poussent à faire ce qu'ils ont décidé eux. Je n'aime pas cette manière de faire, Ethan, de se replier sur le passé, de se complaire dans sa douleur en rejetant tout le reste. Tu crois que je ne me suis pas rendu compte de ce que tu as fait ? Tu m'as crue assez idiote pour entrer dans ton jeu ?

— Je ne m'attendais certainement pas que tu acceptes de me revoir.

— Tu t'attendais que je m'écroule, mortellement blessée, et que je soupire après toi le restant de ma vie ? Eh bien, tu as mal calculé, Ethan. À présent, c'est moi qui fixe les règles du jeu. Je te laisse encore une chance. Tu te remets les idées en place, tu reprends tout du début, tu réfléchis le temps qu'il faudra, et ensuite tu me donnes tes conclusions. Parce que ma position à moi est claire et nette : je ne passerai pas ma vie à t'attendre si tu ne peux pas m'épouser. Mets-toi bien ça dans le crâne. Je peux parfaitement me passer de toi.

Elle redressa fièrement la tête.

— Mais toi, seras-tu capable de vivre sans moi après ce qui s'est passé ?

Sur ce, elle tourna les talons et s'en fut, le laissant fulminer.

— Zou, dans ta chambre, ordonna Anna à Seth. Il rentre. C'est mon tour à présent.

— Tu vas lui hurler dessus, toi aussi ?

— Ça se pourrait.

— Je veux voir.

— Pas cette fois-ci, dit-elle en le poussant carrément vers l'escalier. Allez, du vent. Je suis sérieuse, Seth.

— Et m...

Il monta les marches à grand bruit, hésita un instant puis disparut dans le couloir.

Anna se versait une tasse de café lorsque Ethan claqua la porte de la cuisine. Il avait l'air si malheureux, si perturbé qu'elle eut presque envie de courir lui faire un gros câlin. Mais parfois, mieux vaut achever un homme à terre.

— Tu en veux ?

Il lui lança à peine un regard en continuant d'avancer.

— Non, merci.

— Ne pars pas, s'il te plaît, j'ai à te parler.

Elle sourit gentiment lorsqu'il s'immobilisa, bouillant visiblement d'impatience.

— J'ai eu ma dose pour aujourd'hui, merci.

— Parfait.

Elle tira une chaise et la lui désigna.

— Tu t'assieds, et moi je parle.

Les femmes, songea Ethan en se laissant tomber sur le siège, voilà le fléau de mon existence !

— Très bien.

Elle lui versa une tasse de café, la posa sur la table et s'assit à son tour, bras croisés, souriant toujours.

— Espèce de sombre crétin.

— Oh, Seigneur !

Il se passa les mains sur le visage, puis les y laissa.

— Elle ne va pas s'y mettre, elle aussi...

— Je vais te faciliter les choses. Je pose les questions, tu réponds. Es-tu amoureux de Grace ?

— Oui, mais...

— Pas de bla-bla. Tu me réponds par oui ou par non, point. Donc, la réponse est oui. Grace est-elle amoureuse de toi ?

— Là, maintenant ? Difficile à dire, répondit-il en massant sa poitrine à l'endroit où son doigt s'était enfoncé.

— La réponse est oui, trancha froidement Anna. Êtes-vous tous les deux célibataires, libres et adultes ?

Il n'aimait pas le tour que prenait cette conversation – cet interrogatoire, aurait-il dû dire.

— Ouais, et alors ?

— Alors je brosse la toile de fond en mettant les sujets en place. Grace a un enfant, exact ?

— Tu sais parfaitement bien que...

— Exact.

Anna porta sa tasse à ses lèvres et but une gorgée de café.

— As-tu de l'affection pour Audrey ?

— Bien sûr, je l'aime. Qui ne l'aimerait pas ?

— Et elle, a-t-elle de l'affection pour toi ?

— Bien sûr. Qu'est-ce...

— Super ! Bien, nous avons donc déterminé les sentiments des principaux protagonistes. Passons maintenant aux données matérielles. Tu as un métier et une nouvelle activité. Tu es un homme doué, rude à la tâche, et donc parfaitement capable de gagner très correctement ta vie. As-tu contracté quelque énorme dette que tu penses avoir du mal à rembourser

— Pour l'amour de Dieu, Anna...

— Je ne voulais pas te vexer, lança-t-elle vivement. J'aborde simplement le problème comme je pense que tu le ferais. Calmement, patiemment, étape par étape.

Il plissa les yeux.

— Ma parole, on dirait bien que les gens ont de gros problèmes avec ma manière de faire, en ce moment.

— J'adore la manière dont tu fais les choses, répliqua-t-elle en pressant gentiment sa main crispée. Je t'aime,

Ethan. C'est fabuleux pour moi d'avoir un grand frère comme toi.

Il se tortilla sur sa chaise, mal à l'aise, à la fois touché par sa sincérité évidente et persuadé qu'elle ne l'attendrissait que pour mieux pouvoir le dévorer tout cru.

— Je ne sais vraiment pas ce qui se passe dans le coin...

— Je pense que tu ne vas pas tarder à comprendre. Donc, nous dirons que tu es apte au travail. Ainsi que nous le savons tous deux, Grace est de son côté parfaitement capable de gagner sa vie. Tu possèdes ta propre maison ainsi qu'un tiers de celle-ci. Le gîte n'est donc pas un problème. Poursuivons. Crois-tu en l'institution du mariage ?

Il savait reconnaître une question piège, quand même !

— Ça marche pour certains. Pas pour d'autres.

— Ce n'est pas cela que je te demande. Crois-tu en l'institution en elle-même ? Oui ou non ?

— Oui, mais...

— Alors pourquoi, au nom du ciel, n'es-tu pas en ce moment aux pieds de Grace, un anneau dans ta grande main râpeuse, en train de lui demander de te donner une deuxième chance ? Quelle bourrique tu fais, cher beau-frère !

— Je suis un homme patient, dit lentement Ethan, mais je commence à être fatigué de me faire insulter.

— Ne t'avise pas de quitter cette chaise, le prévint Anna lorsqu'il fit mine de la repousser. Sinon je te jure que je te flanque une raclée ! Dieu sait combien j'en ai envie !

— Allez, vas-y. Vide ton sac jusqu'au bout, soupira-t-il.

— Tu t'imagines que je ne peux pas te comprendre ? Tu penses que je ne sais pas ce qui te bouffe les tripes ? Erreur, mon ami. J'ai été violée quand j'avais dix ans.

Le choc le laissa totalement abasourdi.

— Seigneur, Anna ! Je... je suis désolé. Je ne savais pas.

— Non, en effet, tu ne le savais pas. Est-ce que ça change quelque chose à ce que je suis, d'après toi, Ethan ?

Elle prit de nouveau sa main, et la garda dans la sienne.

— Je sais ce que c'est que d'être terrifié, impuissant, d'avoir envie de mourir. Et je sais également ce que c'est de faire quelque chose de sa vie malgré cela. Comme je sais ce que c'est de porter cette horreur en soi à jamais. Peu importe ce qu'on a appris, peu importe qu'on en soit arrivé à l'accepter, peu importe qu'on sache que cela n'a jamais, jamais été votre faute.

— Ce n'est pas pareil.

— Ce n'est jamais pareil. Jamais. Mais nous avons une chose de plus en commun. Je n'ai jamais su qui était mon père. Était-il bon ? Était-il méchant ? Grand ? Petit ? A-t-il aimé ma mère ou l'a-t-il utilisée ? Je ne sais absolument pas ce qu'il m'a légué.

— Mais tu connaissais ta mère.

— Oui, et elle était merveilleuse. Et la tienne ne l'était pas. Elle t'a battu, elle t'a brisé émotionnellement. Elle a fait de toi une victime, quand tu étais enfant. Mais maintenant, pourquoi la laisses-tu encore te torturer ?

— Je n'y peux rien, Anna, si je suis comme ça. Sans doute mes parents étaient-ils tordus tous les deux.

— Alors ce serait la faute de ton père, Ethan ?

— Je ne dis pas sa faute, je parle d'hérédité. Tu peux transmettre à ta descendance la couleur de tes yeux, ta stature. Mais aussi ta faiblesse de caractère, ton alcoolisme ou ta longévité. Toutes ces choses peuvent perdurer dans une famille.

— Tu y as vraiment réfléchi ?

— Oh, oui ! Je devais prendre une décision. Et je l'ai prise.

— Donc, tu as décidé que tu ne devrais jamais te marier ni avoir d'enfants.

— Ce ne serait pas bien.

— Si tu le penses vraiment, tu ferais mieux de ne pas trop tarder avant de parler à Seth.

— Qu'est-ce que Seth vient faire là-dedans ?

— Quelqu'un va devoir lui dire qu'il ne pourra jamais avoir une femme et des enfants. Il vaut mieux qu'il le sache au plus tôt, comme ça il pourra se blinder, et éviter de tomber bêtement amoureux.

Un instant, il ne put que la dévisager, bouche bée.

— Mais de quoi diable parles-tu ?

— D'hérédité. Nous ne pouvons pas savoir quels défauts lui a transmis Gloria DeLauter. Dieu sait qu'elle a quelque chose de tordu en elle, ainsi que tu l'as dit. Putain, alcoolo, droguée, pour ne citer que le plus flagrant.

— Il n'y a rien de mauvais dans ce gamin.

— Quelle différence si ça ne se voit pas ? demanda-t-elle en plantant un regard neutre dans celui – furibond – d'Ethan. Il ne devrait pas avoir le droit de fonder une famille. C'est trop risqué.

— Tu ne peux pas le comparer à moi de cette façon.

— Je ne vois pas pourquoi. Votre passé est similaire. Comme celui de bien trop de gens qui passent par les services sociaux de ce pays. Je me demande si nous ne pourrions pas voter une loi interdisant aux enfants de violeurs de se marier et d'avoir des enfants. Songe un peu aux tares que nous éviterions...

— Pourquoi ne pas les castrer ? proposa-t-il alors, méchant.

— Ah, tiens, c'est une idée intéressante ! répondit-elle en se radossant à sa chaise. Puisque tu es si déterminé à ne pas transmettre de gènes malsains, as-tu envisagé la possibilité d'une vasectomie, Ethan ?

Sa crispation instinctive, purement mâle, la fit presque rire.

— Ça suffit, Anna !

— Est-ce que tu recommanderais ça pour Seth ?

— J'ai dit que ça suffisait !

— Je crois que ça suffit, en effet. Mais réponds quand même à une dernière question. Penses-tu que ce garçon brillant, quoique perturbé, doive se voir interdire une vie normale d'adulte sous prétexte qu'il a eu la malchance d'avoir été conçu par une femme sans cœur, voire diabolique ?

— Non, répondit-il, le souffle court. Non, ce n'est pas ce que je pense.

— Pas de « mais » cette fois-ci ? Pas de restrictions ? Alors laisse-moi te donner mon opinion professionnelle : je ne pourrais être plus d'accord avec toi. Seth mérite tout ce qui pourra lui arriver de bon dans la vie, tout ce qu'il pourra construire. C'est dans ce but que nous lui donnons tout ce que nous pouvons lui donner. Pour lui prouver qu'il est une personne à part entière et non un produit avarié. Et toi non plus, Ethan, tu n'es pas un fruit pourri. Stupide peut-être, ajouta-t-elle avec un sourire en se levant, mais néanmoins remarquable, infiniment respectable et foncièrement bon.

Elle avança vers lui et passa un bras autour de ses épaules. Lorsqu'il poussa un énorme soupir, tourna la tête et appuya le visage contre sa taille, elle en eut les larmes aux yeux.

— Je ne sais pas quoi faire.

— Mais si, tu le sais, murmura-t-elle. Étant ce que tu es, tu vas devoir y réfléchir un peu. Mais pour une fois, rends-toi service. Pense vite.

— Je crois que je vais aller au chantier et bosser jusqu'à ce que tout soit clair dans ma tête.

Parce qu'elle se sentait soudain maternelle à son égard, elle se pencha et lui planta un baiser sur le sommet du crâne.

— Veux-tu que je t'emballe de quoi dîner ?

— Non.

Il se leva et l'étreignit brièvement. Lorsqu'il vit ses yeux humides, il lui tapota l'épaule.

— Ne pleure pas. Cam va m'arracher les yeux s'il découvre que je t'ai fait pleurer.

— Promis, je vais arrêter.

— Parfait.

Il partit, hésita, puis se retourna pour l'étudier, debout au milieu de la cuisine, les cheveux emmêlés.

— Anna, ma mère, ma vraie mère, ajouta-t-il en pensant à Stella Quinn. Ma vraie mère t'aurait adorée.

Flûte, songea Anna alors qu'il s'éloignait, cette fois-ci je vais vraiment pleurer.

Ethan partit pour de bon. Il avait besoin de solitude pour pouvoir rassembler ses idées.

— Hé !

Une main sur la poignée de la porte, il se retourna. Seth se tenait debout au milieu de l'escalier où il s'était précipité sitôt qu'Ethan avait quitté la cuisine.

— Hé ! quoi ?

Seth redescendit lentement. Il avait tout entendu. Absolument tout. Même quand son estomac lui était remonté dans la gorge, il était resté à écouter. En regardant Ethan, il pensa comprendre. Et il se sentit en sécurité.

— Où tu vas ?

— Au chantier. J'ai deux trois trucs à terminer, répondit Ethan en laissant la porte se refermer, arrêté par quelque chose dans les yeux du gamin, sans parvenir à déterminer quoi.

— Tu vas bien ? s'inquiéta-t-il.

— Oui. J'peux venir à la pêche avec toi, demain ?

— Si tu veux.

— Si j'viens avec toi, on finira plus vite et on pourra aller aider Cam au chantier. Et quand Phillip arrivera ce week-end, on pourra tous travailler ensemble sur le bateau.

— Ben… c'est comme ça que ça marche, répondit Ethan, perplexe.

— Ouais, c'est comme ça que ça marche.

Nous quatre, tous ensemble, songea Seth avec bonheur. Ensemble.

— C'est un travail vachement dur, parce qu'il fait vachement chaud.

Ethan réprima un gloussement.

— Gaffe à ce que tu dis. Anna est dans la cuisine.

Seth haussa les épaules, mais n'en jeta pas moins un coup de périscope alentour. On n'est jamais assez prudent.

— Elle est cool.

— Oui.

Le sourire d'Ethan s'élargit.

— Tu as raison, elle est cool. Et toi, ne va pas dessiner ou t'abrutir devant la télévision toute la nuit si tu veux m'accompagner demain matin.

— OK.

Seth attendit qu'Ethan soit dehors pour le rattraper.

— Hé !

— Seigneur ! Dis, le môme, tu vas me laisser partir ou tu comptes me tenir la jambe jusqu'à demain ?

— Grace a oublié son sac, dit Seth en fourrant l'objet dans la main d'Ethan, avec une expression d'innocence soigneusement étudiée. Je crois qu'elle devait penser à autre chose en partant.

— Je crois aussi.

Les sourcils froncés, Ethan contempla le sac. Ce fichu machin devait bien peser trois cents kilos.

— Tu devrais lui rapporter en passant. Les femmes, ça les rend dingues de pas avoir leur sac. *Ciao !*

Sur ce, Seth se précipita à l'intérieur, grimpa l'escalier à un train d'enfer et courut se planter derrière la fenêtre de façade. De là, il put voir Ethan se gratter pensivement la tête, fourrer le sac sous son bras et se diriger à pas lents vers sa camionnette.

Ses frères étaient bizarres, parfois. Il sourit. Ses frères… Il poussa un ululement de victoire avant de dévaler l'escalier en direction de la cuisine pour l'étape suivante : faire du charme à Anna pour lui extorquer un truc à grignoter.

20

Grace voulait se reprendre, se calmer avant de passer chez ses parents récupérer Audrey. Lorsqu'elle était aussi retournée, il lui devenait impossible de le cacher. Surtout à une mère ou à une enfant particulièrement observatrices.

S'il était une chose qu'elle ne désirait pas, c'était qu'on lui pose des questions, incapable dans son état de fournir la moindre explication.

Elle avait dit ce qui devait être dit, fait ce qui devait être fait, et il était hors de question qu'elle s'en sentît navrée. Si cela signifiait perdre une longue amitié à laquelle elle tenait, eh bien soit ! Ethan et elle étaient suffisamment adultes pour se comporter civilement l'un vis-à-vis de l'autre en public et laisser les autres en dehors de leur conflit.

Certes, une telle situation ne serait ni facile à vivre ni agréable mais, après tout, elle supportait la même depuis trois ans avec son père.

Elle conduisit au hasard durant une bonne vingtaine de minutes, jusqu'à ce que ses doigts sur le volant se soient décrispés, et que le reflet de son visage dans le rétroviseur ait retrouvé sa sérénité.

Se jurant de ne plus céder à l'émotion, elle se promit d'emmener sa mère et sa fille manger une glace en ville et, à sa prochaine soirée de libre, de les emmener toutes les deux à Oxford, pour le carnaval des pompiers. Elle n'allait certainement pas s'étioler en compagnie de sa serpillière !

Elle ne claqua pas la portière de sa voiture, ce qui lui parut un excellent signe de son humeur placide. Pas plus qu'elle ne martela du pied l'escalier colonial de ses parents. Elle s'arrêta même un instant pour admirer les bégonias pourpres de la jardinière posée sur le rebord de la fenêtre.

Ce furent juste un manque de chance flagrant et un mauvais minutage qui lui firent lever les yeux des fleurs et jeter un coup d'œil à travers le carreau. Son père se prélassait dans un rocking-chair, tel un souverain sur son trône.

Elle se remit instantanément à bouillir. Et pénétra dans le salon comme une furie.

— J'ai deux trois trucs à te dire, lança-t-elle en claquant la porte derrière elle et en marchant sur son père. Deux trois trucs que j'avais pieusement mis de côté pour toi.

Il la fixa un instant, les yeux aussi ronds que des boules de billard. Puis il recomposa son masque.

— Si tu désires me parler, tu vas devoir le faire sur un ton civilisé.

— Fini, le ton civilisé. J'en ai jusque-là de la civilisation ! hurla-t-elle en faisant le geste approprié.

— Grace ! Grace ! s'exclama sa mère, qui arrivait en courant, Audrey sur la hanche. Qu'est-ce qui te prend ? Tu as réveillé ton bébé.

— Emmène Audrey à la cuisine, maman.

À ce moment-là, Audrey rejeta la tête en arrière et se mit à hurler de toute la force de ses poumons. Grace se retint à quatre pour ne pas l'attraper, s'enfuir avec elle et la consoler. Elle fit sa grosse voix.

— Calme-toi, Audrey. Maman n'est pas en colère contre toi. Tu vas aller m'attendre à la cuisine avec mamie. Elle va te donner un biscuit.

— *Biscuiiiit !*... hurla Audrey de plus belle, raide comme la justice dans les bras de sa grand-mère.

— Carol, emmène-la et dis-lui de se calmer, intervint à son tour Pete, à présent aussi péremptoire que sa fille.

Il les renvoya d'un geste impérieux.

— Cette gamine n'avait pas pleuré une seule fois aujourd'hui, maugréa-t-il à l'intention de sa fille.

— Eh bien maintenant, c'est fait, rétorqua Grace, ajoutant la culpabilité à sa frustration, tandis que les pleurs d'Audrey leur parvenaient de la cuisine. Et elle oubliera qu'elle a pleuré aussitôt qu'elle sera calmée. C'est cela, l'avantage d'avoir deux ans. Quand on grandit, on oublie moins facilement ses larmes. Et Dieu sait que tu m'en as fait verser.

— On n'élève pas des enfants sans les faire pleurer.

— Oui, mais certains élèvent des enfants sans même les connaître. Tu ne m'as jamais regardée, tu n'as jamais su qui j'étais.

Pete regretta soudain de ne pas être debout. Il regretta de n'avoir pas de chaussures. Un homme n'est pas en position de force, allongé pieds nus dans un rocking-chair.

— Je ne vois pas de quoi tu parles.

— Oh, peut-être que je me trompe. Disons alors que tu m'as regardée, que tu as vu qui j'étais et que tu l'as ignoré parce que ça ne collait pas avec ce que *toi*, tu voulais. Tu savais, poursuivit-elle d'une voix basse, chargée de fureur. Tu savais que je voulais devenir danseuse, que j'en rêvais, et tu m'as laissée rêver. Oh, m'autoriser à prendre des cours ne te dérangeait pas. Peut-être que tu râlais contre leur prix, de temps en temps, mais tu payais quand même.

— Et ça m'a coûté un bon paquet, toutes ces années de leçons !

— Pourquoi, papa ?

Le terme le remua.

— Parce que tu tenais à les suivre.

— Dans quel but, si tu ne devais jamais croire en moi, si tu ne devais jamais me laisser partir, m'aider à franchir l'étape suivante ?

— Tout ça, c'est de l'histoire ancienne, Grace. Tu étais trop jeune pour aller à New York, c'était une folie.

— J'étais jeune, c'est vrai, mais pas trop jeune. Et si c'était une folie, c'était *ma* folie. Je ne saurai jamais si j'étais suffisamment douée. Je ne saurai jamais si j'étais capable de réaliser mon rêve, parce que lorsque je t'ai demandé de m'aider à y arriver, tu m'as répondu que j'étais trop vieille pour des inepties. Trop vieille pour des inepties, répéta-t-elle, mais trop jeune pour être digne de confiance.

— Je te faisais totalement confiance, lança Pete en redressant son dossier. Et regarde ce qui est arrivé.

— Oui, justement, regarde ce qui est arrivé. Je me suis fait mettre enceinte. N'est-ce pas comme ça que tu l'as vu, à cette époque ? Comme un truc que j'aurais fait toute seule rien que pour t'embêter ?

— Jack Casey ne valait pas un pet de lapin. Je l'ai su dès que je l'ai vu.

— C'est ce que tu as répété encore et encore, à tel point qu'il a fini par prendre l'apparence du fruit défendu et que moi, je n'ai pas pu résister à l'envie d'y goûter.

Les yeux de Pete lançaient des éclairs, à présent. Il se leva brusquement.

— Tu m'accuses d'être responsable de tes ennuis ?

— Non. Si quelqu'un est à blâmer, ici, c'est moi. Mais je ne te présenterai aucune excuse. Et laisse-moi ajouter quelque chose : il n'était pas aussi nul que tu le prétendais.

— Il t'a laissée tomber comme une vieille chaussette, non ?

— Comme toi, papa.

Sa main brutalement levée les surprit tous deux. Elle n'atteignit pas la joue de sa fille, mais lorsqu'il la baissa, elle tremblait. Il ne lui avait jamais donné que de rares fessées quand elle était petite, et il souffrait presque plus qu'elle.

— Si tu m'avais giflée, dit-elle en tâchant de contrôler sa voix, cela aurait été ta première vraie réaction depuis ce fameux jour où je suis venue vous dire que j'étais enceinte. Je savais que tu serais furieux, blessé et déçu. J'étais paniquée. Mais ç'a été encore pire que ce que j'avais craint. Parce que tu ne m'as pas soutenue. Cette deuxième fois où j'ai eu besoin de toi, la plus importante, tu n'as rien fait pour moi.

— Quand une fille arrive et annonce à son père qu'elle est enceinte d'un homme dont il lui a pourtant dit de se méfier, il lui faut un certain temps pour le digérer.

— Tu as eu honte de moi et tu as eu peur de ce que pourraient dire les voisins. Si tu m'avais vraiment regardée ce jour-là, tu aurais compris que j'étais complètement perdue. Mais non, tout ce que tu as voulu voir, c'était la bêtise que j'avais faite et ses répercussions sur ta petite vie.

Elle se détourna un instant, le temps de s'assurer qu'elle ne pleurait pas.

— Audrey n'est pas une bêtise, papa. C'est un don du ciel.

— Je ne pourrais pas l'aimer plus que je l'aime.

— Comme tu ne pourrais pas me détester plus.

— Ce n'est pas vrai.

Il commençait vraiment à se sentir mal. Et même un peu terrifié.

— Ce n'est tout simplement pas vrai.

— Tu t'es éloigné lorsque j'ai épousé Jack. Tu t'es complètement éloigné de moi.

— Tu as fait la même chose vis-à-vis de moi.

— Peut-être, admit-elle en le regardant de nouveau bien en face. J'avais déjà essayé une fois de m'arranger sans toi, en mettant tout mon argent de côté pour aller à New York. Je n'ai pas pu m'en sortir toute seule. J'étais décidée à réussir mon mariage sans l'aide de personne. Mais cela non plus, je ne l'ai pas réussi. Tout ce qu'il me restait, c'était ce bébé qui grandissait en moi, et il était hors de question que je me plante encore une fois. Tu n'es jamais venu à l'hôpital quand j'ai accouché.

— Je suis venu, répondit-il en attrapant nerveusement un magazine sur la table pour le rouler et le dérouler entre ses doigts. Je suis monté la regarder à travers la vitre de la nursery. Elle te ressemblait tellement, avec ces jambes et ces doigts interminables, et juste ce petit toupet jaune sur le crâne. Je suis allé regarder dans ta chambre, aussi. Tu dormais. Je n'ai pas pu entrer. Je ne savais pas quoi te dire.

Il déroula le magazine, fronça le nez devant le top model en couverture, puis le rejeta sur la table.

— Je crois que ça m'a de nouveau rendu furieux. Tu avais un enfant et pas de mari, et je ne savais absolument pas quoi faire. J'ai des principes bien établis à ce sujet. Il n'est pas facile d'en changer.

— Je n'ai jamais voulu que tu en changes.

— J'ai attendu que tu me donnes une chance de le faire. Je croyais qu'à partir du moment où cet enfant de salaud t'avait abandonnée, tu allais avoir besoin d'un coup de main et revenir à la maison.

— Et comme ça, tu aurais pu me démontrer à quel point tu avais eu raison, n'est-ce pas ?

Quelque chose dansa dans les yeux de son père. Quelque chose qui ressemblait à de la tristesse.

— Je crois que je mérite ce que tu viens de dire. Je pense que c'est effectivement ce que j'aurais fait.

Il se rassit.

— Mais merde ! J'avais eu raison, quand même, pour Jack !

Elle eut un rire sans joie.

— C'est drôle comme les hommes que j'aime savent toujours mieux que moi ce qui est bon pour moi ! Dis-moi, papa, suis-je ce que tu appellerais une femme délicate ?

Pour la première fois depuis longtemps, elle vit son regard s'éclairer.

— Bon sang, ma fille, tu es à peu près aussi délicate qu'une canne en acier.

— Ça n'est pas rien !

— J'ai toujours rêvé que tu te montres un peu plus souple. Mais non. Plutôt que de venir une fois, une seule, nous demander un coup de main, tu préfères t'épuiser à faire des ménages et à travailler la moitié de la nuit dans un bar.

— Oh, non, tu ne vas pas t'y mettre, toi aussi ! marmonna-t-elle en allant vers la fenêtre.

— Pratiquement chaque fois que je t'ai croisée sur le front de mer, tu avais les yeux cernés. Mais il est vrai que tout cela va bientôt changer, si je dois en croire ta mère.

Elle lui jeta un coup d'œil par-dessus son épaule.

— Changer ?

— Ethan Quinn n'est pas homme à laisser sa femme se tuer à la tâche. Tiens, voilà exactement le genre d'homme que tu aurais dû rechercher dès le début. Un homme honnête et droit.

Elle rit de nouveau, puis se passa une main dans les cheveux.

— Maman s'est trompée. Je ne vais pas épouser Ethan.

Pete ouvrait la bouche pour protester lorsqu'il décida qu'il valait mieux n'en rien faire. Il savait tirer la leçon de ses erreurs. S'il n'avait pas réussi à éloigner sa fille d'un homme, pourquoi diable arriverait-il à la rapprocher d'un autre ?

— Tu connais ta mère, se contenta-t-il d'expliquer.

Puis il s'arrêta, cherchant soigneusement ses mots.

— J'ai eu peur de te laisser aller à New York, lâcha-t-il d'un coup.

Stupéfaite, elle fit volte-face et le dévisagea.

— J'ai eu peur que tu ne reviennes jamais. J'ai eu peur, aussi, qu'il t'arrive malheur dans cette grande ville. Tu n'avais que dix-huit ans, Gracie. Je savais que tu étais bonne danseuse. Tout le monde le disait et je n'en ai jamais douté un instant. Je pensais simplement que si tu y allais et que tu ne te faisais pas casser la figure à un coin de rue, tu voudrais y rester. Alors, comme je savais que tu n'y arriverais pas sans mon aide financière, je te l'ai refusée. Ça m'a paru le meilleur moyen de t'ôter ça de la tête ou de retarder l'échéance : il t'aurait fallu au moins deux bonnes années de plus pour économiser la somme nécessaire.

Devant son silence, il poussa un énorme soupir.

— La plupart des hommes travaillent dur toute leur vie pour bâtir quelque chose, afin de pouvoir le léguer à leur enfant. Mon père m'avait légué l'affaire, et j'avais toujours pensé que je la léguerais à mon fils. Mais j'ai eu une fille, et c'était magnifique. Jamais je ne l'ai regretté. Mais tout ce que je voulais te donner, tu le refusais. Tu as toujours très bien travaillé, au restaurant, mais ça crevait les yeux que tu n'étais pas faite pour ça. Que ça ne serait jamais toute ta vie.

— Je ne savais pas que tu pensais cela.

— Ce que je pensais n'a aucune importance. Ce n'était pas pour toi, voilà tout. Alors j'ai commencé à me dire que tu te marierais un jour et que, peut-être, ton mari serait heureux de reprendre l'affaire. Ainsi je te la léguerais quand même, à toi et à tes enfants.

— Et puis j'ai épousé Jack, et ton rêve ne s'est encore pas réalisé.

— Peut-être Audrey aura-t-elle envie de la reprendre. Je ne suis pas pressé de prendre ma retraite.

— Peut-être, en effet.

— C'est une petite fille super, poursuivit-il, le regard braqué sur ses mains. Une petite fille heureuse. Tu... Tu es une bonne mère, Grace. Tu réussis mieux que beaucoup dans ces circonstances difficiles. Tu t'es construit une vie agréable pour elle et toi. Toute seule.

À ce compliment, le cœur de Grace se serra.

— Merci. Merci de me dire ça, papa.

— Ah, j'oubliais... ta mère veut savoir si vous restez dîner.

Il finit par lever les yeux vers elle. Des yeux qui n'étaient plus froids, ni distants, mais implorants.

— J'aimerais bien que vous restiez.

— Moi aussi.

Alors elle fit deux pas vers lui, s'assit sur ses genoux et enfouit le visage dans son épaule.

— Oh papa ! Tu m'as manqué.

— Toi aussi, Gracie, balbutia-t-il en la berçant, tandis que des larmes ruisselaient sur ses joues. Toi aussi, tu m'as manqué.

Ethan s'assit en haut des marches du perron de Grace, posa le sac à côté de lui et le contempla. Il devait bien admettre – à sa grande honte – qu'il avait plusieurs fois résisté à l'envie de l'ouvrir et d'y jeter un coup d'œil. Oh, juste histoire de voir quels trucs aussi lourds une femme pouvait bien considérer comme indispensables.

Il avait toutefois réussi à contenir sa curiosité.

Où pouvait-elle donc être ? Il était déjà passé deux heures plus tôt, en allant au chantier. Il ne s'était même pas arrêté, puisque sa voiture n'était pas dans l'allée. La porte n'étant pas verrouillée – il avait vérifié –, il aurait très bien pu poser le sac dans le salon et filer sans demander son reste. Mais ce n'était pas une solution.

Il avait sérieusement cogité, tout en travaillant. Entre autres, il s'était demandé combien de temps serait nécessaire à la jeune femme pour passer du stade de la fureur absolue dans lequel elle l'avait quitté à celui de la simple irritation.

Une simple irritation, il pouvait faire avec. Du moins il le pensait.

En fin de compte, ce n'était peut-être pas plus mal qu'elle ne soit pas encore rentrée. Cela leur laissait à tous deux le temps de se calmer.

— Ça y est, tu as fait le tri ?

Ethan poussa un énorme soupir. Il avait senti l'odeur de son père bien avant de l'entendre. Bien avant de le voir assis sur la marche à côté de lui, les jambes confortablement étendues, les chevilles croisées. Enfin, pas exactement l'odeur de son père, mais celle du sachet de cacahuètes ouvert sur ses genoux. Le péché mignon de Ray.

— Pas tout à fait, c'est comme si je n'arrivais pas à tout éclaircir dans ma tête.

— Parfois, il faut penser avec ses tripes, pas avec sa tête. Tu as de bons instincts, Ethan.

— C'est justement de suivre mes instincts qui m'a collé dans ce bourbier. Si j'avais commencé par ne pas la toucher...

— Si tu avais commencé par ne pas la toucher, tu te serais refusé – et tu lui aurais refusé – ce que tant de gens cherchent sans jamais le trouver, l'interrompit Ray. Pourquoi regretter quelque chose d'aussi rare et d'aussi précieux ?

— Je l'ai blessée. Je savais que ça arriverait.

— C'est là que tu t'es trompé. Non pas en prenant l'amour quand il t'a été offert, mais en ne lui faisant pas confiance sur la durée. Tu me déçois, Ethan.

C'était une gifle que venait de lui assener son père, infiniment plus douloureuse qu'un véritable soufflet. Accusant sérieusement le coup, Ethan se concentra sur les fleurs, à ses pieds.

— J'ai essayé de faire ce que je croyais juste.

— Pour qui ? Pour une femme qui ne demande qu'à partager ta vie ? Pour les enfants que vous pouviez avoir ? Tu t'aventures en terrain dangereux, si tu prétends concurrencer le Seigneur.

Ennuyé, Ethan jeta un bref regard à son père.

— Y en a-t-il un ?

— Un quoi ?

— Un Dieu ? Je pense que tu dois le savoir, puisque tu es mort depuis plusieurs mois.

Ray rejeta la tête en arrière et éclata de son fabuleux rire.

— Ethan, j'ai toujours adoré ton intelligence discrète, et j'aimerais avoir le temps de discuter des mystères de l'univers avec toi. Mais ce fameux temps nous est compté.

Tout en mâchonnant une poignée de cacahuètes, il dévisagea son fils. Son sourire malicieux s'adoucit peu à peu.

— Te voir devenir un homme a été l'un des plus grands plaisirs de mon existence. Ton cœur est encore mille fois plus large que la baie. J'espère simplement que tu lui fais confiance, car je veux te voir heureux. Tu en auras besoin. Des ennuis s'annoncent pour vous tous.

— Seth ?

— Il va avoir besoin de sa famille. De toute sa famille, ajouta Ray dans un murmure avant de secouer la tête. Notre courte vie est jalonnée de trop de douleurs pour qu'on ait le droit de tourner le dos au bonheur quand on a la chance qu'il se présente. Souviens-toi qu'il faut toujours savourer ses joies. Du nerf, fiston ! Le temps de la réflexion est passé.

Ethan entendit au loin le bruit de la voiture de Grace. Quand il tourna la tête vers la route, il savait que son père avait déjà disparu.

En l'apercevant assis sur son perron, Grace éprouva la soudaine envie de laisser retomber son front sur le volant. Son cœur ne lui semblait plus en état de supporter une autre épreuve.

Elle n'en descendit pas moins de voiture et s'affaira à déboucler la ceinture d'Audrey. La tête de sa fille endormie sur l'épaule, elle se dirigea d'un pas ferme vers sa maison, tout en regardant Ethan déplier ses longues jambes et se lever.

— Je n'ai pas l'intention de combattre un round supplémentaire, Ethan.

— Je t'ai rapporté ton sac. Tu l'avais oublié à la maison.

Stupéfaite, elle contempla l'objet qu'il lui tendait. Elle devait avoir eu l'esprit fichtrement perturbé pour ne même pas se rendre compte qu'elle ne l'avait pas emporté.

— Merci.

— Il faut que je te parle, Grace.

— Désolée, il faut que je couche Audrey.

— Je vais attendre.

— J'ai dit que je ne désirais pas revenir sur le sujet.

— J'ai dit qu'il fallait que je te parle. Je vais attendre.

— Eh bien, attends que je sois disposée à t'écouter, lança-t-elle en s'engouffrant dans la maison.

Elle n'était visiblement pas encore arrivée au stade de la simple irritation. Mais il se rassit. Et attendit.

Elle prit tout son temps. Elle mit à Audrey sa couche de nuit, son pyjama, la coucha, la borda et rangea sa chambre. Ensuite elle alla à la cuisine se verser un verre de limonade dont elle n'avait aucune envie mais qu'elle but néanmoins jusqu'à la dernière goutte.

Elle pouvait le voir à travers la moustiquaire, assis sur sa marche. Un instant, elle envisagea l'idée d'aller à la porte, de la refermer et d'en pousser le verrou, histoire d'affirmer sa position. Mais elle eut vite fait de se rendre compte qu'elle n'était plus en colère à ce point.

Elle ouvrit donc.

— Elle est K.-O. pour la nuit ? s'enquit Ethan.

— Oui. La journée a été longue. Pour moi aussi. J'espère que ça ne va pas durer trop longtemps.

— Je ne crois pas. Je veux d'abord te dire que je suis désolé de t'avoir blessée, désolé de t'avoir rendue malheureuse.

Puisqu'elle ne semblait pas vouloir s'asseoir à côté de lui, il se leva et lui fit face.

— Je me suis trompé sur toute la ligne, et je ne me suis pas montré honnête avec toi comme j'aurais dû.

— Je ne doute pas un instant que tu sois désolé, Ethan, répondit-elle en allant se pencher par-dessus la balustrade pour contempler son minuscule jardin. Mais je ne sais pas si nous pourrons continuer à être amis comme avant. Il est difficile de se brouiller avec quelqu'un qu'on aime. Je me suis réconciliée avec mon père, ce soir.

— Vraiment ?

Il fit un pas dans sa direction, avant de s'immobiliser en la voyant faire elle-même un pas de côté. Oh, un tout petit pas, mais significatif. Il n'avait plus le droit de la toucher.

— J'en suis heureux.

— Je suppose que je dois t'en remercier. Si je n'avais pas été aussi furieuse contre toi, je ne me serais pas mise en colère contre lui et je ne lui aurais pas déballé tout ce que j'avais sur le cœur. Mais finalement, j'en suis ravie, et j'apprécie tes excuses. Je suis fatiguée, à présent…

— Tu m'as dit un tas de choses, aujourd'hui.

Si elle comptait le renvoyer avant qu'il ait terminé, elle se trompait.

— C'est exact.

Elle fit un nouveau pas de côté et croisa son regard.

— Certaines étaient justes, d'autres non. Ne pas t'avoir exprimé plus tôt mes sentiments, par exemple. C'était impossible.

— Parce que tu en avais décidé ainsi.

— Voyons, Grace, tu n'avais pas plus de quatorze ans quand j'ai pris conscience que je t'aimais. J'avais presque huit ans de plus. J'étais un homme alors que tu n'étais encore qu'une enfant. Comment aurais-je pu te toucher, à cette époque-là ? Peut-être ai-je attendu trop longtemps, reprit-il avant de s'interrompre et de secouer la tête. Oui, j'ai attendu trop longtemps. Mais entre-temps, j'avais réfléchi à mes problèmes personnels, et il ne me semblait pas juste de te faire partager tout cela. C'est parce que tu comptais vraiment pour moi que j'ai réagi ainsi. Je savais qu'une fois la relation entamée, je ne voudrais plus jamais te lâcher.

— Donc, quand c'est arrivé, il t'a paru logique de le faire.

— Oh tu sais, jusqu'à récemment, je ne me débrouillais pas si mal tout seul. T'impliquer dans ce marasme juste pour me faire plaisir, je trouvais cela immoral, ou plutôt, de l'inconscience et de l'égoïsme.

— Alors toi, tu dirais que ta conduite à mon égard est altruiste et désintéressée !

Elle leva les mains. Voilà qu'elle se remettait en colère !

— Je crois que nous ferions mieux de laisser tomber.

— Tu sais parfaitement bien que si nous nous mariions, tu voudrais d'autres enfants.

— Oui. Mais il ne t'est jamais venu à l'idée que nous pourrions en adopter, si tu as si peur d'en faire ? De ta part, cela me surprend !

Il la dévisagea.

— Tu... Je croyais que tu voudrais retomber enceinte.

— Tu croyais bien. Je le voudrais, mais cela ne veut pas dire que je n'accepterais pas une autre solution. Et si nous avions prévu de nous marier et que nous découvrions que je suis stérile ? Cesserais-tu de m'aimer à cause de cela ? Me dirais-tu que tu ne peux plus m'épouser ?

— Non, bien sûr que non. C'est...

— Ce n'est pas cela l'amour, termina-t-elle pour lui. Mais ici il n'est pas question de pouvoir. Il est question de vouloir. J'aurais pu tenter de comprendre ton point de vue si tu ne me l'avais pas caché. Si tu ne m'avais pas rejetée alors que tout ce que je voulais, c'était t'aider. Après ce que j'ai déjà connu, je ne supporte pas ce genre d'attitude. Je ne peux envisager de vivre avec un homme qui ne respecte pas mes sentiments, qui n'a pas assez confiance en moi pour me faire partager ses problèmes, qui ne m'aime pas suffisamment pour s'engager inconditionnellement dans notre relation. Qui ne peut pas me promettre de vieillir à mes côtés et de devenir un père pour ma fille. Je ne peux passer le restant de mes jours dans une situation aussi précaire, tant pour elle que pour moi.

Elle recula vers la porte.

— Non !

Il ferma les yeux, luttant contre la panique.

— Ne me tourne pas le dos, Grace.

— Ce n'est pas moi qui tourne le dos. Ne vois-tu pas, Ethan, que c'est ton attitude que tu es en train de décrire ?

— J'ai fini par revenir exactement à mon point de départ, Grace, à soupirer après toi. Mais à présent, je ne pourrai plus jamais surmonter mon besoin de toi. Toutes les promesses que je m'étais faites te concernant, je les ai trahies, et d'abord, je m'en suis voulu. C'est seulement maintenant que je m'en réjouis. Elles étaient marquées au sceau de ma mère. Je veux effacer cette marque, si du moins tu m'en donnes la possibilité.

Il haussa les épaules.

— J'ai un peu réfléchi à tout ce qui s'est passé.

Grace retint un sourire.

— Tiens, c'est nouveau, ça !

— Veux-tu savoir ce que je pense, à présent ?

Obéissant à son instinct, il parvenait enfin à agir selon son cœur.

— Je n'ai jamais aimé que toi, Grace, et je n'aimerai jamais personne d'autre. Si je veux veiller sur toi, cela ne signifie pas que je te trouve fragile. Cela veut seulement dire que tu m'es précieuse.

— Ethan…

Il allait la faire craquer, elle le savait.

Il poursuivit :

— S'il n'est pas trop tard, je ne pourrais supporter de vivre sans toi.

Il lui prit les mains, et les garda dans les siennes quand elle tenta de se dégager. Son regard planté dans le sien, il l'entraîna au bas de l'escalier, dans la lueur orangée du soleil couchant.

— Je ne t'abandonnerai jamais, ajouta-t-il, j'ai trop besoin de toi. Tu es la seule à pouvoir me rendre heureux, Grace. Ma grande erreur, c'est de ne pas l'avoir reconnu. Mais maintenant je le sais. Je t'aime.

Il effleura des lèvres ses sourcils.

— Tu vois, le soleil se couche. Tu as dit l'autre jour que c'était le moment idéal pour rêver. Peut-être estce aussi le meilleur moment pour attraper le rêve auquel on a envie de s'accrocher. Je veux m'accrocher à celui-ci. Regarde-moi. J'ai besoin que tu me regardes, dit-il en lui levant le menton. Veux-tu m'épouser ?

La joie, l'espoir se mirent à déferler en elle.

— Ethan…

— Non, ne me réponds pas encore.

Mais sa réponse, il venait de la lire dans ses yeux. Éperdu de gratitude, il porta ses mains à ses lèvres.

— Veux-tu partager Audrey avec moi, me laisser lui offrir mon nom, devenir son père ?

Grace combattit les larmes. Elle voulait le voir clairement, en cet instant, ne rien perdre de l'expression de son visage baigné par le crépuscule.

— Tu sais bien…

— Pas tout de suite, murmura-t-il en effleurant ses lèvres des siennes. Il y a encore une chose que je veux te demander. Veux-tu porter mes enfants, Grace ?

Il vit les larmes, impossibles désormais à refouler, jaillir de ses yeux. Et se demanda comment il avait jamais pu songer à lui refuser cette joie, ce droit, cette promesse.

— Créer une vie avec toi, une vie que je verrai grandir en toi ? Il faut vraiment être stupide pour ne pas savoir que ce qui naîtra de notre amour sera forcément magnifique.

Elle prit son visage entre ses mains et le regarda intensément pour imprimer cette image au fond de son cœur.

— Avant de te répondre, j'ai besoin de savoir si c'est vraiment ce que tu veux, non pas pour moi, mais pour toi.

— Je veux une famille. Je veux essayer de bâtir la même chose que mes parents, et je veux le faire avec toi.

Les lèvres de la jeune femme s'incurvèrent lentement.

— Alors oui, Ethan, je veux t'épouser, je veux que tu sois le père de ma fille, je veux porter tes enfants et vivre à tes côtés.

Il la serra contre lui, dans la lumière faiblissante, et sentit les battements précipités de son cœur. Il perçut même son soupir de bonheur, quelques secondes avant que l'engoulevent juché dans le prunier des voisins n'entame sa mélopée.

— J'avais peur que tu ne puisses pas me pardonner.

— Je ne m'en croyais pas capable.

— Et puis après je me suis dit : bon sang ! elle m'aime trop. Je vais bien finir par arriver à la persuader.

Il se mit à rire puis l'embrassa délicatement dans le cou.

— Tu vois, tu n'es pas la seule à pouvoir piéger les poissons de roche.

— Il t'en a fallu, du temps, pour mordre à l'hameçon !

— La meilleure pêche est toujours celle qui vous a donné le plus de mal.

Il enfouit le visage dans les cheveux de Grace, les humant avec délices.

— Et maintenant, j'ai ramené la meilleure. Du grès bien solide.

Riant à son tour, elle se pencha en arrière pour le voir. Les yeux bleus d'Ethan pétillaient de malice.

— Tu es vraiment un type intelligent, tu sais, mon chéri.

— Ah bon ? Il y a quelques heures, j'étais un crétin.

— Il y a quelques heures.

Elle plaqua un baiser sonore sur sa joue.

— Mais à présent, tu es le type le plus génial que je connaisse.

— Tu m'as manqué, Grace, soupira-t-il.

Elle ferma les yeux et se pressa plus étroitement contre lui.

— Toi aussi tu m'as manqué, Ethan.

Soudain elle se mit à renifler, perplexe.

— La cacahuète, dit-elle en se pelotonnant douillettement. C'est bizarre, mais j'ai la nette impression de sentir un parfum de cacahuète.

— Je t'expliquerai, répondit-il en commençant à lui mordiller les lèvres. Plus tard.

5215

Composition
NORD COMPO

Achevé d'imprimer en Espagne
par CPI *(Barcelone)*
le 17 mai 2015.

Dépôt légal mai 2015.
EAN 9782290114148
OTP L21EPLN001747N001

ÉDITIONS J'AI LU
87, quai Panhard-et-Levassor, 75013 Paris

Diffusion France et étranger : Flammarion